KB192360

REVIEW

열일곱 살에, 학교 도서관에서 처음 캐드펠 수사 시리즈를 읽었는데 완전히 푹 빠지고 말았다. 어떻게 21세기 한국의 고등학생이 12세기 영국의 수도사에게 친밀감을 느낄 수 있었을까? 책을 펼치면 캐드펠 수사가 가꾸는 허브밭의 싱그러운 향이 미풍에 실려 오는 것만 같았고, 부지불식간에 이웃처럼 정이 든 마을 사람들이 삶의 우여곡절을 겪을 때는 함께 탄식했다. 그 생생한 경험을 통해 역사와 문학을 동시에 사랑하게 되었는지도 모르겠다.

　서른다섯 살이 되어 캐드펠 시리즈를 다시 읽고 싶어졌는데, 혹시 두 번째로 읽었을 때의 감회가 예전만 못할까 걱정했었다. 기우 중의 기우였다. 열일곱 살에 발견하지 못했던 부분들을 잔뜩 발견하며 읽을 수 있었고, 역사추리소설을 추천하는 자리에서 매번 자신 있게 추천하곤 했다. 소박하고 담백하게 시작해 역사의 큰 톱니바퀴와 힘 있게 맞물려 들어가는 이 놀라운 이야기에 대해 말할 때 한없이 행복했다.

　엘리스 피터스가 육십대 중반에 이처럼 대단한 시리즈를 시작했다는 것을 떠올리면 마음에 환한 빛이 든다. 먼 길을 다녀와 켜켜이 쌓인 지혜를 품고 유적지를 직접 걸으며 작품을 구상했을 작가를 상상하고 만다. 멋진 일은 언제든 시작될 수 있고, 심혈을 다해 빚은 이야기는 시간과 공간을 뛰어넘는다는 것을 보물 같은 작품들을 통해 믿게 되었다.

정세랑
소설가

REVIEW

귀 신 들 린 아 이

THE DEVIL'S NOVICE

귀신 들린 아이

엘리스 피터스 장편소설
김훈 옮김

북하우스

CADFAEL

중세 웨일스

CADFAEL

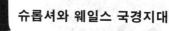

슈롭셔와 웨일스 국경지대

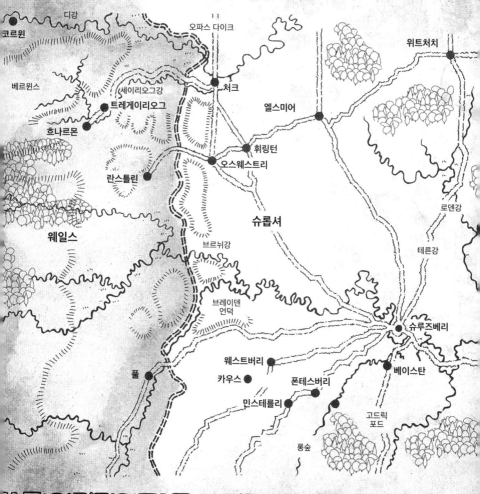

디강
코르윈
오파스 다이크
위트처치
베르윈스
세이리오그강
처크
트레게이리오그
엘스미어
흐나르몬
휘링턴
오스웨스트리
란스틀린
로덴강
슈롭셔
웨일스
브르뉘강
테른강
브레이덴
언덕
슈루즈베리
웨스트버리
풀
카우스
폰테스버리
베이스탄
민스테를리
고드릭
포드
롱숲

CADFAEL

슈롭셔주 슈루즈베리

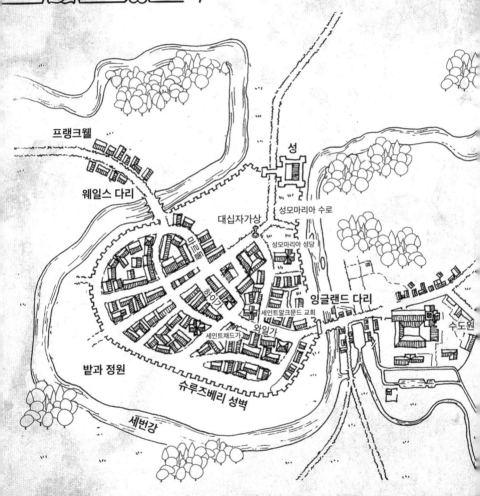

프랭크웰

웨일스 다리

성

성모마리아 수로

대십자가상

성모마리아 성당

잉글랜드 다리

수도원

세인트알크문드 교회

와인가

세인트채드가

밭과 정원

슈루즈베리 성벽

세번강

CADFAEL

슈루즈베리
성 베드로 성 바오로 수도원

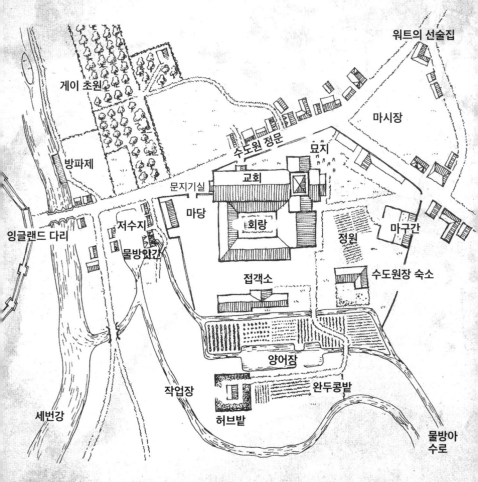

게이 초원

방파제

수도원 정문

잉글랜드 다리

문지기실

저수지

마당

물방앗간

워트의 선술집

마시장

묘지

교회

회랑

정원

마구간

접객소

수도원장 숙소

양어장

세번강

작업장

허브밭

완두콩밭

물방아
수로

일러두기. 주석은 모두 한국어판 주다.

1

서기 1140년 9월 중순, 슈롭셔의 두 영주, 즉 슈루즈베리 북쪽
에 사는 영주와 남쪽에 사는 영주가 같은 날 수도원으로 심부름
꾼을 보내왔다. 각각 자기 집안의 아들을 슈루즈베리 성 베드로
성 바오로 수도원[1]에 넣고 싶다는 것이었다.

한 아이는 교단으로 들어왔고, 다른 한 아이는 거부되었다. 수
도원 측에서 이러한 결정을 내린 것에는 중대한 이유가 있었다.

*

"최근 우리 수도원의 원로들 가운데 이 문제와 관련한 원칙에
대해 이의를 제기하는 분들이 있더군." 라둘푸스 수도원장[2]은

말했다. "그래서 이 문제를 어떤 식으로든 매듭짓거나 수사회의 공개 심의에 부치기에 앞서, 몇 분과 이야기를 나누고자 하오. 우리 수도원 전체의 살림을 담당하는 로버트 페넌트 부수도원장[3]과 부수도원장의 보좌 수사, 소년들과 견습 수사들을 돌보는 폴 형제, 어릴 적부터 수도원에서 생활해서 그 나름의 적절한 조언을 줄 수 있는 에드먼드 형제, 그와는 반대로 수많은 모험을 겪은 뒤 원숙한 나이에 수도원에 들어와 다른 관점에서 조언을 건넬 수 있는 캐드펠 형제……."

케드펠 수사는 목재 냄새가 풍기는 수도원장 사택의 휑한 거실 한구석 의자에 앉아 침묵을 지키고 있었다. '그렇게 나는 고약한 법 집행관, 바깥세상의 목소리가 되어야 할 입장이구먼.' 열일곱 해의 수도사 생활을 통해 그의 목소리도 많이 순화되긴 했지만 그곳 사람들의 귀에는 여전히 거칠고 날카롭게 들릴 터였다. '그래, 우리는 각자가 지닌 재주와 각자에게 할당된 직분에 따라 일하면 될 것이고, 그 재주와 직분은 모두 각자에게 최선의 것이니까.' 아침나절부터 집회와 기도에 참석한 데다 그 사이사이에는 수도원 담장 밖 게이 초원의 과수원이나 경내의 허브밭에서 일한 터라, 게다가 화창하고 풍요로운 9월의 대기에 살짝 취하기도 하여, 그는 마지막 기도만 끝나면 곧장 잠자리에 들 생각이었다. 그러나 여러 사람의 의견을 청취하고 조언을 듣고 싶다는 라둘푸스 수도원장의 말에 정신을 바짝 차리고 귀를 기울였다. 온몸이 나른하고 피곤해도, 자기 의견이 다른 사람들의 것과 일치하지 않을 경우에는 주저하지 않고 그걸 밝힐 생각이었다.

"폴 형제에게 두 건의 요청이 들어왔소." 수도원장은 위엄 있는 눈길로 좌중을 둘러보면서 말을 이었다. "자기 집안의 자식을 수도원에 받아들여, 삭발을 하고 법복을 입고서 주님을 받드는 일을 하게 해달라는 내용이오. 여기서 우리는 그중 한 아이에 대해 검토해봐야 할 것 같소. 아이는 좋은 가문 출신이고, 그 부친은 우리 교회의 후원자요. 그 아이가 올해 몇 살이라 했소, 폴 형제?"

"아직 다섯 살이 채 되지 않았습니다." 폴이 말했다.

"내가 주저하는 건 바로 그 때문이오. 지금 우리 수도원에는 어린아이가 넷 있고, 그중 둘은 여기서 교육을 받되 이후 성직 생활을 하지는 않을 거요. 물론 적당한 시기에 서약을 하고 우리와 함께 머무는 편을 택할 가능성도 있지만, 어쨌든 결정은 그 아이들의 몫이지. 그들이 스스로 선택을 할 수 있는 나이가 될 때 말이오. 그리고 부모가 주님께 바친 다른 두 어린아이는 이미 열 살과 열두 살이 되었고 우리들과 더불어 행복하게 잘 지내고 있으니 지금 와서 새삼 그들의 평온한 생활을 방해하는 건 올바른 처사가 못 될 거요. 하지만 앞으로 자기네가 어떤 운명을 겪고 어떤 것들을 박탈당할지 전혀 알지 못할 무지한 어린아이들을 또다시 받아들인다는 건 영 내키지 않는 일이오. 봉사와 헌신의 의지를 지닌 사람들에게 수도원의 문을 열어주는 것이야 기쁜 일이나, 아직 장난감을 쥐고 엄마의 무릎에서 재롱을 떨 나이밖에 안 된 어린아이를 덥석 받아들일 수는 없지."

"어린아이들을 수도원에 바치는 관습은 이미 몇백 년 동안 용인되어왔습니다." 로버트 부수도원장이 은빛 눈썹을 찌푸린 채 회의 어린 눈길로 자신의 귀족적인 가는 코를 내려다보며 입을 열었다. "우리의 종규宗規도 그걸 인정하고요. 종규에서 벗어나는 원칙을 새로 정하려면 많이 생각하고 검토하는 과정을 거쳐야 할 겁니다. 아버지가 자기 자식을 위해 내린 결정을 거부할 권리가 우리한테 있을까요?"

"글쎄, 나는 잘 모르겠소. 아이가 자기에게 맞는 일을 택할 나이에 이르기도 전에 그의 인생행로를 멋대로 결정할 권리가 우리한테, 또 아이의 아버지에게 있는 건지…… 오래전에 확립된 그 관행에 지금껏 누구도 이의를 제기한 적이 없소. 그리고 이제 내가 그에 대해 의문을 제기하는 바요."

"우리가 그 규칙을 버림으로써 어떤 어린아이들은 축복에 이르는 최상의 길을 박탈당하게 될 수도 있습니다." 로버트 부수도원장은 고집스레 주장을 이어갔다. "아이 시절에 길을 잘못 들어 주님의 은총을 향해 나아갈 기회를 잃는 경우가 얼마나 많습니까."

"그런 일이 있을 수 있다는 점은 인정하오." 수도원장은 말했다. "하지만 그와 반대되는 위험성 역시 크다는 게 내 생각이오. 다른 삶, 그러니까 다른 식으로 주님께 헌신하는 삶을 사는 게 좋을 많은 어린아이들이 그들에겐 감옥이나 다름없는 곳에 갇혀버릴 수도 있지. 그 점에 관해 나는 분명한 확신을 갖고 있소. 이 자리에는 네 살 때부터 수도원에서 지내온 에드먼드 형제와, 반대로 아주 활동적이고 모험으로 가득한 삶을 살다가 원숙한 나이에 수도원에 들어온 캐드펠 형제가 있소. 나는 두 분 다 아주 헌신적인 자세로 이곳에서의 생활에 임하고 있다고 믿소. 자, 우리에게 말해주시오, 에드먼드 형제. 그대는 이 문제를 어떻게 보시오? 이곳 담장 밖의 세계를 체험할 기회를 빼앗긴 것에 대해 아쉬움을 느낀 적은 없었소?"

진료소 일을 담당하는 에드먼드 수사는 이제 예순에 이른 캐드펠보다 여덟 살 아래였다. 잘생긴 외모와 풍채에 워낙 진지하고 사려 깊은 사람이라, 무장을 하고 말을 타면 용감한 무사처럼 보일 것이고 영지를 경영하는 입장이었어도 소작농들을 훌륭하게 다스렸을 터이다. 그는 깊이 생각해본 다음 차분하게 입을 열었다. "아뇨, 그런 적은 한 번도 없습니다. 아쉬워할 만한 어떤 요소들이 있는지조차 모르니까요. 제가 아는 사람들 중에는 수도원 생활을 힘들어하고 바깥세상을 경험해보고 싶어 한 이들도 있었습니다. 아마 이곳보다는 바깥세상이 더 나으리라 상상한 모양이지요. 그러나 제게는 그런 식의 상상력이 결여된 것 같습니다. 그게 아니면, 다행히 이 안에서의 일들이 제 취향이나 능력에 맞거나 혹은 너무 바빠 불평할 겨를이 없어서일 수도 있고요. 생각건대, 어느 정도 성숙한 나이에 이르러 서약을 하는 처지가 되었다 해도 저는 같은 길을 택했을 것 같군요. 하지만 저와 다른 유형의 사람들은, 자유로운 선택권이 주어졌다면 아마 지금과는 다른 길을 선택했으리라 생각합니다."

"아주 합리적인 발언이군." 수도원장은 말했다. "캐드펠 형제, 그대의 생각은 어떻소? 그대는 수많은 곳을 다녔고, 무장을 한 채 성지에도 가보았지. 그대는 늦은 나이에 자유로운 처지에서 이곳을 선택했소. 나는 그 과정에서 그대가 추호도 주저하지 않았으리라 믿소. 그렇게 많은 경험을 한 뒤 이곳을 선택할 때 더 좋은 점이 있다면 무엇이라 생각하오?"

깊이 생각한 뒤 대답을 내놓아야겠지만, 하루 종일 뙤약볕에서 노동한 뒤의 나른한 상태라 도무지 정신을 집중하기가 쉽지 않았다. 원장은 그에게 어떤 대답을 바라는 걸까? 어쨌든, 그로서는 그렇게 어린 아이가 부모의 팔에 안긴 채 뭐가 뭔지도 모르는 상태에서 법복을 걸쳐야 하는 상황이 여간 불편하지 않았다.

"제 경우엔……" 마침내 그가 입을 열었다. "천지 분간도 못하는 무지한 상태에서 교단에 들어오기보다 그렇게 많은 경험을 한 뒤 들어온 것이 훨씬 나은 선택이었다고 생각합니다. 특히, 다소 흠집이 있긴 하지만 이런저런 분야에 대한 재능을 좀 더 갈고 닦은 상태로 들어왔다는 점에서 말이지요. 저는 제 삶을 사랑했고, 저와 함께한 용사들은 물론 제가 보았던 고귀한 장소, 또 위대한 행위들을 높이 평가했습니다. 그 모든 것을 뒤로한 채 자유로운 상태에서 이곳을 선택했으니, 이는 제가 주님께 바칠 수 있는 최상의 경의와 충성인 셈입니다. 그동안 제가 밖에서 겪은 무수한 체험들은, 도움이 되었으면 되었지 이곳으로 들어올 결심을 방해한 것은 하나도 없었습니다. 그러나 만일 어린아이 시절 부모님의 의지에 의해 이곳에 들어왔다면, 저는 그 결정에 반감을 갖고 제 권리를 찾고자 했을 겁니다. 어린아이 시절에는 자유롭게 지내다가, 지혜의 빛이 깃들 나이가 되었을 때 스스로의 의지에 의해 제 권리를 주님께 바치는 편이 훨씬 더 나을 것 같습니다."

수도원장의 여윈 얼굴이 미소로 잠시 환해졌다. "하지만 일부 사람들은 은총의 빛이나 천성에 힘입어 어린 나이에도 수도원 생활에 잘 적응할 수 있지. 형제가 그러한 사실까지 부인하려는 건 아니라 믿소."

"그럼요, 그것을 부인하지는 않습니다! 물론 그런 사람들이 있지요. 그들이야말로 우리의 인적자원 중에서도 최상의 자원임이 틀림없습니다."

"그렇지!" 수도원장은 한 손으로 턱을 어루만지면서 잠시 생각에 잠겼다. 고개를 숙인 터라 깊숙이 박힌 그의 두 눈은 이마의 그늘에 가려 잘 보이지 않았다. "폴, 그대는 이 문제에 대해 어떤 견해를 갖고 있소? 형제는 많은 소년들을 돌보고 있지. 그들 중 형제에게 불만을 품는 아이는 거의 없는 것으로 알고 있소."

중년의 나이에 접어든 폴 수사는 매우 성실한 일꾼으로, 병아리들을 돌보는 자애로운 암탉처럼 천방지축으로 날뛰는 말썽꾸러기 아이들을 다스릴 뿐 아니라 교사로서도 뛰어난 자질을 지녀

학생들이 수월하게 라틴어를 익힐 수 있는 분위기를 조성해냈다.

"사실 네 살짜리 어린아이를 돌보는 일이 제게 큰 부담은 아닙니다." 폴은 느릿하게 입을 열었다. "다만 저로서도 이러한 상황이 그리 달갑지 않으며, 또 그 아이가 만족스러워할지도 의문입니다. 종규가 요구하는 건 그런 게 아닙니다. 아니, 적어도 전 그렇게 생각합니다. 좋은 아버지라면 어린 아들을 위해 우리보다 훨씬 더 많은 걸 해줄 수 있을 겁니다. 그 아이가 앞으로 어떤 일을 하게 되는지, 그리고 자기가 무엇을 포기해야 하는지 제대로 알고 직접 결정해 들어오는 편이 훨씬 나을 겁니다. 잘 교육받은 열대여섯 살쯤 된 아이라면……."

로버트 부수도원장은 고개를 뒤로 젖힌 채 엄숙한 표정으로 상관의 결정을 기다렸고, 그의 보좌 수사인 리처드 수사 역시 시종 입을 꾹 다물고 있었다. 리처드 수사는 자잘한 업무 처리에 꽤나 유능한 편이었으나, 중요한 결정을 내릴 땐 늘 이렇게 우유부단한 태도를 보이곤 했다.

수도원장이 말했다. "랜프랭크 대주교[4]의 이론을 면밀히 연구하면서, 나는 어린아이들을 교단에 바치는 문제에 관한 우리의 관점에 무언가 변화가 생겨야 한다는 결론에 이르렀소. 아이들이 자신이 바라는 삶에 대해 생각할 수 있는 나이가 되기 전에는 그들을 일절 받아들이지 않는 게 좋겠다는 확신을 가지게 되었지. 그러니 폴 형제는 이 수도원장의 생각에 따라 그 아이를 받아들일 수 없다는 점을 부모에게 부드러운 말로 밝혀주시오. 몇 년 뒤

아이를 우리 수도원 학교의 학생으로 등록시키겠다면 그건 환영하지만, 그때 가서도 견습 수사로 들여보내는 건 허용할 수 없다고 말이오. 우리가 그를 받아들이는 건, 아이가 적당한 나이에 이르러 제 스스로 수도원에 들어오고 싶어 하는 경우뿐이오. 부모에게 그 점을 분명히 이르도록 하시오." 수도원장은 숨을 몰아쉬고는 회의를 마치려는 듯 몸을 살짝 일으키려다가 다시 입을 열었다. "그러고 보니, 또 다른 집안에서도 아이를 교단에 바치겠다 요청했었지요?"

"그 아이 건은 문제가 없을 겁니다, 수도원장님." 폴 수사는 이미 자리에서 일어나 빙그레 미소 짓고 있었다. "애스플리 집안의 레오릭 애스플리가 자신의 둘째아들 메리엣을 우리 수도원에 들이고자 하는데, 그 젊은이는 이미 열아홉번째 생일을 지난 터이고 본인 역시 간절히 이곳에 들어오고 싶어 하지요. 그 젊은이는 걱정 없이 받아주어도 괜찮을 겁니다."

*

이제 폴 수사와 캐드펠 수사는 마지막 기도에 참석하기 위해 넓은 마당을 나란히 가로지르고 있었다.

"요즘은 인원을 충원하기에 좋은 때가 아니지요." 폴 수사가 입을 열었다. "경우에 따라서는 성직 지망자들을 거부하는 일이 왕왕 생깁니다. 이번에도 수도원장님이 그런 결정을 내려주셔서 얼마나 다행인지 몰라요. 어린아이들을 받아들일 때마다 마음이 편치 않았거든요. 물론 부모들이야 참된 사랑과 열렬한 신앙심으로 아이들을 바치는 경우가 대부분이지만, 가끔 의심스러운 정황도 보이거든요…… 땅이 있고 건강한 아들이 이미 둘 있을 땐, 세 번째 아들을 적당히 처분하는 방법으로 수도원에 바치는 것보다 좋은 게 없죠."

"그 세 번째 아들이 장성한 경우에도 그런 일은 일어날 수 있지." 캐드펠은 건조하게 말했다.

"장성한 아이들의 경우에는 대개 아이 쪽에서 더 적극적입니다. 성직도 그런 대로 유망한 직종이니까요. 하지만 아직 부모의 품에서 벗어나지 못한 어린아이라면 얘기가 달라지지요. 부모들이 편의에 따라 멋대로 결정해버릴 수 있어요."

"이번에 우리가 거부한 그 아이의 부모가 원장님의 말씀에 따라 몇 년 뒤 수도원 학교로 아이를 보내려 할까요?"

"글쎄요, 그건 아닐 것 같습니다. 아이가 수도원 학교에 입학할 경우에는 아이 아버지가 학비를 대야 하니까요." 자신이 가르치는 모든 개구쟁이들을 천사처럼 여기는 폴 수사도 그 부모들에 대해서는 회의적인 관점을 거두지 않았다. "아이가 견습 수사로 들어올 땐 양육비와 그 밖의 모든 비용을 우리 쪽에서 부담하지만요. 전 그 아이의 아버지를 잘 압니다. 그런대로 괜찮은 사람입니다만 아주 인색하죠. 그래도 그 사람 아내는 막내아들을 품안에 둘 수 있어 기뻐할 겁니다."

그들은 안마당으로 이어지는 출입구에 들어섰다. 막 금빛으로 물들어가기 시작하는 연초록 나무와 관목들의 향기가 황혼 녘의 대기에 달콤하게 퍼지고 있었다.

"애스플리의 아이는 어떻소?" 캐드펠이 물었다. "그 집안 영지는 남쪽, 그러니까 롱숲 가장자리 어딘가에 자리 잡고 있지요? 이름만 들었지 그 이상은 잘 모르겠군. 그 집안에 대해 아는 게 있소?"

"저도 소문으로만 들어 알 뿐입니다. 평판이 꽤 좋은 집안이에요. 그곳 집사가 청원서를 갖고 왔는데, 착실한 인상의 시골 노인이었지요. 이름이 프레문트라고, 아마 색슨계 사람 같더군요. 그 사람 말로는, 젊은이가 건강하고 교육도 착실히 받았답니다. 여러 가지로 우리한테 도움이 될 만한 청년인 것 같아요."

그러니 누구도 이의를 제기할 수 없는 결론이었다. 사촌 간의 내전으로 나라 전체가 피폐하고 무정부 상태에 빠진 이 시기, 순례자들이 몸을 사리느라 고향을 떠나지 않아 수도원의 수입은 현저하게 줄어들고 순수한 목적으로 수도원에 들어오려는 성직 지망자들의 수마저 줄어든 반면, 이곳을 피난처로 삼는 가난한 도망자들의 수는 자꾸만 늘어나고 있었다. 이러한 와중에 제대로 교육받은 훌륭한 젊은이가 소명 의식을 지니고 성직에 지망했다는 사실은 수도원 측에서는 매우 고무적인 소식이 아닐 수 없었다.

물론 나중에 가서는 현자연하며 여러 불길한 전조들을 열거하고 어두운 이야기를 늘어놓는가 하면, 자기가 이미 많은 이들 앞에서 이 모든 걸 예견했다며 뻔뻔스러운 주장을 해대는 자들이 많이 나타날 것이었다. 예상치 못한 충격적인 사건들이 일어난 뒤에는 으레 그런 얼치기 예언자들이 왕왕 등장하는 법이니 말이다.

*

이틀 뒤, 캐드펠 수사는 그 청년이 수도원에 들어오는 광경을 우연히 목격했다. 때 이르게 수확한 사과와 새로 빻은 밀가루를 운반하기에 좋은 청량한 날씨가 며칠간 계속되다가, 그날 들어 하루 종일 비가 내리고 있었다. 길은 죄다 진흙탕으로 변하고 수도원 마당의 우묵한 곳들마다 물웅덩이가 생겼다. 경전을 필사하는 수사들은 문서실에 딸린 조그만 방에 앉아 감사히 맡은 일을 이어갔지만 소년들은 휴식 시간에도 놀 수가 없어 불만스러운 기분으로 실내에서 노닥거렸고, 진료소에 있는 환자들은 대낮에도 사방이 침침하자 울적한 심사에 빠져들었다. 그 무렵 접객소에는 극소수의 사람들만이 묵고 있었다. 성직자들이 양 진영 사이에서 합의를 끌어내려 애쓰는 가운데 내전은 잠시 휴식기에 접어들었으나 대부분의 잉글랜드 사람들은 여전히 집에서 숨죽인 채 몸을 사리는 편을 택했으며, 사정상 어쩔 수 없는 사람들만이 길을 떠나 수도원 접객소에 머물렀다.

캐드펠은 그날 이른 오후를 허브밭에 있는 자신의 작업장에서 보냈다. 가을에 수확한 약초 잎과 뿌리, 열매를 가지고 조제약을 만들어야 하는 데다, 한 세기 반 전 잉글랜드의 앨프릭이 쓴 약초본을 읽는 중이라 가급적 조용히 시간을 보내고 싶었다. 넘치는 혈기로 캐드펠에게 즐거움을 안겨주기도 하지만 근심거리를 만드는 경우가 더 많은 오스윈 수사는 오늘 모습을 보이지 않았다. 마지막 서약을 할 때가 다가오니 당분간은 다른 곳에서 기도서를 공부하는 편이 나을 것이었다.

대지를 적셔주는 고마운 비가 사람들의 마음에는 어둡고 음산한 그늘을 드리웠다. 날이 컴컴해져 양피지를 더욱 가까이 들여다보던 캐드펠은 눈이 자꾸 가물거리는 탓에 결국 읽기를 단념했다. 잉글랜드어는 젊었을 때 익혀 별문제가 없지만, 라틴어는 좀처럼 친숙해지질 않았다. 뒤늦게나마 열심히 공부한 덕에 어느 정도 숙달되기는 했어도 여전히 이질적인 문자로만 비칠 뿐이었다. 그는 발효 중인 약초들을 살펴보며 한 차례씩 저어준 뒤, 작고 울퉁불퉁한 사발에 이런저런 재료를 넣어 곱게 갈았다. 그러곤 소중한 양피지들을 수사복 안에 품은 채 비를 맞으며 넓은 마당을 향해 급히 달려갔다.

접객소 현관으로 뛰어들어 잠시 숨을 돌린 뒤 다시 마당의 물웅덩이들 사이를 내달리려는 참에, 말을 탄 세 사람이 정문으로 들어서는 모습이 보였다. 그들은 문지기실이 딸린 아치 통로 밑에서 걸음을 멈춘 채 외투에 묻은 빗물을 털어내고 있었다. 문지기가 급히 나와 벽을 따라 그들 곁으로 다가가고, 마구간 마당에 서는 마부 하나가 마대 자루를 쓴 채 빗발을 뚫고 물을 튀기며 달려왔다.

보아하니 레오릭 애스플리와 수사가 되고 싶다는 그의 아들이 도착한 모양이었다. 캐드펠은 반쯤은 호기심에, 또 반쯤은 그사이 빗발이 좀 약해질지도 모른다는 기대감에 거기 그대로 서서 그들을 지켜보았다.

키가 크고 반듯한 자세에 두툼한 외투를 입은 나이 지긋한 남자가 커다란 회색 말을 타고 일행을 이끌어온 듯했다. 그가 두건을 벗자 텁수룩한 반백의 머리와 턱수염을 기른 길고 잘생긴 얼굴이 드러났다. 넓은 마당이 가로놓여 있어 거리가 꽤 멀었음에도 캐드펠은 그 높은 콧마루를, 그리고 오만에 가까운 자부심이 가득한 입과 턱을 볼 수 있었다. 하지만 정작 문지기와 마부를 대하는 그의 태도는 더없이 정중했다. 결코 녹록한 사람이 아니요, 자식에게 쉽게 만족을 느낄 사람도 아닌 듯했다. 그는 아들의 결심을 순순히 받아들였을까? 절대로 안 된다고 버티다가 마지막에 가서야 마지못해 받아들인 것은 아닐까? 보아하니 그는 50대 중반쯤 된 것 같았다. 자신은 이미 예순을 넘겼건만, 캐드펠은 그 사실을 까맣게 잊은 채 상대를 늙은이로 여기고 있었다.

이어 캐드펠의 시선은 뒤편에 있는 젊은이에게로 향했다. 검은색 망아지의 등에서 뛰어내리더니 얼른 아버지에게 달려가 등자를 잡아주는 품새가 지나치다 싶으리만큼 공손해 보였지만, 그 태도 어딘가에는 노인네의 뻣뻣한 자의식을 연상시키는 일면이 깃들어 있었다. 그 아버지에 그 아들이라지, 캐드펠은 생각했다. 열아홉 살 난 메리엣 애스플리는 제 아버지보다 머리 하나는 더 작아 보였다. 흠잡을 데 없이 균형이 잘 잡힌, 단아하면서도 단단한 몸매를 지닌 젊은이. 검은 머리칼 몇 가닥이 젖은 이마에 찰싹 달라붙어 있었고, 매끄러운 양쪽 뺨으로는 빗물이 눈물처럼 흘러내렸다. 그는 아버지와 약간의 거리를 두고 서서 주인의 명령을 기다리는 하인처럼 조신하게 고개를 숙인 채 대기하고 있다가, 아버지가 문지기실 안으로 들어서자 얼른 그 뒤를 따랐다. 그럼에도 그에게서는 지극히 독자적인 분위기가 엿보였다. 그런 의례들, 자신의 내면에 존재하는 것들과는 완전히 분리된 외적인 예의를 깍듯이 지키면서도 그 이상은 절대 양보하지 않겠다는 일종의 의지랄까. 캐드펠이 먼 거리에서 얼핏 포착한 그의 얼굴은 아버지의 얼굴만큼이나 엄숙해 보였으며, 두툼하니 열정이 담긴 입술은 양쪽 귀퉁이가 움푹 들어가도록 굳게 다물려 있었다.

그래, 아버지와 아들의 마음이 일치하지 않는 게 분명해. 부자 사이에 감도는 냉랭하고 긴장된 분위기를 설명하는 건 그것뿐이겠지. 아버지는 아들의 결정을 인정하지 않고 아마도 아들의 마음을 돌리려 애썼으리라. 그러나 격렬한 반대에도 불구하고 끝내 결심을 꺾지 못한 것이다. 완고한 고집, 그리고 좌절과 환멸이 저 부자 사이를 갈라놓은 것이 틀림없었다. 아버지의 뜻을 거슬러 수도원에 들어오다니, 수도 생활의 첫 시작치고는 그리 산뜻하지

못한 셈이었다. 너무나 큰 빛을 보고 이를 마음에 담은 이들은 종
종 자신이 불러일으키는 고통을 보지 못하는 법이다. 캐드펠은
그런 식으로 수도원에 들어오지 않았으나, 일부 사람들에게 그런
일이 일어난다는 사실을 잘 알았다. 그 강박적인 마음도 이해 못
할 바는 아니었다.

그들은 문지기실로 들어가 폴 수사를 기다렸다. 곧 수도원장
을 접견하는 의례적인 자리가 마련될 터였다. 거친 털로 뒤덮인
조랑말을 타고 맨 끝에서 따라온 마부가 주인 부자의 말들을 끌
고 마구간으로 사라지자 넓은 마당은 다시 텅 비었다. 빗줄기는
여전히 줄기차게 쏟아지고 있었다. 캐드펠은 수사복 자락을 걷어
올린 채 문서실로 달려가 소매와 두건의 물기를 털어내고는 다시
양피지를 읽기 시작했다. 채 몇 분도 지나지 않아 그는 앨프릭이
'디텐더즈dittanders'라 표기해놓은 것이 자신이 알고 있는 '디터
니(꽃박하)'와 같은 것인가 아닌가 하는 문제를 규명하는 데 골
몰하여, 수도자가 되기로 확고히 결심한 메리엣 애스플리에 대해
서는 까맣게 잊고 말았다.

*

이튿날 수사회 시간, 그 젊은이는 모두가 지켜보는 앞에서 인
사를 하고 앞으로 형제들이 될 수사들의 따뜻한 환영을 받았다.
원래 견습 기간에는 수사회에 참여할 수 없지만 이따금씩 들어와

수사들 사이에 오가는 얘기를 경청하는 것은 허용되었으며, 라둘 푸스 수도원장 또한 새로 들어온 수사들은 따뜻하고 정중한 영접을 받을 권리가 있다고 여기는 터였다.

새로 지급받은 수사복을 걸친 메리엣의 모습은 약간 어색했다. 묘하게도 그는 사복을 입고 있을 때보다 훨씬 작아 보였다. 이제 적의 어린 시선으로 그를 지켜보는 아버지도 곁에 없는 데다 그를 기꺼이 이곳의 일원으로 받아준 이들에 대해서는 하등 경계할 필요가 없는데도, 그는 여전히 뻣뻣하게 굳어서 눈을 내리깔고 두 손을 꽉 움켜쥔 채 서 있었다. 아마도 이제 새로운 인생행로가 시작된다는 사실에 압도된 탓이리라. 질문이 나오자 그는 낮고 고른 목소리로 빠르게, 그리고 고분고분 답하기 시작했다. 여름 볕에 황금빛으로 그을린 매끄러운 얼굴의 양쪽 광대뼈 언저리가 이내 붉게 달아올랐고, 가늘고 반듯한 코의 양쪽 콧방울은 신경질적으로 떨리고 있었다. 침묵할 땐 그저 엄숙하고 오만해 보이던 입도 막상 말을 하자 무척이나 연약해 보였다. 그의 눈동자는 반듯하게 아치를 그린 양 눈썹 아래 감긴 눈꺼풀 너머 조신하게 감추어진 채였다.

"그동안 충분히 생각해왔을 거요." 수도원장은 말했다. "그러나 이제 다시금 그대에게 묻소. 그대가 어떤 대답을 하든, 그대를 비난할 사람은 아무도 없소. 자, 그대는 이곳에서 우리와 함께 은둔 생활을 하고 싶소? 진실로 그걸 바라오? 그 생각에 추호도 흔들림이 없소? 마음속에 있는 건 뭐든 이야기해도 좋소."

"제 마음은 확고합니다, 신부님." 메리엇은 낮지만 열정적인 목소리로 대답하더니 이내 보다 조심스러운 어조로 말을 이었다. "저를 받아주시기를 간절히 바랍니다. 매사에 순종하겠습니다."

라둘푸스의 얼굴에 희미한 미소가 떠올랐다. "그 서약은 나중으로 미루시오. 당분간 폴 형제가 그대를 지도할 것이니 그대는 그의 지시에 따르시오. 성숙한 나이가 되어 수도원에 들어온 이들은 관례상 1년의 견습 기간을 거쳐야 하오. 서약을 하고 그걸 이행할 시간은 그 이후에 올 것이오."

수도원장의 말이 떨어지자 청년이 공손하게 숙이고 있던 머리를 갑자기 뒤로 젖혔고, 동시에 커다란 눈꺼풀이 열리며 초록빛 반점이 뒤섞인 크고 맑은 진갈색 눈동자가 고스란히 드러났다. 이곳에 들어와 처음으로 밝은 빛과 마주한 그 눈에는 가벼운 놀라움과 불안감이 깃들어 있었다. "그게 꼭 필요한가요?" 당황한 듯 그의 목소리는 매우 높고 날카로웠다. "제가 열심히 공부할 경우 그 기간을 단축시켜주실 수는 없겠습니까? 1년이라니, 너무 긴 시간입니다."

수도원장은 청년을 지그시 바라보며 이맛살을 찌푸렸다. 불쾌하다기보다는 놀라서, 그리고 생각을 하느라 나온 표정이었다. "우리가 보기에 견습 기간을 단축하는 게 좋으리라 여겨질 때는 그렇게 할 수도 있을 거요. 하지만 초조한 마음에 급히 서두르는 건 바람직한 일이 못 되오. 그대가 정말로 더 일찍 준비를 갖춘다면 그 사실은 저절로 드러날 테니 지나치게 노심초사하지 않도록 하시오."

이제 메리엣은 덧문으로 빛을 가리듯 다시 눈꺼풀을 내리깐 채 맞잡은 자신의 손을 내려다보고 있었으나, 조금 전의 발언과 어조가 그의 예민한 성미를 분명하게 드러낸 터였다. "윗분들의 뜻을 잘 따르겠습니다. 저는 그저 철저히 수행함으로써 마음의 평화를 누리고 싶은 마음이 간절할 뿐입니다." 캐드펠은 잘 통제된 목소리에서 순간적인 떨림을 들은 듯했다. 지나치게 열성적인 광신자들, 헌신이 지나쳐 스스로를 희생 제물로 만들어버리는 이들을 수없이 겪어온 라둘푸스 수도원장으로서는 아마 그 청년의 태도가 그리 놀랍지 않으리라.

"그대는 원하는 걸 얻을 수 있을 거요." 수도원장은 부드럽게 말했다.

"반드시 그래야 합니다!" 캐드펠의 생각이 맞았다. 청년의 목소리는 분명 떨리고 있었다. 그의 겁먹은 두 눈은 줄곧 눈꺼풀 너머에 감추어진 채였다.

라둘푸스 수도원장은 부드러우면서도 조심스러운 당부의 말과 함께 수사회의 끝을 알린 뒤 그곳을 떠났다. 새로 온 청년은 바람직한 인물일까? 아니면 저 지혜로운 라둘푸스 수도원장이 예민하고 날카로운 눈으로 주의 깊게 지켜봐야 할 병적인 열정의 소유자일까? 물론 자신이 원하던 안식처에 마침내 들어온 열정적인 청년이라면 과도한 열정과 서두름을 보이는 것도 그리 이상한 일은 아닐 것이다. 남은 평생을 수도원에서 보내기로 결심한 순간에도 현실에 단단히 발을 딛고 서 있던 캐드펠로서는 제 의지를 모아 당장 날개를 펼치려 하는 이 젊은이에게 깊은 연민을 느꼈다. 그는 자신의 과장된 감정에 북받쳐 마치 시를 읊듯, 혹은 노래를 하듯 한 마디 한 마디를 내놓았다. 어떤 사람들은 죽는 날까지 그 뜨거운 불길을 간직하며 다른 이들에게도 이를 옮겨줌으로써 다음 세대에 빛의 흔적을 남긴다. 또 연료가 부족한 탓에 그불이 꺼지고 마는 사람도 있지만, 그렇다 해도 해가 될 것은 없다. 메리엣 청년의 저 맹렬한 불길이 어떤 종류의 것인지는 시간이 지나면서 저절로 드러나게 될 것이었다.

*

슈롭셔의 행정 보좌관 휴 베링어는 상관의 직무를 대신하기 위해 자신의 영지가 있는 메이즈버리에서 슈루즈베리로 돌아왔다. 그의 상관, 즉 행정 장관인 길버트 프레스코트는 성 미카엘 축제[5]를 맞아 반년간 웨스트민스터 사원[6]에 머물기로 되어 있는 스티븐 왕[7]에게 세수와 재무 상태를 보고하러 떠난 터였다. 휴와 프레스코트가 잘 협력하여 물샐틈없이 방비해온 덕에 슈롭셔주는 이 나라의 대부분 지역을 휩쓸고 있는 혼란과 무질서에서 어느 정도 벗어나 있었다. 웨일스와의 국경 지대에 자리 잡은 다른 수도원들 상당수가 습격과 약탈에 시달리는 데다 군인들이 수도사들을 쫓아내고 수도원을 성채로 삼는 일이 비일비재한 형편이었으니, 이곳 수도원 또한 이 두 사람에게 감사할 이유가 충분했다. 스티븐 왕의 군대나 모드 황후[8]의 군대도 고약한 일들을 수없이 저질렀지만, 그들보다 더 고약한 건 어디에도 속하지 않은 사병私兵들이었다. 규모가 크건 작건, 이 약탈자 무리들은 법과 군대가 힘을 잃은 지역이라면 어디든 침입해 모든 걸 닥치는 대로 집어삼켰다. 다행히 슈롭셔에서는 아직 법질서가 굳건하여 주민들 모두 안전히 보호받고 있었다.

휴는 아내와 어린 아들을 세인트메리 교회[9] 부근에 있는 집으로 안전히 들여보내고 성 수비대의 기강이 제대로 잡혀 있는지 확인한 뒤, 제일 먼저 수도원으로 향했다. 수도원장에게 인사를 드리고, 또 허브밭에 들러 캐드펠 수사를 만나기 위해서였다. 그들은 오랜 친구 사이였다. 아버지와 아들처럼 서로를 편안하고 관대하게 대할 뿐 아니라, 같은 체험을 공유한 덕에 세대 차이에도 불구하고 동년배처럼 호흡이 잘 맞았다. 하루가 다르게 동요하고 무너져가는 이 땅에서 소중히 지키지 않으면 안 되는 가치관들과 제도를 보다 굳건히 떠받치기 위해 이들은 늘 힘과 지혜를 모으곤 했다.

캐드펠은 얼라인의 안부부터 물었다. 그녀를 떠올리기만 해도 즐거운지 그의 얼굴엔 미소가 떠올라 있었다. 휴가 격렬한 싸움 끝에 얼라인을 얻고, 또 젊은이로서 높은 공직에 오르는 모습을 캐드펠 자신이 직접 목격한 터였다. 게다가 이 부부의 첫아들은 그에게 친손자나 마찬가지였다. 올해 초에 있었던 세례식에서 그

31

는 그 아이의 대부가 되었다.

"즐겁게 잘 지내고 있습니다. 얼라인도 늘 수사님의 안부를 물어요. 언제고 시간이 나면 집으로 모시겠습니다. 그 사람의 얼굴이 얼마나 화사하게 피어났는지 직접 보셔야죠."

"새싹 때부터 충분히 멋진 사람이었지." 캐드펠은 말했다. "자일스라는 그 꼬마 녀석도 잘 자라고 있겠지? 이제 아홉 달이 되었으니 곧 강아지처럼 온 집을 헤집고 다니겠군! 금방 혼자 일어설 테니 말이야."

"벌써 두 발로 걸어 다니는 유모 콘스턴스만큼이나 재빠르게 움직여요." 휴가 자랑스럽게 말을 이었다. "게다가 타고난 무사처럼 아귀힘이 좋습니다. 감사하게도 아직은 이 시대의 혼란상으로부터 멀리 떨어져 있지만, 그 시절이 너무 짧을 것 같아 걱정이에요. 주님이 도와주신다면 그 애가 어른이 되기 전에 이 고약한 시대도 끝나겠죠. 일찍이 잉글랜드는 안정된 통치를 경험한 바 있으니, 또다시 그런 때가 오지 않겠습니까?"

휴는 천성이 안정적이고 쾌활한 사람이었다. 하지만 자신의 직무를 떠올릴 때마다 그의 얼굴에는 시대의 그늘이 드리우곤 했다.

"남쪽에서 아무 소식이 없나?" 그 순간적인 그늘을 포착하고 캐드펠이 물었다. "헨리 주교[10]의 협의회는 별다른 성과 없이 끝난 듯하더군."

윈체스터 주교 겸 교황 대사인 블루아의 헨리는 스티븐 왕의 동생이었다. 스티븐이 교회에 공공연히 맞서고 주교들을 모욕하기 전까지만 해도 자신의 형제를 충실히 옹호해왔으나, 사촌인 모드 황후가 잉글랜드에 도착해 글로스터에 기반을 둔 서쪽 지방의 황후당과 더불어 안전한 지위를 확보한 지금 그의 마음이 어느 쪽에 가 있는지는 더 두고 봐야 알 일이었다. 유능하고 야심만만하고 현실적인 성직자라면 일단 양쪽 모두의 의견에 고개를 끄덕여줄 테지만, 속으로는 아마 양쪽 모두에 적개심을 품고 있으리라. 혈족들의 분쟁으로 곤란한 입장에 처한 그는 지난 봄과 여름 내내 양측을 화해시키려고 무진 애를 써왔다. 양측의 주장을 무마하거나 모두 만족시켜 모종의 협정을 이끌어냄으로써 잉글랜드에 신뢰할 만한 하나의 정부를 세우고 법질서를 회복시키려는 의도였다. 그렇게 최선을 다한 끝에 한 달 전 배스 부근에서 양측 대표자들의 만남을 성사시켰는데, 아쉽게도 그 협의회에서는 아무런 결론도 나오지 않았다.

"실질적인 결실은 하나도 없었죠. 얼마간의 휴전이 성과의 전부입니다."

"듣자니 황후는 교회에 청원서를 제출해 재판을 진행해달라 요청하려는 것 같던데. 물론 스티븐은 그럴 생각이 없고."

"당연히 그렇겠죠." 휴의 얼굴에 씁쓸한 미소가 스쳤다. "왕은 이미 가진 사람이고, 황후는 아니니까요. 어떤 식으로 재판을 하든 왕은 잃기만 할 뿐입니다. 반면 황후는 뭔가 하나라도 얻으면 얻었지, 잃을 것이 하나도 없지요. 설령 재판에서 아무런 결론이

나오지 않는다 해도 최소한 황후의 명분을 부각시키는 효과는 가져다줄 겁니다. 게다가 우리의 왕은— 주님께서 그분께 보다 현명한 판단을 계시하시길!—교회를 모욕했잖습니까. 교단에서는 앙갚음을 하려고 벼르겠죠. 결국 교회의 재판에는 기대할 게 없습니다. 헨리 주교는 희망을 놓지 않고 프랑스 왕과 노르망디 시어볼드 백작[11]의 지지를 얻어내려 하고 있습니다. 다음 몇 주 동안 그 두 사람을 만나 중재안을 만들어낸 뒤 그걸 갖고 돌아와 다시 양측과 대화를 시도하겠지요. 솔직히 그분은 이곳 잉글랜드에서 더 큰 지원을 기대했을 겁니다. 특히 북쪽의 영주들로부터 말이죠. 하지만 그 사람들은 죄다 굳게 침묵을 지킨 채 자기네 영지에만 머물러 있지요."

"체스터의 영주 말인가?" 캐드펠이 넘겨짚듯 물었다.

체스터의 라눌프 백작[12]은 북쪽의 강력한 팔라틴[13] 백작령을 다스리는 독자적인 인물이었다. 그는 황후의 이복동생이자 황후파의 수장 격인 글로스터의 로버트 백작[14]의 딸과 결혼했으나 양측 모두에게 좋지 않은 감정을 품고 있었고, 지금껏 어느 측에도 가담하지 않은 채 영지 내의 평화를 유지하는 일에만 신경을 써왔다.

"예. 그리고 그 이복형제이자 링컨셔에 대규모 영지를 가진 루마르의 윌리엄 백작[15] 말입니다. 두 사람은 왕이나 황후 모두 무시할 수 없는 세력입니다. 영지 지배권을 가진 데다 그 이상의 역할도 해낼 수 있는 이들이에요. 지금 같아서는 임시 휴전만으로도 고마운 형편입니다. 그래도 아직 희망을 버려선 안 되겠지만요."

이 어려운 시대에 잉글랜드에서 희망 같은 걸 기대할 수 있을까? 어쨌든 블루아의 헨리가 혼돈으로부터 질서를 이끌어내기 위해 최선을 다하고 있는 건 사실이었다. 헨리는 젊은 나이에 수도원에 들어와 위대한 성취와 출세를 꿈꾸는 이들의 모범이자 산증인이라 할 만한 사람이었다. 클뤼니의 수사에서 출발해 글래스턴베리 수도원장, 윈체스터 주교를 거쳐 교황 대사라는 자리에 이르는 비약적인, 그리고 무지개처럼 찬연한 출세. 사실 그토록 빠른 성취가 가능했던 건 헨리 왕의 조카라는 신분 덕분이었다. 평범한 가문에서 태어난 여느 유능한 젊은이라면 성직을 지망하여 수사복을 입는다 해도, 수도원 안에서고 밖에서고 간에 주교관主教冠을 기대하기란 어려우리라. 예컨대 열정적인 입과 초록빛 반점이 섞인 눈을 지닌 저 불안정한 젊은이가 제아무리 애쓴다 한들, 과연 얼마나 멀리까지 나아갈 수 있겠는가.

"자네, 애스플리 집안 사람들에 대해 뭐 아는 게 있나?" 캐드펠은 불기가 다소 가라앉되 완전히 꺼지지 않게끔 화로에 토탄 덩어리를 새로 얹어놓으며 입을 열었다. "그 영지는 시내에서 그리 멀지 않은 롱숲 가장자리 어딘가 외진 곳에 자리 잡고 있는 것 같던데."

"그렇게 외진 곳도 아니죠." 휴는 예상 밖의 질문에 약간 놀란 눈치였다. "그곳과 이웃한 세 영지까지 모두 한 주인이 개간한 땅에서 파생되어 나왔습니다. 원래는 로저 백작[16]의 땅이었는데, 지금은 왕에게 귀속되어 있죠. 영지 이름을 따 애스플리 가문이라 명명했지만 원래 그 사람의 할아버지는 속속들이 색슨 사람이었답니다. 아주 성실하고 믿을 만해서 로저 백작이 그 사람을 총애했고, 나중에 애스플리 땅까지 넘겨준 거죠. 백작의 노른자위 땅을 얻은 그 집안 사람들은 영지를 충실히 경작해오다가 백작령이 왕에게 넘어갈 때 함께 귀속됐습니다. 영주의 아내는 노르만계 사람인데, 그 덕에 남편은 북쪽의, 그러니까 노팅엄 너머에 있는 영지까지 차지하게 되었다더군요. 하지만 여전히 애스플리가 그 사람에겐 가장 중요한 땅이죠. 그런데 애스플리에 대해서는 왜 물으십니까?"

"그 사람을 만났거든." 캐드펠은 간단히 대답했다. "빗속에서 얼핏 본 정도지만 말이야. 자기 작은아들을 우리한테 데려왔더군. 아들은 성직자가 되기를 열망하는데, 나로선 그 이유가 참 궁금하단 말이지."

"궁금할 게 뭐 있습니까?" 휴가 어깨를 으쓱이며 말했다. "위에 형이 있다면 그것도 작은 명예를 얻을 수 있는 한 방법이죠. 군대에 뛰어들어 새로운 운명을 개척할 만한 자질이 없는 이상, 작은아들은 결국 땅도 없는 처지에 놓일 테니까요. 수도원은 그리 나쁘지 않은 선택입니다. 영리한 아이라면 군인이 되어 남의 밑에서 고용살이를 하기보다 그 편이 훨씬 더 나을 거예요. 게다가 더 높이 출세할 가능성도 있잖습니까."

캐드펠은 그런 젊은이들의 우상으로 자리 잡은 헨리 주교의 젊었을 적 모습을 상상해보았다. 하지만 그 사람도 메리엇처럼 잔뜩 긴장해 벌벌 떨었을까?

"그 아이 아버지는 어떤 사람인가?" 작업장 벽 쪽 기다란 벤치에 앉아 있던 친구 곁에 자리를 잡으며 그가 물었다.

"영지는 두 곳뿐이지만, 에설레드 왕[17] 시대 이전까지 거슬러 올라가는 오래된 가문 출신이라 자부심이 대단해요. 색슨 왕조 시대에는 영주들이 자기 영지에 조그만 궁전을 짓고 살았다더군요. 산악 지역이나 삼림지대에는 여전히 그런 저택이 남아 있지요. 나이는 아마 쉰몇 살쯤 되었을 겁니다." 시대가 워낙 불안정한 마당이라, 휴는 자신이 지키는 영역 안에 있는 땅과 그 영주들에 관해 충실히 조사해둔 터였다. "평판이나 소문은 아주 좋은 편입니다. 그 사람 아들들은 본 적이 없지만, 듣자하니 대여섯 살 정도 터울이 진다더군요. 수사님이 본 아이는 몇 살쯤 되었던가요?"

"제 말로는 열아홉이라 하더군."

"그 아이의 어떤 점이 마음에 걸린 겁니까?" 짐짓 태연한 목소리였으나, 휴는 신경을 곤두세운 채 캐드펠의 무뚝뚝한 옆얼굴을 바라보며 대답을 기다리고 있었다.

"지나치게 고분고분한 태도랄까⋯⋯." 캐드펠은 뇌리에 남은 희미한 기억들을 차분히 되새겨보았다. "천성은 야성적이고 열정적인 아이인 것 같은데 말이야. 매나 꿩처럼 지그시 상대를 응시하는 눈매에 허공에 가로걸린 암벽처럼 우뚝 솟은 이마를 가졌는데, 어울리지 않게도 줄곧 꾸중을 듣는 하녀처럼 두 손을 꼭 붙잡은 채 시선을 내리깔고 있더구먼!"

"요령을 부리는군요." 휴가 말했다. "원장님의 눈치를 보는 겁니다. 영리한 아이들이 곧잘 그러죠. 수사님도 그런 아이들을 많이 보셨잖습니까."

"봤지." 어리석은 몇몇 아이들. 얕은 재주를 동원해 꽤 멀리까지 나아가는, 자신의 능력으로는 도저히 꿈꿀 수 없는 것을 얻으려 애쓰는 야심만만한 젊은 애들. 하지만 그 아이한테서는 그런 느낌을 받지 못했다. 어떻게 해서든 이곳에 들어오기를 갈구하던 필사적인 모습으로 미루어, 그에겐 받아들여지는 것 자체가 목적인 듯했다. 그 매 같은 눈이 정말로 향하고 있던 곳은 어디인지, 혹시 담장으로 둘러싸인 수도원 밖의 어느 지평을 겨냥한 것은 아닌지 캐드펠은 궁금했다. "제 뒤에 있는 문을 닫아버리는 아이들의 의도는 둘 중 하나야. 그 너머의 세계에서 도망치려 하거나, 아니면 이 안쪽 세계로 도피하려 하거나. 그 둘 사이에는 분명 차이가 있지. 하지만 당장은 명확히 설명할 방법을 모르겠군."

2

올 10월 게이 초원에 펼쳐진 과수원에서는 사과가 풍작이었다. 그러나 날씨가 쉴 새 없이 변덕을 부리는 탓에, 수도원 사람들은 주중 사흘 연속으로 찾아온 화창한 날들을 최대한 이용해야 했다. 무릇 과일은 건조한 날 얼른 수확해야 하니 말이다. 학생들을 제외한 모든 견습 수사들과 성가대 수사들은 물론 하인들까지, 수도원 사람들은 사과 따는 일에 총동원되었다. 공식적인 허락을 받아 나무를 탈 수 있으니, 특히 젊은이들에게 이는 더없이 즐거운 일이었다. 다들 소년 시절로 돌아간 듯한 기분에 취해 수사복 자락을 무릎까지 걷어 올리고 나무에 오르느라 바빴다.

게이 초원 끝자락 가까운 곳에는 오두막이 한 채 있었다. 집주인은 시내에서 장사를 하는 사람으로, 거기서 염소들을 키우고

벌을 쳤다. 수도원 측은 과수원을 방목지로 사용할 수 없게 했으나 과수들 밑에서 자라는 풀은 얼마든지 베어 가도 좋다고 허락한 터였고, 그래서 그날도 그는 작은 낫을 들고 나와 과수들 밑에서 자라는 긴 풀을 베고 있었다. 가을도 차츰 깊어졌으니 아마도 그해의 마지막 풀베기가 될 것이었다. 캐드펠은 그와 함께 사과나무 밑에 앉아 한가로운 이야기를 나누며 낮 시간의 한때를 기분 좋게 보냈다. 슈루즈베리 시민치고 캐드펠이 모르는 사람은 거의 없었다. 이 선량한 사람에겐 자식들이 여럿이라, 캐드펠은 아이들에 관해 이것저것 물어보았다.

나중에 캐드펠은 공연히 가족들의 안부를 캐물어 그의 정신을 빼놓았다며 스스로를 나무라야 했다. 이제 겨우 걸음마를 뗀 막내아들이 뒤뚱거리며 다가와 점심을 먹으러 오라고 전하자, 대화에 정신이 팔려 있던 그가 그만 나무 밑에 낫을 버려두고 가버린 것이다. 낫이 무성한 풀밭 속에서 날을 하늘로 향한 채 사과나무 줄기에 기대세워져 있는 것도 모르고 그는 막내아들을 번쩍 안아 오두막으로 향했고, 캐드펠도 힘겹게 일어나 수확하는 곳으로 돌아갔다.

이미 밀짚 바구니들마다 사과들이 잔뜩 들어차 있었다. 수도원에 들어온 이래 최대의 수확이라고까지는 할 수는 없지만 그런대로 쏠쏠한 풍작이었다. 감미로운 대기의 엷은 안개 사이로 부드럽게 퍼지는 햇살, 저 건너 높이 솟아오른 성탑의 실루엣과 그들 사이로 조용히 흐르는 강물, 과일과 건초 냄새가 뒤섞인 수확의 향기. 여름의 열기로 달아오른 나무들은 다가올 휴식기를 기다리고, 진하고 향기로운 대기가 사람들의 코를 알싸하게 하는 가을의 한낮이었다. 절로 긴장이 늦춰지고 마음이 가벼워진다 해도 하등 이상할 것이 없었다. 가벼운 마음으로 부지런히 손을 놀리는 이들을 지켜보던 캐드펠은 메리엣에게 시선을 고정했다. 걷어 올린 소매, 옷자락 아래 드러난 구릿빛 팔과 둥그런 무릎, 어깨 너머에서 흔들리는 두건, 아직 정수리를 밀지 않은 텁수룩한 검은 머리가 하늘을 배경으로 생생하게 눈에 들어왔다. 그는 얼굴을 환히 빛내며 갈색 눈을 똑바로 치켜뜨고 있었다. 문득 그 얼굴에 미소가 떠올랐다. 분명한 대상도 맥락도 없는, 금세 사라지는 가벼운 미소. 자신의 내면을 응시하다가 한순간 떠올린 듯한 미소였다.

사과를 주우며 천천히 앞으로 나아가던 캐드펠은 이내 젊은이의 모습을 시야에서 놓쳤다. 열심히 사과를 주워 모으며 내면적이고 영적인 기도의 순간에 빠져드는 일이야 이상할 것 없지. 메리엣 역시 이날의 감미로운 즐거움에 담뿍 취해 있는 것이다. 그의 얼굴이 이 사실을 분명히 드러냈고, 그런 모습은 그에게 아주 잘 어울렸다.

불행히도, 몸이 가장 무겁고 몸놀림도 둔한 어느 견습 수사가 하필이면 낮이 기대어져 있는 그 나무에 올랐다. 더욱 불행한 건, 그가 잔뜩 매달려 있는 열매들을 따려고 팔을 지나치게 멀리 뻗었다는 것이었다. 저 끝에 매달린 사과들 때문에 약해져 있던 나

못가지가 끝내 긴장을 이기지 못해 부러졌고, 그 바람에 견습 수사는 가지와 더불어 날을 하늘로 향하고 있는 그 낫을 향해 곧장 떨어지고 말았다.

요란한 소리에 동료 수사 대여섯이 얼른 그리로 달려왔다. 캐드펠이 제일 빨랐다. 뒤엉킨 수사복 자락 속에서 그 젊은이는 팔다리를 맥없이 늘어뜨린 채 꼼짝하지 않았다. 수사복 왼쪽 옆구리는 길게 찢긴 채였고, 그리로 흘러나온 선연한 붉은색 핏줄기가 소매와 풀밭을 소리 없이 적시고 있었다. 그야말로 느닷없이 닥쳐온 끔찍한 죽음의 현장이었다. 이런 광경을 생전 처음 보는 젊은이들은 경악해 비명을 지르기 시작했다.

메리엣은 조금 떨어진 곳에 있어서 그 젊은이가 추락하는 소리를 듣지 못했다. 아무것도 모르는 채 큼직한 과일 바구니를 들고 나무들 사이에서 나온 그는, 바닥에 널브러져 피를 흘리는 동료의 모습을 맞닥뜨리는 순간 화살에 맞은 말처럼 우뚝 멈춰 섰다가 이내 비틀비틀 뒷걸음을 쳤다. 그의 손에서 바구니가 떨어져 사과들이 사방으로 굴러갔다.

추락한 견습 수사 곁에 무릎을 꿇고 있던 캐드펠은 사과 구르는 소리에 얼핏 고개를 들었다가 날빛처럼 환하던 메리엣의 얼굴이 순식간에 칙칙한 죽음의 빛으로 변해가는 광경을 보았다. 동료에게 고정된 그의 두 눈은 일체의 생명의 빛이 사라져, 마치 불투명한 녹색 유리구슬 같았다. 칼에 찔려 쓰러진 동료를 그는 눈한 번 깜박이지 않고 정신없이 내려다보았다. 얼굴의 모든 선들이 사라지는 듯하다가 다시 선연해지며 새하얀 빛을 띠었다. 그 대로 영원히 움직이지 않을 것만 같은 모습이었다.

"정신 차려!" 가엾은 한 젊은이의 몸을 붙잡은 채, 캐드펠은 충격으로 그 자리에서 얼어붙은 또 하나의 가엾은 젊은이를 향해 소리쳤다. "얼른 그 사과들을 주워 담아 다른 곳으로 가게. 나를 도와줄 수 없다면 이 광경을 볼 수 없는 곳에 가 있어. 이 친구는 나무줄기에 머리를 부딪쳐 잠시 정신을 잃었을 뿐이야. 낫에 찔린 옆구리의 상처는 그리 심각하지 않네. 칼에 찔린 돼지처럼 피를 흘리긴 하지만 생생하게 살아 있고, 곧 정신을 차릴 거야."

아닌 게 아니라, 쓰러진 젊은이는 어느새 몽롱한 한쪽 눈을 뜨고 있었다. 그는 상황을 파악하느라 주위를 두리번대다가 이내 상처의 고통을 느꼈는지 신음 소리를 냈다. 이에 안도한 젊은이들은 그에게 좀 더 가까이 다가섰고, 홀로 남겨진 메리엣은 말없이 뻣뻣한 몸을 숙여 쏟아진 사과들을 주워 담기 시작했다. 그러나 그의 얼굴은 여전히 굳어 있었으며, 얇은 막을 씌운 양 생명 없는 뿌연 눈동자의 빛도 한참 동안 돌아오지 않았다.

캐드펠이 제대로 보았듯 그 젊은이의 옆구리 상처는 날이 얕게 스치고 지나간 정도였다. 한 견습 수사가 제 셔츠에서 찢어낸 천 조각과 과일 바구니의 손잡이에서 풀어낸 굵은 리넨 띠로 단단히 묶어주자 이내 지혈이 되었다. 충격으로 좀 얼얼할 뿐, 나무줄기에 부딪쳐 생긴 머리의 상처도 그리 대단치 않았다. 그는 동료들의 도움을 받아 자리에서 일어난 뒤 두 다리를 시험해보고는, 혹시라도 쓰러질 경우 서로 손과 손목을 얽어 의자를 만들어줄 덩치 크고 강인한 두 동료와 함께 수도원으로 돌아갔다. 이제 마른 피가 엉겨 있는 풀밭 주변에는 낫 한 자루와 이리저리 난 발자국 외에 아무것도 남지 않았다. 곧 아이 하나가 와서 겁먹은 얼굴로 주변을 서성이다가, 다른 사람들이 모두 자리를 떠나 캐드펠 혼자 남은 것을 확인하고는 낫을 조심스레 집어 들더니 그에게 슬그머니 다가왔다. 캐드펠이 부상자는 무사하다고, 낫을 두고 간 그의 아버지에겐 아무 일도 없을 거라고 안심시키자 아이는 크게 안도하는 눈치였다. 건망증이 심한 염소치기나 몸도 일머리도 둔한 젊은이가 굳이 거들지 않아도 우연한 사건들은 언제든 일어나는 법이다.

캐드펠은 한 가지 남은 일을 찾아 주위를 둘러보았다. 검은 수사복을 걸친 그 젊은이는 다른 견습 수사들 사이에 섞여 부지런히 일하고 있었다. 고개를 푹 숙인 채였다. 충격이 가라앉으면서 다른 이들은 조금 전에 일어난 일에 대해 찌르레기들처럼 시끌벅적하게 떠들어대고 있는데, 그 젊은이만은 한 마디도 하지 않았다. 마치 사람으로 변한 나무 인형처럼 그의 움직임은 부자연스럽고 딱딱했으며, 누군가 제 곁에 가까이 다가오면 긴장하여 어깨를 움찔하곤 했다. 그는 남이 자기 얼굴을 들여다보는 걸 원치 않았다. 적어도, 자신이 제 얼굴에 대한 통제력을 회복하기 전까지는.

견습 수사들은 이제 수확한 사과들을 수도원으로 나르기 시작했다. 부속 창고 다락에 늘어선 상자들 속에 담아두면 크리스마스 때까지는 큰 탈 없이 보관할 수 있을 터였다. 저녁기도 시간에 맞춰 수도원으로 돌아오는 길에, 캐드펠은 메리엣 곁에 나란히 서서 한동안 고즈넉한 침묵 속에 묵묵히 걸음을 옮겼다. 그는 누군가와 같은 공간에서 무관심을 가장한 채 상대를 면밀히 관찰하는 일에 아주 능했다.

"괜히 소란을 떨었어." 캐드펠이 사과하듯 입을 열었다. 예상 밖의 말에 메리엣은 얼떨떨한 눈치였다. "다급한 마음에 공연히 자네한테 소리를 질렀지. 날 용서하게나! 자네도 알겠지만 그 친구는 심각한 지경에 이를 수도 있었거든. 눈앞에 그런 엄청난 사태가 어른거리는 통에 나도 모르게 거친 말이 나왔네. 어쨌든 이제는 우리 둘 다 편하게 숨을 돌릴 수 있게 되었구먼."

다른 곳을 향하고 있던 그의 머리가 갑자기 캐드펠 쪽을 향하더니, 경계의 기색이 가득한 눈이 그를 가만 응시했다. 초록빛과 황금빛이 섞인 눈동자에서 아주 잠깐 환한 빛이 반짝이다가 이내 사라졌다.

"예, 정말 다행입니다! 그리고 고맙습니다…… 형제님!" 그가 나직한 목소리로 말했다. '형제님'이라. 예의를 차려야 한다는 생각에 마지막에 얼른 덧붙인 말인 듯싶었다. 캐드펠은 소중히 그 마음을 받아들였다. "형제님 말씀대로 저는 그 자리에서 아무 도움이 되지 못하는 존재였어요. 저는…… 그러니까 이런 상황이 익숙지 않아서……" 메리엣이 더듬거리며 말을 흐렸다.

"마음 쓸 것 없네. 누가 그런 일에 익숙하겠나? 나야 자네보다 두 배 이상을 살았고, 자네와는 달리 뒤늦게야 수도원에 들어왔으니 좀 다르지. 그동안 여러 형태의 죽음을 목격해왔거든. 한창 때 군인으로, 또 뱃사람으로 활동했으니까. 십자군 전쟁 기간에는 동방에서, 그리고 예루살렘 함락 이후 10년 동안, 숱하게 죽음을 보았지. 내가 직접 사람을 죽이기도 했고. 즐겁지 않은 일이었지만 그래도 꽁무니를 빼지 않았네. 서약을 했으니까." 문득 그는 주변의 공기가 변하는 것을 감지했다. 젊은이가 잔뜩 긴장한 채 온 신경을 그에게 쏟고 있었다. 수도 서원이 아닌 다른 서약, 그러나 수도 서원과 마찬가지로 삶과 죽음이라는 문제에 깊숙이 엮여 있는 그 서약에 관한 이야기 때문일까? 교활한 낚시꾼이 조심스레 미끼를 건드리는 물고기에게 슬금슬금 낚싯줄을 풀어놓듯이, 캐드펠은 잡담하듯 자신의 과거를 늘어놓으며 이 젊은이의 의심을 녹이고 흥미를 불러일으키기 시작했다. 사실 그가 그리 즐기지 않는 방식이지만, 한 영혼이 확신의 경계선에서 우왕좌왕하며 스스로를 고문하고 있는 마당에 침묵이 더 큰 목적을 방해하도록 둘 수는 없었다. 세계를 떠돌아다니며 모험을 치러낸 한 늙은 수사의 수다만큼 사람의 마음을 누그러뜨릴 만한 것이 또 어디 있겠는가?

"나는 노르망디 공 로베르 2세[18] 밑에서 복무했지. 온갖 나라에서 온 사람들이 뒤섞여 있었어. 브리턴 사람, 노르만 사람, 플라망 사람, 스코틀랜드 사람, 브르타뉴 사람…… 예루살렘을 평정하고 볼드윈이 왕위에 오른 뒤 대부분은 고향으로 돌아갔지만, 나는 바다로 나가 그대로 머물렀네. 그쪽 해안에는 종종 해적들이 출몰하던 터라 늘 할 일이 많았지."

젊은이는 아무 말도 없었으나 그의 이야기를 한 마디라도 놓칠세라 귀 기울이며, 마치 나팔 소리를 들은 사냥개처럼 온몸을 떨고 있었다.

"그러다 결국 이곳으로 돌아왔네." 캐드펠이 말을 이었다. "이곳이 내 고향이고, 또 내겐 이곳이 필요하니까. 얼마간 자유로운 군인 신분으로 여기저기서 일했는데, 그러다 보니 나도 모르는 사이에 마음이 이쪽 세계로 쏠리더군. 때가 되었던 셈이지. 세상에서 내 나름의 길을 찾고 요령을 터득한 이후에 말이야."

"지금은 여기서 무슨 일을 하시나요?" 메리엇이 물었다.

"약초를 재배하고 말려서 우리를 찾아오는 온갖 환자들을 치료하는 약을 만들지. 그동안 수도원 식구들 말고도 아주 많은 사람들을 고쳐줬다네."

"그 일에 만족하세요?" 그런 일로 만족할 리 없지 않으냐는 항의가 깃든 질문이었다.

"오랫동안 남을 다치게 하던 사람이 이제 남을 치료하게 되었으니, 그보다 더 어울리는 일이 또 어디 있겠나? 사람은 결국 자신이 할 일을 하게 되어 있네." 캐드펠은 조심스럽게 말을 이었다. "싸우는 일이든, 싸움으로부터 불쌍한 영혼들을 구하는 일이든, 죽고 죽이는 일이든, 치유하는 일이든. 자네가 무엇을 하는 게 온당한지 얘기해줄 사람이야 세상에 많겠지. 하지만 그 많은 이야기를 걸러 듣고 진실에 도달할 수 있는 사람은 자기 자신뿐이야. 어떤 은총이 자네에게 길을 제시하든, 그 은총에 의해 진실에 도달할 사람도 바로 자네이고 말일세. 이곳에서 서약한 것들 중 내가 가장 지키기 어려운 게 뭔지 아나? 복종일세. 늙은 사람인데도 그래."

그리고 이는 결국 내가 나 하고 싶은 대로만 살아온 사나운 늙은이라는 뜻이지, 캐드펠은 생각했다. 지금도 멋대로 이 청년에게 충고를 늘어놓고 있잖아. 할 수 없는 일, 할 준비가 되지 않은 일에 이렇게 급하게 뛰어들어서는 안 된다고 말이야.

"옳은 말씀입니다!" 메리엇이 불쑥 말했다. "모든 사람들은 자신이 부여받은 일을 하고, 그에 대해 의문을 품지 말아야 하지요. 복종에 대해서도 마찬가지고요. 안 그렇습니까?" 이제 막 십자 형태로 교차된 단검 자루에 입을 맞추고 신의 도시를 해방하는 성스러운 대의에 피를 바치겠다 맹세라도 한 양, 젊은이는 열정으로 가득한 젊고 싱싱한 얼굴을 돌려 캐드펠을 바라보았다. 캐드펠은 그 얼굴 속에서 과거 자신의 얼굴을 보았다.

*

그날 하루 종일 캐드펠의 마음속에서는 메리엇의 얼굴이 어른거렸다. 저녁기도를 마친 뒤, 그는 낮에 일어난 고약한 사건과 마음에 걸리는 다른 일들을 폴 수사에게 털어놓았다. 내내 아이들과 함께 수도원에 남아 있던 폴 수사는 울스턴이 나무에서 떨어져 부상을 입은 사건만 전해 들은 터였다. 그 일이 메리엣에게 일으킨 설명할 수 없는 공포에 대해 이야기하자 그는 조용히 귀를 기울였다.

"피를 흘리며 쓰러져 있는 사람을 보고 공포에 사로잡히는 일이야 조금도 이상할 게 없소. 견습 수사들 모두 그걸 보고 놀랐지. 하지만 그 친구의 경우엔 그게 아주 극단적이었단 말이지……."

폴 수사는 자신이 맡은 임무의 어려움을 새삼 절감하며 고개를 절레절레 흔들었다. "그의 감정은 항시 극단으로 치닫더군요. 참된 소명을 수행하는 과정에 반드시 필요한 성품, 그러니까 평온함과 안정감을 찾아보기가 힘듭니다. 제가 무엇을 해달라고 부탁하거나 어떤 일을 맡기거나 하면, 그는 늘 제 기대보다 더 빨리 모든 일을 해내려고 기를 써요. 그렇게 부지런한 학생은 처음 봅니다. 하지만 동료들은 그를 좋아하지 않아요. 그 역시 동료들을 가까이하지 않고요. 그에게 접근하려 했던 아이들은 그가 자기들을 피한다고 이구동성으로 말하더군요. 그것도 거칠게, 아주 신경질적으로 외면한다고요. 메리엣은 혼자 외톨이로 지내고 있습니다. 그렇게 열정적으로 배우려 애쓰면서도 그렇게 쓸쓸하고 삭막하게 지내는 견습생은 처음 봅니다. 그가 이곳에 들어온 이래 웃음 짓는 걸 보신 적이 있나요?"

딱 한 번 봤지, 캐드펠은 생각했다. 그가 아버지를 따라 이곳에 들어온 이래 처음으로 수도원 담벼락을 벗어난 오늘 오후, 울스턴이 나무에서 떨어지기 직전 과수원에서 사과를 주울 때.

"그를 교단에 들이는 게 온당한 일이라 생각하오?" 캐드펠이 회의 어린 투로 물었다.

"그렇게 생각하고 싶습니다. 아이가 좀 독특하다고 해서 제가 불만을 가질 수는 없죠. 사실 수도원장님께도 그에 관해 의논을 드렸습니다. 원장님께서는 이렇게 말씀하시더군요. '그를 내게 보내시오. 나를 아버지처럼 생각하고 언제든 두려움 없이 찾아와도 좋다고 얘기해주고.' 그래서 메리엇을 수도원장님께 데리고 가면서 속에 있는 생각을 얼마든지 꺼내놓으라고 말해주었죠. 그랬는데 그가 수도원장님 앞에서 무슨 얘길 했는지 아십니까? '예, 원장님, 아뇨, 원장님, 그렇게 하겠습니다, 원장님!' 내내 그런 식이었어요. 마음에서 우러나오는 말은 한 마디도 하지 않더군요. 아, 딱 한 번 진심 어린 태도로 얘기한 내용이 있긴 합니다. 수도원장님이 이곳에 들어온 게 잘못일 수도 있으니 다시 생각해보라고 말씀하시자 대번에 무릎을 꿇더니 수습 기간을 줄여달라고, 제발 얼른 서약을 하게 해달라고 간청하더군요. 이에 수도원장님은 겸허한 자세에 대해, 그리고 견습 기간의 중요성에 대해 말씀하셨죠. 그도 그 말씀을 마음 깊이 받아들이는 듯 보였어요. 참을성 있게 공부하겠다고 약속했고요. 하지만 여전히 다급하고 서두르는 태도가 보입니다. 어떤 책이든 가르치기 무섭게, 아니다 가르치기도 전에 그 내용을 집어삼키고, 어떻게 해서든 하루 빨리 서약을 하려고 안간힘을 써요. 그래서 진도가 늦은 아이들은 그를 원망하죠. 두어 달 먼저 공부를 시작했는데도 진도가 비슷하니 그가 자기네를 우습게 본다며 불평하고요. 게다가 제 눈에도 그가 다른 아이들을 피하는 게 보이더군요. 솔직히 말씀드려 저도 골치가 좀 아픕니다."

말은 하지 않았으나 캐드펠 또한 마찬가지 마음이었다.

"정말 이해가 안 갑니다……." 폴 수사는 생각에 잠겨 말을 이었다. "수도원장님이 당신을 아버지처럼 생각하고 두려움 없이 찾아와도 좋다는 말씀까지 하셨잖아요. 집을 떠나 새로 이곳에 들어온 젊은이한테 그렇게 마음 든든한 얘기가 어디 있겠습니까? 캐드펠 형제님, 형제님도 그 부자가 여기 왔을 때 그들을 보셨습니까?"

"그랬지. 그 사람들이 이곳에 도착해 빗물을 털고 안으로 들어설 때 잠깐 봤소."

"형제님이야 잠깐만 봐도 다 아시잖습니까. 특히 그 친구의 아버지 같은 사람은 말이지요! 저는 시종 그 부자와 함께 있다가 그들이 서로 헤어지는 광경까지 전부 보았죠. 아버지는 그저 퉁명스럽게 몇 마디만 훌쩍 내뱉더니 눈물 한 방울 보이지 않고 아이를 저한테 맡긴 채 가버리더군요. 물론 전에도 그런 아버지들을 보긴 했습니다. 많은 이들이 아들 못지않게 헤어지는 걸 두려워하면서도 그런 식으로 표현하지요." 비록 자신의 아이를 낳아

이름을 붙여주고 기르고 돌본 경험은 없으나, 폴 수사는 그 모든 일에 뛰어난 자질을 갖춘 사람이었다. 그리 예리한 편이 아니었던 헤리버트 수도원장[19]마저 이를 제대로 간파해내고 그에게 소년들과 견습 수사들을 맡겼으며, 폴 수사는 그러한 믿음을 결코 저버린 적이 없었다. "하지만 애스플리처럼 제 아들한테 키스도 않고 가버리는 아버지는 본 적이 없었습니다. 단 한 번도요."

*

　마지막 기도가 끝나고 두 시간쯤 지났을 무렵, 기다란 숙사 건물은 온통 깊은 어둠에 잠겨 있었다. 불빛이라 해봐야 안쪽 계단 꼭대기에 놓인 조그만 등 하나가 전부였고, 들리는 것이라곤 잠든 수사들이 이따금씩 자세를 바꾸며 내는 나직한 신음이나 잠 못 이루는 이들이 몸을 뒤척이는 소리뿐이었다. 로버트 부수도원장의 침실은 두 줄로 늘어선 방들 전체를 통솔하듯 길게 뻗은 복도 입구에 자리 잡고 있었다. 아직 원죄로부터 완전히 벗어나지 못한 젊은 수사들 일부는 부수도원장이 한번 잠들면 좀처럼 깨어나지 않는 사람이라는 사실을 큰 다행으로 여겼다. 그리고 캐드펠 또한 다르지 않았으니, 스스로 타당하다 여기는 여러 이유로 곧잘 저 안쪽 계단을 이용해 슬그머니 수도원을 빠져나가곤 했기 때문이다. 아직 휴 베링어가 얼라인을 얻고 고위 공직에 오르기 전, 처음 두 사람이 만난 것도 그런 밤마실의 와중이었다. 캐

드펠은 그 일을 한 번도 후회해본 적이 없었고, 심지어 고해해야
할 잘못이라고도 생각하지 않았다. 당시 그에게 휴는 친구일 수
도 적일 수도 있는 수수께끼 같은 인물이었으나, 이후 그가 친구
임을 증명하는 여러 증거들이 나타나면서 두 사람은 더없이 가깝
고 친밀한 사이가 되었다.

사과를 수확한 뒤 맞이한 이날 밤의 깊은 침묵 속에서, 캐드펠
은 메리엣에 대한 생각에 골몰해 좀처럼 잠을 이루지 못했다. 칼
에 찔려 풀밭에 널브러진 사람을 보고 섬뜩한 공포에 사로잡혀
정신없이 뒷걸음질하던 그의 모습이 자꾸만 떠올랐다. 부상당한
견습 수사는 메리엣의 방에서 불과 문 서너 개를 사이에 둔 자신
의 방에 누워 있으리라. 그의 방에서 아무 소리도 들리지 않는 것
으로 미루어 이제는 옆구리의 통증도 잊은 채 곤한 잠에 떨어진
듯했다. 메리엣도 불안하게나마 잠이 들었을까? 그 아이는 대체
무엇을 본 것일까? 마치 피를 흘리며 죽어 있는 사람을 눈앞에서
생생하게 목격하는 듯한 표정이었다.

자정이 되려면 아직도 한 시간이나 남아 있었지만 사방은 더
없이 고요했다. 좀처럼 잠을 이루지 못하던 이들도 이젠 모두 평
화로운 잠의 늪에 빠진 것 같았다. 수도원장의 지시에 따라 소년
들은 손위의 견습 수사들과 구분되어 숙사 끝에 있는 조그만 방
들을 침소로 이용해야 했고, 그 옆에는 폴 수사의 방이 마련되어
있었다. 라둘푸스 수도원장은 독신자들만 가득한 곳에서 철모르
는 어린아이들에게 닥칠 수 있는 위험한 일들에 대해 잘 아는 터

였다.

캐드펠 수사는 과거 군대 막사나 전쟁터에서 수많은 밤을 보낼 때처럼, 혹은 지중해의 밤하늘을 수놓은 별빛 아래 선원용 외투를 감싸고 갑판에 누웠을 때처럼 아주 얕은 잠에 빠져 있었다. 위험한 일이 일어날 가능성이 거의 없다시피 한 곳에서도 그는 동방에서 지내던 시절과 다를 바 없이 언제나 긴장을 놓지 않았다.

그때, 비명이 울렸다. 마치 악마의 두 손이 그곳에 있는 모든 이들의 혼곤한 잠을, 밤의 장막 그 자체를 찢듯, 그 소리는 깊은 어둠과 침묵을 날카롭게 가르며 길게 울려 퍼지다가 천장의 들보에 부딪치면서 박쥐들의 울음만큼이나 사납고 음산한 울림이 되어 사방으로 메아리쳤다. 어떤 말소리가 섞인 것 같았으나 무슨 뜻인지는 도무지 알아들을 수 없었다. 울부짖으면서 저주를 퍼붓듯 마구 쏟아지는 그 소리는 중간중간 숨을 들이쉬느라 끊기며 계속 이어졌다.

캐드펠은 비명이 최고조에 달하기 전에 얼른 침대에서 뛰쳐나와 소리가 들리는 쪽을 향해 어두운 복도를 더듬거리며 나아갔다. 그때쯤에는 이미 모든 사람들이 깨어 있었다. 겁먹은 중얼거림과 정신없이 기도문을 외는 소리가 들려왔다. 로버트 부수도원장이 잠이 덜 깬 목소리로 대체 어떤 자가 한밤중에 이런 소란을 피우느냐고 투덜거리는 소리도 들렸다. 이어 폴 수사의 방 너머에서 어린아이들의 목소리가 이 불협화음에 합세했다. 가장 어린 두 아이는 놀라 울음을 터뜨렸다. 여기서 그렇게 무서운 소리를 듣고 잠에서 깨어난 적이 처음인 데다, 가장 어린 아이가 아직 일곱 살도 채 안 되었으니 그럴 만도 했다. 폴이 방에서 얼른 뛰어나와 아이들을 안심시키기 위해 달려갔다. 고통스럽게 악을 쓰고 불평을 하는 그 소리는 여전히 이어지고 있었다. 누군가를 위협하는가 싶기도 하고, 상대로부터 위협을 당하는 것 같기도 했다. 여러 성인들의 이름과 하느님의 이름이 뒤섞여 나왔다. 저 격렬하고 사나운 목소리는 고통과 분노와 도전의 언어로 대체 누구와 이야기를 나누는 것일까?

캐드펠은 초에 불을 붙이기 위해 성당으로 이어지는 계단 꼭대기에 있는 등 쪽으로 향했다. 전율하는 어둠을 헤치며, 당황해 어쩔 줄 모르고 우왕좌왕하면서 앞길을 가로막는 이들을 밀치며 그는 앞으로 나아갔다. 그동안에도 저주와 울음이 섞인 그 소리는 내내 고막을 두드려댔고, 겁먹은 어린아이들은 조그만 방에서 애처롭게 울부짖었다. 이윽고 그는 등이 있는 곳에 이르러 심지에 불을 붙였다. 서서히 불꽃이 피어나면서, 놀라 입을 헤벌리고 눈을 둥그렇게 뜬 채 그를 쳐다보는 얼굴들과 높은 천장 위에 줄줄이 늘어선 들보들이 시야에 나타났다. 이 밤의 평화를 깨뜨린 자를 어디에서 찾아야 하는지 캐드펠은 이미 알고 있었다. 그는 촛불을 들고 사람들을 밀치며 메리엣의 방으로 들어갔다. 뱃심이 부족한 몇몇 젊은이들이 조심스럽게 그를 따라와 멀찌감치 떨어진 채 메리엣의 침대를 지켜보았다.

메리엣은 침대에 꼿꼿이 앉아 두 주먹을 꽉 움켜쥐고 온몸을 부들부들 떨면서 정신없이 지껄여대고 있었다. 고개는 뒤로 한껏 젖혀지고 두 눈은 꽉 감긴 채였다. 다행히, 온 영혼이 고통으로 뒤흔들리는 중에도 그는 여전히 잠들어 있었다. 그 잠의 성격만 바꿔놓는다면 어떤 타격도 받지 않고 깨어날 수 있으리라. 조금만 지나면 로버트 부수도원장이 와서는 심한 불쾌감을 이기지 못해 지체 없이 그의 뻣뻣한 어깨를 움켜쥐고 뒤흔들 터였다. 그렇게 두어서는 안 되었다. 캐드펠은 잔뜩 긴장한 메리엣의 양 어깨를 한 팔로 조심스럽게 감싸며 그를 끌어안았다. 메리엣의 몸이 부르르 떨리는가 싶더니, 그 고통스러운 울부짖음이 딸꾹질하듯 끊겼다 이어지기를 반복했다. 캐드펠은 초를 세워놓은 뒤 손바닥으로 그의 이마를 부드럽게 눌러 머리를 베개에 살며시 눕혔다. 그러자 사나운 울부짖음이 가라앉으면서 어린애가 칭얼거리는 듯한 소리로 바뀌었고, 얼마 지나지 않아 그 소리도 잦아들었다. 이제 긴장이 풀려 부드러워진 그의 몸은 캐드펠이 유도하는 대로 침대에 반듯하게 누었다. 로버트 부수도원장이 침대 곁에 이르렀을 즈음, 메리엣은 악몽에서 놓여나 아무것도 모른 채 침대에 축 늘어져 곤하게 잠들어 있었다.

*

이튿날 폴 수사가 메리엣을 데리고 수사회에 나타났다. 혹심한 영적 혼란을 겪고 있는 것이 분명한 이 젊은이를 어떻게 하면 좋을지 의논하기 위해서였다. 폴 수사 자신은 하루나 이틀 정도 그에게 특별한 관심을 기울이면서 악몽을 유발하는 것이 무엇인지 알아보고, 마음의 평화를 회복하기를 기원하는 특별 기도회에 그를 참석시키는 정도로 이 문제를 해결할 수 있지 않을까 생각하고 있었다. 하지만 로버트 부수도원장은 그런 유예기간을 줄 마음이 없었다. 저 견습 수사가 전날 동료에게 일어난 사건을 목격하고 큰 충격을 받았다는 건 이해하지만, 그건 과수원에서 그와 함께 일한 다른 견습 수사들도 마찬가지 아닌가. 그런데 그 혼자만 온 숙사가 떠나가라 비명을 질러대어 사람들을 깨웠으니, 이는 그 젊은이의 내면 깊숙한 곳에 자리 잡은 완강한 악마가 고의적으로 자신을 드러낸 행위로밖에 볼 수 없었다. 악마를 떼어버리려면 그의 육신을 혹독히 벌해야 한다는 것이 로버트 부수도원장의 생각이었다. 폴 수사는 자신의 뜻과 로버트 부수도원장의 의지 사이에서 갈등하다가, 결국 수도원장의 자문을 구하기로 했다.

메리엣은 중앙에 서서 두 손을 맞잡고 시선을 내리깐 채, 자신으로서는 전혀 모르는 자신의 잘못에 대해 이야기하는 수사들의 대화에 가만히 귀를 기울였다. 그 소동 이후 그는 아무 일도 없었다는 듯 곤히 잠들었고, 이튿날 새벽기도 시간을 알리는 종소리가 울렸을 때 다른 이들과 함께 깨어났다. 수행자들에게 침묵을 요구하는 수도원의 규율 때문에 메리엣으로선 왜 그렇게 많은 이들이 경계 어린 눈초리로 자신을 쳐다보는지, 어째서 동료들이 자기 주위에 얼씬도 하지 않으려 드는지 알아낼 방법이 없었다. 그리고 마침내 자신이 어떤 잘못을 저질렀는지 알았을 때, 그는 전혀 모르는 일이라고 말했다. 캐드펠은 그의 말을 믿었다.

"저는 이 젊은이가 잘못을 저질렀다고 생각하지 않습니다." 폴 수사가 말했다. "다만 저 혼자서는 이 문제를 처리하고 결정을 내리기 힘들어 여러분의 도움을 구하고자 그를 여기 데려왔습니다. 어제 캐드펠 형제에게서 전해 들은 바에 의하면 울스턴 형제한테 일어난 사건이 모두를 크게 놀라게 한 모양입니다. 그리고 메리엣 형제는 아무 생각 없이 현장에 나타났다가 울스턴 형제가 죽었다고 생각해 엄청난 충격을 받았고요. 제가 보기엔 그 사건만으로도 이 젊은이가 내면에 깊은 충격을 받아 악몽에 시달릴 이유는 충분합니다. 이제 필요한 건 마음의 평화와 기도뿐인 듯하니, 여러 형제들께서 인도와 가르침을 주셨으면 합니다."

라둘푸스 수도원장은 그의 앞에 공손히 서 있는 젊은이를 사려 깊은 눈으로 바라보면서 입을 열었다. "저 젊은이가 깊이 잠들어 있었다는 뜻이오? 숙사의 모든 사람들을 깨워놓고도?"

"그는 내내 잠들어 있었습니다." 캐드펠이 단호하게 말했다. "그런 상태에서 흔들어 깨웠다가는 자칫 큰 해를 입힐 수 있지요. 다행스럽게도, 제가 조심스럽게 어르자 금세 더욱 깊은 수면 상태로 떨어져 고통의 상태에서 벗어나더군요. 만일 무슨 꿈을 꾸었다 해도 본인은 그 꿈을 조금도 기억하지 못할 겁니다. 저는 저 젊은이가 조금 전 우리에게 전해 듣기 전까지 당시 일어난 일도, 자신이 일으킨 소동에 대해서도 전혀 몰랐다고 확신합니다."

"그건 사실입니다, 수도원장님." 메리엣은 걱정스러운 얼굴로 입을 열었다. "조금 전에 다른 분들이 제가 무슨 짓을 저질렀는지 말씀해주셨고, 저로서는 그 말씀을 믿지 않을 수 없습니다. 정말 죄송합니다. 하지만 저는 제가 저지른 짓에 대해 아무것도 알지 못합니다. 그건 맹세할 수 있습니다. 간밤에 고약한 꿈을 꿨는지 어쨌는지는 몰라도, 제가 기억하는 건 아무것도 없습니다. 왜 온 숙사를 시끄럽게 했는지 그 이유를 도통 모르겠습니다. 다른 분들에게 그렇듯이 그 사건은 제게도 큰 수수께끼입니다. 그저 다시는 그런 일이 일어나지 않기를 바랄 뿐입니다."

수도원장은 잠시 이맛살을 찌푸린 채 생각에 잠겼다. "별다른 이유도 없이 그대의 마음속에서 그런 소란스러운 격랑이 일었다니 참 이상한 일이오. 아마 피를 흘리며 쓰러진 울스턴 형제의 모습이 내면에 깊은 자취를 남긴 것이겠지. 하지만 놀라운 사건을 받아들일 만한 힘이나 자신의 영혼을 통제할 수 있는 의지가 그렇게 약하다면, 과연 그것이 참된 소명을 수행할 사람에게 적절한 자질이라 할 수 있을지 모르겠군."

이 암시적인 위협에 메리엣은 기겁할 듯 놀랐다. 그는 몹시 동요한 나머지 헐렁한 수사복을 펄럭이면서 다짜고짜 무릎을 꿇고는 탄원하듯 두 손을 모아 쥔 채 긴장된 얼굴로 수도원장을 올려다보았다.

"원장님, 제발 부탁입니다! 저를 믿어주십시오! 제가 바라는 건 그저 이곳에 들어와 규율이 요구하는 모든 일을 행하고, 저를 과거에 얽어매는 모든 끈을 끊어버린 채 마음의 평화를 누리는 것뿐입니다. 고의로든 아니든 제가 잘못을 저지르고 규율을 어겼다면 지금 마음껏 벌해주십시오. 원장님이 적당하다고 생각하시는 어떤 고행도 달게 받겠습니다. 그저 이곳에서 내쫓지만 말아주십시오!"

"우리는 성직 지망자를 그리 쉽게 포기하지 않소." 라둘푸스는 말했다. "시간과 도움을 필요로 하는 이에게 쉽게 등을 돌리지도 않지. 지나치게 열에 들뜬 마음을 누그러뜨리는 약이 있소. 아마 캐드펠 형제가 갖고 있을 텐데, 그것은 상태가 아주 심한 경우에만 사용하는 약이니 우선 그대는 기도를 통해, 그리고 스스로를 통제하는 방식을 통해 보다 나은 치유법을 찾도록 하시오."

"신부님께서 제 견습 기간을 줄여주셔서 하루빨리 이 충만한 삶의 일원이 되게 해주신다면 더 잘 적응할 수 있을 겁니다." 메리엣은 열정적으로 말했다. "그러면 더 이상 회의나 두려움 같은 것도 일지 않을 테고요……."

그리고 희망도 일지 않겠지. 캐드펠은 그를 지켜보며 생각했다. 수도원장도 같은 생각을 하고 있지 않을까?

"이 충만한 삶을 누리려면 먼저 그럴 만한 자격을 갖추어야 하오." 라둘푸스는 날카롭게 말했다. "그대는 아직 서약을 할 만한 준비가 되지 않았소. 그대가 우리의 일원이 될 만한 자격을 갖추기까지는 그대도 우리도 인내심을 발휘해야 하며, 그대가 조급하게 서두를수록 그 기간은 더욱 길어질 거요. 그 점을 명심하고 조급함을 억제하도록 하시오. 적당한 때가 올 때까지 우리는 기다리겠소. 나 역시 그대가 일부러 잘못을 저지른 게 아님을 믿소. 또 그대가 다시는 괴로움에 빠져 그런 식의 소란을 일으키지 않으리라는 것도 믿소. 자, 이제 가보시오. 우리가 결정한 내용은 나중에 폴 수사에게서 듣게 될 거요."

메리엣은 깊은 생각에 잠겨 있는 모든 이들을 재빨리 둘러본 뒤 그 자리를 떴고, 남은 수사들은 메리엣에게 어떤 조치를 취하는 게 좋을까 하는 문제를 두고 의견을 교환하기 시작했다. 로버트 부수도원장은 그 청년이 보여준 겸허한 태도에 오만이 깃들어 있다는 사실을 재빨리 눈치챈 터였다. 그는 중노동을 시키든, 식사를 빵과 물만으로 제한하든, 채찍질을 하든, 아무튼 육신의 고행을 통해 불안한 영혼을 집중시키고 정화해야 한다고 주장했다. 반면 몇몇 다른 사람들은 가장 간단한 조치를 선호했다. 그가 불안감을 조장하기는 했으나 나쁜 의도는 전혀 없었으니, 별다른 징벌 없이 그저 동료들과 격리시켜 숙사의 평화로운 분위기를 유지하는 방법을 고려해보자는 견해였다. 하지만 폴 수사가 이에 반대하고 나섰다. 그런 조치 또한 메리엣에게는 징벌로 받아들여질 수 있으리라는 것이었다.

"우리의 걱정이 그저 기우에 불과할 수도 있소." 마침내 수도원장이 입을 열었다. "우리 가운데 불안한 잠 속에서 악몽에 시달리다가 깨어나본 적이 없는 이가 몇이나 되겠소? 그 젊은이는 딱 한 번 소란을 피웠을 뿐이고, 그 때문에 피해를 입은 사람은 아무도 없소. 그런 일이 처음이자 마지막이리라 믿어주지 않을 이유가 없지 않겠소? 숙사와 어린 소년들이 묵고 있는 방 사이에는 이미 두 개의 문이 가로놓여 있는데 새삼 또 다른 문을 설치해야 할지, 나로서는 확신이 들지 않는군. 정말 그런 게 필요한 사태가 일어난다면 그때 가서 적절한 조치를 취할 수 있을 거요."

*

이후 사흘 밤은 평화롭게 지나갔다. 그러나 나흘째에 이르러 또다시 한밤중에 소동이 일어났다. 전보다 충격은 덜한, 그러나 그 못지않은 불안을 일으킨 소동이었다. 이번에는 섬뜩한 외침 대신 일정한 간격을 두고 흥분 어린 목소리가 두세 차례 이어졌다. 분명히 알아들을 수 있는 이 소리에 동료들은 크게 동요했고, 메리엣에 대한 의혹은 한층 깊어졌다.

"'안 돼, 안 돼, 안 돼요!'라고 외쳤어요. 몇 번이나요." 메리엣의 옆방에서 자던 견습 수사가 이튿날 아침 폴 수사에게 불평하듯 보고했다. "그러더니 '할게요, 할게요!' 하더라고요. 무슨 복종이나 의무와 관련된 얘기 같았어요…… 그리고 한참 잠잠하다가 갑자기 '피!' 하는 소리가 들렸죠. 제가 가서 들여다봤는데, 그 친구가 침대에 꼿꼿이 앉아 두 손을 마구 비틀어대고 있더라고요. 그러다 다시 침대에 쓰러지더니 조용해졌어요. 대체 누구한테 얘기한 걸까요? 악마가 쓴 건 아닌가 싶어 무서워요. 그게 악마의 짓이 아니면 뭐겠어요?"

악마 운운하는 소리를 폴 수사는 엉뚱한 추측이라 생각하고 한 귀로 흘렸지만, 자신도 메리엣의 목소리를 들었고 그에 불안함을 느꼈다는 점은 부정할 수 없었다. 메리엣 또한 자기가 또다시 숙사 사람들을 괴롭혔다는 얘기에 놀라고 당혹스러워했다. 그는 악몽을 꾼 기억이 전혀 없으며 자신의 잠을 방해할 만한, 배앓이같이 사소한 일조차 일어나지 않았다고 말했다.

"그래도 이번엔 별다른 피해가 없었습니다." 대미사를 마친 뒤 폴 수사가 캐드펠에게 와서 말했다. "요란하게 외친 것도 아닌 데다, 사전에 어린아이들 방으로 이어지는 통로 문을 잠가놓기도 했거든요. 일단 그 소문이 퍼져나가지 않도록 입단속을 시켜놓긴 했어요. 하지만 이제 동료들 모두가 그 친구를 두려워합니다. 아닌 게 아니라, 다들 평화롭고 차분한 마음으로 지내야 하는데 그가 분위기를 해치는 것도 사실이죠. 저희들끼리 그에게 악마가 붙었다고 수군대더군요. 그가 악마를 불러들였다느니, 악마가 다음번에는 누구를 먹이로 삼을지 모르겠다느니…… 그를 귀신 들린 아이라 부르는 소리도 들었어요. 그런 소리는 입 밖에도 내지 말라고 야단을 쳤지만, 다들 정말로 그렇게 믿고 있는 것 같습니다."

캐드펠도 메리엣이 외치는 소리를 들은 터였다. 이번에는 먼젓번보다 훨씬 낮은 소리였으나 그 음성에는 혹심한 고통과 절망감이 깃들어 있었다. 이 모든 소동의 배후에는 틀림없이 인간적인 이유가 내재되어 있으리라 그는 확신했다. 하지만 세상 경험이 부족하고 남의 이야기에 혹하기 쉬운 젊은이들이 그러한 소동에 이성의 범위를 넘어서는 미신적인 의미를 부여하며 두려워하는 것을 어떻게 탓할 수 있겠는가.

*

10월의 그날, 윈체스터 주교좌성당 참사회원인 엘뤼아르가 비서와 마부를 대동하고 남쪽으로 여행하는 도중 하루 이틀 정도 묵어갈 생각으로 슈루즈베리에 들렀다. 이는 단순히 종교적인 정책과 관련된 어떤 목적이나 예의 차원의 방문이 아니었다. 엘뤼아르가 굳이 이곳을 찾은 것은, 바로 이곳 성 베드로 성 바오로 수도원에 메리엇 애스플리 견습 수사가 있기 때문이었다.

3

윈체스터의 엘뤼아르는 프랑스의 여러 학교에서 여러 개의 학위를 취득한, 상당한 학식을 갖춘 흑인 참사회원이었다. 그 폭넓은 지식과 인품 덕에 그는 블루아의 헨리 주교에게 천거되어 주교좌성당에서 세 번째로 높은 직위에 올랐으며, 이제는 헨리 주교가 가장 신임하는 인물이 되어 프랑스로 떠난 그를 대신해 시급한 사안들을 직접 처리하고 있었다.

캐드펠 수사는 직위가 낮아 그런 고위 성직자를 대접하는 자리에 낄 수 없었지만 딱히 답답함을 느끼지는 않았다. 주 행정 장관이 부재한 지금 정치적인 문제와 관련된 모든 회합에 대리인으로서 참석하는 휴 베링어가 그 자리에서 오가는 이야기를 잘 듣고 모두 알려줄 것이었다.

아니나 다를까, 만찬을 마치고 나온 휴는 엘뤼아르를 접객소까지 안내한 뒤 돌아서서 크게 하품을 하며 허브밭 작업실로 향했다.

"아주 인상적인 사람이었어요. 헨리 주교가 그 사람을 높이 평가하는 것도 이상할 게 없더군요. 수사님도 그 사람을 만나보신 적이 있나요?"

"이곳에 도착했을 때 잠깐 봤지." 크고 육중한 체구에도 불구하고 아이 적부터 사냥꾼처럼, 사춘기에는 전사처럼 날래게 말을 달렸다는 남자. 큼직하고 단단한 머리의 삭발한 정수리와 그 둘레에 무성하게 자라난 머리칼. 초저녁 햇살을 받아 거무스레하게 빛나던 뺨과 턱. 화사하고 맵시 있으면서도 엄숙해 보이는 옷차림. 장신구라고는 십자가와 반지 하나뿐이었지만, 장인들이 뛰어난 솜씨를 발휘한 희귀한 물건들이 분명했다. 특히 살집이 많으면서도 윤곽이 분명한 턱과 예리하면서도 관대하고 위엄 있어 보이는 눈을 캐드펠은 또렷이 기억하고 있었다. "주교가 해외에 나가고 없는 이때, 그 사람은 무엇 하러 여기까지 왔다던가?"

"헨리 주교는 노르망디의 막강한 인물에게 도움을 청하고 극도로 분열된 잉글랜드를 구해낼 계획을 세우느라 애쓰고 있답니다. 프랑스 왕과 제후들의 지원을 얻는 한편, 라눌프 백작과 그의 이복동생이 어느 편에 서 있는가를 시급히 알아내려 한다더군요. 그 두 사람이 지난여름 소집된 협의회에 아무 관심도 보이지 않았잖습니까? 그래서 주교가 프랑스로 떠나기 직전 자기 사람들을 파견해 그들에게 예의를 표하고 자신에 대한 호의를 확인하려 했던 모양입니다. 처음엔 그의 가신 중 한 사람, 근래 들어 빠르게 승진 가도를 달려온 젊은이인 피터 클레멘스가 파견되었는데, 그가 돌아오지 않았답니다. 그 이유에 대해서야 여러 가지로 설명할 수 있겠죠. 어쨌든 돌아올 시간이 한참 지났는데도 당사자한테서나 그와 관련된 북쪽 지방의 두 영주에게서 아무 소식이 없자 엘뤼아르 참사회원은 갑갑한 마음이 들기 시작한 겁니다. 때마침 왕과 황후 진영이 제자리를 지킨 채 감시만 이어가면서 남쪽과 서쪽 지방이 일종의 휴전 상태로 접어들었고, 그 틈에 엘뤼아르는 직접 체스터로 가 그쪽 영주들의 의향이 어떤지, 그리고 주교의 사자가 어디서 뭘 하고 있는지 알아보는 게 좋겠다고 생각했죠."

"그리고 지금쯤은 그 사람이 어떻게 됐는지 대충 파악했겠지?" 캐드펠이 날카롭게 물었다. "엘뤼아르는 이제 스티븐 왕과 합류하기 위해 다시 남쪽으로 내려가는 중이니 말일세. 그래, 그는 체스터에서 어떤 대접을 받았다던가?"

"더없이 따뜻하고 융숭한 대접을 받았죠. 제가 보기에 엘뤼아르 참사회원 역시 양측을 화해시키려는 헨리 주교의 노력을 뒷받침하고자 애쓰고 있긴 하지만 내심 황후 측보다 스티븐 왕 측으로 마음이 기운 것 같습니다. 지금 웨스트민스터로 돌아가는 것도, 왕을 만나 쇠는 뜨거울 때 치는 게 좋으니 친히 북쪽으로 가서 체스터와 루마르 영주들에게 달콤한 미끼들을 던져주며 계속

자기편에 묶어두라는 진언을 하기 위해서가 아닌가 싶어요. 영지 한두 곳이나 작위를 내려주면 그곳에서 자신의 지위를 굳건히 만들 수 있지 않겠습니까? 루마르 영주는 이제 링컨 백작이라 불러도 좋을 만한 위치를 확보한 사람이니 그렇게 하지 못할 이유도 없고요. 듣자 하니 그 두 사람은 거듭거듭 왕에 대한 충성을 맹세했다고 합니다. 사실 라눌프는 1년 전 글로스터 백작 로버트가 자기 누이인 모드 황후를 설득해 왕과 전쟁을 벌이게 했을 때도 손 하나 까딱하지 않았죠. 아무튼 엘뤼아르는 두 사람으로부터 직접 속뜻을 전해 듣고 더없이 만족한 것 같더군요. 그런데 어째서 그런 소식이 피터 클레멘스의 입을 통해 전해지지 않았느냐…… 그 이유는 지극히 자명합니다! 클레멘스가 체스터에 도착하지 못했던 겁니다. 그쪽 사람들은 주교의 사절을 아예 만난 적도 없다더군요."

"응답이 없었던 이유가 확실하게 설명되는구먼." 캐드펠은 웃음기 없이 미간을 좁힌 채 친구의 얼굴을 가만히 바라보았다. "그럼 그 사람은 어디로 갔을까? 갈가리 찢긴 이 잉글랜드 땅에 외투나 말처럼 지극히 사소한 물건 때문에 사람이 행방불명될 만한 험악한 곳이야 얼마든지 있긴 하지. 주인이 버리고 떠나 황폐해진 영지나 인적 없이 방치된 삼림, 위험에 완전히 노출되는 바람에 주민 전체가 떠나버려 소리 없이 썩어가는 빈 마을들도 수두룩하고 말이야. 하지만 북쪽 지방은 남쪽이나 서쪽보다 사정이 낫지 않나? 체스터의 라눌프 같은 영주들이 지금껏 자기네 영토를 비교적 견실하게 지켜온 편이니."

"엘뤼아르도 돌아가는 길에 그걸 알아내려 했던 모양입니다. 체스터로 가는 여행자가 택했을 법한 길을 단계별로 면밀히 조사하면서 내려왔다더군요. 그런데 슈롭셔에 들어설 때까지 도통 그 사람에 관한 소식을 듣지 못했답니다. 체셔주 어디에서도 클레멘스의 자취를 찾을 수가 없었다고요. 그 사람의 가죽이나 머리털도, 그 사람이 탔던 말도 말입니다."

"그러니까, 슈루즈베리로 들어온 다음에는 무언가 알아냈다는 뜻인가?"

휴는 뭔가 중요한 말을 꺼낼 듯한 표정으로 두 손에 들린 컵을 내려다보았다. "정확히는 슈루즈베리 근처에 도착했을 때라 해야 옳겠죠. 엘뤼아르는 여기서 몇 킬로미터 떨어지지 않은 지점에서 돌연히 방향을 돌려 우리 수도원으로 왔습니다. 그럴 만한 충분한 이유가 있더군요. 피터 클레멘스가 9월 8일 밤 자기 아내의 먼 친척뻘 되는 사람의 집에서 하룻밤을 묵은 뒤 종적이 묘연해졌다는 사실을 알아냈거든요. 거기가 어딘지 짐작하시겠습니까? 바로 롱숲 가장자리에 있는 레오릭 애스플리의 영지입니다."

"좀 더 자세히 얘기해보게!" 캐드펠은 이제 온 신경을 곤두세운 채 휴를 응시했다. 9월 8일이라…… 애스플리의 집사 프레문트가 그 집 작은아들이 더없이 간절한 마음으로 수도원에 들어오고 싶어 하니 부디 받아들여달라는 요청을 수도원에 전달하러 왔었던 것이 바로 그로부터 일주일쯤 지난 시점이었다. 물론 그 두 사건을 그리 쉽게 인과관계로 묶을 수는 없겠으나, 한 사람이 갑작스레 제 천직을 발견한 일과 또 다른 사람이 그 집에서 하룻밤을 묵었다가 이튿날 아침에 떠난 사실 사이에 어떤 연관이 있을 수도 있지 않을까? "엘뤼아르 참사회원은 클레멘스가 그 집에서 하룻밤 묵을 예정이라는 걸 알고 있었나? 그 집안과 클레멘스 처가의 관계에 대해서도?"

"헨리 주교와 엘뤼아르 둘 다 알고 있었답니다. 그리고 그 저택에서 일하는 모든 사람들이 클레멘스가 도착해 환대받는 모습을 보았다고 이구동성으로 얘기했다더군요. 너하여 이웃에 사는 사람들도 그 이튿날 그가 여행길에 오르는 광경을 목격했다고 했고요. 애스플리와 집사가 그 집에서 일하는 사람들과 이웃 여럿이 지켜보는 가운데 말을 타고 2킬로미터쯤 클레멘스를 따라가며 배웅했답니다. 그가 쌩쌩하니 살아서 말을 타고 그곳을 떠났다는 점에는 의문의 여지가 없습니다."

"그러면 그다음 날에는 어디서 묵어가려 했다던가? 그곳에서도 그 사람이 오는 줄 알고 있었나?" 만일 클레멘스가 자신의 방문을 미리 알렸다면, 그 집 사람들은 아마 한참 동안 그의 행방을 궁금하게 여겼으리라.

"애스플리의 말에 의하면 클레멘스는 그곳과 체스터 사이의 중간쯤 자리 잡은 위트처치에서 다시 하룻밤을 묵을 예정이었는데, 거기서는 숙소를 쉽게 구할 수 있는 터라 따로 연락을 하지 않았다고 합니다. 하지만 위트처치에서는 그 사람을 봤거나 그 사람 얘기를 들은 이가 없다는군요."

"그럼 이곳과 위트처치 사이에서 실종되었다는 얘기군."

"애초의 계획이나 경로를 바꾼 게 아니라면요. 어쩌면 이 지역, 제 관할지에서 무슨 일을 당했을지도 모르겠습니다." 휴가 유감스럽다는 듯 말을 이었다. "그게 아니기를 바라지만요. 전 우리가 이 주 전역에서 최상의 질서를 유지해왔다고 자부합니다. 그러나 이 땅 어디든 완전히 마음 놓고 여행할 수 있는 곳이 있겠습니까? 혹시 그 사람이 무슨 소문이라도 듣고 경로를 변경했을지도 모르지만⋯⋯ 어쨌든 그가 실종 상태라는 건 엄연한 사실입니다. 그것도 너무나 오랫동안 말이지요!"

"엘뤼아르 참사회원은 그 사람을 찾고 싶어 하겠군."

"살아 있든 죽어 있든, 반드시 찾고 싶어 하죠." 휴는 단호하게 대답했다. "헨리 주교도 그럴 테고요. 주교의 총애를 받는 사람이었으니, 그를 해친 사람은 큰 대가를 치러야 할 겁니다."

"클레멘스를 찾는 역할이 자네한테 떨어진 건가?" 캐드펠이 물었다.

"그게 그렇게 간단치가 않습니다. 엘뤼아르는 클레멘스의 실종에 어느 정도 책임감을 느끼고, 또 그게 당연하다 생각하더군요. 하지만 사건이 이 근처에서 일어났으니 이는 우리 주 행정 장관의 소관이자 제 일이기도 합니다. 저 역시 그 부담의 일정 부분을 떠안은 셈이죠. 제 관할지에서 학자이자 성직자인 한 사람이 실종되었다니, 참 마음이 불편합니다." 휴의 목소리는 오싹할 정도로 부드러웠다. 칼집에서 나온 강철 칼날처럼 선연한 은빛으로 번쩍이는 나직한 목소리.

이제 캐드펠은 가장 마음에 걸리는 것에 대해 물었다. "엘뤼아르 참사회원은 이미 애스플리와 그 집 사람들의 증언을 모두 청취했는데, 굳이 몇 킬로미터의 여정을 거슬러 슈루즈베리로 온 이유가 뭐라던가?" 하지만 그는 이미 그 답을 알고 있었다.

"그 집 작은아들이 교단 입문 과정을 밟느라 이곳에 와 있잖습니까. 엘뤼아르는 아주 철저한 사람입니다. 집을 떠난 식구한테서도 증언을 듣고 싶다더군요. 영지의 모두가 보지 못한 무언가를 그 친구만은 목격했을지 누가 알겠습니까?"

과연 철저하군. 문득 한 가지 생각이 화살처럼 캐드펠의 마음을 찌르고 들어왔다. 그래, 정말로 그걸 누가 알겠는가? "혹시 그가 벌써 그 아이를 만나보았나?"

"아뇨. 그런 일로 수도원의 일과를 방해하고 싶지는 않다고 하더군요. 자신의 저녁 식사를 망치고 싶어 하지도 않는 것 같았고요." 휴는 씩 웃어 보이더니 말을 이었다. "아마 내일 접객소의 응접실로 청년을 불러 그 문제에 관해 물어볼 겁니다. 그런 다음 남쪽으로 내려가겠죠. 어서 웨스트민스터에 있는 왕을 만나 체스터와 루마르 영주의 마음을 확실하게 잡아놓으라고 권해야 하니까요."

"그가 청년을 만날 때 자네도 그 자리에 함께 있겠지?"

"예, 그럴 겁니다. 제 관할지에서 누군가 행방불명된 마당이니 그와 관련한 내용은 뭐든 알고 있어야죠. 어떤 사람이 하는 얘기든 간에 말입니다. 이제 그 문제는 제 일이기도 해요."

"그 아이가 대답하는 내용을 내게도 알려줄 수 있겠나?" 캐드펠은 긍정의 대답을 들으리라는 확신을 가지고 물었다. "그의 태도나 표정도 말이야."

"알려드리고말고요." 휴는 시원하게 대답한 뒤 자리에서 일어났다.

*

접객소 응접실. 교회와 국가의 권력을 위임받은 이곳의 실력자들인 라둘푸스 수도원장과 엘뤼아르 참사회원, 휴 베링어가 앉아 있는 가운데 메리엣은 시종일관 차분하고 냉정한 자세를 유지한 채 질문이 나올 때마다 주저 없이 대답했다. 예, 피터 클레멘스가 하룻밤 묵어가느라 애스플리로 왔을 때 저도 그곳에 있었습니다. 아뇨, 그분은 사전에 아무 말씀이 없었고, 그래서 누구도 그분이 오시리라 예상하지 못했습니다. 하지만 그분은 우리 친척이에요. 마음만 먹으면 언제든 방문할 수 있죠. 아뇨, 그분이 전에 우리 집에 손님으로 오신 적은 딱 한 번밖에 없었습니다. 몇 년 전에요. 그리고 이번에는 업무차 지나가다 들르셨죠. 주교님의 명을 받아 여행하는 중이라고 하셨습니다. 예, 저는 그분의 말을 마구간에 들여 물과 먹을 것을 주고 털을 손질해줬습니다. 그사이 여자들은 집 안에서 그분을 접대했고요. 그분은 제 어머니의 사촌의 아드님입니다. 어머니는 노르만계인데 2년 전에 돌아가셨죠. 그분을 어떻게 접대했느냐고요? 갖가지 진귀한 음식과 술을 내오고, 저녁 식사가 끝난 뒤에는 함께 음악을 즐겼습니다. 식사 자리엔 우리 식구 외에 또 한 명의 손님이 있었죠. 이웃에 사는 영주의 딸이자 제 형인 나이절과 약혼한 여성분도 함께 식사를 했습니다. 메리엣은 시종 차분한 표정에 맑은 눈을 크게 뜬 채 그날의 일을 이야기했다.

"클레멘스가 이번에 맡은 임무에 대해서도 말하던가?" 휴가 불쑥 물었다. "어떤 목적으로 어디에 가는지 말이야."

"그분은 윈체스터 주교님의 심부름을 하는 중이라고 했습니다. 그 이상은 듣지 못한 것 같습니다. 하지만 저는 음악이 연주되기 전에 홀을 떠났고, 다른 사람들은 모두 그대로 남아 있었습니다. 저는 그분이 타고 온 말이 잘 있나 보려고 마구간으로 갔죠. 그사이 그분이 다른 얘기를 더 했을지도 모릅니다."

"이튿날 아침에는?" 엘뤼아르 참사회원이 물었다.

"그분이 아침 일찍 떠나야 한다고 하셔서 그분이 일어날 때쯤 우리는 모든 준비를 다 마친 채 기다리고 있었습니다. 아버지와 프레몬트, 그리고 마부 두 사람이 그분과 함께 말을 타고 2킬로미터쯤 배웅했죠. 그리고 저와 하인들과 이소다는—"

"이소다?" 휴가 새로운 이름을 듣고 귀를 쫑긋 세웠다. 메리엣이 조금 전 형의 약혼녀만 언급하고 이소다에 대해서는 그냥 넘어간 탓이었다.

"아, 제 누이동생은 아니고, 우리 영지 남쪽에 있는 포리엣 영지의 상속인입니다. 아버지가 그 애의 후견인이라 지금 우리와 함께 지내요. 아버지가 땅을 관리해주고 있지요." 이소다에 대해 설명하는 동안 잠시 그의 말투에서 긴장이 사라지는 듯했다. "우리가 피터 클레멘스를 배웅할 때 이소다도 함께 서서 그 광경을 지켜봤습니다."

"그 후로는 클레멘스를 못 봤고?"

"저는 그분들과 함께 가지 않았습니다. 하지만 아버지는 예의를 갖추느라 필요 이상으로 멀리까지 배웅을 나가 말을 달리기에 좋은 길을 가르쳐준 다음 돌아오셨죠."

"자네가 그분의 말을 돌봤다고 했지?" 휴가 다른 질문을 던졌다. "그 말은 어떻게 생겼던가?"

"세 살이 채 안 된 말인데, 기운이 펄펄 넘치는 아주 좋은 말이었습니다." 메리엇은 갑자기 생기를 띠며 이야기를 이어갔다. "키가 크고, 몸 전체는 짙은 밤색인데 이마에서 코까지 하얀 줄이 있었어요. 두 앞발 아랫부분도 하얀색이었고요."

그런 두드러진 특징들을 가진 말이라면 쉽게 알아볼 수 있으리라. 또한 바로 그런 이유로 누군가는 탐을 낼 수도 있었을 테고.

휴는 허브밭으로 찾아가 캐드펠에게 이야기를 전했다.

"만일 누군가 어떤 이유에서 그 사람에게 해코지를 했더라도 그처럼 좋은 말은 아마 잘 데려다 자기 것으로 삼았을 겁니다. 그러니 이곳과 위트처치 사이 어딘가에 아직 그 말이 있을 테고, 말을 찾아내면 사건의 단서를 잡는 셈이죠. 살아 있는 말은 조만간 누군가의 눈에 띌 거예요. 그 소문은 금방 제 귀에 들어올 테고요."

캐드펠은 늦여름에 말려둔 약초 다발들을 작업장 처마에 매달면서도 휴의 이야기에 온 정신을 기울이고 있었다. 엘뤼아르는 메리엣에게서 별다른 단서를 얻지 못했다. 전부 애스플리 집안의 나머지 사람들한테서 이미 들은 내용이었다. 피터 클레멘스는 윈체스터 주교의 막강한 힘을 후광처럼 두른 채 건강한 모습으로 말을 타고 왔다가 똑같은 상태로 떠났다. 애스플리 집안 사람들은 2킬로미터쯤 그를 정중하게 배웅했고, 그 후 그의 종적이 묘연해졌다.

"가능하면 그 아이의 말을 정확히 그대로 되풀이해주면 좋겠네." 캐드펠은 말했다. "내용만으로는 흥미로운 점이 전혀 없다 해도 태도나 말투를 면밀하게 살펴보면 무언가 나오는 경우가 있거든."

휴는 기억력이 아주 좋은 사람이라 메리엣의 말투와 억양까지 살려 정확히 되풀이할 수 있었다. "하지만 말에 대한 상세한 설명을 빼면 딱히 귀담아들을 내용이 없던데요. 모든 질문에 대답은 했지만 아는 게 많지 않아 우리로선 특별한 단서를 얻지 못했습니다."

"아니, 그 아이가 모든 질문에 대답했다고는 할 수 없어." 캐드펠이 말했다. "그리고 내 생각엔 그가 몇 가지 주목할 만한 이야기를 한 것 같은데. 그게 클레멘스의 실종과 직접적인 관련이 있는지는 확실치 않지만 말이야. 엘뤼아르 참사회원이 '그 후로는 클레멘스를 못 봤고?'라 물었을 때, 그 아이는 '저는 그분들과 함께 가지 않았습니다'라고 대답했지. 그건 이후로 클레멘스를 보지 못했냐는 질문에 대한 답이 아니야. 그리고 클레멘스가 자기 아버지 일행과 함께 떠날 때 모두가 모였다며 하인들과 포리엣 영지의 어린 상속인을 거론하면서도 자기 형에 대한 이야기는 빼놓았어. 형이 말을 타고 멀리까지 배웅하는 일행 속에 끼어 있었다는 말도 하지 않았고."

"모두 사실입니다만 거기 특별한 의미가 숨어 있는 것 같지는 않은데요." 휴는 그 말에 의구심을 느끼지 못하는 듯했다. "저희도 그 친구의 얘기를 면밀히 따져봤는데, 딱히 의심스러운 구석이 있다고 여기는 사람은 없었습니다."

"하지만 사소한 것에 주목하고 의문을 품어서 해가 될 건 없지. 거짓말에 익숙지 않은 사람이 어쩔 수 없이 거짓말을 해야 할 상황에 처하면 최대한 답변을 피하려 들 걸세. 물론 여기서 50킬로미터 이상 떨어진 어느 집 마구간에서 그 말이 발견되기라도 하는 경우엔 나나 자네가 메리엇이 한 모든 말을 캐고 들 필요가 없겠지만. 메리엇과 그 집 식구들은 이 사건에서 멀어지고, 다들 피터 클레멘스를 잊을 거야. 뭐, 이따금 미사 때 한 친척의 영혼을 위로하는 정도겠지."

*

엘뤼아르 참사회원은 이내 짐을 꾸려 비서와 마부를 대동하고 런던으로 떠났다. 휴가 생각한 대로, 크리스마스 전에 북부의 동서 해안 전역을 지배하다시피 하는 막강한 두 형제와의 연대를 굳건히 하라고 스티븐 왕에게 조언을 건네기 위해서였다. 체스터 영주 라눌프와 루마르 영주 윌리엄이 아내들을 데리고 링컨에서 함께 크리스마스를 보내기로 한 터이니, 왕이 가서 재치 있는 아첨을 좀 건네고 한두 가지 수수한 선물을 베풀면 근사한 수확을 거둘 수 있으리라. 엘뤼아르가 이미 길을 잘 닦아놓았으니 왕은 그저 그 탄탄대로를 따라 다녀오기만 하면 되었다.

"전하와 함께 돌아오는 길에 잠시 이곳에 들르겠소." 수도원의 넓은 마당에서 작별을 고하며 엘뤼아르는 휴에게 말했다. "그즈음엔 좋은 소식을 전해 들어야 할 텐데. 주교님께서도 대단히 걱정하고 계실 거요."

이제 실종 사건은 휴에게 맡겨졌다. 무엇보다 중요한 건 클레멘스의 행방을 확인하는 일이었으나, 현실적인 여건에 따라 휴는 우선 그의 밤색 말을 찾는 일에 초점을 두었다. 그는 자신이 동원할 수 있는 모든 인력을 총동원해 북쪽으로 가는 여행객들이 빈번히 이용하는 길들을 수색했고, 그 주변의 가옥에 딸린 마구간을 급습하는가 하면, 지나가는 여행객들에게 클레멘스나 그의 말에 관해 탐문하도록 했다. 클레멘스가 묵어갈 만한 모든 집을 방문해 샅샅이 수색했지만 그래도 아무 단서도 나오지 않자, 이제 그들은 보다 황량한 시골 지방으로 시선을 돌렸다. 슈롭셔의 북쪽에는 숲이 얼마 없고, 그 대신 드넓은 히스밭과 황무지, 잡목림, 농사를 지을 수 없는 황량한 이탄泥炭 늪지대가 펼쳐져 있었다. 지형에 훤한 그곳 사람들은 습한 늪지에서도 안전한 둑길을 따라 돌아다니면서 이탄을 잘라내어 겨울철에 대비해 쌓아두곤 했다.

앨킹턴 영지는 부옇고 무미건조한 하늘 아래 진갈색 연못과 바람에 몸을 떠는 이끼류, 덤불로 뒤덮인 황야의 가장자리에 자리잡고 있었다. 땅이 많이 황폐해지면서 경작지도 줄어들어, 군주가 탈 만한 키 크고 혈통 좋은 밤색 말이 한가로이 풀을 뜯고 있는 광경을 보리라 기대하기 어려운 곳이었다. 하지만 놀랍게도 얼굴에 흰 줄이 있고 앞발 아랫부분이 하얀 그 말은 바로 그곳에서 발견되었다. 손질을 제대로 해주지 않아 털이 좀 거칠어졌을 뿐 말의 상태는 아주 양호했다.

서슴없는 태도로 보아, 말을 데리고 있던 사람은 딱히 숨기는 게 없는 듯했다. 자유로운 신분으로 웹 영지의 주인에게서 땅을 빌려 농사를 짓고 사는 그 사내는 어느 날 갑자기 나타난 이 손님에 대해 상세히 설명하기 시작했다.

"지금은 처음 여기 왔을 때보다 훨씬 상태가 좋아진 겁니다,

나리. 한동안 아무 데나 마구 돌아다녔던 모양이에요. 저놈이 누구의 말인지, 어디서 왔는지는 전혀 모르겠더라고요. 제가 아는 사람 하나가 서쪽에 개간지를 하나 갖고 있습니다, 나리. 늪지대에 떠 있는 섬인데, 그 사람은 거기서 이탄을 뜨고 있었죠. 그때 안장과 고삐와 다른 마구까지 갖추고 있는 저 말이 멋대로 돌아다니는 광경을 본 겁니다. 말 주인은 보이지 않았고요. 그래서 그 사람이 저 말을 붙잡으러 덤벼들었지요. 처음엔 좀처럼 잡히질 않았습니다. 여러 번 시도했는데도 안 되길래 여물로 녀석을 꾀었죠. 저놈은 살그머니 다가와서 여물을 먹다가도 막상 붙잡으려고 하면 번번이 도망을 치더군요. 아주 영리한 놈입니다. 진창에 빠진 자국이 남아 있었고, 어디서 고삐도 찢어먹은 것 같았어요. 여기저기 찢기고 터진 안장은 녀석의 배 아래로 반쯤 돌아가 있었고요. 아무튼 우리 집에 저 녀석과 어울릴 만한 암말이 있어서 결국 제가 암말을 그곳으로 데리고 가 매두었죠. 암말이 유인해준 덕에 녀석을 쉽게 붙잡을 수 있었어요. 우린 안장과 고삐를 벗기고 녀석의 몸을 빗질해줬습니다. 하지만 저놈이 누구네 것인지는 알 수가 없더군요. 일단 웸에 있는 영주한테 사정을 전하고, 적당한 방안이 설 때까지 이렇게 녀석을 데리고 있는 중입니다.”

사내의 말에는 의심할 구석이 없어 보였다. 말이 발견된 장소는 길에서 몇 킬로미터쯤 벗어난 곳으로, 위트처치 시내와도 불과 2~3킬로미터밖에 떨어지지 않은 지점이었다.

“마구들을 어떻게 했소? 그대로 있소?”

"마구간에 있는데, 원하신다면 넘겨드리죠."

"아니, 당장 그럴 것까지는 없고. 혹시 나중에라도 말 주인을 찾아보지는 않았소?" 이곳 늪지대는 밤중에 외지 사람이 다닐 만한 데가 못 되었다. 아니, 훤한 낮에도 경솔한 여행자에겐 그리 안전한 곳이 아닐 터였다. 이곳 이탄 연못에는 해마다 많은 사람들이 빠져 죽었다.

"찾아봤지요. 이 근방엔 사람이 다닐 수 있는 모든 둑길과 좁은 길을 소상히 꿰고 있는 이들이 제법 있으니까요. 우리는 주인이 말에서 떨어졌거나 말과 함께 물에 빠졌으려니 생각했습니다. 그랬다가 말만 용케 헤어 나왔을 거라고요. 하지만 말 주인의 자취는 어디에서도 찾을 수 없었습니다. 사실 처음 저 말을 발견했을 때 몸에 진흙이 묻어 있긴 했지만 뒷다리가 다 묻힐 정도로 진창 깊숙이 빠진 것 같지는 않았거든요. 설사 사람을 태운 채로 깊은 데 빠졌다 해도 아마 말보다는 사람이 더 쉽게 빠져나왔을 겁니다."

"그럼 저 말이 사람을 태우지 않은 상태로 이곳 늪지대에 왔다고 생각하는 거요?" 휴가 물으며 예리한 눈길을 던졌다.

"제 생각은 그렇습니다. 여기서 남쪽으로 몇 킬로미터 가면 삼림지대가 나오거든요. 거기 노상강도들이 숨어 있다가 그 사람을 습격한 게 아닐까 싶어요. 놈들도 말을 붙잡기는 힘들었을 겁니다. 그래서 말만 혼자 도망쳐 이리로 온 거죠."

"내 치안관을, 늪지대에서 일하다가 처음 말을 봤다는 그 사람에게로 안내해줄 수 있겠소? 그에게서 더 자세한 얘기를 들어야겠소. 말이 돌아다니던 곳들도 좀 살펴보고. 실은, 윈체스터 주교님 밑에서 일하던 성직자 한 사람이 실종되었소." 휴는 솔직하고 정직해 보이는 그 사람을 믿고 이 수색의 이유를 털어놓았다. "저 말 주인이 바로 그 사람인데, 아마 지금쯤은 죽었을 듯하군. 나중에라도 다른 소식을 듣게 되면 지체 없이 슈루즈베리성의 휴 베링어에게로 연락해주시오. 내 섭섭지 않게 보답하겠소."

"그럼 나리께서 저 녀석을 데리고 가시죠. 녀석의 이름이 뭔지는 신만이 아시겠지만, 저는 녀석을 러셋이라 불렀습니다." 사내가 나뭇가지로 엮어 만든 울타리 너머로 상체를 숙이고 손가락을 부딪쳐 딱딱 소리를 내자 짙은 밤색 말이 서슴없이 그에게 다가와 손바닥에 주둥이를 갖다 대었다. "녀석이 보고 싶을 겁니다. 아직 거칠하긴 하지만 털의 윤기는 곧 돌아올 거예요. 녀석의 몸에 붙어 있던 가시와 히스 검불은 우리가 떼냈죠."

"말값은 치러주겠소." 휴는 따뜻한 어조로 말했다. "자, 이제 녀석의 마구들을 좀 살펴봐야겠군. 그것들이 우리한테 무슨 신통한 소식을 알려줄지는 의문이지만."

*

견습 수사들이 오후 수업을 받기 위해 넓은 마당을 가로질러 안마당을 향해 걸어갈 때 마침 휴 베링어가 말을 타고 수도원 정문으로 들어선 건 순전히 우연이었다. 휴는 편의상 러셋이라 부르는 말을 안전한 곳에 두기 위해 수도원 마구간 쪽으로 끌어가는 중이었다. 애초의 소유주인 윈체스터 주교에게 언젠가 돌려주어야 할 것이니, 성보다는 수도원에 두는 편이 나을 터였다.

캐드펠도 허브밭에 가느라 막 안마당에 들어선 참이었다. 견습 수사의 대열 맨 끝에 서 있던 메리엣의 시선은 목을 숙인 채 넓은 마당으로 뚜벅거리며 들어오는 그 당당한 밤색 말에 가닿았다. 낯선 곳에 들어온 말은 하얀 샌들을 신은 듯한 앞발들로 잔돌이 깔린 마당을 우아하게 디디고 있었다.

캐드펠은 그들이 만나는 광경을 분명하게 목격했다. 말은 아름다운 머리를 홱 쳐들더니 목과 코를 쭉 뻗으며 나직하게 울어댔고, 그 소리에 메리엣의 얼굴이 말의 머리에 있는 줄무늬만큼이나 새하얗게 변했다. 메리엣이 발걸음을 늦추며 소리 나는 쪽으로 고개를 돌리는 순간, 그의 초록빛 눈동자가 햇살을 받아 번득였다. 이윽고 그는 자신의 처지를 깨닫고서 이미 안마당으로 들어간 동료들을 서둘러 뒤쫓아갔다.

*

그날 밤 새벽기도 한 시간 전, "바르바리! 바르바리!" 하고 외치는 사나운 고함 소리가 숙사를 온통 뒤흔들더니 이어 날카로운 휘파람 소리가 길게 이어졌다. 캐드펠은 첫 번째 고함이 터지는 순간 이미 메리엣의 방으로 달려가고 있었다. 그가 젊은이의 이마와 뺨과 오므린 입술을 손바닥으로 부드럽게 어루만진 뒤 여전히 잠들어 있는 그를 베개에 살며시 눕히자, 그 꿈의 끝자락—그게 정말 꿈이라면—이 툭 끊기며 소음들이 침묵으로 녹아들었다. 곧 놀란 수사들이 달려왔을 때, 캐드펠은 미리 준비하고 있다가 심각한 생각에 잠긴 사람처럼 이맛살을 잔뜩 찌푸려 그들의 입을 다물게 했다. 로버트 부수도원장조차 모두에게 불안을 안겨준 그 위험한 잠을 깨우지 못하고 머뭇거릴 정도였다. 숙사 전체가 다시 고요한 어둠 속에 잠긴 뒤에도 캐드펠은 한참이나 메리엣의 침대 곁에 앉아 있었다. 무엇을 정확히 예견한 것은 아니나, 어쨌든 자신이 이러한 상황에 대비하고 있었다는 사실이 정말 다행스러웠다. 그러나 다음 날 아침이면 좋건 나쁘건 간에 무슨 일이 일어날 터였다.

4

메리엣은 아침기도 시간 전에 깨어났다. 기분이 우울하고 눈꺼풀이 몹시 무거웠지만 간밤에 어떤 일이 일어났는지 전혀 알지 못하는 상태였다. 아침기도가 끝나자마자 행정 보좌관의 호출을 받아 마구간으로 향한 덕에 그는 공포와 불안과 적의에 가득한 다른 수사들을 잠시나마 피할 수 있었다. 휴는 여기저기 찢기고 더러워진 마구를 마당 벤치에 펼쳐놓은 채 그를 기다렸고, 마부는 러셋을 데리고 나와 마당을 걸렸다. 부드러운 햇살이 말의 모습을 선명하게 비추고 있었다.

"새삼 물어볼 필요도 없겠군." 낯선 옷차림을 하고 다가오는 사람을 보자마자 하얀 줄이 간 이마를 번쩍 쳐들고 넓은 콧구멍을 벌름거리는 러셋을 지켜보며 휴가 빙그레 웃어 보였다. "이 녀석이 자네를 알아보는 눈치니, 나로선 자네 역시 이 말을 알고 있다는 결론을 내리지 않을 수 없겠어." 메리엇은 아무 대답 없이 다음 질문을 기다리고 있었다. "이 말이 피터 클레멘스가 자네 아버지 집을 떠날 때 타고 간 녀석인가?"

"예, 나리. 바로 그 말입니다." 메리엇은 말을 힐끗 쳐다보더니 얼른 눈길을 내리깐 채 혀로 입술만 핥을 뿐 더 이상 대답이 없었다.

"이 말은 그때 딱 한 번 본 건가? 그런데도 녀석은 주저 없이 자네한테 다가오는군. 자네의 손길을 바라는 것 같으니 원한다면 좀 쓰다듬어주게."

"그날 밤 제가 이 녀석을 마구간으로 데려가 털을 손질해주고 보살펴줬거든요." 메리엇은 낮은 목소리로 더듬거리면서 말을 이었다. "이튿날 아침에 안장을 얹어준 것도 저였고요. 저렇게 좋은 말을 다뤄본 건 그때가 처음이었습니다. 저…… 저는 말을 잘 알거든요."

"딱 봐도 그런 것 같네. 그럼 저 말의 마구도 자네가 손을 봤겠군." 다채로운 빛깔의 가죽으로 세공한 안장과 은으로 장식한 굴레. 지금은 여기저기 흠집이 나고 더러워졌지만 전부 아주 화려하고 훌륭한 물건들이었다. "이것들을 알아보겠나?"

"예, 전부 그분의 것입니다." 이어 그가 겁먹은 어조로 물었다. "바르바리를 어디서 찾아내셨나요?"

"그게 이 말의 이름인 모양이군. 주인이 그렇게 부르던가? 여기서 북쪽으로 30킬로미터쯤 떨어진 곳, 위트처치 부근의 이탄 늪지대에서 발견했네. 어쨌든 됐네, 젊은이. 자네에게 궁금했던 건 이게 전부야. 이제 가서 자네 할 일을 하게."

*

메리엇이 자리를 비운 틈에 동료들은 세면대 주위에 모여 자기들끼리 수군대고 있었다. 메리엣을 귀신 들린 아이라며 두려워하는 이들, 그가 혼자서 모두를 따돌리듯 외떨어져 지내는 것에 분노를 표하는 이들, 그의 침묵을 자신들에 대한 경멸의 표현으로 이해하는 이들까지, 모두 평소에 느껴온 불평불만을 한꺼번에 늘어놓는 통에 그곳은 무척이나 시끌벅적했다. 마침 그곳에는 로버트 부수도원장의 보좌 수사이자 분신 격인 제롬 수사도 와 있었으니, 그는 귀를 쫑긋 세운 채 이들의 이야기를 열심히 들었다.

"자네도 그 소리 들었지? 간밤에 또 고래고래 소리를 질러 우리 모두를 깨워났잖아……."

"진짜 괴상한 소리를 지르던데. 그 악마의 이름을 내가 똑똑히 들었어. 바르바리라고 부르더라고. 그러자 악마가 휘파람을 불어 응답했다니까. 이상하게 쉭쉭거리면서 말이야. 그게 악마의 소리가 아니면 뭐겠어?"

"너무 불안해. 그 친구가 우리 있는 곳에 악령을 불러들이잖아. 도무지 밤에 편히 쉬질 못하니…… 정말 너무 무섭다고!"

진갈색으로 그은 정수리를 둘러싸고 무성하게 자라난 회색 머리를 빗질하던 캐드펠은 그들의 얘기에 끼어들까 말까 고심하다가 그만두기로 마음먹었다. 그 아이에게 쌓인 불만을 모조리 토해내게 가만 내버려두자. 그러면 사실 그게 별 대수롭지 않은 일이라는 점이 더 명확해지겠지. 한밤중에 일어난 몇 차례의 충격적인 소동이 이 순진한 아이들의 마음을 뒤흔든 것은 사실이었다. 다들 미신적인 두려움에 떨고 있는 지금, 만일 그가 끼어들어 말조차 못 하게 입을 막아버리면 이들의 불만은 자꾸 쌓이고 불어나기만 할 터였다. 아예 모든 걸 토해내도록 놔두면 그곳의 공기는 저절로 맑아지리라. 그리하여 캐드펠은 입을 다문 채 가만히 귀만 기울이고 있었다.

"그 문제를 수사회에 다시 회부할 생각이네." 수도원에서 일어나는 모든 일들을 제일 먼저 부수도원장에게 전하고 싶어 늘 안달을 내는 제롬 수사가 이들을 향해 말했다. "자네들이 밤에 편히 잘 수 있게끔 대책을 강구하겠네. 필요하다면 숙사의 고요하고 평화로운 분위기를 해치는 자를 따로 격리시키기라도 해야지."

"하지만 수사님," 메리엇의 옆방을 쓰는 견습 수사가 불평하듯 말했다. "독방에 따로 떨어뜨려놓으면 그 친구가 무슨 짓을 하는지 누가 알 수 있겠습니까? 그는 거기서 더 큰 자유를 누릴 거예요. 저는 그에게 달라붙은 악마가 더 기승을 부려 다른 동료들에게까지 옮겨 올까 봐 걱정입니다. 그 악마가 우리 숙사의 지붕을 내려앉게 하거나 지하실에 불을 낼지도 몰라요…….”

“그런 생각을 하는 건 거룩하신 주님에 대한 믿음이 부족한 탓이야.” 제롬 수사는 가슴에 성호를 그으며 말을 이었다. “메리엣 형제가 큰 말썽을 일으켰다는 건 인정하네. 하지만 그가 악마에 사로잡혔다는 이야기는 좀…….”

“하지만 그게 사실인걸요, 수사님! 그는 악마한테서 받은 부적을 갖고 있어요. 침대에다 그걸 숨겨놨다고요. 전 알아요! 전에 그가 담요 밑에 조그만 물건을 슬쩍 감추는 걸 이 두 눈으로 똑똑히 봤거든요. 왜, 그 친구가 아는 게 많긴 하잖아요. 그래서 시편의 한 구절에 대해 물어보려고 갔었는데, 손에 뭔가를 들고 있다가 얼른 감추더니 침대를 가리고 서서는 저를 더 이상 들어오지 못하게 하더라고요. 그러면서 사나운 얼굴로 째려보는데, 정말 어찌나 무섭던지! 하지만 그때 이후로 전 줄곧 그의 동정을 살폈어요. 그는 방에다 부적을 숨겨놓고 밤마다 그걸 품고 자요. 이건 맹세코 사실이에요. 그와 친한 어떤 존재의 상징이 분명해요. 아마 그게 우리 모두에게 큰 재앙을 몰고 올 거예요.”

“나로선 믿을 수가…….” 제롬 수사는 평소 남의 말에 잘 혹하는 자신의 기질을 의식했는지 짐짓 그렇게 대꾸하다가, 이내 말을 멈추곤 그에게 재차 물었다. “그걸 직접 봤다고 했나? 침대에 어떤 이상한 걸 감췄다고? 그건 규칙에 어긋나는 짓인데.” 숙사의 방에는 간이침대와 등받이 없는 의자, 조그만 독서용 책상, 공부할 책들 말고는 무엇도 들여놓을 수 없었다. 방과 방 사이에 가로놓인 얇은 벽판 하나, 그 때문에 서로를 존중하고 배려하는 마음으로만 유지될 수 있는 조용한 사생활 외에 견습 수사의 방에 무엇이 더 필요하단 말인가. "이곳에 들어오는 견습 수사는 세속적인 모든 소유물을 포기해야 해." 메리엣이 공인된 규칙을 어겨 수도원의 질서를 문란하게 했다는 단서를 잡아내자, 제롬은 빈약한 양 어깨를 쫙 펴며 큰 소리로 말했다. 훈계하기를 좋아하는 그에게 이보다 반가운 기회는 없을 터였다. "그 점에 관해서는 내가 메리엣 형제에게 얘기하도록 하지."

그러자 기가 살아난 대여섯 명의 견습 수사들이 당장 가서 확인해보라며 그를 부추겼다.

"지금 메리엣이 방에 없으니 얼른 가서 보시죠! 수사님이 부적을 없애버리시면 악마도 그에게 더는 힘을 쓰지 못할 거예요."

"그러면 우리 모두 다시 조용히 지낼 수 있을 거고요……."

"좋아, 따라오게!" 마침내 결심을 굳힌 제롬 수사가 비장하게 말하고는, 캐드펠이 나설 겨를도 없이 재빨리 세면장을 빠져나가 숙사 계단을 향해 급하게 걸어가기 시작했다. 흥분한 견습 수사들도 우르르 그를 뒤따랐다.

캐드펠은 혐오감에 몸을 떨며 얼른 그들을 쫓아갔으나 무슨 큰일이 일어나리라는 생각 같은 건 들지 않았다. 지금쯤 메리엣은 저쪽에 떨어진 마구간에서 휴와 이야기를 나누고 있을 테고, 또 저들은 그 방에서 자신들의 상상력을 자극할 만한 어떤 물건도 찾아내지 못할 테니까. 아무 소득도 없이 그 방에서 나오면 견습 수사들도 맥이 빠져 더는 터무니없는 소리를 늘어놓지 않으리라. 캐드펠은 제발 그렇게 되기를 바라는 마음으로 서둘러 계단을 올라갔다.

그런데 또 다른 누군가 그보다 더 급하게 다가오고 있었다. 캐드펠의 뒤에서, 가벼운 두 발이 북을 두드려대듯 나무 계단을 밟고 올라오는 소리가 들렸다. 그 사람은 기다란 숙사의 출입구 앞에서 캐드펠을 앞질러, 양쪽으로 방들이 죽 늘어서고 바닥에 타일이 깔린 복도를 급하게 내달렸다. 메리엣이었다. 그는 수사복 자락을 휘날리며 자기 방 쪽으로 정신없이 달려가고 있었다.

"다 들었어! 너희들 얘기 다 들었다고! 내 물건들 그대로 놔둬!"

조신하게 모은 두 손과 낮게 내리깐 눈, 공손한 목소리는 다 어디로 갔을까? 이 순간 주먹을 움켜쥐고 두 눈을 번뜩이며 침입자들에게 다가가면서 자기 물건에 손대지 말라고 단호하게 명령하는 그의 품새는 격노한 젊은 영주의 모습 그대로였다. 캐드펠은 황급히 앞으로 달려가 허공에 휘날리는 그의 소맷자락 하나를 붙잡았으나, 메리엣의 완강한 힘을 감당하지 못해 질질 끌려갈 수밖에 없었다.

메리엣의 방문 앞에 이르러 한편으로는 두려워서, 다른 한편으로는 호기심에, 낡아 색이 바랜 수사복 엉덩이 부분은 밖으로 내밀고 머리만 안으로 들이민 채 구경하고 있던 견습 수사들은 그 성난 유령이 위압적으로 다가오는 소리에 몹시 놀라 우왕좌왕하다가 당황한 암탉들처럼 소리를 지르며 사방으로 흩어졌다. 메리 엣은 제 조그만 영역의 문턱에서 막 밖으로 나오던 제롬 수사와 정면으로 마주쳤다.

얼핏 보기에 더없이 불공정한 대결의 양상이었다. 한쪽은 이제 수도원에 들어온 지 한 달쯤 된 신입이자 이미 말썽을 일으켜 주의를 받은 성직 지망생이었고, 다른 한쪽은 정식 성직자로 부수도원장의 오른팔이요 견습 수사들의 고해신부로 지명된 두 사람 중 하나인 권위 있는 인물이었으니 말이다. 이 선명한 대조를 의식했는지 메리엣이 잠시 멈칫했고, 그 틈에 캐드펠은 얼른 그의 곁으로 다가가 헐떡이면서 속삭였다. "바보 같기는! 어서 뒤로 물러서게. 안 그랬다가는 저분이 자네 껍데기를 벗겨낼 걸세."

그러나 메리엣의 귀에는 그 말이 들리지도 않았으니, 그러잖아도 숨이 차 헐떡이던 캐드펠은 공연한 짓을 한 셈이었다. 메리엣은 이미 이성을 잃기 직전이었다. 제롬이 무슨 더러운 것이라도 되는 양 손가락 끝으로 붙잡은 물건, 허공에서 대롱거리는 그 작고 환한 물건을 본 순간, 청년의 안색은 두려움이 아니라 순수한 분노로 백지장처럼 하얘졌고, 억센 골격이 두드러진 얼굴의 모든 선은 시퍼런 얼음 조각처럼 바짝 날이 섰다.

"그건 제 것입니다." 메리엣이 나직하지만 권위가 실린 목소리로 말하며 손을 내밀었다. "이리 주세요!"

이 무례한 태도에 제롬 수사는 마치 다른 수컷을 상대하는 칠면조 수컷처럼 까치발을 하고 서서 온몸을 최대한 곤추세웠다.

가느다란 그의 코는 모욕당했다는 분노에 푸들푸들 떨리고 있었다. "그토록 당당하게 잘못을 고백하는 건가? 뻔뻔스러운 인간 같으니! 수도원에 들어오기를 청하면서 '내 것'을 포기했다는 사실을 잊었나? 여기서는 어떤 종류의 사유물도 소유해서는 안 돼. 수도원장님의 허락도 받지 않고 사유물을 들여오는 건 규칙을 우롱하는 짓이요 큰 죄악이네! 감히 이것을―이런 것을!―멋대로 들여왔으니, 이는 자네가 무슨 일이 있어도 지키겠다고 이야기한 그 서약들을 완전히 무시한 셈이야. 더구나 이런 걸 침대 속에 간직하는 건 간음의 행위나 다름없어. 어찌 감히 이런 짓을…… 어찌 감히! 곧 소환되어 이 일에 대해 해명을 해야 할 걸세!"

모두의 시선이 그 말썽을 불러일으킨 근원에 쏠려 있었으나, 정작 메리엣만은 눈앞에 선 적의 얼굴만을 이글거리는 눈으로 노려보고 있었다. 은밀한 부적으로 판명된 물건이란, 다름 아닌 붉은 기가 도는 황금빛 곱슬머리 타래였다. 이 기다란 머리 타래는 소녀들이 머리를 묶을 때 쓰는, 금빛과 푸른빛과 빨간빛 꽃들이 수놓인 우아한 리본으로 묶여 있었다.

"자네가 반드시 지키고 싶다고 했던 서약의 의미를 알고나 있는가?" 제롬은 열을 내며 훈계를 이어갔다. "금욕, 가난, 복종, 근면. 지금 자네에게서 이런 태도가 손톱만큼이라도 보인다고 생각하는가? 지금이라도 늦지 않았으니 잘 생각해보게. 이런 하잘 것없는 물건이 함축하는 온갖 어리석고 더러운 생각들을 물리치지 못하는 한 이 수도원에서는 자네 같은 사람을 받아들일 수 없어. 이 불결한 물건을 소지한 것에 대해서는 반드시 속죄를 해야 할 줄 알게. 하지만 잘못을 고칠 수 있는 시간은 충분해. 자네가 조금이라도 고결한 마음을 갖고 있는 사람이라면 말이지."

"고결하고말고요." 메리엣은 조금도 부끄러운 기색 없이 번쩍이는 눈으로 그를 노려보며 입을 열었다. "적어도 전 남의 이부자리를 들추어 물건을 훔쳐내는 짓은 하지 않으니까요." 이어 그는 어금니를 꽉 깨문 채, 아주 조용히 덧붙였다. "어서 이리 줘요. 그건 내 겁니다!"

"네놈의 오만무례한 행동에 대해 수도원장님께서 뭐라고 말씀하실지 궁금하군. 조만간 알게 되겠지. 이 헛되고 무가치한 물건은 돌려줄 수 없어. 그리고 자네의 불복종에 대해서는 자세히 보고될 걸세. 자, 저리 비켜!" 자신의 우월한 위치와 정당성에 대한 절대적인 확신 속에서, 제롬은 엄하게 명령을 내렸다.

메리엣이 제롬의 의도를 어떻게 받아들였는지 캐드펠로서는 알 수 없었다. 그저 그 문제를 수사회에 회부해 수도원장의 판단에 맡기면 되리라 생각하지 않을까? 어쨌든 분별력을 지닌 청년이니, 결국 제 작은 보물을 잃는 한이 있더라도 수도원장의 뜻을 고분고분하게 받아들이리라. 자신이 원해서 이곳으로 왔으며, 더욱이 하루빨리 서약을 하고 그걸 지키기를 간절히 소망한다고 줄곧 주장해왔으니 말이다. 결국 메리엣은, 비록 의혹 어린 표정으로 이맛살을 찌푸린 채였으나, 말없이 뒤로 물러나 제롬에게 길을 터주었다.

제롬은 여전히 등불이 켜져 있는 계단 쪽으로 향했고, 그의 충실한 부하들도 침묵을 지킨 채 얌전히 뒤를 따랐다. 벽에 달린 선반 위, 얕은 접시에 놓여 있는 등잔은 기름이 거의 다 닳았지만 여전히 가물거리며 주위를 밝히고 있었다. 바로 그 옆에 제롬이 멈춰 섰다. 그러곤 캐드펠과 메리엣이 상황을 미처 깨닫기도 전에 손에 든 것을 등잔불에 가져다 올렸다. 머리 타래가 쉭쉭 소리와 함께 조그만 황금빛 불꽃을 피우면서 순식간에 타버렸고, 리본은 까맣게 그을린 채 둘로 갈라져 접시에 떨어지더니 짙은 연기를 피워 올렸다. 그 순간 메리엣이 한 마디도 없이, 그저 사냥개처럼 펄쩍 뛰어올라 제롬 수사의 목을 향해 제 몸을 날렸다. 캐드펠이 그의 수사복을 움켜쥐려 했으나 이미 늦었다.

메리엣은 그를 죽일 생각이었다. 시끄러운 말다툼도, 욕설도, 밀고 당기는 승강이도 없이 조용한 전투가 일었다. 메리엣은 제롬의 앙상한 목을 두 손으로 움켜쥐고서 그를 타일로 덮인 복도 바닥에 쓰러뜨렸다. 당혹감과 공포에 휩싸인 대여섯 명의 견습 수사들이 달려들어 몸을 끌어안고 할퀴고 때리는데도 그는 손아귀의 힘을 늦추지 않았다. 캐드펠은 견습 수사들에게 가로막혀 도무지 그쪽으로 다가갈 수가 없었다. 제롬의 얼굴이 순식간에 자줏빛으로 변했다. 그는 두 손으로 맥없이 타일 바닥을 치면서 뭍에 오른 물고기처럼 온몸을 파닥거렸다. 간신히 견습 수사들을 헤치고 들어간 캐드펠은 제롬의 목을 조르는 데만 온 신경을 쏟고 있는 메리엣의 귀에다 입을 대고 나직하게, 그러나 분명한 목소리로 으르렁거렸다. "부끄럽지도 않으냐! 다 늙은 사람한테 이런 짓을 하다니!"

사실 제롬은 60대인 캐드펠보다 스무 살이나 어렸지만, 그런 상황에서 약간 과장을 한들 무슨 상관이랴. 캐드펠의 말을 듣는 순간 메리엣은 자신도 모르게 손아귀의 힘을 조금 늦추었다. 그 덕에 제롬은 요란하게 헐떡이면서 숨을 몰아쉬었고, 그의 얼굴은 이내 자주색에서 빨간 벽돌색으로 변했다. 주위에 모여 있던 견습 수사들이 때를 놓치지 않고 일제히 달려들어 메리엣을 일으킨 뒤 꽉 붙잡았다. 메리엣은 가쁜 숨만 몰아쉴 뿐 아무 말도 하지 않았다. 때마침 저쪽에서 로버트 부수도원장이, 이미 머리에 주교관이라도 쓴 양 후리후리한 몸을 움직이며 격노한 신처럼 복도를 급히 달려오고 있었다.

등잔 접시에는 꽃을 수놓은 리본 두 조각이 고약한 냄새가 나는 그을음을 피워 올렸고, 불에 타버린 곱슬머리의 악취도 여전히 떠돌고 있었다.

*

로버트 부수도원장의 지시에 따라 수도원에서 일하는 일꾼 두 사람이 수갑을 가져와 메리엣의 두 손목에 채우고, 건물의 가장 외진 곳에 있는 징벌방으로 그를 데려갔다. 메리엣은 여전히 입을 꾹 다문 채 아무런 저항도 변명도 없이 위엄 있는 자세로 일꾼들을 따랐다. 그런 낯선 그의 모습을 캐드펠은 특별한 관심을 가지고 지켜보았다. 더는 자신의 신분과 처지에 개의치 않는지, 메리엇은 평소와 달리 고개를 꼿꼿이 세우고서 수사복 자락을 휘날리며 성큼성큼 걸었다. 그 입술과 벌름거리는 콧방울이 묘하게 뒤틀려 있는 게, 꼭 비웃는 것처럼 보였다. 곧 수사회에 소환되어 날카로운 심문과 해명 요구가 이어질 테지만 그는 전혀 신경 쓰지 않는 눈치였고, 어떤 의미에서는 속이 후련한 것 같기도 했다.

제롬 수사는 부축을 받아 방으로 들어가서는 침대에 누웠다. 다들 어찌할 바를 몰라 동동거리며 그에게 캐드펠이 준 진정제를 먹이고 멍든 목 부위에 오일을 골고루 발라주었다. 제롬은 잔뜩 쉰 목소리로 간신히 말을 뱉어내다가 목에 심한 통증이 오는지 이내 입을 다물어버렸다. 크게 다친 것은 아니나 당분간은 제대로 말을 하기가 어려울 듯했다. 더하여 앞으로 한동안은, 성직자가 되겠다고 이곳에 온 귀족의 아들들을 대할 때마다 조심에 조심을 하게 될 터였다.

그 젊은이는 대체 무슨 이유로 이곳에 왔을까? 메리엇 애스플리가 왜 성직자가 되려 하는지, 캐드펠로서는 도무지 이해할 수가 없었다. 장차 애스플리 영지의 주인이 될 장자가 따로 있다 해도, 메리엇은 수도원 생활보다 차라리 무장을 하고 말을 달리는 편이 훨씬 성격에 맞을 젊은이였다.

"부끄럽지도 않으냐! 다 늙은 사람한테 이런 짓을 하다니!"
그 말을 듣는 순간 메리엇은 두 손을 놓아 적을 풀어주고는 순순히 포로가 되어 더없이 기품 있고 의연한 자세로 징벌방으로 갔다……

수사회의 결정이 내려졌다. 정식 성직자이자 고해신부를 공격한 일은 추방당해 마땅한 죄였지만, 수사회는 보다 자비로운 방식을 택하기로 했다. 물론 죄가 워낙 중했기에 태형을 피할 수는 없었고, 캐드펠 또한 그보다 더 관대한 결정이 내려지리라 기대하지 않았다. 발언의 기회를 얻은 메리엣은 사건을 목격한 이들이 고발한 죄상을 모두 인정할 뿐, 정상을 참작해줄 만한 어떤 변명도 입 밖에 내지 않은 채 시종 꿋꿋하고 의연한 자세로 서 있었고, 채찍질을 받을 때도 찍소리 없이 묵묵히 견뎠다.

그날 마지막 기도 시간이 되기 전, 캐드펠은 수도원장을 찾아갔다. 앞으로 열흘간 독방에 감금된 채 지내야 할 그 젊은이를 만나보게 해달라고 청할 생각이었다.

"메리엣 형제가 자신의 입장을 변호하려 들지 않고, 또 메리엣을 원장님 앞으로 데려온 로버트 부수도원장님은 뒤늦게야 현장에 도착해 자초지종을 정확히 모르시니, 수도원장님께 사건의 정황을 모두 말씀드리는 게 좋지 않을까 싶습니다. 제 생각엔 그 젊은이가 수도원에 들어온 이유와도 관련이 있는 일 같기도 해서요." 그러고서 캐드펠은 메리엣이 방에 감춰두고 밤마다 몰래 꺼내 들여다보던 예의 기념품에 대해, 또 그것이 어떤 식으로 훼손됐는지에 대해 자세히 설명했다. "수도원장님, 저로서는 그 젊은이가 왜 이곳에 들어오기로 했는지 알 수 없습니다. 다만, 그 말썽쟁이 젊은이의 형이 이미 약혼을 했으며 곧 결혼할 예정이라는 사실과 관련이 있지 않을까 짐작할 뿐입니다."

"그대가 무슨 말을 하려는지 알겠소." 라둘푸스 수도원장은 맞잡은 두 손을 책상에 올려놓은 채 무거운 어조로 입을 열었다. "나 역시 그러한 가능성에 대해 생각해보았지. 그 청년의 아버지는 우리 수도원의 후원자이며, 결혼식은 12월에 바로 이곳에서 거행될 예정이오. 메리엣이 정말로 속세를 떠나고 싶어 한다면…… 바로 그 일이 원인으로 작용하지 않았을까…… 그렇게 생각했소." 좌절된 사랑이 곧 세상의 종말이라 믿고 또 다른 세상을 찾는 것 외에는 아무 방법이 없다고 여기는 이들, 마음의 고통으로 괴로워하는 세상의 모든 젊은이들을 생각하며 수도원장은 씁쓸한 미소를 머금었다. "지난 일주일간, 생각 깊은 사람 하나를 그 젊은이의 아버지에게 보내 이야기를 나누고 속사정을 살펴보게 하면 어떨까 고민해봤소. 그는 반드시 서약을 하고 싶다 주장하지만, 나로서는 천성에 전혀 맞지 않는 일을 허용함으로써 결국은 그에게 못 할 짓을 하게 되는 것이 아닐까 싶어서 말이오."

"저 역시 원장님의 판단에 동의합니다." 캐드펠은 진심으로 말했다.

"그 아이가 높이 평가받을 만한 훌륭한 품성을 지니고 있는 것은 사실이오." 라둘푸스는 유감스럽다는 듯 말을 이었다. "물론 이곳에서 편히 지내기에는 적당하지 않은 품성이지만. 아마 30여년 뒤, 결혼을 하고 아이를 낳아 기르면서 세상사를 싫도록 맛본 다음 자신의 이름과 가문에 대한 자부심을 모두 버린 뒤라면 또 모를까. 우리에겐 우리 나름의 분위기가 있으니 말이오. 그러나 그가 지닌 품성 또한 그 자신의 깨우침에, 또 우리가 가르침을 지속시키는 일에도 반드시 필요하오. 캐드펠 형제는 누구보다 이를 잘 이해할 거요. 이곳에 들어와 세상의 폭풍우를 피하고 있는 이들 가운데 그런 사람은 극소수에 불과하지. 그래서 말인데, 그대가 나를 대신해 애스플리로 가주지 않겠소?"

"기꺼이 그렇게 하겠습니다, 수도원장님."

"내일 떠나면 어떻겠소?"

"예, 원장님의 뜻이 그러하다면요. 하지만 일단은 메리엣 형제가 있는 징벌방에 좀 가봐도 괜찮을까요? 그의 몸과 마음을 안정시키는 데 도움이 될 만한 것이 없는지 알아보고, 그 속마음도 한번 살펴보고 싶습니다."

"기꺼이 허락하오. 형제의 뜻대로 하시오."

*

딱딱한 침대와 등받이 없는 의자 하나, 벽에 걸린 십자가, 그리고 죄수의 생리적 필요를 위한 돌그릇 몇 개가 전부인 조그마한 징벌방에서, 메리엣은 묘하게도 그 어느 때보다 훨씬 편안하고 만족스러워 보였다. 감시인이 없는 어둠 속에 홀로 떨어져, 적어도 자신의 일거수일투족을 지켜보거나 지나치게 가까이 다가오는 누군가를 경계할 필요가 없는 까닭이었다. 잠긴 문이 갑자기 열리고 조그만 등을 든 사람 하나가 들어오자 그는 잠시 긴장하여 두 팔 위에 괴고 있던 고개를 들었다. 이어 상대를 확인한 뒤 한숨을 내쉬고 긴장을 풀며 겹쳐진 두 팔 위에 다시 뺨을 대는 그의 모습이 캐드펠에게는 일종의 인정 혹은 격려 비슷한 것으로 느껴졌다. 메리엣은 채찍에 맞아 부어오른 자리에 공기가 잘 통하도록 수사복을 허리께로 내리고 셔츠마저 벗어버린 채 짚자리에 엎드려 있었다. 도전적인 자세로 침묵을 지키고 있는 것이, 아직도 화가 가라앉지 않은 모양이었다. 사건의 진상을 모든 이들 앞에 전부 털어놓았다면 적어도 후회는 남지 않았을 텐데.

"나한테 더 뭘 원한답니까?" 그는 두려워하는 기색 없이 단도직입적으로 물었다.

"그런 것 없네." 캐드펠이 조용히 대답했다. "가만히 엎드려 있게나. 이 등 좀 내려놓겠네. 내 말 듣고 있나? 자, 자물쇠로 잠긴 방에 이렇게 자네와 함께 있게 되었군. 망치라도 가져올걸 그랬어. 자네가 나까지 없애려 들 경우엔 얼른 저 문을 두들겨야 하니 말일세." 캐드펠은 십자가 밑에 달린 선반에 등을 올려놓았다. "자네가 밤잠을 잘 이루는 데 도움이 될 만한 것들을 가져왔네. 내복약과 몸에 바르는 고약이지. 등의 통증을 덜어주고 편히 자게 해줄 걸세. 어때, 좀 먹어보지 않겠나?"

"안 먹을래요." 메리엣은 퉁명스럽게 내뱉더니 엎드린 자세 그대로 겹쳐진 두 팔 위에 턱을 괸 채 캐드펠을 응시했다. 그의 구릿빛 몸은 유연하고 강인했으며, 채찍을 맞은 등의 상처 자리가 퍼렇게 부르트긴 했으나 심하게 붓거나 찢어진 곳은 보이지 않았다. 매질을 담당한 일꾼이 사정을 봐준 모양이었다. 아마 그 사람도 제롬 수사를 그리 좋아하지 않으리라. "깨어 있고 싶어요. 여긴 아주 조용하거든요."

"그럼 고약만이라도 발라줄 테니 잠깐 가만히 있어보게. 거참, 내 뭐라던가. 제롬 수사가 자네의 껍데기를 벗겨버릴 거라고 했잖나!" 캐드펠은 좁은 짚자리 끝자락에 걸터앉아 단지 뚜껑을 열고 메리엣의 여윈 양 어깨에 고약을 바르기 시작했다. 캐드펠의 손이 닿을 때마다 그의 어깨가 움찔거렸다. 캐드펠은 나무라듯 말을 이었다. "바보 같으니…… 이런 일을 겪지 않고 넘어갈 수도 있었는데."

"이건 아무것도 아니에요." 메리엣이 그의 부드러운 손길에 등을 내맡긴 채 무심히 중얼거렸다. "훨씬 더 고약한 일도 겪었는걸요. 우리 아버지가 성질내는 모습을 보면 다들 한 수 배울 겁니다."

"하지만 그런 아버님도 자네한테 분별력을 가르치진 못하신 것 같군." 캐드펠이 말을 받았다. "그래, 솔직히 나도 가끔 제롬 수사의 목을 조르고 싶을 때가 없다고는 할 수 없네. 그러나 다른 한편으로 생각해보면, 그 사람도 좀 서투른 방식으로나마 자기 할 일을 할 뿐이거든. 그는 견습 수사들의 고해신부야. 자네도 아마 그 사람에게 고해를 하게 될 텐데, 그땐 여자나 사적인 소유물에 대한 관심을 완전히 끊어버릴 거라고 얘기해야 할 걸세. 공정하게 말해서, 그 사람에겐 자네를 못마땅해할 만한 이유들이 있는 셈이지."

"그게 내 물건을 도둑질할 근거가 될 수는 없어요." 메리엣이 열을 내며 말했다.

"이곳에서 금지된 물건을 압수하는 것도 그 사람 권리야."

"그래도 도둑질은 도둑질이죠. 그리고 내가 보는 앞에서 그걸 태워버리다니, 그분한테 그럴 권리는 없잖아요! 여자들이 불결한 존재인 것처럼 말할 권리도 없고요!"

"자네가 자네의 잘못에 대한 대가를 치렀듯, 그 또한 자기 몫의 죗값을 치렀잖나." 캐드펠은 부드럽게 말을 이었다. "목이 아파서 일주일쯤은 입을 다물고 지내야 할 테니까. 훈계 늘어놓기를 그토록 좋아하는 사람에게는 그만한 고통이 없으니, 자네도 충분히 앙갚음을 한 셈이야. 어쨌든 자네 말이지, 성직자가 되려면 앞으로 가야 할 길이 먼 듯하네. 정말로 그 과정을 무사히 끝마칠 생각이라면 이 징벌방에서 지내는 동안 깊이 생각해보는 게 좋을 거야."

"이건 또 다른 방식의 훈계인가요?" 메리엣이 엇갈리게 놓은 두 팔로 고개를 떨구었다. 씁쓸하긴 했으나, 그의 목소리에 처음으로 미소가 어린 듯했다.

"지혜롭게 처신하라는 얘기야."

그는 잠시 고개를 숙인 채 깊은 침묵에 빠져들었다가, 이윽고 불안한 듯 눈을 번득이며 캐드펠의 얼굴을 응시했다. 여름 햇볕에 그을린 목덜미 위에 진갈색 고수머리가 보기 좋게 말려 있었다. 여전히 소년 특유의 가냘프고 우아한 모습을 간직한 그 목덜미. 그는 아직 온갖 종류의 상처와 고통에 취약한 나이였다. 자기 자신의 일로 인한 고통에도 그렇겠지만, 열렬히 사랑하는 다른 사람의 고통에는 더 한층 취약하리라. 그러니까…… 붉은빛이 도는 금발 머리 여인이라든가.

"뭔가 얘기가 나온 겁니까?" 메리엣의 목소리에 긴장감이 어렸다. "저를 쫓아내겠대요? 아니, 그분이 그러실 리 없어요. 수도원장님 말예요. 그랬다면 제게 말씀하셨겠죠!" 그가 갑작스럽고도 유연한 움직임으로 몸을 일으켜 앉더니 캐드펠의 손목을 붙잡고 눈을 빤히 들여다보며 말을 이었다. "무슨 일이죠? 그분이 절 어떻게 하신대요? 안 돼요, 전 포기할 수 없어요. 포기하지 않을 겁니다."

"자네가 과연 이곳에 있을 사람인지 의심하게 만든 건 다름 아닌 자네 자신이야." 캐드펠은 담담하게 입을 열었다. "만일 그 예쁜 기념품을 처분할 권한이 내게 있었다면, 나는 그걸 자네 손에 쥐여주고 여기서 나가라고 했을 걸세. 조용한 생활 외에는 어떤 것도 요구하지 않는 이들을 괴롭히는 짓은 그만두고 마음에 둔 여인이나 그 못지않게 젊고 예쁜 또 다른 여인을 찾아가라고. 자네는 선택을 해야 하네. 타고난 성향을 던져버리겠다는 각오로 그 뻣뻣한 고개를 숙이든지, 아니면 이대로 여길 떠나든지."

하지만 그 이상의 것이 있었고, 캐드펠 또한 이를 알고 있었다. 돌로 된 싸늘한 골방에서 메리엣은 반쯤 벗은 몸을 똑바로 일으켜 캐드펠의 손목을 다급하게 움켜쥐더니 지그시 눈을 바라보며 그 너머에 있는 무언가를 살피려 애썼다. 그는 더 이상 캐드펠을 경계하지도, 두려워하지도 않았다.

"고개를 숙이겠습니다." 메리엣은 말했다. "제가 정말 그럴 수 있을지 다들 의심하시겠지만, 전 할 수 있어요. 할 거예요. 수사님, 수도원장님과 얘기할 기회가 있다면 제 편 좀 들어주세요. 제 마음이 변하지 않았다고 말씀해주세요. 절 받아들여주기를 원하더라고요. 기다려야 한다면 기다릴게요. 참을성 있게 배울게요. 전 할 수 있어요! 결국 수도원장님도 아무 의혹 없이 절 봐주실 때가 올 거예요. 그분께 꼭 말씀드려주세요! 그러면 그분도 제게 등을 돌리지 않으시겠죠."

"그 금발머리 여인은?" 캐드펠이 짐짓 잔인하게 물었다.

메리엣은 시선을 확 돌리더니 다시 고개를 떨구었다. "그 여자는 임자가 따로 있어요." 그렇게 거칠게 한마디 내뱉고서 그는 더 이상 아무 말도 하지 않았다.

"그것 말고도 생각해봐야 할 문제들이 여러 가지 있네." 캐드펠이 말했다. "지금 차분히 생각하지 않으면 다시는 기회가 오지 않을 거야. 자식을 가졌다면 자네보다 훨씬 더 장성한 아들을 뒀을 만큼 나이 먹은 사람으로서, 그리고 살아오는 동안 깊이 생각해볼 시간이 있었는데도 후회할 만한 몇 가지 일을 저지른 사람으로서 얘기하는데, 이 세상에는 성직자가 되기를 더없이 소망했다가 나중에 가서 그런 소망을 품었던 스스로를 저주하게 된 이들이 꽤 많다네. 자비롭고 훌륭한 판단력을 지니신 수도원장님 덕분에 자네는 더 늦기 전에 자기 마음을 확실히 파악할 시간을 갖게 된 셈이야. 그 시간을 잘 이용하게. 일단 서약을 하고 나면 돌이킬 수 없으니까."

이미 여러 일로 상처를 받은 젊은이에게 이렇게 겁을 주는 건 그리 내키지 않지만, 어쩔 수 없었다. 이제 메리엣은 열흘 밤낮 동안 혼자 지낼 터였다. 비록 부실한 식사를 하면서 기도와 생각으로 이 시간을 채워가야겠지만, 그에게는 마음이 맞지 않는 많은 동료들의 눈총을 받으며 지내느니 차라리 이 편이 더 나으리라. 아마 여기서는 꿈도 없이 푹 잘 수 있지 않을까? 한밤중에 벌떡 일어나 앉아 고함을 지르지도 않을 테고, 설사 그런 일이 일어난다 해도 그를 타박할 사람은 없었다.

캐드펠은 등잔을 집어 들었다. "내일 아침에도 연고를 갖고 오겠네…… 아니, 잠깐만!" 그가 다시 등을 내려놓았다. "그렇게 엎드려 있다가는 감기에 걸릴 텐데. 셔츠를 입게. 셔츠 천이 등에 닿아도 크게 아프지는 않을 거야. 그 위에 담요를 덮고 자게."

"전 괜찮습니다." 메리엣은 고분고분한 어조로 대꾸하더니 다시 한숨을 내쉬면서 두 팔에 얼굴을 파묻었다. "저기…… 감사합니다…… 형제님!" 잠깐 망설이다가 가까스로 덧붙인 한마디

가 무척이나 어색했다. 수도원에서 공인된 호칭이니 쓰긴 하지만 도무지 마음에 들지는 않는 모양이었다

"자네는 그 호칭을 마치 아픈 이빨 깨물듯 억지로 토해내는 군." 캐드펠이 판정을 내리듯 말했다. "마음속에 다른 관계들이 뒤얽혀 있어서겠지. 자네, 수사가 되고 싶은 게 확실한가?"

"전 수사가 되어야 합니다." 메리엣은 불쑥 대답하고는 얼른 고개를 돌려버렸다.

캐드펠은 문짝을 두드려 문지기를 부른 뒤 밖으로 나가며 생각에 잠겼다. 하필이면 마지막 순간에야 의미심장한 말을 하는군. 모처럼 마음의 안정을 되찾고 편안하게 앉아서, 그리하여 더는 자기를 괴롭힐 엄두를 못 낼 상황에서 말이야. "예, 확신합니다" 혹은 "수사가 될 겁니다!"가 아니라, "되어야 합니다"라니, 어째서 그런 대답을 했을까? '되어야 한다'는 건 다른 이의 의지나 도저히 물리칠 수 없는 상황에 내몰려 억지로 결단을 내렸음을 의미하지 않는가. 누가, 혹은 어떤 불가피한 정황이 그 아이를 이유일한 대안으로 내몬 것일까?

*

그날 밤 마지막 기도를 끝내고 나오던 캐드펠은 문지기실에서 자신을 기다리고 있던 휴와 마주쳤다.

"저랑 다리 근처까지 좀 걸으시죠. 집으로 돌아가던 길에 문지

기한테서 수사님이 내일 수도원장님의 지시를 받고 외출할 예정이라 종일 뵙기 어려울 거라는 얘기를 들었습니다. 그 말馬에 관한 소식은 들으셨습니까?"

"자네가 녀석을 찾아냈다는 얘기만 들었을 뿐, 그 이상은 전혀 모르네. 오늘은 우리 안에 있는 몇몇 비열한 형제들과 이런저런 일들에 신경을 쓰느라 바깥 사정에는 관심을 둘 겨를이 없었거든. 어떤 일이 있었는지는 자네도 이미 알 테지." 문지기인 앨빈 수사는 수도원에서 입이 가볍기로 으뜸가는 사람이었다. "우리와 자네가 안고 있는 문제들이 서로 보조를 맞춰가며 나란히 진행되는 것 같기는 한데, 도통 연결이 되질 않아. 그 자체로 참 이상한 일이지. 그래, 북쪽으로 한참 떨어진 곳에서 그 말을 찾아냈다지?"

그들은 함께 대문을 나선 뒤 왼쪽으로 꺾어 시내 쪽으로 걷기 시작했다. 구름으로 뒤덮여 구중중한 하늘 아래 무척이나 싸늘한 날씨였지만, 바람은 거의 없어 가을의 눅눅하고 달큼한 냄새가 대기에 여전히 고여 있었다. 길 오른편에는 어둠으로 감싸인 숲이, 왼편에는 은은한 금속성 빛을 발하는 물방아 연못이, 그리고 그들과 슈루즈베리 시내 사이에는 독특한 냄새와 소리를 발하는 세번강이 가로놓여 있었다.

"위트처치 조금 못 미친 곳이었습니다." 휴는 말했다. "클레멘스는 위트처치에서 그날 밤을 보내고 이튿날 아침 한가롭게 체스터로 갈 생각이었던 모양이에요." 이어 그는 그곳에서 있었던 일을 전부 들려주었다.

평소 캐드펠은 여느 사람들과 다른 관점에서 문제를 바라보며 새로운 실마리를 내놓곤 했지만, 하지만 이번 경우에는 두 사람의 생각이 크게 다르지 않았다.

"거기서 조금 못 미친 곳에 무성한 숲과 늪지대가 있지. 만일 숲에서 악한 무리를 만나 무슨 일을 당했고 젊고 팔팔한 그 말만 도망쳐 나온 거라면, 아마 말 주인은 이끼 연못 속으로 던져졌을 걸세. 깊이 가라앉아 무덤조차 만들어줄 수 없게 되었겠지."

"저도 꼭 같은 생각을 했습니다. 하지만 제 관할지에서 활개치고 다니는 노상강도들이 있다면 어째서 지금까지 그런 소문을 듣지 못했을까요?"

"체셔 바로 남쪽에서 벌어진 일 아닌가. 그자들이 얼마나 재빨리 움직이는지는 자네도 잘 알면서 그러는군. 게다가 휴, 자네의 힘이 아무리 강력해도 이 혼란의 시대에 그런 일이 벌어지는 건 막을 수 없어." 캐드펠은 담담하게 말을 이었다. "하지만 내 보기에 말을 타고 다니며 일을 벌이는 전문적인 강도의 짓은 아닌 듯하네. 솜씨 좋은 무법자라면 어깨에서 팔 한 짝이 떨어져 나가는 한이 있더라도 그런 좋은 말을 놓치지는 않을 테지. 나도 틈을 내 마구간에 가서 그 말을 보았네. 마구에 부착된 은장식도 확인했고…… 그자들이 그걸 봤다면 그냥 내버려뒀을 리 없어. 주인의 소지품들을 전부 합쳐도 그 마구보다는 값어치가 덜했을 테니까."

"여행객들을 먹이로 삼는 자들이라면 늪지대 어느 지점에 사람을 빠뜨리는 게 좋을지 잘 알고 있을 겁니다."휴는 말했다. "가장 인적 없고 황량한 곳 말이죠. 그래서 거기 사람들에게 부탁해 그런 곳들을 찾아보게 했습니다. 그곳 주민들 중에는 어떤 곳에 사람이 빠졌는지 한눈에 금방 알아보는 이들이 있거든요. 하지만…… 저로서는 피터 클레멘스의 뼈 한 조각이라도 다시 볼 수 있을지 의문입니다."

이윽고 두 사람은 다리 부근에 도착했다. 희미한 어둠 속에서 세번강이 은빛 비늘을 가진 거대한 뱀처럼 이따금씩 별빛을 반사하며 조용히 그들 곁을 스쳐 하류로 흘러가고 있었다. 그들은 걸음을 멈췄다.

"이제 수사님은 애스플리로 가시겠군요."휴가 말했다. "그 사람이 죽기 전날 친척들과 함께 편안하게 하룻밤을 보낸 곳으로 말이죠. 그러니까, 그 사람이 정말 죽었다면 말입니다! 맙소사, 우리가 알고 있는 게 추측에 불과하다는 사실을 가끔씩 잊게 되네요. 혹시 그 사람이 제 나름의 이유로 종적을 감추고 그냥 죽은 것으로 알려지기를 바랄 수도 있지 않을까요? 요즘 같은 시대에는 사람들이 셔츠를 갈아입듯 가볍게 충성의 대상을 바꾸잖습니까. 자기를 팔겠다고 내놓는 이들이 있는가 하면, 또 그들을 사는 이들도 있지요. 어쨌든 애스플리에 가시면 메리엣이라는 예의 청년을 위해서라도 예리한 관찰력과 지혜를 총동원하셔야겠습니다. 가만 보니 수사님이 요새 그 넓은 날개로 이제 갓 깃털이 난 어린 새를 보호하려 애쓰시는 것 같아 드리는 말씀이에요. 하지만 피터 클레멘스에 관한 것도 잊지 마시고, 새로운 걸 알아내시면 뭐든 제게 좀 알려주십시오. 그 사람이 그곳을 떠나 북쪽으로 갈 때 어떤 생각을 품고 있었는가…… 뭐 그런 것들 말입니다. 사정을 잘 모르는 순진한 사람들은 곧잘 우리가 꼭 알아야 할 중요한 이야기를 빼먹는 경우가 있으니까요."

"그렇게 하지." 캐드펠은 대답한 뒤 돌아서서 어둑어둑한 길을 되밟아 수도원으로 향했다.

5

수도원장의 일을 대행한다는 명분이 있고, 또 수도원에서 애스
플리까지의 거리가 7킬로미터 가까이 되는 터라 캐드펠 수사는
수도원 마구간에 있는 나귀를 타고 가기로 했다. 한때는 아무리
먼 길도 걷기를 마다 않던 그였지만, 이제 예순이 넘은 나이이니
조금 편한 방법을 택해도 괜찮을 듯했다. 게다가 말에 오를 일이
극히 드물어진 지금 모처럼 찾아온 기회를 저버릴 수 없지 않은
가. 젊었을 때는 말을 타고 달리는 게 그의 가장 큰 즐거움이었으
니 말이다.

그는 아침기도를 마친 뒤 부랴부랴 식사를 하고 이내 길을 나
섰다. 안개가 자욱하게 깔린 푸근한 날이었다. 유난히 크고 부드
러워 보이는 태양이 안개의 베일 사이로 간신히 모습을 드러내
고, 계절 특유의 무겁고 달콤하고 눅눅한 멜랑콜리가 가득한 날.

넓은 길을 따라가는 그 여정의 전반부는 여간 즐겁고 상쾌하지 않았다.

슈루즈베리 남서쪽에 자리 잡은 롱숲은 인간들의 약탈에 의해 황폐해진 다른 대부분의 숲과 달리 아직 고스란히 살아 생명의 기운을 뿜어내고 있었다. 짙고 울창한 삼림으로 뒤덮여 개간지가 극도로 드물었고, 숲 군데군데 자리 잡은 히스밭은 공중과 지상의 온갖 동물들의 서식처 구실을 했다. 누군가 숲에 함부로 손을 대지 않는지 프레스코트 행정 장관이 언제나 두 눈을 부릅뜨고 감시해온 터였다. 그러나 그도 숲을 보존하고 지키려고 노력하는 이들에게는 일절 간섭하지 않았고, 그 주변에 사는 영주들이 치안 상태를 잘 유지할 경우에는 경작지를 확대하는 것도 허용해주었다. 한때는 삼림 깊숙한 곳의 개간지에 불과했으나 이제 울타리로 둘러싸인 훌륭한 경작지가 된 유서 깊은 영지들, 즉 린드와 애스플리와 포리엣 영지가 서로 이웃하여, 반은 잡목림이 들어서 있고 반은 빈터로 이루어진 롱숲의 동쪽 가장자리를 호위하듯 둘러싸고 있었다.

그곳에서 말을 타고 체스터로 향하는 사람이라면 굳이 서쪽에 자리 잡은 슈루즈베리를 거칠 것 없이 북쪽으로 곧장 나아가면 될 터였다. 수도원이라는 안전한 숙소를 마다하고 모처럼 친척 집을 방문하기로 한 피터 클레멘스 역시 그 경로를 알고 슈루즈베리를 그냥 지나쳤으리라. 만일 그가 성 베드로 성 바오로 수도원 경내에서 묵어가는 편을 택했다면 그의 운명은 달라졌을까?

그랬다면 아마 위트처치에 발을 들이는 일 없이, 이탄 늪지대에서 멀리 떨어진 서쪽 길을 이용해 체스터로 갈 수도 있었을 텐데. 물론 이런저런 추측을 해봐야 이미 늦었지만!

한참 전에 추수가 끝나 양들이 그루터기를 뜯고 있는 탁 트인 들판이 눈앞에 펼쳐지자 캐스펠은 자신이 막 런드 영지에 들어섰음을 깨달았다. 그즈음에는 하늘이 어느 정도 맑아져 우윳빛 태양이 안개가 완전히 걷히지 않은 대기를 덥혀주고 있었다. 그때 끈으로 다리를 잡아맨 매를 손목에 얹은 채 사냥개 한 마리를 데리고 들판 한끝의 밭두렁을 따라 어슬렁거리며 다가오는 한 젊은이가 보였다. 젊은이의 부츠는 이슬에 젖어 번들거렸고, 모자를 쓰지 않은 연갈색 머리도 잡목림 이파리에서 떨어진 물기에 축축하게 젖어 있었다. 몸도 마음도 몹시 가벼워 보이는 그 젊은 젠틀맨[20]은 경쾌하게 휘파람을 불면서 초조해하는 매를 어르듯 손에 감긴 끈을 다시 한 차례 감았다. 나이는 스물한두 살쯤 되어 보였다. 캐드펠을 본 그는 밭두렁에서 길로 내려서더니 맨머리를 우아하게 숙이곤 활달하게 인사를 건넸다.

"안녕하세요, 수사님! 저희 집으로 오시는 길인가요?"

"우연히도 댁의 이름이 나이절 애스플리라면, 그런 셈이 되겠구먼." 캐드펠도 걸음을 멈추고 반갑게 대답했다. 하지만 그가 나이절 애스플리일 가능성은 없었다. 메리엣은 형이 자기보다 대여섯 살 연상이라고 했는데 저 청년은 그보다 훨씬 젊어 보일 뿐 아니라, 메리엣과 달리 키가 크고 마른 체형에 푸른 눈을 지니고 있었다. 웃음이 많은, 참으로 둥글둥글한 인상이었다. 새봄에 막 돋아난 참나무 이파리나 가을이 되어 단풍이 들기 시작하는 이파리처럼 붉은빛이 살짝 감도는 그의 황금빛 머리는 메리엣이 소중하게 간직했던 머리 타래를 연상시켰다.

"그런 운은 없네요." 젊은이는 짐짓 실망스러운 표정을 지어 보이며 장난스럽게 미간을 찌푸리고는 말을 이었다. "하지만 잠깐 지체할 여유가 있다면 저희 집에 들러 차라도 한잔 하고 가시면 좋겠는데요. 저는 애스플리가 아니라 린드 집안 사람이에요. 이름은 재닌이라고 합니다."

캐드펠은 엘뤼아르 참사회원의 질문에 메리엣이 대답했다는 말을 떠올렸다. 그의 형이 이웃 영주의 딸과 약혼했다고 했지. 그렇다면 그 여자는 린드 집안 사람일 수밖에 없어. 애스플리 영지 남쪽에 닿아 있는 포리엣 영지의 상속인이자 자기네와 함께 지낸다는 어린 아가씨에 대해서는 다소 무심한 태도로 이야기했다니까. 그러니 이 품위 있으면서도 명랑한 청년은 장차 나이절의 신부가 될 여인의 오라비가 분명했다.

"참으로 정중한 초대구먼." 캐드펠은 부드럽게 말했다. "호의는 고맙지만, 우선 볼일부터 처리하는 게 좋을 듯하네. 이제 조금만 더 가면 될 것 같으니 말이야."

"길이 갈라지는 저 앞에서 왼쪽 길을 택하시면 빠를 겁니다. 잡목림만 통과하면 그 집 들판이 나오고, 그 길을 따라 계속 가면 바로 대문이거든요. 아주 서둘러야 하는 상황만 아니라면 제가 함께 가면서 안내하죠."

캐드펠로서는 여간 반가운 제의가 아니었다. 그사이 비슷한 또래의 젊은 남녀들이 가족처럼 어울려 자라다시피 한 세 영지의 사람들에 관해 많은 이야기를 이끌어낼 수는 없다 해도, 이 청년과 함께라면 남은 길이 꽤나 즐거울 터였다. 물론 혹시라도 도중에 몇몇 유용한 정보들이 씨앗처럼 떨어져 내려 든든한 뿌리를 내려준다면 더할 나위 없이 좋을 테고 말이다. 캐드펠이 노새의 걸음을 늦추자 재닌 린드는 긴 다리를 여유 있게 놀리며 캐드펠과 나란히 걷기 시작했다.

"수사님은 슈루즈베리에서 오시는 거죠?" 청년도 제 나름대로 궁금한 것들이 많은 모양이었다. "혹시 메리엇과 관련된 일인가요? 메리엇이 수도원에 들어가기로 결심했다고 했을 때 우리 모두 큰 충격을 받았어요. 하지만 가만 생각해보니 그리 이상한 일은 아니더라고요. 그 앤 늘 자기 생각대로 행동해왔거든요. 물론 앞으로도 그럴 테죠. 메리엇은 어떻게 지내나요? 잘 지내고 있겠죠?"

"아주 잘 지내지." 캐드펠은 조심스럽게 대꾸했다. "자넨 메리엇과 이웃인 데다 나이도 비슷하니 그 형제에 대해 우리보다 훨씬 더 잘 알겠구먼."

"아이 적부터 함께 자랐으니까요. 저랑 제 누이, 나이절, 메리엇 이렇게 넷이서요. 양쪽 집안의 어머니들이 돌아가신 뒤에는 특히 더 가까운 사이가 되었고요. 이소다는 우리보다 훨씬 어리지만 그 애 부모님이 돌아가셔서 혼자가 되고부터는 그 애도 같이 어울려 지내요. 메리엣이 우리 중 처음으로 이곳에서 나가 살게 된 터라 다들 그 애를 그리워하고 있죠."

"듣자니 곧 결혼식이 있을 거라던데." 캐드펠은 슬쩍 낚싯줄을 드리워보았다. "그러면 관계에 변화가 좀 생기겠군."

"로즈위타랑 나이절 말이죠?" 재닌은 경쾌하게 어깨를 으쓱여 보였다. "양쪽 집안의 아버지들이 오래전부터 계획하신 일이죠. 하지만 그분들 계획이 아니었대도 결국은 그렇게 되었을 거예요. 그 두 사람은 아주 어릴 때부터 서로에게 마음을 두었으니까요. 애스플리에 가시면 그 근처 어딘가에서 제 누이도 만나실 수 있을 겁니다. 이젠 집보다 거기 더 자주 가 있거든요. 정말이지, 서로 죽고 못 산다니까요!"

한 번도 사랑에 빠져본 적 없는 남자들이 종종 그러듯이, 그는 저 유난스러운 연인이 희한한 구경거리라도 되는 것처럼 유쾌하게 이야기했다. 서로 죽고 못 산다고! 그 붉은빛이 감도는 금발 타래가 정말로 로즈위타의 머리에서 나온 거라면, 그녀가 자기 신랑감의 넋 빠진 동생에게 기꺼이 그것을 내주지는 않았으리라. 아마도 메리엣이 주인 몰래 머리를 잘라냈고, 리본 역시 몰래 슬쩍했을 가능성이 컸다. 그게 아니라면 전혀 다른 여자의 머리에서 나온 것이거나.

"어쨌든 메리엣은 완전히 새로운 길을 선택했단 말이지." 캐드펠은 슬쩍 대화의 방향을 돌렸다. "메리엣이 수도원으로 들어가기로 결심했을 때 그 아이 아버지는 그걸 어떻게 받아들이던가? 내가 만일 아들 둘을 둔 아버지라면 어느 아들도 포기하고 싶지 않을 것 같은데."

재닌은 짤막한 웃음을 터뜨렸다. "그분은 전부터 메리엇이 무슨 일을 하든 늘 못마땅해하셨어요. 메리엇 역시 아버지를 기쁘게 하려고 굳이 노력한 적이 없고요. 그보다는 오랫동안 치열하게 맞부딪쳐왔죠. 하지만 그 두 사람이 여느 아버지와 아들처럼 서로 사랑하는 사이라고 저는 감히 말씀드릴 수 있어요. 겉으로야 물과 기름처럼 겉돌고, 양쪽 다 그런 상황을 어쩌지 못하는 건 사실이지만 말입니다."

두 사람은 들판의 밭고랑 앞에 이르렀다. 큰길은 거기서 살짝 구부러져 잡목림이 무성한 숲속으로 이어져 있었다.

"저기가 애스플리 영지 울타리로 곧장 이어지는 지름길이에요." 재닌이 말했다. "돌아오실 때 혹시 여유가 있으면 저희 집에도 들러주세요. 아버지가 아주 반가워하실 겁니다."

캐드펠은 젊은이의 친절에 진심으로 감사하며 작별 인사를 건넨 뒤 우거진 숲길로 접어들었다. 뒤를 돌아보니 재닌은 탁 트인 자기네 들판을 향해 활달하게 걸어가고 있었다. 저 들판에 이르면 혼란스럽고 불쾌한 기분에 젖어 있는 매를 풀어주어 하늘 높이 날아오르게 할 수 있으리라. 그는 아름다운 가락을 휘파람으로 불면서, 갓 돋아난 참나무 이파리처럼 희귀한 빛을 띤 윤나는 머리칼을 연신 나풀대며 걸었다. 나이가 비슷하긴 해도 메리엇과는 완전히 다른 천성을 타고난 젊은이였다. 저런 젊은이라면 엄하고 까다로운 아버지도 즐겁게 해줄 수 있겠지. 얼마든지 즐기고 향유할 수 있는 세상을 등진 채 수도원에 들어가겠다고 선언해 아버지를 심란하게 만드는 일도 없을 테고.

나무마다 이미 이파리들이 절반은 떨어져 내린 터라, 잡목림 위쪽은 툭 트여 바람도 햇살도 잘 들어왔다. 나무줄기 군데군데 자라난 오렌지색 버섯들, 풀밭에 돋아 있는 푸른색 독버섯들이 보였다. 재닌의 말대로 길을 따라가다 보니 어느새 이랑들이 일정한 무늬를 그리며 뻗어 있는 넓은 애스플리 영지가 나타났다. 오래전에는 온통 풀과 나무로 뒤덮인 황야였으나, 서쪽의 숲과 동쪽의 옥토를 꾸준히 개간하며 확장해나간 덕에 이제 그곳은 풍요롭고 기름진 영지가 되어 있었다. 꽤 많은 수의 양들이 그곳 들판으로 들어가 그루터기들을 뜯어먹고 배변 활동을 해 다음 파종 때 유용하게 쓰일 거름을 제공해주었다. 이랑들 사이에 돌출한 길 한끝에 담장과 그 너머 훌쩍 솟아오른 큼직한 저택이 보였다. 기다란 석조 건물, 낮은 창이 달린 널찍한 홀. 아마 해가 잘 드는 지붕 밑에도 몇 개의 방들이 자리 잡고 있으리라. 원체 잘 지어진 데다 관리도 철저한 것이, 주위를 둘러싼 땅 못지않게 상속받을 만한 가치가 있어 보이는 건물이었다. 마차와 수레들이 드나드는 낮고 넓은 문이 나 있고 거기서 가파른 계단을 오르면 홀로 들어가게 되어 있었다. 문 안쪽에는 마구간들과 외양간들이 열을 이루어 서 있었다. 소와 말이 무척 많은 모양이었다.

대문을 통해 안으로 들어서자 외양간에서 분주하게 일하는 두세 사람의 모습이 눈에 들어왔다. 그중 마부 하나가 베네딕토 수도회 복장을 한 캐드펠을 보고서 재빨리 달려 나와 정중하게 인사한 뒤 그가 타고 온 노새의 고삐를 건네받았다. 이어 열려 있던 홀 문에서 머리가 텁수룩하고 턱수염을 기른 나이 지긋한 남자가 나왔다. 아마 메리엣의 의향을 수도원 측에 전달했던 집사 프레문트인 듯했다. 한눈에 보기에도 체계가 잘 잡혀 있는 집안 같았다. 언제, 누가 갑자기 찾아오든 하인들이 당황해 우왕좌왕하는 일은 없으리라. 아마 피터 클레멘스가 아무 연락 없이 도착했을 때도 이 집 사람들은 그를 편안히고 정중하게 맞이했을 것이다.

캐드펠이 이곳 주인인 레오릭을 찾아왔다고 하자 나이 든 집사는 주인이 집 뒤 들판에 나가 있다고 했다. 둑의 일부가 무너지면서 쓰러진 나무 한 그루가 시냇물을 가로막는 바람에 그걸 파내는 일을 감독하러 나갔다는 것이다. 그는 곧 사람을 보내 주인을 모셔 올 테니 볕이 잘 드는 홀에서 포도주나 맥주를 마시면서 15분만 기다려달라고 말했다. 그러잖아도 노새를 타고 오느라 피로했던 터라 캐드펠은 기꺼이 제안을 받아들였다. 그의 노새는 이미 누군가가 다른 곳으로 데려간 뒤였다. 아마 그 녀석 역시 캐드펠 못지않게 세심한 환대를 받을 것이다. 애스플리 집안은 조상들의 고상한 규범들을 그대로 이어받아 자기 집에 찾아오는 손님을 더없이 정중하게 맞았다.

곧 레오릭 애스플리가 크고 듬직한 체구로 좁은 문을 가득 채

우며 안으로 들어섰다. 텁수룩한 잿빛 머리가 상인방을 스쳤다. 더 젊은 시절에는 그 머리가 연갈색을 띠었으리라. 체구나 머리 빛깔은 달랐으나 얼굴 생김새만큼은 아버지와 아들이 놀랄 만큼 비슷했다. 재닌의 말마따나 그들이 늘 다투기만 하고 화해하지 못했던 건 혹시 지나치게 완고한 성격 또한 닮아서가 아닐까? 애스플리는 냉정하면서도 더없이 정중한 태도로 손님에게 인사를 건네고는 다른 사람들이 기웃거리지 못하게 문을 닫아버린 뒤 자신이 직접 시중을 들었다.

"저는 라둘푸스 수도원장님의 명을 받고 왔습니다." 벽 안쪽으로 깊숙이 파인 창문 앞에 그와 마주 앉은 캐드펠이 곁에 있는 돌받침 위에 컵을 올려놓고서 입을 열었다. "당신을 만나 아드님에 관해 상의해보라고 하시더군요."

"메리엣 말씀입니까?" 그가 물었다. "그 아이는 이제 저보다 여러분들과 훨씬 가까운 사이가 되었고, 수도원장님을 아버지처럼 모시며 지내고 있습니다. 제 스스로 원해서 말이지요. 그런데 새삼 저와 상의할 것이 무엇인지……."

무정하다기보다는 부드럽고 침착하며 잘 통제된 목소리였지만, 캐드펠은 그에게서 어떤 도움도 얻지 못하리라는 사실을 곧바로 알 수 있었다. 그래도 아직 시도해볼 만한 가치는 있으리라.

"어쨌든 당신이 그 아이를 낳고 기른 분이니까요." 캐드펠은 이 완강한 철갑 어딘가에 빈틈이 없는지 살피며 말을 이었다. "만일 그런 사실조차 떠올리고 싶지 않다면 앞으로 절대 거울을 보지 말라 권하고 싶군요. 수도원에 아이를 바쳤다는 이유로 그 아이에 대한 사랑까지 저버리는 부모는 없습니다. 아마 당신도 마찬가지일 테지요."

"혹시 그 아이가 벌써 그곳을 선택한 걸 후회하고 있는 겁니까?" 애스플리는 경멸 어린 표정으로 물었다. "이렇게 빨리요? 그래, 수도원을 나오겠답니까? 그 녀석이 두 다리 사이에 꼬리를 감춘 채 집에 돌아올 거라는 사실을 알리기 위해 여기 오신 건가요?"

"아니, 그 반대입니다! 그 아이는 교단이 자기를 받아들여주기를 소망한다는 말만 되풀이하고 있어요. 견습 기간을 단축하는 데 도움이 될 만한 일이면 뭐든 다 하지요. 지나치다 싶을 정도의 열의를 갖고서 깨어 있는 모든 시간을 그 목표에 바치고 있습니다. 하지만 밤에는 문제가 달라진단 말이죠. 잠에 빠지면 그 아이의 마음과 영혼이 공포로 움츠러드는 것 같습니다. 침대에서 비명을 지르고, 깨어 있던 때 소망하던 모든 것을 잊어버리죠."

시종 차분하고 확고한 태도로 귀를 기울이던 애스플리도 그 얘기에는 신경이 쓰이는지 갑자기 이맛살을 찌푸렸다. 캐드펠은 기회를 놓치지 않고 숙사에서 일어난 소동들에 대해 들려주었다. 물론 메리엣 자신도 완전히 이해하지 못하는 모종의 이유로 제롬 수사를 공격했고 그 때문에 징벌방에 갇히게 된 내용은 빼놓았다. 부자 사이에 이미 격렬한 갈등 요인이 있는데 거기에 굳이 기름을 부어 좋을 건 없지 않겠는가.

"그 아이를 비난할 수는 없습니다. 잠에서 깨면 그사이 있었던 일을 전혀 기억하지 못하니까요." 캐드펠은 말을 이었다. "하지만 그 아이가 과연 성직을 감당할 만한 재목인가에 대해서는 의문을 갖게 됩니다. 수도원장님께서는 메리엣을 계속 수도원에 머무르게 하는 것이 도리어 그에게 큰 잘못을 저지르는 셈이 되는 건 아닌지 걱정하면서 아버님께서도 깊이 생각해보시라 요청하셨습니다. 물론 본인이야 아직 성직자가 되기를 간절히 소망하고 있지만요."

"그 아이는 자기 자신으로부터 벗어나고 싶은 겁니다." 애스플리는 어느새 침착함과 완고함을 되찾은 모습이었다. "그럴 만도 하죠. 녀석은 늘 고집스럽고 불량한 아이였으니까."

"라둘푸스 수도원장님이나 저는 그렇게 생각하지 않는데요." 캐드펠이 불쾌한 심정으로 대꾸했다.

"전 오래전부터 그렇게 생각해왔습니다. 어쨌든 다소 어려움이 있더라도 수사님들과 함께 있는 편이 그 녀석에겐 더 나을 거예요. 게다가 모처럼 괜찮은 목표를 찾아 그것을 위해 전심전력하는 이때 그 의지를 꺾는 일이야말로 메리엣에게 큰 잘못을 저지르는 것이라고 저는 주장하지 않을 수 없군요. 그 애가 스스로 선택한 일이니 마음을 바꾸는 일도 그 애의 몫입니다. 그렇게 쉽게 뜻을 굽히기보다는 처음에 으레 따라붙기 마련인 이런저런 어려움을 견뎌내는 게 그 애를 위해서도 더 나을 거고요."

맡은 일은 철저하게 처리하고, 어떤 경우에도 자기가 한 말은 지키고, 한번 방침을 정하면 명예와 자존심 때문에라도 끝까지 밀어붙이는 애스플리 같은 사람이 그런 반응을 보이는 건 그리 놀라운 일이 아니었다. 그럼에도 불구하고 캐드펠은 계속해서 그 철갑의 갈라진 틈을 찾으려 노력했다. 모르긴 몰라도, 이토록 완강한 태도는 혹독한 분노에서 나온 것이 틀림없었다. 바로 그 분노 때문에 그는 혼란과 좌절에 빠진 아들에게 손톱만큼의 애정도 표현하지 않는 것이다.

"저는 그 아이에게 어떤 말도 하지 않을 생각입니다." 애스플리가 다시 입을 열었다. "직접 그곳에 찾아가거나 우리 식구를 보내 괜스레 마음을 어지럽히지도 않을 거고요. 그 아이를 거기 두고 정신 차릴 기회를 주십시오. 메리엣도 여전히 수사님들과 함께하기를 원하지 않습니까. 자기가 원하는 곳에 쟁기를 댔으니 그 고랑 일은 알아서 끝내봐야죠. 지금 그 아이가 꼬리를 내리고 들어온다 해도 저는 받아주지 않을 겁니다."

그는 이것으로 이야기가 끝났으며 자신으로서는 더 이상 덧붙일 말이 없다는 듯 단호하게 일어났다. 그러곤 이내 정중한 집주인의 자세로 돌아가 캐드펠에게 식사를 권하고, 그가 사양하자 마당까지 배웅해주었다.

"노새를 타기에는 아주 좋은 날이군요." 애스플리는 말했다. "함께 식사를 하시면 더 좋았을 텐데요."

"고맙습니다. 저도 그러고 싶습니다만, 일이 끝나는 대로 돌아가 답변을 전하겠다고 수도원장님께 약속드려서 말이지요. 길이

험하지 않으니 금방 도착할 겁니다."

마부가 노새를 끌고 나왔다. 캐드펠은 노새에 올라 정중하게 인사를 건넨 뒤 낮은 돌벽에 난 대문으로 나섰다.

겨우 200보쯤 나아갔을까? 담 안에 남은 이들의 모습이 막 시야에서 사라질 즈음, 캐드펠은 저 앞에서 두 사람이 애스플리 저택의 대문을 향해 한가롭게 다가오고 있는 것을 보았다. 그들은 손을 맞잡은 채 서로를 쳐다보는 데 정신이 팔려 누군가 노새를 타고 그 좁은 길을 따라 자기네 앞으로 오고 있다는 사실도 알지 못하는 것 같았다. 정확한 표현이 필요치 않은 꿈을 함께 나누고 있기라도 한 듯, 두 사람은 토막토막 끊기는 말로 대화를 이어갔다. 부드러운 남자의 목소리와 은방울처럼 맑은 여자의 목소리는 멀리서도 경쾌한 웃음소리, 혹은 말굴레에 매달린 종소리처럼 들렸다. 그들 뒤로는 잘 훈련된 사냥개 두 마리가 보였다. 녀석들은 연신 고개를 들어 좌우에서 날아오는 냄새를 맡으면서도 길을 벗어나지 않고 얌전히 그들을 따라오는 중이었다.

점심 식사를 하러 돌아오는 그 연인이 분명했다. 그렇지, 아무리 사랑에 푹 빠졌다 해도 먹긴 먹어야 하니까. 캐드펠은 노새의 걸음을 늦추며 흥미롭게 그들을 지켜보았다. 이윽고 두 사람 모두 빼어난 외모를 지니고 있다는 걸 확실히 알 수 있을 만큼 그들 사이의 거리가 가까워졌으나, 두 남녀는 여전히 캐드펠의 존재를 눈치채지 못한 모양이었다. 둘 다 키가 훤칠했다. 청년은 아버지의 품위를 물려받았으되 젊은이답게 동작이 유연하고 발걸음도 가벼웠다. 연갈색 머리칼에 발그레한 양 볼. 야외에서 시간을 보내는 색슨인의 전형적인 피부 빛이었다. 외모만 보아도 어떤 아버지든 기꺼워할 아들이라는 걸 알 수 있었다. 아마 날 때부터 건강했을 것이고, 풍요로운 수확을 기대하게 하는 힘 좋은 식물처럼 무럭무럭 자라났으리라. 반면 그보다 몇 년 뒤에 태어난 아이, 머리와 눈이 검고 체구가 작은 둘째아들은 장남처럼 자부심에 넘치는 만족스러운 청춘 시절을 보내기 어려웠을 것이다. 둘째는 모든 면에서 형과 비교가 되지 않는 존재였다. 영지를 이어갈 집안의 대들보는 하나로 충분하니, 그 형이 아무 흠 없는 청년으로 잘 자라났다면 둘째는 무슨 쓸모가 있겠는가?

청년 곁에서 그의 어깨를 장난스레 두드리는 연인 또한, 청년과 짝을 이룰 만한 여자였다. 쭉 뻗은 날씬한 몸매에 제 오빠를 닮은 외모. 오빠의 훤칠하고 매혹적인 면면이 우아하고 화사한 아름다움으로 탈바꿈한 것 같은 그런 인상이었다. 타원형의 얼굴은 반투명해 보일 정도로 고왔으며, 눈은 오빠 못지않게 맑고 푸르렀다. 붉은빛이 감도는 곱슬곱슬한 금발이 그녀의 동그스름한 얼굴 양쪽을 감싸고 있었다.

이것으로 메리엣이 성직자가 되고자 한 이유는 충분히 설명된 셈일까? 메리엣은 사랑에 좌절한 나머지, 그리고 형의 행복에 실낱만큼의 슬픔이나 고통의 그림자도 드리우지 않으려는 마음에 여자들이 없는 세계로 미친 듯 도피하려 한 것일까? 하지만 그는 제 고통과 번민의 상징을 수도원으로 가지고 들어오지 않았는가.

그게 과연 이치에 맞는 일일까?

좁은 길의 풀과 작은 돌을 밟는 노새의 희미한 발굽 소리가 여자의 귀에 먼저 닿은 모양이었다. 여자가 고개를 들어 캐드펠을 쳐다보더니 곧장 청년의 귀에 무슨 말인가를 속삭였다. 청년은 걸음을 멈추고는 애스플리 저택에서 이쪽으로 다가오는 베네딕트회 수도사를 유심히 바라보았다. 방금 전까지 그의 얼굴에 떠돌던 미소가 금세 사라졌다. 이제 청년은 여자의 손을 놓은 채 호기심 가득한 얼굴로 캐드펠을 향해 부지런히 걸어왔다.

거리가 가까워지자 그들은 약속이나 한 듯 동시에 걸음을 멈췄다. 그는 이 불완전한 세상에서 도무지 기대하기 어려우리만치 완벽해 보이는 청년이었다. 자기 아버지보다도 큰 키에, 노새의 고삐를 잡은 크고 아름다운 손. 그는 근심이 어린 크고 맑은 갈색 눈으로 캐드펠을 올려다보며 인사도 없이 다급하게 물었다.

"슈루즈베리에서 오셨습니까? 이런 걸 여쭈어도 괜찮을지 모르겠습니다만, 제 아버지 집에 다녀오시는 길인가요? 아버지께 전할 말씀이 있어서요? 혹시 제 동생한테 무슨 일이라도……." 그러고서 아차 싶었는지, 청년은 뒤늦게 정중히 인사하며 자기소개를 했다. "아, 제가 누군지도 모르실 텐데 다짜고짜 질문부터 드려 죄송합니다. 저는 메리엣의 형인 나이절 애스플리라고 합니다. 메리엣한테 무슨 일이 있나요? 그 애가 무슨 어리석은 짓이라도 저질렀습니까?"

이 물음에 뭐라고 대답해야 좋을까? 메리엣이 깨어 있을 때 보여준 행위들을 어리석다 말할 수는 없지 않은가. 어쨌든, 이 세상에 메리엣의 안부를 염려하는 이가 적어도 하나는 있었다. 표정으로 미루어 그는 메리엣 때문에 무척 걱정이 되는 모양이었다.

"그 친구를 걱정할 필요는 없네." 캐드펠은 달래듯 말했다. "메리엣은 잘 있고, 아무 일도 저지르지 않았으니 안심하게나."

"그럼 차분히 자리 잡은 건가요? 마음을 바꾸거나 하지는 않았고요?"

"그렇고말고. 하루빨리 서약을 하고 싶어 안달하는걸."

"하지만 수사님은 제 아버님을 만나러 오셨잖아요! 메리엣의 일이 아니면 대체 무슨 일이죠? 메리엣이 잘 있다는 말씀이 정말인지……." 나이절은 말을 다 맺지 않은 채 미심쩍은 표정으로 캐드펠의 얼굴을 살폈다. 그사이 여자는 느긋한 걸음으로 다가와 조금 떨어진 곳에 서서 차분하게 그들을 지켜보고 있었다. 그 모습이 얼마나 자연스럽고 우아한지, 캐드펠로서는 간간이 그쪽으로 눈길을 돌리고 싶은 유혹을 뿌리치기가 힘들었다.

"동생은 꿋꿋하고 한결같은 태도로 잘 지내고 있네." 그가 진지한 어조로 조심스럽게 말을 이었다. "처음 우리한테 왔을 때의 마음 그대로 말이야. 내가 여기 온 건 메리엣 형제한테 무슨 일이 있어서가 아니라, 수도원장님께서 미심쩍어하시는 몇 가지 문제에 대해 자네 아버님과 이야기를 나누기 위해서네. 메리엣이 성직자가 되기에는 아직 너무 젊고, 또 몇몇 나이 든 분들 보시기에 다소 지나친 열정을 드러내곤 하거든. 자네는 아버님이나 우리 수사들보다 동생과 훨씬 더 가깝게 지내온 사람이지. 그것도 아주 오랫동안 말이야. 메리엣이 왜 성직자가 되려 하는지, 무슨 이유로 이렇게 일찍 세상을 등지는 편을 택했는지 얘기해줄 수 있겠나? 혹시 그럴 만한 일이라도 있었는지 말이야."

"저도 잘 모릅니다." 나이절은 자신 없이 대답하고는 고개를 가로저었다. "그걸 누가 알겠습니까? 동생이 왜 그러는지 저도 도통 이해할 수가 없어요." 하긴, 세속에 머물러 있을 만한 수많은 이유들을 가진 그가 어찌 그걸 이해하겠는가. "그 애는 그저 그러고 싶다고만 하더라고요."

"여전히 그렇게만 말하고 있네. 기회가 있을 때마다 항상."

"우리 메리엣을 잘 돌봐주실 거죠? 동생이 의지를 제대로 관철할 수 있도록 곁에서 도와주실 거죠?"

"우리 모두 메리엣이 제 소망을 이룰 수 있게끔 도울 준비가 되어 있지." 이어 캐드펠은 경구를 읊듯 덧붙였다. "자네는 이해할 수 없다고 하지만, 세상 모든 젊은이들이 다 같은 운명을 추구하는 건 아니야." 이제 그의 시선은 여자에게 향했다. 여자도 이를 알고 있었고 그 역시 여자가 알고 있다는 사실을 모르지 않았다. 머리를 묶은 밴드에서 붉은빛이 도는 금발 한 가닥이 빠져나와 매끄러운 뺨에 늘어지면서 그녀의 얼굴에 짙은 금빛 그늘 한 자락을 드리웠다.

"동생이 잘 있는지 제가 무척 궁금해한다고 전해주세요. 늘 기도와 사랑을 전한다고도요." 나이절이 고삐를 놓고 노새가 지나갈 수 있도록 뒤로 한 걸음 물러서며 말했다.

"저도요. 제 사랑도 전해주세요." 여자가 꿀같이 달콤하고 나른한 목소리로 입을 열었다. 그녀의 푸른 눈은 캐드펠을 똑바로 올려다보고 있었다. "이 근처에 사는 우리 모두 오랫동안 친구로 지내왔거든요. 저는 곧 메리엣의 형수가 될 사람이기도 하니, 사랑한다는 표현을 써도 괜찮겠죠."

"로즈위타와 저는 돌아오는 12월에 수도원에서 결혼식을 올릴 예정입니다." 나이절이 덧붙이며 그녀의 손을 잡았다.

"기꺼이 전해주지." 캐드펠은 말했다. "그리고 두 사람에게 축복이 깃들기를 기도하겠네."

고삐를 가볍게 흔들자 노새가 천천히 움직이기 시작했다. 캐드펠은 여전히 로즈위타에게 시선을 고정한 채 그들 곁을 지나갔다. 한없이 푸른 그녀의 눈동자 역시 여름 하늘처럼 그를 향해 활짝 열려 있었다. 입술에 머금은 희미한 미소와 두 눈동자에 어린 만족감. 그녀는 캐드펠의 마음에 일어난 감탄을 분명하게 눈치챘으며, 이 나이 든 수사의 경탄 어린 눈길을 흡족하게 즐기고 있었다. 그녀가 캐드펠 앞에서 보이는 태도, 가벼우나 치밀하게 계산된 그 모든 동작들은 캐드펠이 이를 제대로 주시하리라 의식한 상태에서 이루어졌다. 매력 없는 날벌레 한 마리까지 기어코 사로잡으려는 거미줄이랄까.

캐드펠은 뒤를 돌아보지 않으려 애썼다. 로즈위타가 틀림없이 그것을 기대하고 있을 터였다.

들판 끝에서 잡목림으로 이어지는 길 바로 옆, 돌로 지은 양우리의 거친 벽 위에 누군가 작은 맨발을 엇갈려 늘어뜨린 채 걸터앉아 있었다. 아이는 무릎 위의 옷자락에 철 늦은 개암 열매들을 한 움큼 담아놓고서, 이빨로 깨물어 알맹이를 먹고 껍질은 그 아래 무성한 풀밭에 떨어뜨렸다. 가운 자락을 무릎까지 걷어 올린 데다 머리칼은 어깨 위쪽으로 짧게 잘랐고 옷도 거친 갈색 모직 천으로 만든 수수한 것이라, 멀리서는 남자인지 여자인지 좀처럼 가늠할 수가 없었다. 좀 더 가까이 다가가서야 캐드펠은 그가 여자아이이며, 그것도 이제 막 여성으로서의 모습을 갖춰가기 시작한 소녀라는 사실을 알 수 있었다. 몸에 달라붙는 상의 안에서 봉긋하게 솟아오른 가슴, 전체적으로 호리호리하지만 보기 좋게 부풀어 오른 엉덩이. 아마 열여섯쯤 되었을까? 묘하게도, 캐드펠이 탄 노새가 그쪽으로 다가가자 그녀가 고개를 돌리더니 씩 웃어 보였다. 마치 그가 그리로 오리라 예상하고 기다렸다는 듯한 기색이었다. 이어 그녀는 벽에서 내려와 행동을 개시하기에 앞서 준비라도 하듯 스커트를 탈탈 털었다.

"수사님께 드릴 말씀이 있으니 잠시 노새에서 내려와 저와 앉지 않으시겠어요?" 소녀가 단호하게 말하더니 작고 기름한 갈색 손을 들어 노새의 고삐를 잡았다. 아직 아이 같은 얼굴이나, 이제 그 여린 살을 비집고 여성다운 뺨과 턱의 우아한 선들이 드러

131

나는 참이었다. 햇볕에 그을린 매끄러운 피부 밑에는 따듯한 홍조가 감돌았고, 붉은 입술은 반쯤 열린 장미 봉오리처럼 살짝 뒤틀려 있었다. 부드러운 곡선을 그리며 물결치는 짧은 고수머리는 적갈색을, 검은 속눈썹 밑에서 반짝이는 두 눈동자는 그보다 좀더 짙은 빛깔을 띠었다. 몸단장을 즐기지 않아 수수하게 차려입고 다니긴 하지만 그녀는 여느 소작농의 딸이 아니었다. 그녀는 자신이 넓은 영지를 물려받은 상속인임을 잘 알고 있었으며, 다른 사람들 또한 그녀를 그렇게 대우해주었다.

"기꺼이 그러지." 캐드펠은 흔쾌히 대답하고는 노새에서 내려섰다. 소녀의 키는 그보다 겨우 머리 반쯤 작았다. 이유를 묻지도 않고 대뜸 청을 받아들이자 오히려 놀란 듯 그녀는 한 걸음 뒤로 물러나 고개를 갸웃거리다가, 이내 마음을 굳혔는지 환하게 웃어 보였다.

"수사님과는 얘기가 잘 통할 것 같았어요. 심지어 수사님은 제가 누구인지도 묻지 않으시네요."

"글쎄, 자네가 누구인지 이미 아는 것 같아서 말이지." 캐드펠은 돌벽에 달린 고리에 노새의 고삐를 걸며 말을 이었다. "이소다 포리엣 아닌가? 다른 사람들은 다 만나봤고, 또 자네가 이 근방에 사는 젊은이들 중 제일 어리다고 들었거든."

"메리엣이 제 얘기를 하던가요?" 그녀는 즉각 깊은 관심을 보였으나 안달하는 기색은 없었다.

"그 친구가 다른 사람들한테 자네 얘기를 할 때 나도 곁에서 들었지."

"뭐라고 했는데요?" 이소다가 턱을 삐죽 내민 채 퉁명스럽게 물었다.

"여동생 같은 사람이라 했지, 아마."

무슨 이유인지, 이 소녀 앞에서는 거짓말을 할 수가 없었다. 진실을 약간 희석시키는 것조차 꺼려졌다.

이소다는 여유 있게 웃어 보였다. 전황이 급박하게 돌아가는 전쟁터에서 자기편에 어느 정도의 승산이 있는지 가늠하는 용감한 사령관과도 같은 태도였다. "별 대수롭지 않은 사람 얘기를 하듯 말이죠. 뭐, 괜찮아요! 언젠가는 날 의미 있게 생각할 때가 올 테니까."

"그 친구한테 이래라저래라 할 권한이 내게 있다면 꼭 그래야 한다고 권하고 싶군." 캐드펠은 내심 감탄하며 말을 이었다. "자, 이제 자네가 원하는 대로 여기 대령했으니, 우리 앉아서 얘기를 좀 해보세. 나한테 뭘 원하는 건가?"

"수사들은 여자와 어울려서는 안 되는 사람들이죠?" 이소다는 씩 웃으면서 그렇게 묻고는 다시 담 위에 올라앉았다. "한마디로 메리엣은 그 여자가 집적거릴 수 없는 안전한 곳으로 숨어버린 셈이네요. 하지만 그렇다고 아주 먼 곳으로 간 것도 아니니, 아마 여전히 바보 같은 생각을 품고 있겠죠. 그나저나, 저도 수사님의 성함을 알아둬야 하지 않을까요?"

"내 이름은 캐드펠이야. 웨일스 트레브리우 출신이지."

"제 첫 유모도 웨일스 사람이었는데." 이소다는 허리를 숙여 담 밑에서 시들어가는 연초록 풀줄기 하나를 뽑아서는 하얀 이빨로 지그시 깨물며 말을 이었다. "수사님은 아시는 게 아주 많은 것 같아요. 그동안 내내 수도사로 지내온 분처럼 보이진 않는데요."

"일고여덟 살 때부터 수도원에서 자라 어른이 된 수사들을 여럿 아는데, 그 사람들이 나보다 아는 게 훨씬 더 많아." 캐드펠은 진지하게 말했다. "어떻게 그렇게 많이 알게 되었는지는 하느님 만이 아시겠지만. 어쨌든 자네 생각이 맞네. 난 세속에서 마흔 해 이상을 살다가 뒤늦게야 수도원에 들어왔지. 아는 건 별로 없지 만 자네가 물어보면 성의껏 대답해주겠네. 보아하니 자넨 메리엣 얘기를 듣고 싶어 하는 것 같은데."

"메리엣 형제가 아니고 그냥 메리엣이에요?" 이소다가 얼굴을 환하게 밝히며 고양이처럼 재빨리 그의 말을 물고 늘어졌다.

"아직은 아니지. 앞으로 얼마 동안은."

"영원히 아닐 거예요!" 단호하고 자신만만한 목소리였다. "그 렇게 될 리 없어요." 그녀는 고개를 돌려 강렬한 눈으로 캐드펠 을 응시했다. "그 사람은 내 거예요. 메리엣은 내 거라고요. 본인 은 아직 모를 수도 있지만요. 난 어느 누구도 그 사람을 건드리지 못하게 할 거예요."

6

"묻고 싶은 게 있으면 뭐든 물어보게." 캐드펠은 몸을 움직여 담에서 그나마 돌이 튀어나오지 않은 자리를 찾으며 말했다. "나도 자네에게 물어볼 것이 있으니까."

"제가 알아야 하는 거라면 전부 솔직하게 말씀해주실 거죠? 하나하나 샅샅이?" 그녀는 다짐을 받듯 물었다. 어린애처럼 꾸밈 없고 맑고 높은 동시에 영주처럼 위엄 가득한 음성이었다.

"그렇게 하지." 이소다는 진실을 알 자격이 있고, 또 그럴 각오가 되어 있으니까. 게다가, 그 말썽쟁이 메리엣에 대해 이 소녀보다 더 잘 알 만한 사람이 어디 있겠는가?

"메리엣이 수도 서원을 할 때까지 앞으로 얼마나 남았죠? 그는 어떤 이들을 자기 적으로 만들었나요? 순교자가 되려는 소망에 불타 어떤 바보 같은 짓들을 저질렀죠? 메리엣이 내 곁을 떠난 이후 있었던 모든 일들을 자세히 들려주세요." '내 곁'이라. 이소다는 '우리 곁'이 아니라 '내 곁'이라고 말했다.

캐드펠은 전부 들려주었다. 조심스레 말을 고르긴 했지만 모든 진실을 있는 그대로 이야기했다. 이소다는 입을 굳게 다문 채 시종 차분하게 귀를 기울였다. 자기가 선택한 남자의 행적에 관해 들으며 수긍이 가는 대목에서는 고개를 끄덕였고, 어리석은 짓이라 여겨지는 부분에서는 도리질을 했으며, 어떤 지점에서는 과연 그다운 일이다 싶은지 문득 생긋이 웃어 보이기도 했다. 캐드펠이 쉽게 납득할 수 없었던 것들도 그녀는 아주 쉽게 이해하는 것 같았다. 이윽고 이야기는 메리엣이 사고를 치고 징벌을 당한 대목에 이르렀다. 그 계기가 된 사건, 곧 제롬이 여자의 머리 타래를 불태운 부분은 그냥 넘어갈까 싶었으나, 캐드펠은 결국 모두 털어놓았다. 그러나 예상과 달리 이소다는 그다지 놀라거나 당혹스러워하는 기색 없이 그 내용을 간단히 넘겨버렸다.

"수사님은 그 사람이 예전에 심하게 채찍질당한 일을 모르셔서 그래요! 그런 식으로는 아무도 그의 마음을 꺾지 못할걸요. 제롬 수사라는 분이 그 여자가 던진 미끼를 불태워버렸다니 차라리 잘됐네요. 이제 유혹의 미끼가 사라졌으니 메리엣도 자기 자신을 기만하는 그런 짓은 금방 그만둘 거예요." 순간 캐드펠은 이소다가 질투심에 이런 소리를 하는가 싶었다. 그런 생각을 금세 눈치챈 듯, 이소다는 캐드펠 쪽으로 고개를 돌리더니 재미있다는 듯 씩 웃어 보였다. "수사님이 그 두 사람이랑 얘기하는 거 봤어요. 아무도 모르게 멀리서 지켜봤죠. 그 여자 예쁘죠? 분명 그렇게 생각하셨을 거예요. 게다가 수사님한테 무척이나 사근사근하고 우아하게 굴지 않던가요? 딱 수사님을 겨냥하고 말예요. 그 여자는 나이절도 그런 식으로 낚아챘죠. 그렇게 자기가 진심으로 원한 유일한 물고기를 낚고도 계속 낚싯줄을 던지지 않고는 못 견디겠나 봐요. 로즈위타는 그런 여자예요. 메리엣한테 그 머리 타래를 준 사람이 누군지 아세요? 바로 그 여자 자신이라고요! 도대체 어떤 남자도 가만 내버려두질 못한다니까요."

그래, 캐드펠 역시 로즈위타를 만난 이래 줄곧 그런 의구심을 느끼던 터였다.

"저는 로즈위타가 두렵지 않아요." 이소다가 말을 이어갔다. "전 그 여자를 너무 잘 알거든요. 메리엣은 자기가 그 여자를 사랑한다는 착각에 빠져 있을 뿐이에요. 왜냐면 자기 형의 여자니까요. 그 사람은 형이 원하는 것이라면 무엇이든 갖고 싶어 하거든요. 형한테 있는 것이 자기한테 없으면 샘을 내고요. 하지만, 수사님이 이 말을 믿으실지 모르겠는데, 그 사람이 자기 형만큼 좋아하는 사람은 아무도 없어요. 아직까지는!"

"보아하니 자네는 나를 곤혹스럽게 만들고, 그러면서도 왠지 내 마음을 사로잡는 그 친구에 대해 나보다 훨씬 잘 알고 있는 것 같구먼." 캐드펠은 말했다. "그 친구는 자기 신상에 대해 좀처럼 말을 하는 법이 없으니 자네가 대신 그 친구의 집안에 대해, 또 그가 거기서 어떤 식으로 자랐는지 자세히 들려줬으면 싶네. 그 친구에겐 지금 자네와 나의 도움이 절실해. 자네가 그의 행복을 바란다면 난 기꺼이 자네와 손을 잡을 의향이 있네. 나 역시 그 친구의 행복을 간절히 바라거든."

이소다는 무릎을 세워 가느다란 두 팔로 감싸 안고서 이야기를 시작했다. "저는 아주 어릴 때 영지의 주인이 되었어요. 레오릭 아저씨가 제 진짜 친척은 아니지만 우리 아버지의 이웃이라 후견인이 되어주셨죠. 그분은 좋은 분이에요. 아저씨가 제 영지를 잉글랜드에 있는 어느 영지 못지않게 잘 관리해주고, 또 거기서 조금의 이익도 얻지 않는다는 걸 저는 잘 알고 있어요. 좀 구식이긴 하지만, 그건 수사님도 이해해주셔야 해요. 고지식하리만치 정직한 분이죠. 제가 그분의 친자식이고 아들이었다면 아마 그분과 함께 살기가 쉽지 않았을 거예요. 하지만 저는 친자식이 아니고 여자애라 그분도 저한테는 늘 부드럽고 다정하게 대해주세요. 메리엇의 어머니인 아토바 부인은 2년 전에 돌아가셨어요. 수사님도 나이절을 보셨죠? 어떤 아버지라도 상속자로 원할 만한 그런 아들이죠. 반면에 메리엇은 그분들이 반드시 필요로 하는 자식도, 간절하게 원하는 자식도 아니었어요. 메리엇이 태어나자 부모로서 할 도리야 다하셨지만 첫째를 소홀히 하면서까지 신경을 써줄 수는 없었죠. 게다가 메리엇은 나이절과 아주 다르기도 했고요."

그녀는 잠시 말을 멈추고 생각에 잠겼다. 형제가 어떤 면에서 그렇게 다른지 정확히 설명하고 싶은 모양이었다.

"어린애들은 자기가 우선순위가 아니라는 사실을 몇 살 때쯤 인지하게 될까요?" 이소다가 다시 말을 이었다. "제 생각에 메리엣은 아주 어린 나이에 그걸 깨달았던 것 같아요. 메리엣은 생긴 것도 형하고 아주 다르지만, 사실 그건 가장 작은 차이에 불과했어요. 메리엣은 언제나, 무슨 일을 하든, 부모님이 바라는 것과는 정반대로 행동했어요. 아버지가 하얗다고 말하면 메리엣은 까맣다고 우기고, 몸을 돌려세우려 하면 한사코 버티면서 조금도 움직이려 들지 않는 식이었어요. 예민하고 호기심이 많은 성격이라 공부를 잘했는데, 부모님이 자신을 학자로 키우고자 한다는 사실을 알자 온갖 부류의 불량한 친구들과 어울렸죠. 그는 늘 자기 아버지를 경멸하고 형을 시샘했어요." 이소다는 무릎에 턱을 괸 채 생각에 잠긴 표정으로 말했다. "하지만 동시에 형을 숭배했죠. 아버지가 자기보다 형을 더 사랑한다는 걸 알고 마음의 상처를 받아 보란 듯이 아버지에게 적대감을 내비쳤지만, 그렇다고 형을 미워하지는 않았어요. 단 한 순간도요. 그만큼 형에 대한 사랑이 컸던 거죠."

"나이절도 그런 애정을 동생에게 돌려주었고?" 캐드펠은 근심에 잠긴 나이절의 얼굴을 떠올리며 물었다.

"오, 그럼요. 나이절도 동생을 무척 좋아해요. 늘 동생을 보호해줬죠. 자기가 아버지 앞에 대신 나서서 동생이 꾸지람 들을 상황을 면하게 해준 것도 여러 번이고요. 무슨 일을 하든 늘 동생과 함께했고, 또래 애들끼리 어울려 놀 때도 줄곧 동생을 데리고 다녔어요. 걔들끼리는 어릴 때부터 자주 어울려 놀았거든요."

"걔들? '우리'가 아니고?"

이소다는 질겅질겅 씹고 있던 풀줄기를 뱉어내고 놀란 얼굴로 미소를 지어 보였다. "저는 어리잖아요. 메리엣보다도 세 살이나 어리죠. 얼마 동안은 매번 그 무리에 끼려고 안간힘을 썼어요. 하지만 알 건 다 알았죠. 수사님은 메리엣과 저 말고 다른 사람들에 대해서도 잘 아시나요? 나이절과 메리엣은 여섯 살 차이고, 린드 집안의 두 사람은 그 중간 정도 나이예요. 저는 그들보다 훨씬 어리고요. 혹시 재닌도 만나보셨어요?"

"이리로 오는 길에 봤지. 그 친구가 길을 알려줬네."

"둘이 쌍둥이라는 거 눈치채셨어요? 제가 보기엔 둘 다 아주 영리해요. 뭐, 재닌은 모든 방면에서 영리한 데 반해 로즈위타는 한 가지 방면에만 머리가 잘 돌아가는 것 같지만요." 판정이라도 내리는 듯한 말투였다. "남자들을 꾀어 제 곁에 꼭 묶어두는 일 말예요. 로즈위타는 수사님이 고개를 돌려 자기를 쳐다봐주기를 기다리고 있었어요. 그러면 자기도 눈길 한번 주는 것으로 보답할 심산이었죠. 아마 수사님은 제가 예쁜 여자를 시샘하는 어리석은 계집애라고 생각하고 계시겠죠?" 이소다는 불쑥 그렇게 묻더니 캐드펠이 어깨를 으쓱이는 것을 보고 소리 내어 웃었다. "물론 저도 예뻐지고 싶죠. 당연히 그렇지 않겠어요? 하지만 전 로즈위타를 시샘하지 않아요. 우리가 여러 면에서 아주 다르긴 해도, 그동안 이곳에서 오랫동안 더없이 가깝게 지내온 사이잖아요. 시간이라는 건 인간관계에서 아주 중요한 의미를 지니죠."

"듣자 하니, 자네만큼 그 청년에 대해 잘 아는 사람이 없겠군." 캐드펠은 말했다. "그러니 가능하다면 내게 얘기해줬으면 좋겠네. 애초에 그가 무슨 이유로 수도원에 들어가고 싶어 했는지 말이야. 그 친구가 수도사가 되려고 얼마나 열성적으로 덤벼드는지에 대해서야 나도 누구 못지않게 잘 알지만, 그 이유를 도무지 모르겠단 말이지. 혹시 그 점에 관해 알고 있는 게 있나?"

이소다는 고개를 가로저었다. "전혀요. 그 결정만큼은 제가 그에 대해 알고 있는 것들과 도무지 맞아떨어지지를 않아요. 모든 면에서요."

"그렇다면 그가 그런 결정을 내릴 무렵에 일어났던 일들을 기억나는 대로 상세히 얘기해보게. 주교의 사절인 피터 클레멘스가 애스플리 영지에 들렀던 일부터 시작해보지. 자네도 그 사람이 그곳을 떠난 뒤 행방불명되어 지금까지 종적이 묘연하다는 얘기는 들었겠지. 이미 모든 곳에 소식이 퍼졌으니 말이야."

이소다는 고개를 돌려 날카로운 눈길로 캐드펠을 쳐다보았다. "사람들이 그러는데 말은 찾았다면서요? 체셔주 경계 부근에서요. 설마 메리엣의 변덕이 그 일과 무슨 관련이 있다고 생각하시는 건 아니겠죠? 어떻게 그런 일이 있을 수 있겠어요?" 그러나 이소다는 신속하고 결단력 있는 사람이었다. 다소 불쾌하기는 해도 그 두 사건이 비슷한 시점에 일어났다는 점은 이미 인정하고 있었다. "그분은 9월 8일에 애스플리 영지에 들러 하룻밤을 묵었어요. 그날 아주 이른 저녁에 혼자 왔죠. 레오릭 아저씨가 밖으로 나가 그분을 맞아들였고, 저는 외투를 받아 집으로 들어가서 하녀들에게 손님 잠자리를 준비해두라고 일렀어요. 메리엣은 그분의 말을 돌봤고요. 그는 늘 말들과 쉽게 친해지곤 했죠. 우리는 진수성찬으로 손님을 대접했어요. 제가 잠자리에 든 뒤에도 다들 홀에 남아 음악을 즐기더라고요. 그리고 이튿날 아침이 되자 그분은 식사를 한 뒤 출발했고, 레오릭 아저씨가 프레문트와 마부둘을 데리고 말을 타고 멀리까지 나가 배웅했죠."

"어떻게 생겼던가? 그 성직자 말이야."

"대단한 멋쟁이였어요." 이소다는 묘한 미소를 머금었다. "본인도 그걸 알고 있었고요. 나이는 나이절보다 조금 더 많은 정도였는데, 여행을 많이 다녀서 그런지 아는 게 많고 자신만만하더라고요. 잘생긴 외모에 정중하고 기지가 넘치는 사람이라 전혀 성직자처럼 보이지 않았어요. 나이절이 못마땅해할 정도로 품위 있고 고상했죠! 수사님도 로즈위타가 어떤 여자인지는 대충 짐작하시죠? 그 수사도 어떤 여자든 자기만 보면 죄다 반하지 않고 못 배기리라 확신하는 사람이라 로즈위타랑 아주 손과 장갑처럼 죽이 척척 맞았어요. 나이절로서는 기분이 좋을 리 없었을 텐데, 그래도 입을 꾹 다물고 예의 바르게 처신하더라고요. 적어도 제가 홀에 있는 동안에는 그랬어요. 메리엣은 사람들 곁에서 들러리 노릇하는 게 싫었던지 일찌감치 나가 마구간으로 갔어요. 그분보다는 그분이 타고 온 말을 훨씬 더 마음에 들어했죠."

"로즈위타도 그날 그 집에서 묵었나?"

"아, 아니에요. 날이 어두워지자 나이절이 그 여자를 집까지 바래다줬죠. 둘이서 그리로 가는 걸 제가 직접 봤어요."

"그럼 그 여자 오빠는?"

"재닌요? 재닌은 도통 그 두 연인 사이에 끼려 하질 않아요. 둘이서 죽고 못 사는 걸 보며 비웃곤 하죠. 그날 재닌은 줄곧 자기 집에 있었어요."

"그리고 그다음 날…… 나이절은 떠나는 손님을 배웅하지 않았지. 메리엣도 그랬고. 그날 아침 그 두 사람은 뭘 하고 있었나?"

"아마……" 이소다는 미간을 살짝 찌푸리며 그날의 기억들을 떠올리려 애썼다. "나이절은 새벽같이 린드 영지로 가지 않았나 싶어요. 로즈위타의 행실이 나쁘다고 생각하지는 않지만 늘 그 여자 때문에 신경을 쓰거든요. 그날 하루 종일 나가 있었던 것 같아요. 저녁 식사 때까지요. 그리고 메리엣은 손님이 떠날 때 우리랑 같이 있었어요. 그 뒤에는 도통 보이지 않다가 오후 늦게야 나타났죠. 레오릭 아저씨는 점심을 드신 다음 프레문트와 영지의 사제, 또 사냥개를 돌보는 사람이랑 같이 개들을 데리고 나가셨고요. 제 기억에 메리엣은 그분들과 함께 돌아왔던 것 같아요. 나갈 때는 따로였지만요. 메리엣은 자기 활을 갖고 있어서, 이따금씩 혼자서 활을 갖고 나가곤 했거든요. 특히 우리 모두에게 기분이 틀어졌을 때 그랬죠. 아무튼 그들 모두 함께 돌아왔어요. 그리고 이유는 모르겠는데 그날 저녁에는 집이 아주 조용해서, 전 중요한 손님이 왔다가 떠난 뒤라 유난히 조용히 느껴지나 보다고만 생각했죠. 아, 메리엣은 그날 저녁 식사 자리에 나타나지 않았어요. 저녁 내내 도통 보이지 않더라고요."

"그 다음에는? 메리엣이 수도원에 들어오고 싶어 한다는 얘기를 처음 들은 건 언제였나?"

"이튿날 밤에 프레문트가 얘기해줘서 알았어요. 그날도 종일 메리엣을 보지 못해 직접 확인하지 못하다가, 그다음 날에 가서야 겨우 만났죠. 메리엣은 여느 때처럼 마당을 돌아다니고 있었어요. 평소와 특별히 달라 보이는 구석은 하나도 없었던 것 같아요. 그러다 제가 있는 쪽으로 다가와 거위들을 뒷마당으로 모는 일을 거들었고요." 이소다는 다시 두 무릎을 감싸 안으며 말을 이었다. "그때 제가 프레문트한테 들은 얘기를 꺼내면서 정신이 어떻게 된 거 아니냐, 어째서 그런 공허한 삶을 살려는 거냐 따져 물었죠……." 이소다는 살그머니 손을 뻗어 캐드펠의 팔을 어루만지며 이해해달라는 의미로 미소를 머금었다. "나쁘게 듣지 마세요. 수사님의 경우에는 얘기가 다르잖아요. 이미 세속에서 오랜 시간을 보내신 수사님께는 그곳에서의 새로운 삶이 홀가분하고 상쾌한 축복 같은 것이겠지만, 메리엣은 그동안 세상 경험을 해봐야 얼마나 했겠어요? 아무튼 제 말에 메리엣은 찌르는 듯한 날카로운 눈길로 저를 똑바로 쳐다보더니 자기는 자기가 뭘 하고 있는지 잘 안다고, 자기가 원하는 게 바로 그거라고 대꾸했어요. 근래 들어 메리엣이 훌쩍 자라면서 저랑 좀 멀어지긴 했지만, 그렇다고 뭘 감춘다거나 제 질문에 대답을 망설이고 주저한 적은 한 번도 없었거든요. 그러니 저로서는 메리엣의 말을 액면 그대로 받아들일 수밖에 없었죠. 메리엣은 진정으로 그 일을 원했어요. 아직도 원하고 있고요. 하지만 왜일까요? 그 이유는 결코 말해주지 않았어요."

"그래, 그 친구는 누구에게도 이유를 밝히지 않지." 캐드펠은 안타깝다는 듯 말했다. "지금처럼 회피할 수만 있다면 앞으로도 계속 그럴 거야. 스스로를 파괴하려 하고, 새장 속에 갇힌 들새처럼 꽁꽁 가둬놓으려만 드는 그 친구를 대체 어떻게 하면 좋을지……."

"아직은 그 사람을 잃은 게 아니에요." 이소다는 단호하게 말했다. "오는 12월 나이절의 결혼식에 참석하러 수도원으로 가면 메리엣을 다시 볼 수 있잖아요. 게다가 그때부터는 로즈위타도 그 사람 곁에서 영영 멀어지는 셈이에요. 레오릭 아저씨가 여기서 북쪽에 있는 뉴어크 부근 영지를 새 부부에게 줘서 관리하게 하기로 했거든요. 여름에 나이절이 자기 영지를 돌아보며 마음의 준비도 할 겸 재닌이랑 미리 그곳에 다녀오기도 했죠. 어쨌든 로즈위타와의 거리가 멀어지면 도움이 될 거예요. 제가 수도원에 가면 캐드펠 수사님을 찾아뵐게요. 이렇게 모든 걸 다 털어놨으니 거리낄 게 뭐 있겠어요? 메리엣은 제 거고, 결국 저는 메리엣을 차지하고 말 거예요. 물론 당장 그 사람이 꿈꾸는 상대는 제가 아닐 수 있어요. 더욱이 요즘은 악몽에 시달리고 있다니 더더욱 그의 꿈속에 제가 등장할 리가 없겠죠. 지금 저는 메리엣이 제대로 정신을 차리기만 바랄 뿐이에요. 수사님, 그 사람을 좋아하신다면 제발 삭발을 하지 못하게 막아주세요. 나머지는 제가 알아서 해볼 테니까요!"

*

이소다와 헤어진 뒤 수도원으로 돌아오면서 캐드펠은 깊은 생각에 잠겼다. 내가 그 청년을 좋아한다면, 그리고 자네를 좋아한다면 마땅히 그렇게 해야겠지……. 자네야말로 그 친구의 여자가 될 가능성이 아주 농후해 보이니 말이야. 메리엣을 위해, 또 그녀를 위해 캐드펠은 이소다가 했던 이야기들을 하나하나 되짚으며 세심하게 분석해볼 작정이었다.

애스플리가에서 점심 식사를 거절했던 건 아무런 유대감도 느낄 수 없는 이들과 앉아 밥을 먹고 싶지 않아서였다. 수도원에 돌아온 그는 조그만 빵과 치즈와 맥주로 점심을 때운 뒤, 조용한 틈을 이용해 라둘푸스 수도원장을 만나러 갔다. 대부분의 수사들이 안마당이나 채소밭, 수도원 밖의 들판에서 일하는 시간이라 넓은 마당은 텅 비어 있었다.

그러잖아도 기다리고 있던 수도원장이 캐드펠을 반갑게 맞아들이고는 그가 하는 이야기에 주의 깊게 귀를 기울였다.

"결국 그 고집 센 젊은이를 돌볼 책임은 온전히 이곳에 맡겨진 셈이군. 앞으로도 우리의 일원이 될 기회를 열어둔 채 계속 그를 데리고 있을 수밖에 없겠소. 하지만 우리로서는 그의 동료들에게도 신경을 쓰지 않을 수 없는 입장이지. 다들 그 젊은이가 밤에 또다시 소동을 벌일까 봐 두려워하고 있잖소. 아직은 그가 징벌방에서 보낼 날이 아흐레나 남았고, 본인 역시 이 상황이 그리 싫지 않은 눈치이긴 하지만…… 이제 그 친구 문제를 어떻게 하면 좋겠소? 당사자에게 은총의 빛에 다가갈 수 있는 기회를 주되, 숙사 사람들의 근심을 씻어낼 방법을 어서 찾아내야 할 텐데 말이오."

"저도 그 문제에 관해 생각해봤습니다." 캐드펠이 말했다. "그를 숙사에서 내보내면 어떨까요? 남은 이들은 물론 그 자신도 아주 기꺼워할 겁니다. 그 친구는 혼자 있기를 좋아하니까요. 만일 끝내 세속을 등지기로 결심한다 해도, 그는 수도사가 아니라 은자隱者에 어울리는 사람입니다. 제 생각엔 오히려 징벌방에 갇혀 있는 동안 그의 상태가 더 나아질 것 같습니다. 그런 사람은 좁은 공간과 깊은 침묵을 묵상과 기도로 채울 수 있거든요. 다른 이들과 함께 쓰는 더 큰 공간에서는 불가능한 일이 그곳에서는 가능해지는 거죠. 수도사라 해서 모두 똑같은 기질과 성향을 지니는 건 아니니까요."

"맞는 말이오! 하지만 우리 수도원은 서로 외떨어진 채 곳곳에 흩어져 있는 사막 교부들의 집이 아니라 공동생활을 하는 수도사들의 집이오. 그 젊은이가 독방 생활을 고수하기 위해 이곳 고해 신부들과 수사들을 하나하나 목 조르지 않는 이상, 그를 계속 징벌방에 가둬둘 수는 없는 노릇이지. 혹시 다른 좋은 생각이라도 있소?"

"그를 세인트자일스[21]에 있는 마크 형제에게 보내 그 밑에서 일하게 하는 건 어떨까요? 거기서도 마냥 호젓한 생활을 누리지는 못하겠지만, 자기보다 훨씬 더 불행한 이들, 나환자와 거지와 병자와 불구자를 돌보면서 그들과 함께 지내는 것이 그에게 도움이 될 겁니다. 그들 안에서 자신의 괴로움들을 조금이나마 잊을 수 있을 테니까요. 그뿐만이 아닙니다. 거기 가 있는 기간만큼 학습 진도가 늦어지면 서약을 할 시간도 그만큼 더 늦춰지죠. 그는 아직 서약을 할 만한 마음의 상태에 이르지 못했으니, 이 역시 환영할 만한 일입니다. 그리고 마크 형제는 우리 가운데 가장 겸허하고 소박하면서도 티 없이 맑은 성자 같은 천품을 지닌 사람입니다. 그에겐 다른 이의 마음을 파고드는 힘이 있지요. 적당한 때가 되면 메리엇도 마크 형제에게 마음을 열 테고, 그로써 자신이 안고 있는 고통과 번민에서 벗어날 수 있을 겁니다. 설혹 이 모든 기대들이 수포로 돌아간다 해도, 최소한 우리 모두 숨 돌릴 여유는 얻는 셈이고요."

문득 그의 내면에서 이소다의 목소리가 들렸다. 제발 삭발을 하지 못하게 막아주세요. 나머지는 제가 알아서 해볼 테니까요…….

"그렇겠지." 라둘푸스는 생각에 잠긴 표정으로 입을 열었다. "견습 수사들은 공포심을 떨칠 시간적 여유를 얻을 테고, 캐드펠 형제가 말한 대로 자기보다 훨씬 불행한 이들을 돌보는 게 그 젊은이에게는 좋은 약이 될 수도 있겠군. 폴 형제에게 얘기해서 메리엣 형제가 속죄의 기간을 마치고 나오는 대로 그곳에 보내도록 하겠소."

나환자들을 수용하는 격리 병동으로 쫓겨나는 것이 징벌방에 갇히는 것보다 훨씬 더 힘겨운 속죄의 고행이라 생각하는 사람들이 많겠지. 캐드펠은 흡족한 마음으로 수도원장의 거처에서 물러나며 생각했다. 메리엣을 그곳으로 보내 그런 사람들에게 만족감을 안겨주는 것도 괜찮을 거야. 특히 제롬 형제는 이런 일을 금세 잊어버릴 사람이 아니니, 이런 식으로 그의 복수심을 일부나마 만족시켜주면 메리엣에 대한 적의도 조금은 누그러질 것이고. 더하여 메리엣이 슈루즈베리시의 구석에 자리한 저 구호소에 가면 마크 형제에게도 큰 도움이 될 터였다. 그곳에서 환자들을 돌보는 마크 수사는 1년 전까지만 해도 캐드펠이 가장 아끼던 조수였다. 최근 마크는 무척이나 허전한 마음으로 지내고 있었는데, 그가 무척이나 아끼고 귀여워하던 떠돌이 고아인 브란이 조슬린 루시와 이베타 루시 부부의 양자로 들어가면서 애정과 관심을 쏟으며 보살필 대상이 사라진 탓이었다. 그 젊은이가 숙사에서 악몽으로 시달려온 얘기를 귀띔하면 마크는 이내 연민을 느끼고 더없이 따뜻하게 그를 맞아주리라. 마크가 아니면 누가 그의 마음을 움직일 수 있겠는가. 게다가 또 다른 이점이 하나 있었다. 캐드펠은 환자들이 필요로 하는 여러 내복약과 상처에 바르는 물약이나 연고 따위를 전달하기 위해 매달 셋째 주에 세인트자일스에 들렀고 간혹 약이 떨어지면 일정과 상관없이 수시로 가기도 했으니, 이를 기회 삼아 메리엣의 상태가 어떤지 점검해볼 수 있을 것이었다.

저녁기도 전에 수도원장의 거처에 들른 폴 수사는 메리엣이 징벌방에서 풀려난 뒤에도 숙사에 돌아오지 않을 거라는 소식을 듣고 크게 안도한 기색이었다.

"캐드펠 형제께서 그런 제안을 하셨다고요. 아주 좋은 생각입니다. 모두들 한동안 휴식을 누릴 필요가 있었거든요. 젊은 아이들이니 금방 새롭게 마음을 다잡을 수 있을 겁니다. 물론 그 폭력적인 행동은 쉬 잊히지 않겠지만요."

"징벌방에 있는 그 친구는 좀 어떻소?" 캐드펠이 물었다. "내가 오늘 아침 일찍 그곳에 들르긴 했는데, 혹시 그 이후로 그를 만나봤소?"

"만나봤죠. 사실 그 아이가 진정으로 참회를 하는 건지 저로서는 잘 모르겠습니다." 폴 수사는 회의 어린 투로 말했다. "하지만 태도는 아주 조용하고 유순했어요. 제가 훈계하는 말도 참을성 있게 잘 듣더군요. 저도 지나치게 그를 몰아붙이지는 않았고요. 이건 참으로…… 슬픈 일입니다. 그 아이가 우리와 함께 있는 것보다 골방에 갇혀 있는 걸 더 좋아한다면, 이는 우리의 실패라고 밖에 할 수 없겠지요…… 아무 할 일 없이 있으면 괴로움만 더 커질 것 같아 성 아우구스티누스의 설교집과 다른 책들을 가져다 줬습니다. 밝은 등이랑 침대 위에 놓고 쓸 수 있는 조그만 책상도 함께요. 독서에 마음을 쏟으면 훨씬 낫겠죠. 그 아이는 학문적인 소양이 있는 편이라 쉽게 잘 익히기도 하고요. 어쩌면 농업에 관한 책들을 주는 편이 나았을까 하는 생각도 들더군요." 폴이 농담조로 덧붙였다. "그러면 오스윈 형제가 자리를 비울 때 그 아이를 허브밭으로 데려갈 명분이 생기지 않겠습니까."

캐드펠도 그런 생각을 안 해본 건 아니었다. 그러나 역시 그 아이를 수도원 밖으로 내보내 따뜻하게 보살펴줄 마크한테 맡기는 편이 더 나을 터였다. "수도원장님께 요청하지는 않았지만, 잠자리에 들기 전에 그를 좀 만나봤으면 싶은데." 캐드펠은 말했다. "아침에 제 아버지를 찾아갈 거라는 얘기는 하지 않았고 지금도 그 만남에 대해서는 입을 다물 생각이오. 다만, 다른 두 사람이 꼭 안부를 전해달라고 부탁하기에 그러겠다고 약속을 했거든." 그런 부탁은 한마디도 않던 한 여자도 있지. 그 소녀야말로 자기가 해야 할 일을 누구보다 잘 알고 있으리라.

"마지막 기도 전에 들러보시죠." 폴이 대답했다. "징벌방에 가두었다고 외부인의 출입까지 엄금한 건 아니니까요. 결국 우리의 목적은 그를 한 식구로 맞아들이고자 하는 것이니, 지나치게 외부와 격리시키는 것도 좋지 않습니다."

메리엣을 수사로 만드는 건 캐드펠이 바라는 바가 아니었지만 구태여 이 시점에 그런 이야기를 늘어놓을 필요는 없었다. 모든 사람에겐 각자의 자리가 있는 법. 메리엣 애스플리는 수도원이 자신을 받아들여주기만을 간절히 바라지만, 캐드펠이 보기에 그 아이가 있을 곳은 수도원이 아니었다.

*

메리엣은 불을 밝힌 등을 침대맡에 올려둔 채 성 아우구스티 누스의 설교집을 읽고 있었다. 문이 열리자 그는 재빨리, 그러나 조용히 고개를 돌리더니 상대를 확인하고는 환하게 웃어 보였다. 방 안이 싸늘해 메리엣은 한기를 피하느라 수사복 위에 스카풀라[22]까지 걸치고 있었다. 조심스럽게 몸을 돌리던 그는 상처에 달라붙어 있던 옷자락이 떨어지자 순간적으로 움찔했다. 채찍에 맞아 생긴 상처 자리가 조금씩 아물어가는 참이었다.

"설교집을 읽고 있는 모습을 보니 반갑군 그래." 캐드펠이 말했다. "중간중간 기도를 드리면서 읽으면 더욱 좋을 거야. 오늘 아침 이후로 연고는 좀 발랐나? 부탁할 게 있으면 폴 수사한테 얘기하도록 하게. 그 사람은 기꺼이 들어줄 테니까."

"그분은 저한테 참 잘해주세요." 메리엣은 책을 덮고 캐드펠 쪽으로 완전히 돌아앉아 말했다. 진심이 담긴 목소리였다.

"하지만 자네는 겸허하게 고개를 숙여 자비를 구하지도 않고,

또 그런 게 필요하다는 사실을 인정하지도 않았겠지. 안 봐도 훤하네! 자, 이제 스카풀라를 벗기고 수사복을 내리겠네."

메리엣에게는 그 옷이 아직 편하게 느껴지지 않았다. 흥분에 휩싸인 때가 아니고서는 도무지 그걸 걸쳤다는 사실을 잊은 채 속 편히 움직일 수가 없었다.

"자리에 엎드려보게."

메리엣은 순순히 엎드려 등을 내밀었다. 캐드펠은 그의 셔츠를 올리고 이제는 상처가 희미해져 여기저기 마른 피딱지만 남은 자리에 연고를 발랐다.

"수사님은 우리 아버지도 아닌데 제가 왜 수사님이 하라는 대로 해야 하죠?" 메리엣이 엎드린 채 짐짓 퉁명스레 물었다.

"듣자 하니 자네는 아버지가 하라는 대로 한 적이 한 번도 없는 사람이던데." 캐드펠은 부지런히 연고를 바르면서 대꾸했다.

"저에 대해서 어찌 그리 많이 아십니까?" 메리엣이 두 팔에 기대고 있던 머리를 살짝 돌려 초록빛과 황금빛이 뒤섞인 빛나는 눈으로 자신의 친구를 쏘아봤다. "저희 집에 가셔서 제 아버지와 이야기라도 나누신 모양이죠?" 금세 불신의 갑옷을 입은 듯 그의 등 근육이 뻣뻣해졌다. "다들 무슨 꿍꿍이예요? 대체 무슨 이유로 우리 아버지를 만나신 겁니까? 전 여기 있잖아요! 제가 잘못을 저질렀다면 그 대가는 제가 치릅니다. 누구도 그 빚을 대신 갚아줄 수 없어요."

"물론이지. 아무도 자네의 빚을 대신 갚아주지 않아." 캐드펠은 차분하게 말했다. "바로 자네가 자네의 주인일세. 신통치 않은 주인이긴 하지만. 자, 달라진 건 전혀 없네. 자네한테 전할 이야기가 있긴 하지만, 내가 그 말을 전한다고 해서 스스로를 구하거나 파멸시킬 수 있는 자네의 자유가 침해받는 건 아니야. 자네의 형이 자네에게 늘 관심과 사랑을 보내고 있다고 전해달라더군."

메리엣은 두 팔에 고개를 묻은 채 꼼짝하지 않았다. 그의 구릿빛 피부가 희미하게 떨리고 있었다.

"로즈위타도 형수 될 사람으로서 자네를 사랑한다는 말을 전해달라고 했어."

캐드펠은 진물이 단단하게 말라붙은 옷 주름을 두 손으로 문질러 부드럽게 편 뒤 이미 희미해지기 시작한 상처 자국들 위로 셔츠 자락을 끌어 내렸다. 상처보다 로즈위타의 전언이 그에게는 훨씬 더 치명적이리라. "이제 가운을 올려도 좋아. 내가 자네라면 독서는 이쯤에서 그만두고 잠을 청하겠네."

메리엣은 한마디도 없이 여전히 가만히 엎드려 있었다. 캐드펠은 담요를 끌어올려 그를 잘 덮어주고는 온몸이 잔뜩 굳어 있는 청년을 묵묵히 내려다보았다.

그 굳은 자세는 이내 허물어졌다. 메리엣이 두 팔에 얼굴을 파묻어 감춘 채 내면의 격정을 지그시 억누르며 넓은 어깨를 조용히 들먹이기 시작한 것이다. 그는 울고 있었다. 로즈위타 때문일까? 혹은 나이절 때문에? 그것도 아니면 자신의 운명 때문에?

"이보게," 캐드펠이 화난 듯, 그러면서도 반쯤은 인자한 어조로 입을 열었다. "자네는 이제 열아홉 살밖에 되지 않았어. 아직 인생을 시작하지도 않은 셈이지. 그런데 살면서 처음으로 시련에 부딪쳐 하느님에게 버림받았다고 생각하는 건가? 절망은 치명적인 죄지만 더 고약한 건 어리석음이야. 자네에겐 친구들이 많고, 하느님은 항상 그러셨듯이 자네가 가는 길을 주의 깊게 지켜보고 계신다네. 그 은혜에 합당한 사람이 되기 위해서는 그저 인내심을 갖고 기다리면 돼. 마음을 꿋꿋하게 다져먹고서 말이야."

메리엣은 얼굴을 감추고 눈물을 참으려 애를 쓰면서도 잔뜩 긴장한 채 숨을 죽이고 있었다. 캐드펠의 얘기를 귀담아듣고 있는 게 분명했다.

"그리고 자네가 알고 싶어 할지는 모르지만……." 캐드펠은 자신도 모르게 한층 격양된 목소리로 말을 이었다. "나 또한 아버지일세. 내게도 아들이 하나 있지. 그 사실을 아는 사람은 나 말고 자네뿐이야."

그런 뒤 캐드펠은 등잔의 심지를 손으로 눌러 끄고는 어둠 속에서 문짝을 두드렸다.

*

이튿날 아침 캐드펠은 다시 징벌방으로 향했다. 그들 중 어느 쪽이 더 초연하고 신중한 태도를 보일지, 그는 내심 궁금했다. 전날 두 사람 모두 애초의 의도보다 훨씬 더 깊은 속내를 드러낸 터였다. 오늘은 별다른 일이 일어나지 않았다. 메리엣은 어떤 약점도 드러내지 않으려는 듯 엄숙하고 차분한 표정으로 일관했고, 캐드펠 또한 무뚝뚝한 표정으로 자신이 할 일만 했다. 이 까다로운 환자의 등을 들여다보고 상처가 거의 다 아물었음을 확인한 뒤, 캐드펠은 더 이상 치료를 받을 필요가 없으니 앞으로 열심히 독서에 전념하며 영혼 정화에 힘쓰는 데 시간을 활용할 수 있을 거라고 말했다.

"그 말씀은." 그의 말에 메리엣이 곧바로 물었다. "수사님이 이만 제게서 손을 떼겠다는 뜻인가요?"

"내가 면회를 요청할 명분이 사라졌다는 뜻일세. 무턱대고 조용한 성찰의 시간을 방해할 수는 없지 않겠나."

"혹시……" 메리엣은 잠시 이맛살을 찌푸리고 돌벽을 응시하다가 긴장된 어조로 입을 열었다. "저를 믿고 비밀을 털어놓았는데 제가 그걸 함부로 발설할까 봐 두려워하시는 건 아니죠? 수사님에 대한 얘기는 누구한테고 일절 하지 않을 겁니다."

"그런 생각은 한 번도 해본 적 없네." 캐드펠은 다소 놀라고 감동하여 그를 바라보았다. "내가 남의 신뢰를 받을 자격도 없는 수다쟁이한테 함부로 그런 얘길 털어놓았겠나? 난 그저, 정당한 이유 없이 함부로 이곳에 출입할 수 없다는 뜻으로 말했을 뿐이야. 나 또한 자네와 마찬가지로 그런 규칙들을 잘 따라야 하는 입장이니까."

엷은 얼음은 이미 녹아 사라진 뒤였다. "아쉽네요." 메리엣이 안도의 미소를 지어 보였다. 나중에 캐드펠은 이 미소를 놀라우리만치 부드럽고 동시에 아주 서글픈 웃음이라 회상할 터였다. "수사님이 오셔서 저를 나무라실 때면 제 죄에 대해 훨씬 더 깊이 성찰할 수 있었는데 말이죠. 혼자 있을 땐 여전히 제롬 수사의 입속에 그 사람 샌들을 구겨 넣고 싶다는 생각이 들곤 하거든요."

"남들의 귀에 들어가서는 안 될 일종의 고해 같은 것이라 생각해두겠네." 캐드펠은 말했다. "열흘의 기한이 끝날 때까지는 여기서 혼자 속죄의 고행을 해나가게나. 난 자네가 회개의 가망이 없는 구제불능의 인간이라 생각하지 않아. 열심히 노력하면 될 걸세."

캐드펠이 출구에 다가서서 문을 두드리려는데, 뒤에서 메리엣의 근심 어린 목소리가 들려왔다. "캐드펠 수사님……." 고개를 돌리자 그가 걱정스레 물었다. "여기 분들은 저를 어떻게 할 작정인 거죠?"

"쫓아내지는 않을 걸세." 캐드펠은 솔직하게 대답했다. 무엇도 변하지 않은 지금, 그에게 사실을 감출 이유가 없었다. 메리엣은 한시름 놓은 듯했다. 그가 무엇보다 듣고 싶어 한 대답이었으리라. 하지만 그렇다고 아주 행복해하는 얼굴도 아니었다.

캐드펠은 왠지 맥이 빠진 상태로 징벌방을 나섰다. 그리고 그날 하루 종일, 자기와 마주치는 모든 사람들에게 심술을 부렸다.

7

이탄 늪지대로 나갔던 휴는 신통한 소식 하나 얻지 못한 채 돌아와 수도원으로 사람을 보내서 캐드펠을 저녁 식사에 초대했다. 사실 그런 초대가 아니더라도 캐드펠에겐 이따금씩 그 집에 들러도 좋을 충분한 명분이 있었다. 이제 태어난 지 열 달 된 자일스 베링어의 대부가 바로 그였고, 훌륭한 대부라면 무릇 대자가 잘 자라는지 신경을 써야 하니 말이다. 자일스가 튼튼한 신체와 좀처럼 지칠 줄 모르는 에너지를 지닌 아이라는 점에는 의문의 여지가 없었다. 하지만 휴는 여느 아버지들처럼 제 아들이 벌써부터 유별나게 개구쟁이 짓을 해댄다며 자랑 아닌 자랑을 섞어 짐짓 품성에 대한 의구심을 늘어놓곤 했다.

얼라인은 남편과 손님의 식사 시중을 들다가 아들의 눈꺼풀이

처지는 것을 보고는 콘스턴스에게 아이를 맡겨 재우게 했다. 어려서부터 아이 어머니의 충직한 하녀이자 친구였던 콘스턴스는 이제 아이의 헌신적인 노예가 되어 있었다. 단둘이 남은 캐드펠과 휴는 얼마간 각자가 알아낸 새로운 정보를 교환했지만, 유감스럽게도 이렇다 할 성과는 거의 없었다.

"늪지대 사람들을 만나봤는데, 악인이든 희생자든 간에 낯선 사람은 전혀 본 일이 없다고 입을 모으더군요." 휴가 말했다. "하지만 말이 그곳으로 도망쳐 갔으니 말 주인이 거기서 멀지 않은 곳에 있는 건 분명합니다. 살아 있는 그 사람을 다시 만날 가능성이 전무하다는 제 생각에는 변함이 없어요. 아마 이끼 연못 중 어딘가에 시신이 잠겨 있겠죠. 아무튼 엘뤼아르 참사회원에게 사람을 보내 당시 클레멘스가 어떤 소지품들을 갖고 있었는지도 확인해보았습니다. 그 사람은 아주 잘 차려입었고, 보석으로 된 장신구들까지 착용했다더군요. 그것만으로도 노상강도들을 유혹하기에는 충분하죠. 만일 그 사람이 노상강도를 당했다면 이는 근래들어 슈루즈베리 북쪽에서 벌어진 최초의 강도 사건일 겁니다. 우리가 그 일대에서 샅샅이 수색 작업을 벌였으니 다시 얼마간은 일절 모습을 보이지 않을 거고요. 실제로 최근 그 지역에서 강도들에 괴롭힘을 당한 여행자들은 하나도 없었죠." 휴는 한숨을 쉬고서 말을 이었다. "사실 제 생각은 조금 달라요. 그 늪지대를 지나는 외지인들은 자칫 이끼 연못에 빠지기 십상이거든요. 어디가 안전한 길이고 어디가 안전하지 않은 곳인지 전혀 모르니까요. 보아하니 피터 클레멘스 역시 그런 운명을 겪지 않았나 싶습니다. 일단 그곳에 치안관 하나와 다른 두 사람을 남겨뒀고, 현지 주민들 역시 그 일대를 수색하는 일을 돕고 있습니다."

이것이 누군가 감쪽같이 사라진 사건에 대한 가장 그럴싸한 설명이라는 점에는 캐드펠도 동의하지 않을 수 없었다. "한 사건에 뒤이어 또 다른 사건이 일어났다는 이유만으로 그 둘 사이에 필연적인 인과관계가 존재한다고 단정할 수는 없네. 그건 자네도 알고 나도 알지. 그러나 사람의 마음이라는 게 참 신기하지. 그 둘 사이에 모종의 관계가 있으리라는 의구심을 뿌리치기가 힘드니 말일세. 자, 여기서 누구도 예상하지 못한 두 가지 의외의 사건이 일어났네. 그 하나는 클레멘스가 애스플리 영지를 찾아왔다가 떠난 일이지. 하나도 아니고 몇 사람이나 그와 함께 말에 올라 얼마쯤 가다가 정중하게 작별 인사를 나누고 돌아왔으니 클레멘스가 그곳을 떠난 건 분명한 사실이네. 그리고 이틀 뒤, 그 집의 작은아들이 수도원에 들어가겠다고 선언하는 사건이 일어났네. 물론 그 두 사건 사이엔 아무 관련이 없어. 한데 나로서는 그것들을 도무지 떨어뜨려 생각할 수가 없단 말이야."

"그렇다면 수사님은 그 청년이 누군가의 죽음에 연루되어 수도원으로 피신했을 수도 있다고 생각하시는 건가요?" 휴가 직접적으로 물었다.

"아니." 캐드펠은 단호하게 대답했다. "내 마음속에 뭐가 있는지는 묻지 말아주게. 그저 안개와 혼돈뿐이니까. 하지만 그 안개 뒤에 무엇이 도사리고 있든, 나로서는 그 아이가 누군가의 죽음과는 무관하다고 확신하네. 수도원에 들어오겠다고 나선 동기에 대해서야 알 수 없지만 아무튼 살인죄 때문에 피신한 것 같지는 않아." 그렇게 대답하는 순간에도 캐드펠의 머릿속에는 과수원 풀밭에 쓰러져 피를 흘리던 울스턴의 모습과 그 광경을 보고 공포로 얼어붙은 메리엣의 얼굴이 생생하게 떠올랐다.

"수사님의 말씀을 존중하긴 합니다만, 그래도 저로서는 그 이상한 젊은이를 제 통제권 안에 두고 싶습니다." 휴는 솔직하게 말을 이었다. "필요하다 싶을 때는 언제든 만날 수 있는 곳에 말이죠. 한데 그 친구를 세인트자일스로 보내신다고요? 저 구석, 그것도 여차하면 숲과 히스밭으로 쉽게 달아날 수 있는 곳으로요!"

"걱정할 것 없네. 그 아이는 달아나지 않을 테니까. 달아나봐야 갈 데도 없어. 그 아이 아버지가 아들을 받아주지 않겠다 공언했거든. 어차피 그 아이도 달아날 마음이 전혀 없으니 그런 일은 일어나지 않을 걸세. 그 친구 마음속엔 그저 하루빨리 서약을 하고 싶은 소망뿐이야. 최종적으로 서약을 하고 영영 돌아올 수 없는 길로 들어서려는 생각밖에 없지."

"그럼 그 청년이 바라는 게 영원한 감금 상태란 말인가요?" 휴는 검은 머리를 한쪽으로 삐딱하게 기울이며 딱하다는 듯 엷게 웃었다.

"그래." 캐드펠은 진지하게 대답했다. "그동안 쭉 봐왔는데,

그 아이는 자기에게 다른 길이 전혀 없다고 생각하는 것 같아."

*

속죄의 고행을 끝내고 골방에서 나온 메리엣은 오랫동안 냉기 어린 어둠 속에만 머문 탓에 11월 아침의 여린 빛에도 연신 눈을 깜박였다. 수사회에 출두해 엄숙하고 무표정한 수사들 앞에 의연한 자세로 서서 조용한 목소리로 처벌의 정당성을 인정하며 자신의 죄를 용서해주십사 청하는 그를 보며, 캐드펠은 크나큰 안도와 은근한 감탄을 느꼈다. 메리엣은 형편없는 식사로 인해 좀 여윈 듯했고, 여름 햇볕에 매끄러운 구릿빛으로 그을렸던 피부는 상아처럼 창백한 빛을 띠고 있었다. 이제 그의 태도는 꽤 고분고분했다. 그게 아니면 남들의 호기심이나 비난, 적개심 같은 것들에 마음이 흔들리지 않도록 자신의 내면 깊숙이 물러앉는 법을 배웠거나.

"저는 제가 마땅히 해야 할 일을 배우고 그걸 성실히 이행하고 싶습니다." 그는 말했다. "지금, 적절한 처분을 받고자 이 자리에 섰습니다."

이미 캐드펠에게서 수도원 측의 의도를 전해 들은 터였지만 그는 이 사실을 아무에게도, 심지어 폴 수사한테도 발설하지 않았다. 과연 해야 할 말과 하지 말아야 할 말을 가릴 줄 아는 젊은이였다. 이소다한테서 들은 얘기를 종합해보건대, 메리엣은 그동안

매사 혼자 생각하고 결단하고 행동해온 게 분명했다. 아마 아주 어릴 적부터 그랬으리라. 부모가 자기를 형만큼 사랑하지 않는다는 사실을 마음 깊이 깨닫고부터, 자기를 경시하는 이들에게서 약간의 관심이나마 얻기 위해 일부러 말썽을 피우고 완강하게 고집을 부리곤 했을 것이다. 그렇게 해서 그들은 더욱더 그를 배척했고, 결국 그는 누구의 사랑도 받지 못하는 비참한 처지에 빠졌으리라.

이제껏 불행 속에서 살다시피 한 아이를 앞에 두고, 살면서 처음으로 시련에 부딪쳐 하느님에게 버림받았다고 생각하느냐며 나무라다니…… 캐드펠은 그에게 훈계를 늘어놓은 것이 너무나 후회스러웠다.

수도원장은 이미 속죄의 대가를 치른 잘못들은 모두 과거지사로 돌리며, 이제 수도원 측에서 어떤 처분을 내릴 것인지에 대해 엄숙하면서도 부드러운 어조로 설명해주었다. "오늘 오전에는 우리와 여기 머물고 그대의 동료들과 함께 식당에서 점심 식사를 하시오. 오후에는 캐드펠 형제가 세인트자일스의 구호소에 약제들을 가져가며 그대와 동행할 것이오."

메리엣을 캐드펠에게 딸려 보낸다니, 캐드펠 자신조차 알지 못했던 새로운 소식이었다. 이는 수도원장이 그를 은밀히 배려하고 있다는 반가운 암시이기도 했다. 수도원장은 그동안 이 골치 아픈 말썽쟁이 견습 수사에게 깊은 관심을 보여온 캐드펠에게 앞으로도 계속 그를 돌보며 잘 살피도록 하라는 암묵적인 지시를 내리고 있었다.

두 사람은 오후 이른 시각에 나란히 정문을 나와 수도원 앞을 지나는 넓은 길로 들어섰다. 부드럽고 습하고 음울한 11월 오후 그 시각에는 통행인들이 그리 많지 않으나, 그래도 지나다니는 사람들은 늘 있었다. 어깨에 자루를 메고 집으로 종종걸음 치는 소년과 그 뒤를 따라 달려가는 개 한 마리, 땔나무를 한 짐 싣고 시내로 향하는 짐마차꾼, 지팡이를 짚고 걸어가는 노인, 시내에서 장을 보고 수도원 앞 동네의 집으로 부지런히 돌아가는 튼튼한 아녀자 둘, 말을 몰고 느긋하게 다리께로 향하는 휴의 부하 한 사람. 열흘간 희미한 등잔 빛만 받으면서 석조 골방에 갇혀 지내던 메리엇은 눈을 휘둥그레 뜨고 바쁘게 주위를 둘러보았다. 표정은 엄숙하고 고요했지만 두 눈은 온갖 빛과 움직임들을 허겁지겁 더듬고 있었다. 정문에서 세인트자일스 구호소까지의 거리는 800미터도 채 되지 않았다. 수도원 담장을 따라 이어진 길과 마시장의 넓은 풀밭을 지나 수도원 앞 동네 사이로 곧게 뻗은 길을 따라 얼마간 나아가자 아담한 숲과 정원들이 딸린 집들이 점점 드물어지다가 마침내 활짝 트인 전원 풍경이 나타났다. 길이 양쪽으로 갈라지는 그 지점에서 구호소의 낮은 지붕과 도로 왼편으로 살짝 솟은 부속 예배당의 땅딸막한 탑이 시야에 잡혔다.

메리엇은 그곳을 유심히 바라보았으나, 열의 같은 건 찾아볼 수 없는, 그저 자기에게 배정된 작업장이 어떤 곳인가 살펴보는 냉정한 눈빛이었다.

"여기엔 환자들이 몇 명이나 있죠?"

"적을 땐 다섯 명에서 많을 땐 스무 명까지 있지. 숫자가 늘 들쭉날쭉해. 일부 사람들은 한곳에 오래 머물지 않고 이곳저곳에 있는 나환자 수용소를 떠돌아다니는가 하면, 증세가 너무 중해 그대로 눌러앉는 이들도 있거든. 그런 사람들이 죽으면 수용 인원이 줄지만 새로 온 사람들이 다시 빈자리를 채우지. 자네는 감염될까 봐 두렵지 않나?"

"전혀요." 메리엣은 아주 무심하게 대답했다. 마치 '그런 게 뭐가 무서워요? 병 따위가 제게 어떤 위협을 줄 수 있겠어요?'라고 말하는 듯했다. "그 마크 형제라는 분이 이곳의 모든 걸 책임지고 있는 겁니까?" 그가 물었다.

"속인 상관이 하나 있어. 수도원 앞 동네에서 사는 점잖고 사람 좋은 관리인이지. 업무 보조원도 둘 있고. 하지만 마크가 환자들을 주로 돌보고 있네. 자네가 적극적으로 나서주면 마크에게 큰 도움이 될 거야." 캐드펠은 쾌활하게 말을 이었다. "자네와 함께 일하게 되어 그 친구가 아주 좋아하겠구먼. 마크는 예전에 허브밭에서 내 일을 성심성의껏 돕다가 가난한 사람들이나 집 없이 떠도는 이들을 돕고 싶은 마음에 이리로 왔어. 이제 다시 그 친구를 내 곁으로 불러오기는 그른 것 같구먼. 이곳에는 늘 그 친구의 도움을 필요로 하는 사람들이 있으니. 한 사람을 잃으면 또 한 사람이 찾아오곤 하지."

캐드펠은 자신이 가장 아끼는 제자를 지나치게 칭찬하지 않으려 조심스레 말을 골랐다. 그럼에도 마침내 완만한 경사로를 올라가 높은 곳에 자리 잡은 구호소 겸 병원의 산울타리와 낮은 포치를 지나서 건물 안의 작은 책상 앞에 앉아 있는 마크 수사를 만났을 때, 메리엣은 여간 놀라지 않았다. 마크 수사는 이맛살을 찌푸린 채 서류 장부를 들여다보며 소리 없이 입술을 놀리면서 양피지로 된 서류에 숫자들을 하나하나 기록하고 있었다. 시원찮은 깃펜으로 힘들여 글씨를 쓰느라 손가락은 온통 잉크투성이에, 간혹 생각이 막힐 때마다 괜스레 밀짚 빛깔의 뻣뻣한 머리칼을 쓸어 올린 탓에 눈썹과 정수리 곳곳에도 잉크 얼룩들이 묻어 있었다. 작고 여윈 체구에 평범한 얼굴을 한 마크 수사 역시 돌봐줄 부모 없이 힘겹게 살아온 젊은이였다. 그들이 병원 안으로 들어서자 마크는 그들을 올려다보더니 사심 없는 환한 미소를 머금었고, 그러자 잔뜩 긴장해 꽉 다물고 있던 메리엣의 입이 저절로 벌어졌다. 캐드펠이 마크를 소개하는 내내 메리엣은 놀란 심경을 그대로 드러내며 상대를 멍하니 바라보았다. 열여섯 살 먹은 소년처럼 초라하고 연약한 데다 왠지 허기져 보이는 이 조그만 사람이 스무 명이나 되는 병자와 불구자, 걸인, 부랑자, 노인을 돌보고 있다니!

"약 자루를 가져오는 길에 메리엣 형제도 함께 데려왔지." 캐드펠이 입을 열었다. "이 친구가 앞으로 여기 함께 머물면서 일을 배울 걸세. 자네가 무슨 부탁을 하든 성심성의껏 도와줄 거야. 내가 약장을 채우는 동안 자네는 이 친구가 지낼 공간과 잠자리

166

를 좀 마련해주게나. 그런 다음 더 필요한 게 뭔지 얘기해보도록 하지."

캐드펠은 이 순간 자신이 해야 할 일이 무엇인지 잘 알고 있었다. 자기들끼리 서로 차분히 관찰할 수 있게끔 두 젊은이를 내버려둔 채, 그는 약장 앞으로 가 문을 열고 그 안의 빈 선반들을 하나하나 채워나갔다. 서두를 필요는 없었다. 언뜻 아주 이질적으로 보이지만 사실 메리엣과 마크 수사 사이에는 모종의 공통점이 있었다. 두 곳에 영지를 소유한 영주의 아들과 소작농 집안의 고아가 캐드펠에게는 마치 한 핏줄을 타고난 형제처럼 가깝게 여겨졌으니, 둘 다 부모의 보살핌을 제대로 받지 못한 채 뭇 사람들의 경멸 속에서 자랐으며 나이도 비슷한 터였다. 그렇게 따뜻하고 겸허한 젊은이와 더없이 열정적이면서도 이따금 너그러운 마음을 드러내곤 하는 젊은이가 어떻게 친해지지 않을 수 있겠는가?

캐드펠은 자루를 비우고 어떤 약이 부족한지 유심히 살핀 뒤 다시 두 젊은이에게로 갔다. 마크는 메리엣에게 병동 전체와 예배당, 묘지, 뒤편 담장으로 둘러싸인 과수원까지 차례로 안내했고, 그러는 내내 캐드펠도 약간의 거리를 둔 채 그들을 따라다녔다. 과수원에는 몸을 움직일 수 있는 몇몇 사람들이 낮 동안 신선한 공기를 마시기 위해 나와 앉아 있었다. 가난하고 의지할 데 없는 남녀 어른들과 어린이들, 부모한테서 버림받았거나 부모가 죽어 홀로 남겨진 고아들, 피부병 환자들, 사고로 불구가 된 사람들, 나병 환자와 학질 환자, 땅이나 기술만 얻는다면 당장이라도 일할 수 있을 만큼 건강한 거지들…… 그들을 바라보며 캐드펠은 자신의 고향을 떠올렸다. 웨일스에서는 자선 기관이 아니라 친족들이 나서서 이런 문제들을 보다 쉽게 처리하곤 했다. 그 누가 자기 씨족에 속한 사람을 함부로 끊어낼 수 있겠는가? 어떤 일이 있어도 친족 집단은 제 구성원을 보살피고 지지할 것이며, 그를 의지할 데 없는 상태로 방치하거나 먹을 게 없어 굶어 죽도록 내버려두지 않을 터였다. 하지만 웨일스에서도 친족이 없는 사람들은 외로운 처지에 빠지기 마련이었다. 도망친 농노나 땅을 빼앗긴 소작농, 불구가 되어 쫓겨난 노동자 같은 이들. 그리고 가난한 사람들, 매춘부, 행실이 나쁜 여자들, 남편이 게으르거나 먼데 가 있는데 애들은 줄줄이 딸려 있는 여자들, 무능력하면서 정직하지도 않은 사람들.

캐드펠은 두 젊은이를 남겨둔 채 빈 자루와 든든한 믿음만 갖고서 조용히 구호소를 떠나면 되었다. 마크에게 새 형제의 사연에 대해서는 한마디도 귀띔할 필요가 없었다. 그들이 순수한 형제애 속에서 스스로 알아서 하도록 놔두면 되리라. 형제애라는 것이 정말로 사람들의 마음을 움직일 힘을 지녔다면, 마크가 아무 편견 없이 판단하게 가만 내버려두는 편이 제일 좋을 것이다. 누가 알랴? 당장 일주일 뒤에는 연민 어린 시선을 거치지 않고도 그대로 드러난 메리엣의 긍정적인 측면을 새롭게 알아낼 수 있을지.

캐드펠이 그곳을 떠날 무렵 두 젊은이는 조그만 과수원에서 아이들이 이리저리 돌아다니며 노는 광경을 바라보고 있었다. 그중 네 아이는 마음대로 달릴 수 있었고, 한 아이는 목발을 짚고 돌아다녔다. 또 아홉 살 난 다른 아이는 강아지처럼 네발로 빠르게 기어다녔는데, 혹독한 겨울 추위에 노출되어 동상에 걸린 두 발의 발가락들이 모조리 썩어서 떨어져 나간 탓이었다. 마크는 가장 어린 아이의 손을 잡은 채 메리엣을 데리고 과수원을 한 바퀴 돌았다. 메리엣은 아무런 마음의 준비가 되어 있지 않았지만 그 충격적인 광경 앞에서 충격이나 혐오의 기색을 전혀 드러내지 않았다. 그는 허리를 숙여 자기 다리 주위를 기어다니는 소년의 팔을 붙잡았다가, 아이가 일어설 수 없고 그래서 누가 자신을 억지로 일으키려는 걸 꺼리는 기색을 알아채고는 얼른 땅바닥에 엎드려 아이와 눈을 맞춘 채 열심히 이야기를 들어주었다.

*

그것으로 충분했다. 흡족한 기분으로 그곳을 떠난 캐드펠은 이후 며칠간 그들을 내버려두었다가, 만성 궤양 증세를 지닌 한 거지를 치료하러 간다는 핑계를 대고 마크 수사와 만날 기회를 만들었다. 하지만 구호소에 있는 내내, 그리고 그를 배웅하느라 밖으로 따라 나올 때까지 마크는 메리엣에 대해 한마디도 꺼내지 않았다.

"새로 온 그 젊은이는 좀 어떤가?" 결국 캐드펠이 먼저 그에게 물었다. 일을 배우기 시작한 여느 견습생의 안부를 물을 때처럼 무심하고 편안한 말투였다.

"아주 잘하고 있어요." 마크는 쾌활하게 대답했다. "가만 내버려두면 지쳐 떨어질 때까지 일하려 들더라고요." 물론 그렇겠지, 캐드펠은 생각했다. 피할 수 없는 현실을 잊는 방법 중 하나가 바로 그거니까. "애들한테도 참 잘하고요. 다들 그 친구만 졸졸 따라다니고, 틈만 나면 그 사람 손을 잡아요." 이 역시 그럴 만한 일이다. 다른 어른들처럼 대답하기 싫은 질문을 던지거나 요모조모 재려 드는 대신 자신을 완전히 믿어주는 그 젊은이에게 아이들은 사심 없이 달라붙을 것이다. 그 역시 아이들과 함께 있을 때면 끊임없이 자기를 지키려는 노력을 할 필요가 없을 것이고. "저만큼 여기 사람들을 대하는 일에 익숙하지는 않지만, 가장 흉측한 환자를 보고도 질겁을 하거나 움츠러드는 법이 없어요. 또 아주 역겨운 일도 마다하지 않습니다. 여기 있는 사람들에 대한 연민으로 늘 가슴 아파해요."

"이곳에서 일하는 사람이라면 마땅히 그래야지." 캐드펠이 대답했다. "환자를 돌보려면 때로 초연하고 냉정한 자세도 필요하겠지만, 그것만으로는 부족한 법이야. 자네와 함께 있을 때는 어떻던가? 제 신상 얘기를 하던가?"

"아뇨, 전혀." 마크는 빙그레 웃었다. 상대가 그렇게 나오는 게 그에겐 그리 이상하지 않은 일이었다. "절실히 얘기하고 싶은 게 없는 것 같습니다. 아직까지는요."

"자네가 그 친구에 관해 알고 싶은 것도 없고?"

"수사님이 생각하시기에 제가 알아야 할 것이 있다면 기꺼이 듣겠습니다. 하지만 가장 중요한 점은 저도 이미 알고 있는 것 같군요. 지금껏 자신과 다른 사람들, 혹은 불운한 상황들로 인해 어떤 파국을 겪었는지 모르지만, 그 사람이 천성적으로 정직하고 마음이 맑다는 건 분명히 알겠습니다. 전 그저 그 친구가 더 행복해졌으면 좋겠어요. 그 사람이 웃는 소리도 듣고 싶고요."

"자네 자신을 위해서가 아니라 그 친구를 위해서라도, 자네는 나보다 그의 모든 것에 대해 더 잘 알고 있어야 할 거야." 그러면서 캐드펠은 그동안 메리엣이 숙사에서 벌인 여러 가지 소동에 관해 자세히 들려주었다.

"그 친구가 왜 다락에 잠자리를 마련하고 싶어 했는지 이제 알겠네요." 이야기가 끝나갈 즈음 마크가 말했다. "잠을 자다가 자기도 모르게 이미 혹심한 고통을 겪어온 이들을 놀래고 불안하게 만들까 봐 걱정했던 거예요. 처음엔 제가 그 사람과 함께 잘까도 생각해봤는데, 그러지 않는 편이 낫겠다는 결론을 내렸죠. 그 사람에게 그럴 만한 이유가 있으리라는 느낌이 들었거든요."

"그 친구가 저지른 다른 모든 일들에도 타당한 이유가 있을까?" 캐드펠이 물었다.

"그럴 수밖에 없었던 이유는 분명 있을 겁니다. 그 이유라는 게 전적으로 타당하냐는 다른 문제지만요." 마크는 심각한 어조로 결론을 맺었다.

*

마크 수사는 새로 알게 된 사실들에 대해 메리엣에게 한 마디도 꺼내지 않았다. 메리엣이 자신의 잠자리로 정한 헛간의 다락에 따라 올라가 자려는 생각을 완전히 단념한 건 물론이요, 그 일에 관해서도 일절 언급하지 않을 것이었다. 하지만 다음 사흘 동안 그는 사위가 고요해지면 조용히 잠자리를 빠져나와 헛간으로 살그머니 들어가서는 위에서 무슨 소리가 나는지 귀 기울여보았다. 평화롭게 잠든 사람의 길고 고른 숨소리, 이따금씩 몸을 뒤척이는 소리와 한숨 소리 말고는 아무것도 들리지 않았다. 간혹 무거운 것이 가슴을 짓누르는 듯 보다 깊은 한숨 소리가 나오기도 했지만 비명이나 고함은 없었다. 세인트자일스에서 메리엣은 매일 밤 지쳐 떨어지기 직전에야 뿌듯한 충족감과 함께 잠자리에 들어 꿈도 꾸지 않고 곤하게 잤다.

*

구호소를 후원하는 이들 중에서도 최대의 후원자는 바로 왕이었다. 왕은 여러 수도원과 거기 딸린 단체들에 많은 시주를 했고, 영주들 역시 보통은 일정 기간 동안 자기네 땅에서 언제든 야생 과일을 따고 죽은 나무를 긁어모으도록 허락했다. 하지만 롱숲 근처에 있는 세인트자일스 병원 사람들이 땔감이나 울타리, 혹은 그 밖의 용도로 쓸 나무들을 채취할 수 있는 건 1년에 딱 네 차례 뿐이었다. 10월에 한 번, 11월에 한 번, 12월 중 날씨 좋은 날 한 번, 그리고 겨울 사이 거진 다 소모된 땔감용 나무를 보충하기 위해 2월이나 3월에 다시 한 번.

메리엣이 구호소에서 생활하기 시작한 지 석 주째 되던 날은 12월치고 꽤나 온화한 날씨였다. 따사로운 아침 햇살 아래 단단하고 건조한 땅을 밟으며 나무하러 가기에 딱 좋은 그런 날. 이제 당분간은 그런 맑고 건조한 날씨가 찾아오지 않을 터였다. 죽은 나무들이 바싹 말라 이리저리 나르기 좋으니 만일 한 군데 쌓아 놓은 잡목 무더기라도 발견하면 횡재를 하는 셈이었다. 이런 날에는 그런 것들을 들고 간다고 뭐라 할 사람도 없으리라. 마크 수사는 몇 차례 코를 킁킁거리며 공기 냄새를 맡아보더니 이날을 공휴일로 삼아야겠다고 선언했다. 그들은 두 대의 가벼운 손수레와 나뭇단을 잡아 묶을 밧줄들을 끌어내고 음식이 든 커다란 가죽 통을 수레에 실은 뒤 한가로이 숲속으로 행군해갈 사람들을 모두 불러 모았다. 따라가고 싶기는 하나 제대로 몸을 움직일 수 없는 이들은 구호소에 남아 그들이 돌아오기만을 기다려야 했다.

그들은 캐드펠 수사가 애스플리로 갈 때 거쳤던 큰길 오른편에 난 샛길을 따라 남쪽으로 한동안 걷다가 다시 오른쪽으로 꺾어져 롱숲 가장자리 군데군데 흩어진 잡목림에 들어섰다. 잡목림 사이로 난 오솔길은 꽤 널찍하고 평탄하여 수레를 끌고 가기에 어려움이 없었다. 발가락이 없는 아이는 그 수레들 중 하나에 올라 그들과 함께 갔다. 몸이 아주 가벼운 데다 아이가 몹시도 따라가고 싶어 하는 터라, 그 정도의 수고는 얼마든지 감내할 만했다. 넓은 빈터에 이르자 그들은 아이를 평탄한 풀밭에 내려놓은 뒤 바닥에 떨어진 나뭇가지들을 주워 모으기 시작했다.

메리엣은 평소처럼 굳은 표정으로 일을 시작했으나, 전에 수도원의 과수원에서 그랬듯 시간이 지남에 따라 제 어두운 그늘에서 밝은 햇살 속으로 조금씩 나오는 듯했다. 그는 숲의 신선한 공기를 들이마시며 가벼운 걸음으로 잔디밭을 밟았다. 대지에서 자양분을 섭취하기라도 한 양, 그의 얼굴은 비 온 뒤의 꽃봉오리처럼 점점 환하게 피어났다. 바닥에 떨어진 굵은 나뭇가지들을 줍는 일에 그보다 열심인 사람도, 나뭇단을 잡아 묶어 수레로 나르는 일에 그보다 능숙한 사람도 없었다. 좋은 나뭇가지들이 지천으로 널려 있을 롱숲 경계 안쪽으로 깊숙이 들어설 즈음, 일행은 작업을 중단하고 가죽 통에 든 음식을 나누어 먹었다. 메리엣은 자기 몫의 빵과 치즈와 양파를 먹고 맥주를 마신 뒤, 나무 아래로 가 담쟁이덩굴처럼 풀밭에 사지를 뻗고 누웠다. 발가락이 없는 아이도 다가와 그의 한쪽 팔을 베고 드러누웠다. 누렇게 바랜 무성한 풀밭에 누운 그는 마치 그 땅에서 자라난 식물, 곧 다가올 겨울을 기다리며 반쯤 잠든 한편 새로운 한 해를 예감하며 반쯤 깨어 있는 식물처럼 더없이 자연스러워 보였다.

모두 휴식을 취한 다음 일어나 숲 깊은 곳으로 들어간 지 10분쯤 지났을까? 메리엣은 문득 주위를 유심히 둘러보았다. 그의 시선이 나무들 사이로 엷은 안개의 베일에 감싸인 채 약간 기운 해를 향했다가, 이내 아래로 내려와 오른편에 자리한 이끼투성이 암반의 모양새를 살폈다.

"우리가 어디 와 있는지 알겠어요." 그가 입을 열었다. "첫 망아지를 갖게 되었을 때, 전 이렇게 남서쪽 숲 깊숙이 들어오는 건 고사하고 서쪽에 있는 마을 앞길을 넘어가서도 안 되었어요. 하지만 종종 몰래 여기까지 들어오곤 했죠. 이 근처 어디 숯 굽는 노인의 화로가 있었는데…… 아마 여기서 그리 멀지 않을 겁니다. 1년 전쯤 사람들이 오두막에서 그분의 시신을 발견했죠. 그 노인에겐 대를 이을 자식도 없었어요. 세상 어느 누구도 원치 않을 만큼 외로운 삶을 살아온 분이었죠. 죽으면서 남긴 거라곤 미처 구워내지 못한 한두 무더기의 잘 마른 화목火木이 전부였고요. 함께 가서 보시지 않겠어요, 마크? 잘하면 나무를 잔뜩 얻을 수 있을 텐데요."

그리 의미심장한 내용은 아니나 그가 자신의 어린 시절 이야기를 자진해서 꺼낸 것도, 그렇게 열성적인 모습을 보인 것도 처음이었다. 마크는 기꺼이 그 제안을 받아들였다.

"그곳을 찾을 수 있겠어요? 이미 짐이 꽤 커지긴 했는데, 그래도 잘 굴러가는 수레 한 대 가져가 그곳 나무를 실어 오면 좋겠네요. 그 수레는 여기 잘 부려놨다가 나중에 다시 가지러 오고요. 아직 한낮이니까 시간은 넉넉해요."

"예, 그렇게 하면 되겠네요." 메리엣은 짧게 대답한 뒤 숲 왼

편을 향해 성큼성큼 걸음을 내디뎠다. "다른 분들은 천천히 따라오라고 하세요. 제가 먼저 가서 그곳을 찾아볼게요. 나뭇단을 쌓아둘 공간이 있는 우묵한 빈터였는데……." 메리엇의 모습이 숲 사이로 멀어져가면서 목소리도 희미해졌다. 그러곤 몇 분쯤 아무 기척도 없다가 문득 그의 고함 소리가 들려왔다. 마크로서는 처음 들어보는, 환호에 가까운 소리였다.

소리 나는 쪽으로 가보니 너비가 50보쯤 되는 우묵한 사발처럼 생긴 빈터에 메리엇이 서 있었다. 평탄한 땅은 온통 재투성이였고, 주위에는 나무들이 듬성듬성 서 있거나 바닥에 쓰러져 있었다. 가장자리에는 나뭇가지와 양치식물과 흙을 이겨 엉성하게 지은 오두막이 한 채 서 있었는데, 건물 윗부분이 나무 문틀 위로 폭삭 내려앉은 채였다. 빈터 한끝 마당에 켜켜이 싸여 있는 통나무들도 보였다. 나뭇단 밑에는 거친 풀들이 무성했고 이끼들도 피어 있었다. 빈터는 지름이 다섯 걸음쯤 되는 둥근 가마 두 개가 들어갈 정도로 널찍했다. 무성한 풀들이 가장자리부터 잠식해 들어와 심지어 잿더미 속에서도 강인한 생명력을 발휘하며 선명한 초록빛 새순들을 피워내고 있었다. 그들 가까운 쪽에 있는 가마터는 노인이 마지막 불을 지핀 뒤 깨끗이 치워둔 반면, 그 너머에 있는 가마터는 통나무로 단을 쌓아놓고 그 위에 풀과 나뭇잎과 흙을 덮어 판판하게 다져놓은 듯했다. 그곳 나뭇단은 반쯤 불탄 채 한쪽 면만 제 형태를 유지하고 있었다.

"노인이 마지막 나뭇단을 쌓아놓고 불을 붙이긴 했는데, 그 가마의 나무들이 구워지는 동안 다른 가마를 채울 시간이 없었던 모양이네요." 메리엇이 가마들을 살펴보면서 입을 열었다. "이미 불을 붙여놓은 가마를 돌볼 틈도 없었던 것 같고요. 노인이 죽은 뒤에 바람이 불었나 봅니다. 그래서 나무들이 활활 타기 시작했을 때 그 위의 공간을 메워줄 사람이 없어 한쪽만 폭삭 타버린 거죠. 저 안에서 많은 숯을 얻을 수는 없겠지만 그래도 우리가 가져온 통 하나를 채울 정도는 될 겁니다. 게다가 잘 마른 화목도 잔뜩 있네요."

"내가 숯 굽는 기술을 잘 몰라서 그러는데……" 마크는 호기심 어린 눈으로 주위를 둘러보며 물었다. "저렇게 많은 나무들을 어떻게 모조리 태우지 않고 숯으로 만드는 거죠?"

"우선 저 둥근 가마 중앙에다가 키 큰 말뚝 하나를 박아놓고 주위 밑바닥에 마른 자작을 깐 다음, 다시 그 위에 통나무들을 켜켜이 쌓아요. 그런 뒤 낙엽이나 풀, 고사리 덤불로 나뭇단을 덮고 그 위에 흙을 골고루 덮어 완전히 밀봉하죠. 그 작업이 끝나면 불을 붙이기 전에 중앙의 말뚝을 뽑아내 굴뚝을 만들고요. 그 안에 빨갛게 타는 석탄 덩어리들을 떨궈놓고 잘 마른 나뭇가지들을 집어넣다가 불이 제대로 살아난 뒤 굴뚝을 봉해버리면 가마 전체가 아주 천천히, 뜨겁게 탑니다. 그 불은 때로 열흘이나 지속되기도 하죠. 하지만 바람이 불 땐 나무가 구워지는 동안 가마를 아주 세심하게 돌봐야 해요. 자칫 불꽃이 살아나기라도 하면 안에 있는 나뭇단이 모조리 타버리거든요. 위험하다 싶으면 위에 덮인 흙의 빈틈을 찾아내 봉해버려야 하죠. 그런데 이 가마의 경우에는 그 일을 할 사람이 이미 죽고 없었던 겁니다."

다른 이들도 천천히 나무를 헤치며 이곳으로 올라오고 있을 터였다. 메리엣이 먼저 가마터 안쪽으로 내려가자 마크도 곧장 따라 내려갔다.

"숯 굽는 기술에 정통한 모양이네요." 마크는 빙그레 웃으면서 말했다. "어떻게 그걸 다 알죠?"

"그분은 고집 센 노인네라 사람들과 그리 친밀하게 지내지 못했어요." 메리엣이 켜켜이 쌓인 통나무들 앞으로 다가가며 대답했다. "하지만 저한테는 무척 잘해주셨죠. 한때 전 자주 이곳에 와서 노인을 돕곤 했어요. 그러다 하루는 숯을 모으는 일을 거드느라 지저분해진 옷차림으로 집에 돌아갔다가 심한 꾸중을 들었죠. 옷이 너무 더러워 딱히 둘러댈 말도 없더라고요. 결국 흠씬 두드려 맞은 뒤 앞으로 다시는 이곳에 오지 않겠다고 약속했어요. 그러지 않았다간 망아지를 탈 수 없었으니…… 아홉 살 때였어요. 오래전 일이죠." 그는 자부심과 기쁨이 어린 눈길로 나뭇단을 바라봤다. 그가 맨 위에 있는 통나무를 잡아 뽑아내자, 그 나무에 붙어 살고 있던 수많은 벌레들이 허겁지겁 숨을 곳을 찾아 달아났다.

두 사람은 나무가 잔뜩 실린 손수레 한 대를 풀밭에 잘 놔두었다. 힘 좋은 두 사람이 또 다른 수레 한 대를 끌고 숲 사이를 요리조리 헤치며 그곳으로 왔다. 마당 한끝에 쌓여 있는 통나무 더미

를 보자 다들 기뻐 어쩔 줄 몰라 우르르 달려들어서는 그것들을
수레에 싣기 시작했다.

"이 가마의 흙과 낙엽을 걷어내면 반쯤 탄 나무들이 나올 겁니
다." 메리엇은 말했다. "숯도 좀 있을 거고요." 이어 그는 다 쓰
러져가는 오두막으로 들어갔다가 커다란 나무 갈퀴를 갖고 나
오더니 흉측하게 불타고 그을린 나뭇단에 달려들었다. "이상하
네……." 그가 갈퀴질을 하다 말고 고개를 쳐들어 연신 코를 킁
킁거렸다. "탄내가 아직도 나잖아요. 그 냄새가 이렇게 오래갈
수도 있나?"

아닌 게 아니라 그곳에는 희미한 악취가 떠돌고 있었다. 불이
난 숲에 비가 내리고 바람이 습기를 걷어 간 뒤 나는 퀴퀴한 냄
새. 마크 역시 그 냄새를 식별할 수 있었다. 그는 나뭇단 위에서
넓은 갈퀴로 흙과 낙엽들을 걷어내고 있는 메리엇의 곁으로 다가
갔다. 낙엽 더미에서 풍기는 눅눅한 흙냄새가 그들의 후각을 자
극했다. 갈퀴 날에 뽑혀 나온 반쯤 탄 통나무들이 아래로 굴러떨
어졌다. 마크는 반대편으로 돌아가보았다. 그곳 나뭇단은 회색
잿더미가 되어 폭삭 가라앉은 채였고, 그 재의 일부가 바람을 타
고 숲 가장자리까지 날아가고 있었다. 그곳에 서자 탄내가 한층
강렬해졌다. 마크가 발로 잿더미를 뒤적이니 진한 냄새가 파도처
럼 솟아올랐다. 가마 가까이에 서 있는 나무들의 이파리들은 마
치 불에 그슬린 것처럼 잔뜩 쪼그라들어 있었다.

"메리엇! 이리 좀 와봐요!" 마크가 낮고 다급한 어조로 그를

불렀다.

메리엣은 갈퀴를 흙더미 속에 꽂아 넣은 채 돌아보았다. 갑작스러운 외침에 다소 놀라긴 했지만 그는 차분함을 잃지 않고 흙더미에 꽂힌 갈퀴 자루를 그대로 붙든 채 나뭇단을 돌아 마크가 선 곳으로 몇 걸음 옮겼다. 이어 야트막한 나뭇단 꼭대기의 흙더미에 파묻힌 갈퀴를 힘껏 끌어 내리자, 반쯤 탄 통나무들이 요란한 소리를 내면서 재로 뒤덮인 풀밭에 굴러떨어졌다. 마크가 기쁨으로 가득 찬 메리엣의 얼굴을 보는 것은 그게 처음이었다. 메리엣은 온갖 근심을 다 잊고 열정적으로 일에 몰입해 있었다. "무슨 일이에요? 뭐 이상한 거라도 나왔나요?"

제 형태를 잃지 않은 채 숯으로 화한 통나무들이 굴러떨어지면서 주위에 매캐한 재의 연기를 피워 올리는가 싶더니, 나무가 아닌 다른 무언가가 메리엣의 발치께로 굴러떨어졌다. 얼핏 보아서는 식별하기 힘들 만큼 까맣게 그을리고 갈라진, 바싹 마른 가죽으로 된 물건. 기다란 앞부리에 변색된 버클이 고정되어 있는 승마화였다. 그 승마화에서 길고 딱딱한 것, 불에 타 너덜거리는 넝마들 사이로 상아처럼 하얗게 빛나는 어떤 것이 비어져 나와 있었다.

메리엣은 영문을 모르고 한동안 그것을 물끄러미 내려다보았다. 그의 입술은 들뜬 기분으로 마지막 질문을 던졌던 때의 모양을 그대로 간직하고 있었고, 얼굴 또한 여전히 활기로 넘쳐흘렀다. 이윽고, 마크는 개암 열매 같은 그의 눈에 넘치던 초롱초롱한 빛이 완전한 어둠으로 함몰하고 연약한 얼굴 피부가 일시에 움츠러들면서 공포로 얼어붙는 광경을 목격했다. 일전에 캐드펠이 보았던 것과 같은, 충격적이라 할 만큼 격렬한 변화였다. 메리엣은 죽어가는 사람처럼 가르랑거리는 신음을 내며 뒤로 물러서다가 고르지 않은 땅을 디뎌 풀밭에 털썩 주저앉고 말았다.

8

그의 행동은 참을 수 없는 무언가로부터의 순간적인 후퇴에 지나지 않았다. 몸을 움츠리며 뒤로 물러서고 절대 보고 싶지 않은 것을 시야에서 차단하면서도, 메리엣은 정신을 잃지 않았다. 마크가 통나무를 끌어내리느라 분주하게 움직이는 이들을 놀라게 하지 않고자 조용히 메리엣에게로 달려들었을 때도, 그는 이미 고개를 쳐들고 불끈 쥔 두 주먹으로 땅을 짚어 몸을 일으키려 하고 있었다. 그러나 여전히 그의 몸이 사시나무처럼 떨렸기에 마크는 한 팔로 메리엣을 꼭 감싸 안았다.

"봤죠? 저거 봤죠?" 메리엣이 속삭이듯 물었다. 그들과 구호소 사람들 사이에는 반쯤 탄 통나무 단이 가로놓여 있었고, 그들 쪽을 돌아보는 이는 아무도 없었다.

"예, 봤어요." 마크가 말했다. "일단 저 사람들부터 보내야겠어요. 이 무더기는 일단 내버려두고 더 이상 아무것도 건드리지 말아야 해요. 저쪽 통나무만 들려서 사람들을 어서 구호소로 보냅시다. 함께 갈 수 있겠어요? 저 사람들 앞에서 평소처럼 태연한 얼굴을 할 수 있겠어요?"

"그럼요." 메리엣은 긴장 어린 목소리로 대답하고는 싸늘한 땀이 송송 돋아난 이마를 소매로 문질렀다. "할 수 있어요! 한데 형제님도 정말 제가 본 걸 보신 거죠? 그게 뭔지⋯⋯."

"그게 뭔지 우리는 알고 있어요." 마크가 얼른 말했다. "당신과 나 둘 다. 이제 그걸 확인하는 건 우리가 아니라 사법 당국이 할 일이에요. 우리는 그 사람들이 잘 볼 수 있게끔 이대로 내버려두면 되죠. 굳이 그걸 다시 들여다볼 필요도 없어요. 아마 당신보다는 내가 더 자세히 봤을 거예요. 저기 뭐가 있는지 확실히 봤다고요. 자, 우리가 해야 할 일은 다른 사람들의 즐거운 하루를 망치지 말고 조용히 구호소로 데려가는 겁니다. 나랑 같이 가서 수레에 나무 싣는 일을 감독할 수 있겠어요?"

메리엣은 대답 대신 어깨를 쫙 펴고 크게 심호흡을 한 뒤 여전히 자신을 감싸고 있는 여윈 팔에서 단호하게 몸을 뺐다. "준비됐어요!" 그는 사람들을 그리로 불러들일 때처럼 활달하고 기운찬 목소리로 대답하고는 나뭇단을 돌아 가마 밖으로 나가더니 통나무들을 수레로 옮겨 싣는 일에 끼어들어 미친 듯 일을 돕기 시작했다.

마크는 자신이 메리엇에게 했던 말을 지키기 위해서라도 잿더미 속에 감춰진 것에는 눈길 한 번 주지 않을 생각이었다. 하지만 다른 사람들이 일에 열중해 있는 동안 그는 가마 주위를 유심히 살피지 않을 수 없었다. 거기엔 더 깊이 생각해봐야 할 만한 몇 가지 사실들이 있었다. 갈퀴가 통나무와 흙과 낙엽을 끌어 내리며 소동이 벌어진 탓에 미처 입 밖에 내지 못했으나, 처음 메리엇을 불렀을 땐 그에게 다른 할 말이 있던 터였다.

그들은 수레 가득 통나무를 실었다. 자리가 부족해 발가락 없는 아이는 메리엇의 등에 업혀 돌아가야 했다. 아이가 꾸벅꾸벅 졸면서 목을 감고 있던 두 팔이 스르르 풀리자 메리엇은 아이의 몸을 앞으로 돌려 그 아맛빛 머리를 자신의 어깨에 편히 기대게 한 뒤 한쪽 팔로 떠받치고 걸었다. 아이의 몸은 무척 가벼웠고, 그의 가슴에 닿는 체온은 너무도 따뜻했다. 마크는 줄곧 메리엇을 조심스레 살피며 생각에 잠겼다. 저 사람은 또 어떤 짐을 지고 가는 것일까? 아이의 몸보다 훨씬 더 무겁고 얼음처럼 싸늘한, 보이지 않는 그 어떤 짐을…… 이제 메리엇은 바위처럼 굳건한 자세로 묵묵히 걷고 있었다. 질겁했던 한순간은 지나갔고, 다시는 그런 실수를 하지 않을 것이었다.

세인트자일스에 돌아오자, 메리엇은 소년을 잠자리에 눕힌 뒤 다른 이들을 도와 헛간으로 이어지는 완만한 경사로로 수레를 밀어 올렸다. 그 통나무들은 헛간의 낮은 처마 밑에 쌓아두었다가 필요할 때마다 톱으로 자르고 도끼로 쪼개 쓸 작정이었다.

"이제 난 슈루즈베리에 가봐야겠어요." 마크가 말했다. 다들 나무를 하느라 피곤해하면서도 들뜬 마음으로 잠자리에 들 시각이었다.

"예," 버팀벽 구실을 하는 통나무들 사이에 나무들을 차곡차곡 쌓아 올리던 메리엣은 고개도 돌리지 않은 채 대답했다. "누군가는 가봐야겠죠."

"형제는 사람들이랑 여기 있도록 해요. 일이 끝나는 대로 돌아올게요."

"그렇게 하죠. 다들 참 행복해하네요. 즐거운 하루였어요."

*

마크 수사는 시내로 들어서기 전 수도원 문지기실 앞에서 잠시 고민에 빠졌다. 캐드펠 수사에게 먼저 알려야 하지 않을까 하는 생각이 들어서였다. 물론 왕의 법률을 시행할 책임을 맡은 관리들에게 당장 이 모든 내용을 통보하는 것이 마땅하지만, 그에게 메리엣을 맡긴 사람은 바로 캐드펠 수사 아닌가. 그는 숯 굽는 가마에서 발견한 그 끔찍한 것들이 메리엣과 모종의 관련성을 갖고 있다는 사실을 확신하고 있었다. 그것들을 본 순간 극단적이라 할 정도로 충격을 받아 질겁하며 물러서던 메리엇의 모습은 아무래도 자연스럽지가 않았다. 개인적인 관련이 있지 않고서야 그렇게까지 놀랄 수 있을까? 물론 메리엣은 자신이 그런 걸 보게 되리라 꿈에도 생각지 못했다. 그러나 그걸 발견한 순간 그게 뭔지 알았다는 점에는 의문의 여지가 없었다.

그렇게 문지기실 앞의 아치 통로에서 어떻게 할지 망설이고 있는데, 마침 저녁기도 전에 흉통이 심한 수도원 앞 동네의 노인을 치료하러 다녀오던 캐드펠이 마크를 발견하고는 그의 어깨를 가볍게 두드렸다. 고개를 돌린 마크는 하늘이 자비를 베풀어 자신이 안고 있는 문제에 대한 대답을 제시해주셨음을 깨닫고 기쁘게 캐드펠의 소매를 붙잡았다.

"저랑 같이 휴 베링어 님을 만나러 가주셨으면 합니다. 오늘 롱숲에서 그분이 처리해야 할 끔찍한 무언가를 발견했거든요. 그러잖아도 수사님을 만났으면 했어요. 사실 메리엣도 그 자리에 함께 있었는데, 제가 보기엔 이 일이 그 친구랑 모종의 관련이 있는 것 같아서⋯⋯."

캐드펠은 날카로운 눈으로 마크를 응시하다가 그의 팔을 붙잡고 시내 쪽으로 잡아끌었다. "그럼 가세. 숨 좀 돌린 다음 자세한 얘기를 해봐. 혹시 누가 날 찾을지 몰라 예정보다 일찍 돌아오던 참이니, 자네나 메리엣을 위해 한두 시간쯤 더 지체해도 상관없겠지."

그리하여 그들은 휴와 그의 가족이 살고 있는 세인트메리 교회 근처의 사택으로 향했다. 다행히 휴도 하루 일을 마치고 집에 돌아와 저녁 식사를 기다리고 있었다. 그는 두 사람을 반갑게 맞아들였으나 금세 다급한 용무가 있음을 눈치채고는 음식이니 술이니 권하지 않고 곧장 마크의 말에 귀를 기울여 그 작은 가슴에서 모든 근심거리를 덜어내도록 해주었다. 마크는 마치 급류에 가로놓인 징검다리를 디디듯 아주 신중하게 말을 골라가며, 자신이 목도한 사실들을 하나하나 세심하게 설명했다.

"……그쪽으로 갔는데, 나뭇단 근처에서 이상한 것들이 눈에 띄더라고요. 거기 통나무들은 모두 불타 바람에 재를 날리고 있었어요. 그쪽 가마 근처에 있는 나무들의 가지도 불에 그슬린 데다, 이파리들은 갈색으로 시들었거나 잔뜩 쪼그라든 상태였고요. 그래서 같이 좀 보자고 할 생각으로 메리엇을 불렀죠. 불이 난 지 오래되지 않은 게 분명했어요. 갈색으로 그을린 나뭇잎이 전부 올해 돋아난 것들이고, 재가 회색빛을 띠고 있는 것으로 보아 그역시 몇 주 되지 않았을 거거든요. 메리엇은 금방 제게 왔는데, 오면서 흙더미에 파묻힌 갈퀴 자루를 그대로 붙잡은 채 불타지 않은 나뭇단 윗부분을 잡아 내리더군요. 그 바람에 통나무와 흙과 나뭇잎 들이 한꺼번에 무너져 내렸고, 그 와중에 문제의 물건도 함께 우리 발치께로 굴러 내려온 겁니다."

"목격한 사실들을 아주 간단명료하게 전하는 재주가 있구먼." 휴가 격려하듯 부드럽게 말했다.

"그건 요즘 유행하는 앞부리가 긴 승마화였어요." 마크는 말을 이어갔다. "불에 그슬려 바싹 마른 데다 심하게 쪼그러들고 뒤틀려 있긴 했지만 완전히 타지는 않았더군요. 그리고 그 안에는, 불에 타 재가 된 바지 자락으로 감싸인 사람의 다리뼈가 들어 있었습니다."

"무척 놀랐겠군. 그게 확실하오?" 휴가 위로하듯 그를 바라보았다.

"그럼요. 둥그런 무릎관절이 나뭇단 밖으로 튀어나와 있는 것도 똑똑히 봤습니다. 그 윤나는 뼈도 거기서 떨어진 게 분명해요." 마크 수사는 다소 창백한 얼굴로 담담하게 대답했다. "흙과 통나무가 무너져 내릴 때 다리뼈가 떨어져 나온 겁니다. 틀림없이 거기 시신이 있어요. 불은 시신이 있는 반대편에서 일어났고, 아주 강한 바람이 그걸 꺼버린 것 같습니다. 좀 늦었지만 최소한 그 사람의 뼈만은 수습하여 기독교인답게 매장해줄 수 있을 겁니다."

"당신의 판단이 맞는다면 정중하게 수습해야지." 휴는 말했다. "자, 더 얘기해보시오. 메리엣도 그 광경을 봤을 텐데, 그다음에는 어떻게 됐소?"

"그는 심한 충격을 받고 얼이 빠졌습니다. 자기가 어렸을 적 그곳에 가끔 와서 숯 굽는 노인네를 도와줬다는 얘기를 한 참이었거든요. 거기서 어떤 일이 일어났건, 그 친구는 자기가 얘기한 것 외에 다른 일에 대해서는 아무것도 모르고 있을 겁니다. 제가 일단 우리 구호소 사람들을 조용히 보내야 한다고 말하자 그는 용감하게 자기 역할을 다했어요. 우리가 발견한 건 전부 그대로 내버려뒀습니다. 아니, 정확히는 우리가 아무것도 모르는 채 어질러놓은 그대로요. 내일 아침에 제가 나리를 그곳으로 안내하겠습니다."

휴는 잠시 생각에 잠겼다가 입을 열었다. "그 일은 메리엣 애스플리에게 맡기는 편이 나을 것 같소. 당신이 우리한테 알려야 할 것은 모두 얘기했으니, 이제 앉아서 함께 식사를 하며 찬찬히 생각해봅시다."

마음의 부담을 모두 털어낸 마크 수사는 순순히 자리에 앉았다. 그는 평소 보잘것없는 대접에도 고마움을 아끼지 않았지만 훌륭한 대접을 받을 때도 기가 죽는 법이 없었으니, 오만하지 않되 굽실거릴 줄도 모르는 사람이었다. 얼라인이 식사와 술을 내오자 마크 수사는 성인들이 시주를 받을 때처럼 시종 놀라고 기뻐하며, 그러면서도 차분함을 유지한 채 기꺼이 받아 먹고 마셨다.

"아까 당신은 바람에 날린 재와 나무들이 불에 그슬린 모양을 보고 그 불이 최근에 일어났다 판단했었지." 휴가 마크에게 말했다. "나 역시 그 판단이 옳으리라 믿소. 그런데 혹시 그렇게 생각할 또 다른 이유가 있소?"

"우리가 구호소로 가져다 나른 통나무들이 쌓여 있던 곳에서 그리 멀지 않은 곳에 풀이 납작하게 깔리고 색이 바랜 자리가 두 곳 보이더군요. 제 생각엔 두 번째 가마의 나뭇단을 만드느라 쌓아둔 나무들을 이용해 불을 피운 게 아닌가 싶습니다. 메리엣 말로는 그 통나무들을 건조용으로 쌓아둔 것 같다는데, 그게 1년 넘게 그대로 방치되면서 숯 굽는 데 쓰기에는 지나치게 말라버린 거죠. 그래서 불길에 휩싸이자마자 완전히 타 사라졌고요. 나리께서도 나뭇단들이 있던 자취를 보시게 될 겁니다. 그것들이 옮겨진 지 얼마나 됐는지는 아마 저보다 더 잘 판단하실 수 있을 거고요."

"과연 그럴지 모르겠군." 휴는 빙긋이 웃어 보였다. "당신이 이미 정확한 판단을 내린 듯하니 말이오. 어쨌든 내일 보면 알게 되겠지. 구멍을 파고 들어간 곤충들과 거미들을 살펴보거나 나뭇단 주위의 풀을 보고서 그런 걸 정확히 짚어내는 사람들이 있거든. 자, 일단은 잠시 편히 쉬었다가 가시오. 내일 아침 해가 뜰 때까지는 더 이상 할 일도 없으니."

마크 수사는 안도한 듯 의자에 편안히 기대앉아 얼라인이 가져다준 고기 파이를 맛있게 먹었다. 얼라인이 보아하니 마크는 그동안 제대로 먹지도 못한 듯 몹시 여윈 데다 건강도 썩 좋지 않은 것 같아 걱정스러웠다. 아닌 게 아니라, 그는 다른 이들을 돕는 일에 신경을 쓰느라 먹는 것마저 잊어 영양실조에 걸려 있을 공산이 컸다. 마크 수사에게 내재된 여성적 특성, 혹은 모성에 가까운 기질을 얼라인은 한눈에 알아차렸다.

"내일 아침기도가 끝난 뒤 곧바로 부하들과 함께 세인트자일스로 갈 생각이오." 마크가 자리에서 일어서자 휴는 말했다. "메리엇에게도 이를 미리 귀띔해두는 게 좋을 것 같군."

메리엇이 무고하다면 그 말을 듣는다 해도 전혀 걱정하지 않을 터였다. 게다가 현장으로 마크와 다른 이들을 이끈 사람이 바로 메리엇 아닌가. 하지만 혹시라도 그가 자신에게 불리한 모종의 사실을 숨기고 있다면, 오늘 밤 잠자리가 여간 불편하지 않으리라. 마크 역시 그러한 생각을 하고 있었기에 이 간접적인 위협에 반대할 수 없었다. 그러나 마침내 휴의 집을 떠나면서, 마크는 메리엇의 무고함을 증명할 만한 가장 중요한 점을 지적했다.

"그 사람은 뚜렷한 목적을 가지고 우리를 그리로 데려갔습니다. 거기 우리가 찾고 있는 땔감이 있었으니까요. 만일 그곳에서 그런 이상한 게 나오리라는 걸 알았다면 절대로 그 근처에 발을 들이지 않았을 겁니다."

"물론 그 점도 염두에 두고 있소." 휴는 엄숙하게 말했다. "하지만 죽은 사람의 신체 일부가 드러났을 때 당신도 그 친구가 지나치다 싶을 정도로 큰 충격을 받는 것을 목격하지 않았소? 두 사람은 나이도 비슷하고, 그간 살인 같은 끔찍한 일을 본 적 없다는 점에서도 크게 다를 바가 없소. 물론 당신도 그걸 보고 몹시 놀랐겠지. 그러나 그 사람만큼 공포에 떨지는 않았소. 그가 거기 불법적으로 매장된 시신에 대해 아무것도 몰랐다는 점은 나도 인정하지만, 그걸 발견했다는 사실이 그 사람에게는 당신에게보다 훨씬 더 큰 의미로 다가왔다는 것도 사실이지. 그러니까, 훨씬 더 고약한 어떤 의미로 말이오. 누군가 시신을 그렇게 처리했다는 걸 그가 모르고 있었다 칩시다. 그렇다고 한 시신을 은밀히 매장해야 할 필요가 있었다는 사실마저 몰랐을까요? 그는 과연 그게 누구의 것인지 모르고 있을까요?"

"일리 있는 말씀입니다." 마크는 짧게 대꾸했다. "앞으로 나리께서 그런 모든 사실들을 규명하셔야겠지요." 그러고서 그는 휴의 집을 나와 홀로 세인트자일스를 향해 떠났다.

*

"죽은 그 사람이 누군지, 무슨 일을 하던 사람인지는 아직 밝혀지지 않았네." 마크가 집을 떠나자 캐드펠이 입을 열었다. "메리엣이나 피터 클레멘스, 그리고 늪지대를 헤매던 말과 아무 상관이 없는 사람일 수도 있어. 살아 있는 사람 하나가 실종되었고 죽은 사람 하나가 발견되었다고 해서 그 둘이 같은 사람이라 단정할 근거는 없지. 게다가, 생각해보게. 그 말은 여기서 북쪽으로 30킬로미터나 떨어진 곳에서 발견되었고, 말 주인은 여기서 남동쪽으로 7킬로미터 떨어진 곳에서 하룻밤을 묵었네. 그리고 시신이 나온 현장은 다시 거기서 남서쪽으로 7킬로미터 떨어진 곳이지. 그 세 지점을 하나로 연결할 논리 정연한 맥락을 찾아내는데 많은 노력을 기울여야 할 걸세. 피터 클레멘스는 애스플리가를 떠나 북쪽으로 향했고, 당시 그가 살아 있었다는 건 수많은 목격자들의 증언으로 확인되었지. 그런데 대체 무슨 볼일이 있어 다시 애스플리가의 남쪽으로 방향을 바꿨을까? 그리고 그 말은 또 무슨 이유로 그 사람이 선택했을 법한 길 북쪽으로 한참 떨어진 곳에서 발견되었을까? 나중에 말 혼자서 얼마간 헤매 다녔으리라는 점을 감안한다 해도 말이야."

"저도 모르죠." 휴는 말했다. "그 시신이 어딘가에서 노상강도를 만난 또 다른 사람이라는 사실이 드러나면 차라리 마음이 훨씬 편하겠습니다. 그렇다면 클레멘스는 그 사건과 아무 상관 없이 지금쯤 이탄 늪 어딘가에 잠겨 있을 가능성이 더 높아지니까요. 하지만 최근 다른 사람이 이 일대에서 실종되었다는 얘기를 들으신 적이 있습니까? 그리고 또 하나 이상한 점이 있어요. 그게 여느 노상강도의 짓이라면, 과연 그 시신의 승마화나 바지가 멀쩡히 남아 있겠습니까? 강도라면 당연히 시신을 발가벗겼을 겁니다. 그걸로 돈을 벌 수 있기도 하고, 또 그래야 죽은 사람의 신원을 밝혀내기 힘들 테니까요. 게다가 앞부리가 긴 승마화를 신고 있었다면 분명 도보로 길을 떠난 게 아닙니다. 생각이 제대로 박힌 사람이라면 그런 걸 신고 걸어서 여행할 리 없잖습니까."

말이 없는 말 주인, 그리고 안장을 얹은 주인 없는 말. 이 둘을 하나로 엮는 것은 당연하고도 논리적인 생각이었다.

"일단 현장을 살펴보고 생각하세." 캐드펠은 한숨을 쉬면서 말했다. "여러 증거들을 수집하기 전에 괜스레 이리저리 궁리해봤자 골치만 아프지."

"제 오랜 친구인 수사님도 내일 현장에 동행해주셨으면 하는데요." 휴가 말했다. "아마 라둘푸스 수도원장님도 허락하실 겁니다. 시신과 관련된 사실을 밝히는 일에는 수사님이 저보다 더 뛰어나시니까요. 그 사람이 죽은 지 얼마나 됐는지, 어떻게 죽었는지, 그런 것들 말입니다. 게다가 원장님은 누군가 메리엣의 동정을 주의 깊게 살펴봐주길 바라실 겁니다. 그 일을 하기에 수사님만큼 적격인 분이 또 어디 있겠어요? 수사님은 이미 이 모든 일에 깊숙이 개입하셨으니 앞으로도 계속 함께하든지, 아니면 완전히 발을 빼든지 해야 할 겁니다."

"내가 지은 죄가 많긴 많은 모양이야!" 캐드펠은 짐짓 능청을 떨었다. "하지만 기꺼이 자네와 동행하기로 하지. 메리엣을 사로잡은 악마가 어떤 악마인지는 몰라도, 이제 나한테까지 손을 뻗치는구먼. 내가 무슨 일이 있어도 그것을 몰아내고 말 거야."

*

이튿날 휴와 캐드펠이 치안관 하나와 관리 둘을 데리고 쇠지레와 삽, 잿더미에서 모든 뼈와 증거물을 낱낱이 걸러낼 체를 지참한 채 세인트자일스에 도착했을 때 메리엣은 이미 깨어나 그들을 기다리고 있었다. 그는 평온한 아침나절의 엷은 안개 속에 서서 앞으로 닥쳐올 모든 사태에 단단히 대비한 듯 고요하고 무표정한 얼굴로 모든 준비물들을 훑어보더니 담담하게 말했다. "그런 것들은 그 오두막에 다 있는데요. 저도 거기서 갈퀴를 꺼내 썼죠. 마크 수사가 말씀드리지 않던가요?" 이어 그는 캐드펠을 바라보았다. 그의 입술에 한순간 엷은 미소가 스쳤다. "제가 여러분을 안내해야 한다고 들었습니다. 마크 수사가 다시 현장에 가지 않아도 된다니 다행이에요." 그 목소리 또한 표정 못지않게 철저히 통제되어 있었다. 오늘 어떤 사태를 맞닥뜨리든, 이번만큼은 그가 놀라는 모습을 볼 수 없으리라.

그들은 시간을 절약하기 위해 메리엣이 탈 말 한 필도 끌고 왔다. 그는 재빨리 말에 올랐다. 아마 그에게는 그것이 이날의 유일한 즐거움일 터였다. 메리엣은 일행의 맨 앞에 나서서 길을 따라가기 시작했다. 자기 집으로 이어지는 샛길을 지나칠 때도 곁눈질 한 번 없이 정면의 큰길만 응시하며 곧장 나아가, 불과 30분도 안 되어 일행은 문제의 오두막과 우묵한 마당에 이르게 되었다. 휴와 캐드펠은 가마터 가장자리로 걸어가 걸음을 멈추었다. 낮게 깔린 푸르스름한 안개 너머, 그 통나무 아닌 통나무가 잿더미 속에 놓여 있었다.

쭈글쭈글해진 가죽끈에 부착된 변색된 버클은 은 제품이었고, 구두 자체도 정교한 솜씨로 제작된 값비싼 물건이었다. 살점이 거의 남아 있지 않은 뼈에서 불에 탄 천 조각이 너울거렸다.

휴는 발과 무릎을 이어주는 그 뼈와, 통나무들 사이에서 떨어져 내린 무릎관절까지 찬찬히 살펴보았다. "누군가 시신을 저기 반듯하게 눕혀놓았던 모양입니다. 이 숯가마에 방치되어 있던 통나무 단을 헤치고 시신을 집어넣은 게 아니라, 나뭇단 위에 바로 시신을 올리고 그 위에 다른 통나무들을 쌓은 거죠. 숯 굽는 기술에 정통하지 않을지 몰라도 웬만큼은 아는 자가 분명합니다. 이

제 이 통나무들을 조심스럽게 해체해야겠습니다." 그는 부하들에게 지시를 내렸다. "갈퀴로 위의 흙과 낙엽을 말끔히 걷어낸 뒤 통나무를 하나씩 들어내도록 하게. 아마 뼈 외에는 거의 없을 테지만, 그래도 시신의 남은 자취들을 최대한 수습해야 하네."

그들은 곧바로 불타지 않은 나뭇단을 덮고 있는 흙과 낙엽을 걷어내는 작업에 들어갔고, 캐드펠은 강풍이 불어왔으리라 짐작되는 쪽을 살펴보기 위해 나뭇단의 반대편으로 돌아갔다. 그쪽 밑바닥에는 아치형으로 휜 조그만 구멍이 하나 나 있었다. 그는 허리를 숙이고 좀 더 자세히 살펴보다가 구멍을 반쯤 가린 낙엽들을 걷어내고 손을 집어넣었다. 구멍은 팔꿈치까지 들어갈 정도로 길게 이어져 있었다. 아마 나뭇단을 쌓을 때 만들어진 것이리라. 그는 부하들의 작업을 지켜보고 있던 휴에게 돌아갔다.

"그자들은 방법을 잘 알고 있었어. 바람이 불어오는 쪽에 통풍구를 하나 만들어놨거든. 이 나뭇단을 완전히 태워버릴 작정이었던 게지. 하지만 실수를 했더군. 일단은 구멍을 막아뒀다가 불이 나뭇단 전체에 제대로 옮겨붙은 다음 열어야 했는데, 처음부터 열어놓은 채로 떠난 모양이야. 그래 불길이 지나치게 사납게 피어올라 반대쪽 통나무들만 홀랑 태워버리고는 그대로 꺼져버린 거지. 바람이 불어온 쪽 나무들은 불길에 그슬리기만 했을 뿐 말짱하게 남지 않았나. 이런 작업은 처음부터 끝까지 꼼꼼하게 지켜봐야 하는 법인데 말이야."

메리엣은 일행이 말들을 묶어놓은 곳 부근에 외따로 떨어져서 무심한 표정으로 작업을 지켜보고 있었다. 휴는 빈터를 가로질러 건조용 통나무들을 쌓아두었던 곳으로 향했다. 통나무 더미의 네모난 자취가 세 군데 남아 있었다. 마크가 얘기한 대로 그중 두 곳은 새 풀들이 자라나 다른 자리보다 더 푸르게 보였고, 세 번째 자리는 세인트자일스 사람들이 통나무들을 거둬 간 터라 허옇게 빛바랜 풀들이 바닥에 납작하게 깔려 있었다.

"풀이 이 정도로 자라려면 얼마나 걸립니까?" 휴가 물었다. "가을 한철에도 이만큼 자랄까요?"

캐드펠은 생각에 잠긴 채 새 풀 밑에 깔린 흙을 발로 긁어보았다. "정확하게 말하기는 어렵지만, 대략 여덟 주에서 열 주쯤 되지 않았을까 싶은데. 바람에 날린 재도 대략 그 정도 된 듯 보이고. 불길이 주위에 서 있는 나무들에 미쳤을 거라는 마크의 판단이 맞는 것 같군. 만일 빈터 바닥이 이보다 덜 단단하고 불에 탈 만한 것들이 잔뜩 널려 있었다면 불길은 저 생나무들에까지 옮겨 붙었을 걸세. 하지만 빈터에 굵은 나무뿌리나 낙엽이 거의 없어서 그나마 이 정도로 끝날 수 있었지."

그들은 가마터의 나뭇단으로 돌아갔다. 이제 흙과 낙엽을 걷어내는 작업이 끝나, 불에 그슬리기는 했으나 원형을 고스란히 간직한 통나무들의 표면이 드러나 있었다. 치안관과 부하들은 연장을 내려놓고 손으로 통나무들을 하나하나 걷어내는 작업에 들어갔다. 작업이 느리게 진행되는 동안 메리엇은 시종 입을 꾹 다문 채 꼼짝하지 않고 서서 그 광경을 지켜보았다.

두 시간쯤 지났을까, 시신이 조금씩 모습을 드러내기 시작했다. 그는 바람이 불어오는 곳 반대편, 중앙 굴뚝 가까운 곳에 누워 있었다. 옷은 너덜너덜한 재의 파편으로만 남았으나 불길이 워낙 빠르게 스치고 지나간 덕에 피부까지 모조리 타버리지는 않았고, 심지어 머리칼의 일부도 아직 남아 있었다. 그들은 죽은 이의 몸에서 숯과 재와 반쯤 타버린 통나무 조각을 하나하나 조심스럽게 떼어냈다. 원형 그대로 회수할 수는 없을 듯했다. 이미 통나무 일부가 무너져 내리면서 관절들이 떨어져 나가 여기저기 분리된 터였다. 재를 채쳐서 걸러내야 할 손가락뼈나 손목뼈같이 작은 것들을 제외한 모든 뼈들이 이제 원래의 형태로 풀밭에 놓였다. 검게 그슬린 얼굴 위쪽의 두개골 또한, 짧게 오그라든 갈색 머리칼 몇 다발로 둘러싸인 삭발한 정수리를 드러낸 채 고스란히 남아 있었다.

시신 곁에는 다른 물건들도 있었다. 내구성이 강한 쇠붙이들이었다. 시신의 승마화에 부착된 은제 버클은 검게 그슬린 상태로나마 훌륭한 장인이 만든 애초의 형상을 그대로 간직하고 있었으며, 역시 크고 정교한 은제 버클로 장식된 뒤틀린 가죽 벨트 반쪽, 또 검고 지저분해지긴 했으나 보석이 박힌 은제 십자가와 색이 바랜 채 끊어진 목걸이 사슬도 보였다. 곧 시신 근처에 있는 고운 재들을 채질하던 휴의 부하가 손가락뼈 하나와 거기 헐렁하게 끼워져 있던 반지 하나를 가져왔다. 반지에는 어떤 문양이 새겨진 큼직한 검은 보석이 박혀 있었는데, 재들이 그 오목한 부분을 뒤덮어 제대로 식별하기 어렵긴 하나 아마 장식된 십자가 형태가 아닌가 싶었다. 이어 마지막으로, 제 모양이 무너진 갈빗대 안에서 불에 그슬려 희미하게 빛나는 어떤 물건이 하나 나왔다. 그 사람을 죽인 화살촉이었다.

휴는 음울한 표정으로 한 사람의 잔해를 오랫동안 내려다보다가, 빈터 가장자리에 굳은 표정으로 서 있는 메리엣 쪽으로 돌아섰다. "자네도 이리 내려오게. 살해된 이 사람의 신원을 밝혀내야 하거든. 혹시 자네가 아는 사람은 아닌지 잘 살펴보게."

메리엣은 창백한 얼굴로 다가와 풀밭에 길게 늘어진 시신을 내려다보았다. 캐드펠은 약간 떨어진 곳에서 주의 깊게 지켜보며 그들의 말에 귀를 기울였다. 휴는 자신의 일을 할 뿐이었으나 마음 한구석에는 이 살인에 대한 복수라는 뒤틀린 감정이 일부나마 도사리고 있었으니, 메리엣을 다루는 그 방식에서 고의적인 잔혹함이 엿보이는 듯했다. 이제 죽은 이의 정체와 관련해서는 더 이상 의심의 여지가 없었고, 그로써 메리엣을 잡아끄는 사슬은 점점 더 바짝 조여드는 터였다.

"여기, 삭발한 머리가 보이나?" 그의 음성은 더없이 상냥하면서도 냉혹했다. "머리칼은 갈색이고, 뼈의 모양으로 보건대 키가 꽤 큰 사람 같군. 나이는 몇 살 정도로 보십니까, 캐드펠 수사님?"

"나이를 많이 먹은 이들의 경우에는 뼈가 뒤틀려 있는 게 보통인데 이것들은 하나같이 반듯반듯하니 젊은 사람이겠지. 서른 정도 되지 않았을까? 그 이상 먹었을 것 같지는 않아."

"그리고 성직자고요." 휴가 무자비하게 덧붙였다.

"반지나 십자가, 삭발한 정수리를 보면 성직자임이 분명하지."

"자네도 우리의 추론을 받아들일 수밖에 없을 걸세. 이 근방에서 실종된 그런 사람에 관해 혹시 알고 있는 거 없나?"

메리엇은 줄곧 유골만 내려다보고 있었다. 빛바랜 상아처럼 새하얗게 된 얼굴에서 두 눈만 유난히 커다래 보였다. "두 분의 추론이 맞는 것 같기는 합니다만, 이 사람이 누군지는 모르겠습니다." 그는 평온한 목소리로 말을 이었다. "이것만 봐서 어떻게 알 수 있겠어요?"

"뼈만 봐서는 알기 어렵겠지. 하지만 이 사람 장신구들을 보면 생각나는 게 있지 않을까? 이 십자가와 반지, 버클…… 화려하게 차려입은 서른 살쯤 되는 사제와 만난 적이 있다면 금방 알아볼 수 있을 텐데. 그런 사람이 자네 집에 손님으로 찾아왔다면 말이지."

메리엇이 고개를 쳐들었다. 순간 그의 눈에서 초록빛 불이 번득이다 사라졌다. "무슨 말씀인지 알겠습니다. 몇 주 전, 그러니까 제가 수도원에 들어오기 전에 제 아버지 집에 한 사제가 찾아와 하룻밤 묵어간 적이 있죠. 하지만 그분은 이튿날 아침 이쪽이 아니라 북쪽으로 떠났습니다. 그런데 여기서 이 지경이 된 사람을 보고 제가 어떻게 그 사제라고 단정할 수 있겠습니까?"

"십자가를 보고도? 반지를 보고도? 좋아. 만일 이 시신이 그 사람이 아니라고 자신 있게 말해준다면 내게는 큰 도움이 될 걸세." 휴가 비아냥거리듯 말했다.

"아버지 집에서 저는 하찮은 존재에 불과합니다." 메리엣은 싸늘하게 대꾸했다. "귀한 손님 곁에 가까이 갈 처지가 못 되죠. 이미 증언했다시피, 제가 한 일은 그분의 말을 마구간에 들여 돌본 게 다입니다. 그분의 장신구에 대해서는 뭐라 말씀드릴 수가 없어요."

"말해줄 수 있는 다른 사람들이 있겠지." 휴가 말했다. "그리고 말 얘기가 나와서 말인데, 난 그 말과 자네가 서로를 살갑게 대하는 광경을 봤네. 자네는 원래 말을 잘 다룬다고 했지. 그러니 말 주인이 죽임을 당한 곳에서 30킬로미터 이상 떨어진 곳으로 그 말을 옮겨야 할 필요가 있었다면, 그런 일을 자네보다 더 잘해낼 수 있는 사람이 또 있을지 모르겠군. 타고 갔든 끌고 갔든, 그 말은 순순히 자네를 따랐을 거야."

"저는 손님이 오신 날 밤과 그 이튿날 아침 이후로 그 말에 손을 댄 적이 없습니다. 나리께서 그 말을 수도원으로 데려오시기 전까지는 일절 보지도 못했고요." 얼굴에 갑자기 노기가 서리긴 했으나 그의 목소리는 침착하고 확고했다. 그는 분노를 잘 다스리고 있었다.

"흠…… 우선 이 사람의 이름부터 밝혀내도록 해보지." 휴는 그렇게 말하고 돌아서서는 해체된 나뭇단 주위를 재차 한 바퀴 돌며 재와 흙, 낙엽 등이 지저분하게 흩어진 자리를 세밀히 살펴보았다. 불에 타 까맣게 된 가죽 벨트의 끝자락이 그의 눈에 들어왔다. 벨트는 이 여윈 사람의 왼쪽 엉덩이에 이를 정도만 남아 있었다. "이 사람은 검이나 단검을 차고 있었어. 여기 그 고리가 남아 있군. 고리의 모양으로 보아 아주 가볍고 우아하게 생긴 단검 같아. 아마 이 쓰레기 더미 어딘가에서 나올 것 같은데."

그들은 다시 한 시간 가까이 그 자리를 갈퀴로 긁어가며 꼼꼼하게 찾아봤지만 금속이나 천 같은 건 나오지 않았다. 더 이상은 무엇도 찾아낼 수 없겠다는 확신이 들자 휴는 일행을 철수시켰다. 회수한 뼈들과 반지, 십자가 등은 리넨과 담요에 잘 싸서 옮겼다. 다시 세인트자일스 앞에 이르자, 메리엣은 말에서 내려 잠자코 선 채 행정 보좌관의 처분을 기다렸다.

"자네는 계속 구호소에 머물 예정인가?" 휴가 담담한 눈길로 그를 바라보며 물었다. "수도원장님께서 여기 일을 도우라고 지시하셨다지?"

"예, 나리. 수도원으로 들어오라는 지시가 떨어질 때까지는 계속 이곳에 있을 겁니다." 메리엣은 힘주어 말했다. 있는 그대로의 사실을 이야기하면서, 동시에 자신이 이미 서약한 사람이나 다름없다는 점을 강조하려는 듯했다. 복종의 의무만이 아니라 이곳을 떠나지 않겠다는 스스로의 의지 또한 그 말투에서 여실히 드러났다.

"좋아! 그럼 우리는 필요한 경우 자네를 어디서 찾으면 되는지 알고 있는 셈이군. 일단 구호소에서 자유롭게 일하며 지내게. 하지만 수도원장님이 지시를 내리시거나, 또 내가 부를 때는 지체 없이 응해야 할 거야."

"그렇게 하겠습니다, 나리." 메리엣은 그렇게 말하고는 의연한, 그러나 왠지 안쓰러워 보이는 자세로 돌아서서 산울타리 너머 정문으로 이어지는 경사로를 천천히 올라갔다.

*

"수사님 기분이 썩 좋지 않을 줄은 압니다." 휴는 말을 타고 캐드펠과 함께 수도원을 향해 걸어가면서 한숨을 내쉬었다. "제가 수사님의 어린 새를 꽤나 거칠게 다뤘으니 말이죠. 내내 입을 꾹 다물고 계시더군요."

"아니, 그렇지 않아." 캐드펠은 솔직하게 털어놓았다. "상대를 자극하는 재주에 있어서는 그 친구도 자네 못지않게 뛰어나던데. 게다가 가을철 덤불 속 거미줄인 양 그 친구 주위에 의심스러운 것들이 더덕더덕 걸려 있다는 점 또한 무시할 수는 없지."

"클레멘스가 틀림없습니다. 그 친구도 그걸 알고 있어요. 승마화와 다리뼈를 보자마자 알았죠. 그가 기절할 듯 놀란 건, 그 흉측한 주검이 다름 아닌 그 사람의 것이었기 때문입니다. 아마 피터 클레멘스가 죽었다는 사실을 이미 알고 있었을 겁니다. 그것도 아주 분명하게요. 하지만 시신을 어떻게 처리했는지는 몰랐고, 그 역시 분명하지요. 자, 여기까지는 제 의견에 동의하십니

203

까?"

"동의하네. 나도 거기까지는 짐작하고 있었어. 사실 그가 구호소 사람들을 그곳으로 곧장 안내했다는 것이 참으로 아이러니한 일이지. 그 친구는 그저 그 불쌍한 사람들에게 겨울을 날 만한 땔감을 찾아주겠다는 것 말고는 아무 생각도 없었을 텐데. 그나저나, 오늘 마침 겨울이 바로 우리 코앞에 들이닥친 것 같군. 날씨에 대한 내 감각이 무뎌진 게 아니라면 말이야."

그러고 보니 정말 주위의 대기가 무척 싸늘한 데다 오늘따라 납빛 구름이 낮게 깔려 있었다. 여느 해보다 좀 늦어지기는 했지만 드디어 겨울이 닥쳐올 모양이었다.

"우선 그 유골에 이름을 붙여줘야 합니다." 휴는 당면한 문제로 화제를 돌렸다. "애스플리가의 모든 이들이 피터 클레멘스를 만나고 그와 하루 저녁을 함께 보냈죠. 변색되고 얼룩이 좀 묻긴 했지만. 그들이라면 이 장신구들을 알아볼 겁니다. 제가 레오릭을 불러들여 그 집 손님의 십자가와 반지에 대해 이야기를 꺼내볼 수 있겠죠. 비둘기 떼 사이에 난폭한 고양이를 풀어놓듯이 말입니다. 비둘기들이 사방으로 날아가면 틀림없이 깃털 한두 개쯤은 손에 넣을 수 있을 겁니다."

"아니, 나라면 그렇게 하지 않을 걸세." 캐드펠은 진지하게 그를 만류했다. "누구든 캐고 드는 일 없이, 그 사람들이 안심하고 있도록 가만 내버려두는 편이 낫네. 그저 살해당한 이의 시신을 찾아냈다는 점만 귀에 들어가게 하세나. 지나치게 많은 사실이 알려지면 죄를 지은 누군가는 종적을 감추려 들 걸세. 자기를 의심할 만한 별다른 정황이 드러나지 않았다고 생각하게 만들어야 범인이 마음을 놓고 지내지. 그 집 큰아들의 결혼식이 이달 21일에 있다는 건 잊지 않았겠지? 아마 그 이틀 전에 그 집의 모든 식구들은 물론 이웃과 친지들까지 모두 우리 수도원의 접객소에 모여들 걸세. 그러면 모든 사람들이 자연스레 자네 수중에 들어오는 셈이야. 그때쯤이면 우리도 진실과 거짓을 가릴 만한 수단들을 마련해둘 수 있겠지. 그 시신이 정말로 피터 클레멘스의 것이라는 사실도 밝혀낼 수 있을 테고. 엘뤼아르 참사회원이 링컨에서 이리로 돌아올 예정이라고 했었지? 왕은 웨스트민스터로 곧장 보내고 혼자 이곳에 들르겠다고 했던 것 같은데."

"예, 그런 얘기를 했죠. 윈체스터에 있는 주교에게 전할 만한 좋은 소식을 고대한다면서요. 결국 우리가 밝혀낸 건 좋은 소식이 못 되지만요."

"스티븐 왕이 런던에서 크리스마스를 보낼 예정이라면 엘뤼아르 참사회원은 결혼식이 거행되기 전에 이곳에 들르기 쉽겠군. 그 사람과 클레멘스는 둘 다 헨리 주교의 측근이고 서로 잘 아는 사이였으니, 그가 자네의 으뜸가는 증인이 되겠구먼."

"두 주 정도 더 지난다 해서 피터 클레멘스의 유해가 어떻게 되지는 않겠죠." 휴는 아쉬운 듯 중얼거리고는 말을 이었다. "그런데, 오늘 보고 겪은 일들 중 한 가지 이상한 점을 느끼지 않으셨습니까? 피터 클레멘스의 소지품들을 하나도 훔치지 않고 모두 시신과 함께 불태워버렸다는 점 말입니다. 그 나뭇단을 쌓는 일에는 한 사람, 아니 두 사람 이상이 참여했을 겁니다. 비록 살인을 은폐해야 할 처지에 놓이기는 했으나 남의 물건을 훔치는 일은 용납하지 못하는 권위 있는 누군가가 그 일을 지휘했다는 생각이 들더군요. 지시를 받은 이들은 그를 두려워했거나, 어떤 이유로든 그의 말을 거스를 수가 없어서 반지나 십자가 같은 걸 슬쩍할 엄두도 내지 못한 게 아닐까 싶어요."

일리 있는 추측이었다. 피터 클레멘스의 시신을 처리한 사람은 스스로 그의 죽음이 평범한 노상강도나 도둑들의 소행일 가능성을 아예 제외시키게끔 만들었다. 만일 자신이나 자신의 친족이 일체의 혐의를 받지 않기를 바랐다면 이는 중대한 실책이 아닐 수 없었다. 그 사람이 누구든, 그에게는 안전보다 엄격한 정직성이 훨씬 더 중요한 문제였다. 그로서는 살인 행위를 받아들일지언정 죽은 이의 물건을 도둑질하는 짓은 상상조차 할 수 없었던 것이다.

9

그날 밤 서리가 내리며 한 주의 험난한 날씨를 예고했다. 눈발은 날리지 않았으나 사나운 동풍이 산언덕을 할퀴고 지나갔다. 들새들은 물론 깊은 숲에 사는 여우들도 먹이를 구하러 시내 가까운 곳까지 접근해왔고, 평소 외따로 떨어진 닭장에서 암탉을 채 가거나 인가의 부엌에서 빵 덩어리를 훔치곤 하던 미지의 인간 약탈자도 더욱 기승을 부렸다. 마을 구석에 사는 사람이건 수도원 앞 동네에 사는 농부건 가릴 것 없이, 누군가 광에서 음식을 훔쳐 갔다는 둥, 닭이며 가금들을 도둑맞았다는 둥, 시장과 치안관에게 불만을 늘어놓는 일이 점점 늘어나기 시작했다. 그들의 주장에 따르면 이는 여우나 다른 동물들의 소행이 아니었다. 게다가 롱숲에 사는 사람 하나도 시내까지 와서는, 한 달 전 누군가 사슴 한 마리를 죽여 잡아먹는 걸 봤다며 그가 가지고 있던 칼에 대해 자세히 설명했다. 이제 추위는 야생에서 들짐승처럼 사는 그 누군가를 시내 쪽으로 더 가까이 내몰고 있었다. 황량한 숲 속보다는 외양간이나 헛간에서 보다 따뜻하게 밤을 보낼 수 있기 때문이었다.

그해 가을 성 미카엘 축제 무렵 슈롭셔주의 행정 장관은 여느 해와 마찬가지로 결산 보고를 하러 스티븐 왕에게 간 터였다. 왕은 볼일이 끝난 뒤에도 그를 곁에 붙잡아두더니 이제 체스터 백작과 링컨주 루마르의 윌리엄을 예방하러 가는 길에 동행하기를 청했고, 그리하여 이곳의 평화와 질서를 교란하는 여타 범죄와 아울러 닭장의 닭을 훔치는 좀도둑을 처리하는 문제까지 모두 휴가 떠맡게 된 상황이었다.

"잘됐군!" 휴는 오히려 안도했다. "클레멘스 사건에 관한 조사가 꽤 많이 진척된 지금에 와서 새삼 그분이 관여했다가는 공연히 일만 늦어질 테니까."

휴는 어떻게 해서든 자신의 힘으로 클레멘스 사건을 해결하고 싶었다. 왕이 크리스마스에는 웨스트민스터로 돌아갈 것이고, 그러면 프레스코트도 슈루즈베리에 돌아올 터이니 시간은 여전히 많지 않았다. 한편 떠돌이의 도둑질은 주로 롱숲 동쪽 변두리에서 집중적으로 이루어지고 있었는데, 휴는 이미 여느 좀도둑을 처리할 때와는 전혀 다른 관점에서 그에게 관심을 두고 있었다.

오랜 내전으로 시달려 법과 질서를 유지하기가 쉽지 않은 나라에서는 좀처럼 해결되지 않는 문제를 흔히 떠돌이들이나 무법자들의 탓으로 돌리곤 한다. 물론 때로는 그런 간단한 설명이 진실로 드러나는 경우도 있긴 하지만 말이다. 휴는 그런 생각을 전혀 품지 않았으나, 정작 치안관 한 사람이 수도원 앞 동네 주민들의 양식이나 닭 따위를 훔친 예의 도둑을 잡아 의기양양하게 성으로 끌고 들어왔을 때 그가 몹시 놀란 것은 여느 떠돌이나 다름없는 범인의 외모 때문이 아니었다. 그 떠돌이가 가지고 있던 단검과 칼집. 치안관이 범행의 증거물로 그것들을 넘겨준 순간 휴는 당혹감을 억누를 수 없었다.

손에 쥐기 쉽도록 자루에 거친 보석들이 박혀 있는 아주 우아한 단검의 날에는 어느 농가의 암탉이나 거위의 몸에서 나왔을 핏자국이 말라붙어 있었고, 정교한 문양이 새겨진 가죽으로 덮인 금속 칼집은 불에 그슬려 검게 변색된 채 너덜거리고 있었다. 휴의 머릿속에 그 칼과 칼집이 걸려 있었을 고리의 모습이 금세 떠올랐다.

휴는 을씨년스러운 홀 바로 곁에 있는 조그만 방을 턱으로 가리키며 말했다. "범인을 저 안으로 데려가게." 불을 피워놓아 따뜻하고 앉을 만한 벤치도 하나 있는 방이었다. 휴는 그 사내를 힐끗 쳐다본 뒤 말을 이었다. "쇠사슬을 풀어주고 불가에 앉혀놔. 곁에서 지키고 있긴 해야겠지만 아마 별 말썽은 일으키지 않을 걸세."

떠돌이는 골격이 좋아 살만 제대로 붙었다면 아주 당당해 보였겠으나 지금은 제대로 먹지 못해 앙상하게 졸아붙은 몸에 넝마 쪼가리 하나만 걸치고 있었다. 얼핏 봐서는 늙은이 같았지만 그 눈빛과 금발은 분명 청년의 것이었고, 몸의 움직임도 여느 젊은 이처럼 유연했다. 심한 추위에 떨다가 불 곁에서 잠시 몸을 녹이 자 얼굴이 불그레하게 상기되고 사지가 나른하게 펴지며 원래의 몸집을 되찾아가는 것 같았다. 그러나 움푹 파인 양쪽 뺨 위에 자 리 잡은 푸른 두 눈은 줄곧 겁먹은 빛으로 휴를 응시했으니, 마치 덫에 걸려 잔뜩 긴장한 채 빠져나갈 구멍만 찾는 들짐승을 보는 듯했다. 그는 조금 전까지 무거운 쇠사슬에 묶여 있던 양쪽 손목 을 계속 문질러댔다.

"이름이 어떻게 되나?" 휴의 목소리가 어찌나 부드러운지, 사 내는 이해할 수 없다는 듯 두려움에 사로잡힌 눈빛으로 그를 빤 히 바라볼 뿐이었다.

"사람들이 자네를 뭐라 부르지?" 휴가 재차 물었다.

"해럴…… 제 이름은 해럴드입니다, 나리." 덩치 큰 사내에게 서 깊은 울림을 내는, 그러면서도 건조하고 쉰 듯한 목소리가 나 왔다. 중간에 기침이 터져 그의 이름이 끊겼다가 다시 이어졌다. 한때 어느 왕의 것이었으며, 지금도 그처럼 흰 피부에 금발 머리 를 지닌 색슨인의 기억 속에 여전히 살아 있는 이름.

"이 물건을 어떻게 손에 넣었나, 해럴드? 자네도 잘 알다시피 이건 부유한 사람의 무기일세. 이걸 만든 솜씨를 보게. 이 보석을 세공한 모양도 그렇고. 자, 이런 걸 어디서 얻었지?"

"훔친 건 아닙니다." 사내는 떨면서 말했다. "맹세할 수 있어요! 누가 버린 것을 발견해서……."

"어디서 발견했나?" 휴가 좀 더 날카롭게 물었다.

"숲에서요, 나리. 숯 굽는 가마터 말입니다." 그는 궁지에서 벗어나야 한다는 생각에 연신 눈을 깜박이고 말을 더듬으며 자세히 설명하기 시작했다. "그 숲에 불이 난 자리가 있어요. 저는 가끔 땔감을 얻으려고 그리로 갑니다. 큰길이랑 너무 가까워 거기서 지내는 일은 없지만요. 그곳 잿더미 속에 그 칼이 있었어요. 누가 잃어버렸거나 버렸거나 했을 겁니다. 아무도 그걸 찾지 않았는지 거기 그대로 내버려져 있었습니다. 저는 칼이 필요해서……." 그는 겁에 질린 푸른 눈으로 휴의 냉정한 얼굴을 바라보며 다시금 몸을 떨었다. "절대로 훔친 건 아닙니다…… 그저 먹고살기 위해 어쩔 수 없는 경우를 빼고는 전 남의 물건을 훔친 적이 없어요, 나리. 맹세합니다."

제 몸과 마음도 제대로 추스르지 못하는 모습을 보니, 도둑으로 그리 성공하지는 못할 사람 같았다. 휴는 무덤덤한 표정으로 그를 응시했다.

"그런 식으로 떠돌아다닌 지 얼마나 되었나?"

"넉 달쯤 됐을 겁니다요, 나리. 하지만 먹을 것을 구하기 위해 좀도둑질을 한 일을 빼면 다른 나쁜 짓은 한 번도 한 적이 없습니다. 그저 사슴 사냥을 하려면 칼이 필요해서……."

왕이야 어디서건 사슴을 얻을 수 있겠지. 이 불쌍한 사내는 스티븐 왕보다 훨씬 더 절실히 사슴을 필요로 하고. 기분이 괜찮을 때면 스티븐 왕도 기꺼이 그에게 사슴 사냥을 허락하리라.

"곧 추운 겨울이 닥쳐와 밖에서 지내기 어려울 테니 얼마간은 우리와 함께 실내에서 지내는 게 좋을 것이다." 휴는 큰 소리로 말했다. "사슴 고기는 아니지만 매 끼니 밥은 제대로 먹여주지." 그는 옆에서 대기하던 치안관에게로 고개를 돌렸다. "이자를 데리고 가서 가두게. 몸을 감쌀 담요도 몇 장 넣어주고. 끼니를 잘 챙겨주되 처음에는 너무 많이 주지 말도록 해. 갑자기 걸신들린 듯 먹다가는 탈이 날 테니까." 휴는 지난겨울 우스터 공격 때 그곳에서 도망친 불쌍한 사람들에게 어떤 일이 일어났는지 잘 알고 있었다. 길에서 굶주리던 그들 중 몇몇은 마침내 쉴 곳을 찾았으나, 한꺼번에 너무 많은 음식을 먹다가 그만 목숨을 잃고 말았다. 곧 치안관이 사내를 끌고 나가려 하자 휴는 날카로운 어조로 덧붙였다. "그 사람을 잘 대우하게! 그는 거칠게 굴지 않을 것이고, 나는 그 사람이 필요하니. 무슨 말인지 알겠는가?"

치안관은 이 사내가 그들이 찾던 살인자이며, 따라서 재판을 거친 뒤 정식으로 처형할 때까지 살려두어야 한다는 의미로 그 말을 이해하고는 씩 웃으며 사내의 앙상한 어깨를 움켜쥔 손아귀에서 힘을 뺐다. "잘 알겠습니다."

두 사람은 감방으로 갔다. 제 나름의 이유가 있어 도망친 농노임이 분명한 떠돌이 해럴드는 적어도 숲속보다는 훨씬 따뜻한 이 골방에서 지내며 사냥하지 않고도 거친 식사나마 꼬박꼬박 얻어

먹을 수 있을 것이었다.

휴는 성에서의 일상 업무를 마친 뒤 곧장 캐드펠 수사의 작업장으로 향했다. 캐드펠은 겨울의 첫 추위에 목을 상한 노인네들을 치료할 약을 만드느라 몇 가지 약초들을 섞어 달이고 있었다. 휴는 나무 벽 앞에 놓인 친숙한 벤치에 기대앉아, 캐드펠이 직접 빚어 손님용으로 보관하고 있던 과일주를 한 컵 받아 들었다.

"문제의 살인자를 잡아 골방에다 안전하게 가둬두었습니다." 휴는 짐짓 정색을 하고 말한 뒤 일어나 일을 자세히 들려주었다. 캐드펠은 뭉근한 불 위에서 끓고 있는 약에 온 신경을 쏟는 척하면서도 주의 깊게 귀를 기울였다.

"말도 안 되는 소리!" 휴가 이야기를 마치자 그는 경멸적으로 내뱉고는 요란하게 끓어오르기 시작한 약단지를 들어 화로 곁에 내려놓았다.

"물론 말도 안 되는 소리죠. 몸에 걸칠 변변한 옷도 없고 먹을 것도 없는 불쌍한 떠돌이가 누군가를 죽여놓고 그가 걸친 옷은 고사하고 값진 물건들마저 그대로 내버려뒀다뇨. 둘은 키도 비슷하니 당연히 그자는 죽은 이의 옷을 벗겨 제 몸에 걸쳤을 겁니다. 그리고, 그 사제를 나뭇단 위에 눕혀놓고 혼자 힘으로 그 많은 통나무들을 쌓았다고요? 설사 그 사람이 숯을 굽듯 시체를 처리하는 방법을 알았다 해도 과연 혼자서 그게 가능했을지…… 도저히 믿기 어려운 얘기죠. 그자는 자기가 얘기한 그대로 예의 단검을 발견한 겁니다. 아마 가혹한 영주 밑에서 혹사당하다가 도망친 사람 같아요. 영주가 뒤를 쫓으리라는 생각에 겁을 먹고 감히 시내에 들어와 일거리를 찾을 엄두를 내지 못한 거죠. 여기저기서 이런저런 것을 구해 먹으며 네 달 동안 떠돌아다녔다더군요."

"이미 그 사람과 관련된 사실은 충분히 알아낸 것 같군그래." 캐드펠은 요란하게 끓어오르던 기운이 서서히 가라앉는 약단지에서 여전히 시선을 떼지 않은 채 말을 이었다. "그래, 내가 뭘 해줬으면 하나?"

"그 사람이 기침을 심하게 합니다. 팔 윗부분에는 곪은 상처가 있고요. 어디선가 암탉을 훔치다가 개한테 물린 모양이에요. 그러니 저와 가서 그 사람을 좀 치료해주셨으면 합니다. 그러면서 신상과 관련된 얘기들을 가급적 자세히 캐내주시면 더 좋고요. 어디서 왔는지, 주인은 누구인지, 그곳에서 어떤 일을 했는지 하는 것들요. 이 시에는 유능한 기술자들이 일할 만한 곳이 많고, 전에도 우리가 몇몇 사람들을 그런 곳에 소개해줬잖습니까. 결과적으로 우리에게도 그 사람들에게도 좋은 일이죠. 그 떠돌이 또한 쓸모 있는 기술자일 가능성이 있습니다."

"기꺼이 그렇게 하지." 캐드펠은 고개를 돌려 예리한 눈길로 친구를 바라보았다. "한데, 그 사람에게 음식과 잠자리를 보장하는 대가로 자네는 무엇을 얻어낼 생각이지? 보아하니 그의 몸에 맞기만 하면 자네 옷까지 벗어 내줄 듯한 눈치인데. 아니면 자네 돈으로 사서라도 주겠지. 피터 클레멘스랑 비슷하다니 아마 자네보다 한 뼘 정도는 더 크겠구먼."

"예, 꽤 큽니다." 휴는 씩 웃고서 말을 이었다. "오랫동안 굶주려 몸집은 형편없지만, 곧 지금의 두 배 정도로 불려놓을 수 있을 거예요. 하지만 수사님도 직접 그 친구를 보시면 어떻게든 헌 옷이라도 얻어다 입히려고 그와 체격이 비슷한 사람을 열심히 찾아보실걸요. 어쨌든 우리 성에서 누군가 굶어 죽는 사태는 막아야 하니까요. 하지만 그 외에 그 친구가 왜 필요한지에 대해 물으신다면, 우선 이렇게 답할 수 있겠죠. 우리 치안관이 이미 떠돌이 사내 하나를 잡았다는 소문을 퍼뜨리고 있을 겁니다. 그 과정에서 단검 얘기는 절대 빼놓지 않을 거고요. 그동안 저지른 사소한 죄과들로 이미 잔뜩 겁을 집어먹은 마당에 그자의 두려움을 가중시킬 필요는 없습니다만, 사람들이 클레멘스의 살인자가 철창에 갇혀 있다고 믿으면 일을 처리하기가 훨씬 쉬워지겠죠. 다들 마음을 좀 놓을 테니까요. 특히 진짜 살인자라면 더더욱 그럴 거고요. 그러다 방심하여 치명적인 실수를 저지를지도 모릅니다."

캐드펠은 잠시 생각해보고는 고개를 끄덕였다. 이곳과는 아무 관련도 없는 떠돌이에게 이 지역에서 일어난 모든 범죄에 대한 혐의가 돌아간다면 다들 마음을 놓을 것이다. 결혼식은 일주일쯤 뒤에 거행될 예정이니, 그때까지는 이대로 내버려두는 것이 좋으리라.

"그리고 세인트자일스에 있는 그 고집 센 청년도요." 휴는 심각한 표정으로 덧붙였다. "피터 클레멘스 살해에 관여했든 아니든, 그는 이 손님에게 어떤 일이 일어났는지 이미 알고 있으니까요."

"알고 있지." 캐드펠 역시 심각한 표정으로 대꾸했다. "아니, 그러리라 생각하네."

*

휴가 죄수들을 치료하게 해달라며 요청한 덕에 그날 오후 캐드펠은 수도원장의 허락을 받아 외출할 수 있었다. 그는 마을을 가로질러 성으로 들어가서 해럴드를 만났다. 감방 안이 싸늘했지만 죄수는 휴의 배려로 부드러운 담요를 덮고서 석조 벤치에 편히 드러누워 있었다. 문이 열리는 순간 그는 놀라 움찔했다가 베네딕토회 수사복을 보고는 다소 마음을 놓는 듯했고, 이어 상처자리를 보여달라는 말에 고마워 어쩔 줄 모르는 표정으로 캐드펠에게 몸을 맡겼다. 세상의 모든 소리를 제 안전에 대한 위협으로만 여기며 혼자 외롭게 떠돌던 이 사내는 감사한 마음에 굳은 혀를 힘겹게 놀리며 말문을 여는가 싶더니, 급기야 눈물을 펑펑 쏟으며 마음속에 있던 모든 이야기를 정신없이 쏟아낸 뒤 탈진 상태에 빠지고 말았다. 그리고 캐드펠이 방을 떠나자 모처럼 사지를 뻗은 채 혼곤한 잠의 늪에 빠졌다.

캐드펠은 성을 나서기 전에 휴를 만나 자신이 알아낸 사실들을 알려주었다.

"그 사람은 편자공이야. 자기 말로는 솜씨가 꽤 좋다는데, 내

보기에도 그럴 것 같네. 자부심이 아주 대단해. 그런 기술도 써먹을 수 있겠나? 일단 개에 물린 상처와 그 밖의 베이고 긁힌 자리에 연고를 발라줬네. 상처들은 곧 나을 거야. 하루 이틀 정도는 먹을 걸 조금씩 자주 주도록 하게. 안 그랬다가는 탈이 날 테니까. 남쪽, 그러니까 그레턴 부근에서 왔다는군. 영주의 집사가 그 사람 누이를 강제로 범해서 앙갚음을 하려 했던 모양인데, 사람을 죽이는 솜씨는 시원치 않았던 모양이네." 캐드펠은 씁쓸하게 말을 이었다. "집사 녀석이 상처만 약간 입은 채로 도망쳤다니 말이야. 말편자 만드는 솜씨는 그보다 낫겠지. 그 뒤 영주가 자신을 죽이려 해서 도망쳤다는군. 그러니 누가 그를 비난할 수 있겠나?"

"농노였나요?" 휴가 담담하게 물었다.

"그랬던 것 같아."

"영주 측에서는 그 사람을 찾아 복수를 할 생각일 겁니다. 하지만 슈루즈베리성으로 들어와봤자 소용없어요. 우리 쪽에서 절대 내주지 않을 거니까. 수사님 보시기에는 어떻습니까? 그 사람 말이 모두 사실인 것 같던가요?"

"설혹 거짓말을 잘하는 사람이라 해도 지금으로서는 그럴 처지가 아니지. 그리고 내가 보기에는 진실한 쪽에 더 가까운 소박한 사람 같아. 게다가 그는 내 수사복을 믿고 있네. 우리가 그런 대접을 받을 자격이 있는지는 모르겠지만, 여전히 많은 이들이 우리를 하느님의 사도라 믿고 의지하는 모양이야."

"감옥에 갇힌 처지이긴 하나, 그도 왕이 그 권리와 특전을 인정한 자치도시 안에 있는 셈입니다." 휴는 느긋하게 말을 이었다. "제 분수를 모르고 날뛰는 영주라 해도 왕의 보호를 받는 이 도시에서 감히 저 사람을 끌어갈 엄두는 내지 못하겠죠. 게다가 저 사람이 살인죄로 붙잡혔다는 얘기를 들으면 영주는 오히려 크게 기뻐할 겁니다. 일단 살인자가 붙잡혔다는 소문을 퍼뜨린 뒤 사태가 어떻게 돌아가나 지켜보는 게 좋겠습니다."

*

소문은 사람들의 입과 귀를 거치며 점점 멀리 퍼져나갔다. 마을 사람들은 마을 밖 사람들에게 자기네가 대단한 소식통임을 과시하며 떠들어대고, 시장이나 수도원 앞 동네에 들른 이들은 이를 시에서 멀리 떨어진 마을과 영지 들로 날라 퍼뜨렸다. 앞서 피터 클레멘스의 실종과 이후 롱숲에서 그의 시신이 발견되었다는 소식으로 시끄럽던 터였으니, 마침내 그를 살해한 자가 잡혀 성 안에 갇혔으며 그자에게서 죽은 이의 단검이 나왔기 때문에 사법당국에서는 그를 클레멘스의 살인자로 보고 있다는 내용 또한 이미 돌고 있던 바람의 기운을 타고 빠르게 번져나갔다. 시내의 술집이나 거리 모퉁이에서 노닥이는 이들에게 그보다 더 궁금하고 신나고 자극적인 화젯거리는 없었다. 시내의 모든 사람들이 만나기만 하면 그 사건을 두고 이야기꽃을 피웠으며, 일주일 뒤에는 시에서 멀리 떨어진 외딴곳의 영지들로도 소식이 전해졌다.

그러나 묘하게도 살인범을 체포했다는 소문이 세인트자일스에 전해지기까지는 꼬박 사흘이 걸렸다. 감염의 위험 때문에 그곳 사람들이 시내로 접근할 수 없긴 해도 평소 소문은 순식간에 구호소로 퍼지곤 했는데, 이번에는 무슨 일 때문인지 그 속도가 아주 느렸다. 캐드펠 수사는 이 소식이 메리엣에게 어떤 영향을 미칠지 곰곰이 생각하며 이런저런 걱정으로 속을 태웠지만, 일단은 그저 기다리면서 지켜보는 것 외에 방법이 없었다. 소식을 굳이 메리엣에게 전하기보다 다른 사람들의 입을 통해 자연스레 듣게 하는 편이 훨씬 나을 터였다.

그리하여 사흘째 되던 날, 수도원에서 구운 빵을 정기적으로 구호소에 전달하는 두 명의 평수사가 그곳에 들렀을 때에야 비로소 도망친 농노인 해럴드의 체포 소식이 메리엣의 귀에 들어왔다. 우연히도 메리엣이 평수사들한테서 그 커다란 빵 바구니를 받아 함께 광으로 나르는 일을 맡았다. 그는 별로 말이 없어 늘 평수사들끼리 이야기를 이어가곤 했다.

"날이 추워지니 곧 더 많은 걸인들이 찾아오겠군. 동풍이 심한 추위를 몰아오면 길에서 지내기가 어렵겠지."

메리엣은 정중하면서도 묵묵한 고갯짓으로 동의를 표했다. 가난한 이들에게 겨울이 유난히 혹독한 계절인 건 사실이었다.

"하지만 그런 사람들이 하나같이 정직한 이들이라고는 할 수 없어." 평수사가 어깨를 으쓱이며 말을 이었다. "어떤 자가 이곳

을 찾아올지 누가 알겠나? 악당이나 불한당 같은 녀석들도 얼마
든지 들어올 수 있다고. 겉모습만 봐갖고는 정직한 사람인지 악
당인지 구분하기가 어려우니 참 걱정이지."

"그러게. 이번 주에도 하마터면 그런 녀석이 여기 들어올 뻔했
어." 그의 동료가 말을 받았다. "밤에 몰래 사람의 목을 따고 물
건들을 훔쳐 내뺄 수도 있는 녀석이었다고. 하지만 이젠 안심해
도 괜찮을 걸세. 녀석은 슈루즈베리성에 갇혀 살인죄로 재판받을
날만 기다리고 있으니까."

"사제를 살해하다니! 반드시 제 목으로 그 대가를 치러야 할
거야. 물론 사제를 죽인 죄를 갚으려면 그걸로도 부족하지만."

메리엣은 고개를 돌리더니 이맛살을 찌푸린 채 잔뜩 긴장한 표
정으로 그들을 바라보았다. "사제를 죽였다고요? 어떤 사제를
요? 대체 누구 얘기를 하시는 겁니까?"

"아직 못 들었나? 롱숲에서 시체로 발견된 그 사람 있잖아. 윈
체스터 주교 밑에 있던 사제 말이야. 시 근교의 집들에서 먹을 걸
훔치던 어떤 떠돌이 녀석이 그 사람을 죽였대. 생각해보게. 요전
날 갑자기 날이 추워졌을 때 그 녀석이 벌벌 떨면서 이 구호소로
찾아와 좀 재워달라고 사정했을 수도 있었다고. 입고 있던 누더
기 속에 그 사제의 단검을 감추고서, 여차하면 누굴 찌를 작정으
로 말이야."

"전…… 도무지 이해가 안 가네요." 메리엣은 천천히 말했다.
"그러니까, 어떤 떠돌이가 그 사제를 죽인 죄로 잡혔다는 말씀인

가요? 살인죄로 체포되었다고요?"

"그래, 이젠 감옥에 갇혀 있지." 평수사는 흥겨운 듯 말을 이었다. "이미 목에 밧줄이 걸린 거나 다름없어. 아까 내가 형제는 걱정할 필요가 없다고 말했지? 바로 그런 의미에서 한 소리야."

"어떤 사람인데요?" 메리엣이 다급하게 물었다. "어쩌다 붙잡혔답니까?"

아직까지 그 소문을 듣지 못한 사람을 만나 즐거운 듯, 그들은 신이 나 번갈아가며 이야기를 이어갔다.

"아니라고 부인해봤자 시간 낭비지. 녀석한테서 살해당한 사람의 단검이 나왔거든. 그곳 가마터에서 그걸 발견했다는 둥 발뺌을 했던가 봐."

"어떻게 생긴 사람이죠?" 메리엣이 낮은 목소리로 물었다. 그의 시선은 두 수사 너머의 허공에 붙박여 있었다. "이 지방 사람인가요? 혹시 이름이 어떻게 되는지 아시나요?"

그들은 아는 대로 대충 설명해주었다. "이쪽 출신은 아니고, 어디선가 도망쳐 와 노상 배를 곯으면서 근방을 떠돌아다니던 녀석이래. 그런데도 자긴 목숨을 부지하기 위해 빵이나 달걀 같은 것들이나 훔쳤지 그 외에는 아무 죄도 짓지 않았다고 맹세했다는 거야. 하지만 롱숲에 사는 사람들은 녀석이 자기네 사슴을 잡아먹는 걸 봤다고 했거든. 비쩍 말라 뼈만 남은 몸에 넝마 쪼가리만 걸친 비참한 몰골을 하고 있었다지……."

그들이 빈 바구니를 챙겨 들고 떠난 뒤, 메리엣은 온종일 입을 꾹 다문 채 무섭게 일만 했다. 비참한 몰골이라…… 그래, 그런 사람이라고. 이젠 목에 밧줄이 걸린 거나 다름없는 신세가 되었고! 어디선가 도망쳐 와 굶주리면서 험하게 지내는 바람에 뼈만 남을 정도로 비쩍 마른 자가…….

그는 아무 말도 하지 않았지만, 어린아이들 중 가장 영리하고 호기심이 많은 한 아이가 문 앞에 서서 귀를 곤두세운 채 안에서 오가는 얘기를 엿듣고 있다가 그 소문을 구호소 전체에 퍼뜨리고 다녔다. 세인트자일스에서의 생활은 안온한 만큼 무척 지루하기도 했기에, 그들은 가끔 그런 소문이 안겨주는 짜릿한 자극으로 단조로운 일상을 잊곤 했다. 마침내 소문은 마크 수사의 귀에도 들어갔다. 마크는 메리엣의 얼굴이 싸늘하게 굳어지고 그 연갈색 눈이 내면 저 깊은 곳을 향하고 있다는 걸 눈치채고는 잠시 망설였지만, 결국 먼저 말을 꺼내보기로 했다.

"그 얘기 들었어요? 피터 클레멘스를 살해한 사람이 체포됐다던데요."

"예." 메리엣은 무거운 어조로 대답하더니 마크 수사 뒤쪽 저 너머의 아득한 곳을 응시했다.

"그 사람에게 죄가 없다면, 결국에는 아무런 피해도 입지 않을 거예요." 마크는 힘주어 말했다.

그러나 메리엣은 아무런 할 말이 없는지, 혹은 마크의 말에 굳이 무얼 덧붙일 필요가 없다고 생각했는지 여전히 묵묵부답이었다. 마크는 그 순간부터 조심스럽게 자신의 친구를 주시하기 시작했다. 예의 소식이 일종의 독소로 작용하여 그가 내면 깊숙한 곳으로 완전히 침잠해 들어갔다는 사실을 눈치챈 터였다.

마크는 좀처럼 잠을 이룰 수 없었다. 밤에 헛간으로 몰래 숨어 들어 다락으로 이어진 사다리 밑에서 귀를 기울이다가 깊은 침묵 속에서 안도하곤 하던 습관을 버린 지도 이미 여러 날이 지났지만, 이날 밤 그는 다시 그러한 순례에 나섰다. 메리엣이 대체 무슨 일 때문에 괴로워하는지는 몰라도, 무언가 그의 내면 깊숙이 자리 잡고서 그의 가슴을 혹독하게 갉아대고 있는 것이 분명했다. 그는 다른 사람들이 깨지 않도록 조용히 일어나 조심조심 헛간으로 들어갔다.

그날 밤은 그리 춥지 않았다. 지난 며칠간 총총하게 떠 있던 별들은 엷은 안개에 가려 있었으나 이 정도 날씨면 다락도 그런대로 따뜻할 터였다. 아마 목재와 밀짚, 곡식의 친숙한 냄새와 함께, 이웃들을 놀라게 할까 두려워 모두를 멀리하는 그 젊은이의 크나큰 외로움도 짙게 배어 있으리라. 최근 마크는 메리엣에게 이제 그만 다락에서 내려와 다른 사람들과 함께 자는 게 어떻겠냐고 권해볼까 망설이던 차였다. 하지만 공연히 그런 얘길 했다가 자신이 밤마다 다락의 동정을 살폈다는 것을 메리엣이 눈치챌까 싶어 쉽게 말문을 뗄 수가 없었다. 게다가 그럴 만한 기회도 아직 없었고.

칠흑 같은 어둠 속에서도 마크는 용케 길을 찾아 사다리 밑으로 가서는 잠시 숨을 죽인 채 서 있었다. 헛간에 들여놓은 수확물의 냄새가 물씬 풍겼다. 가끔 몸을 뒤척이는 소리가 들려올 뿐, 다락 위는 아주 고요했다. 옅은 잠에 빠진 모양이구나, 마크는 생각했다. 잠의 늪으로 좀 더 깊숙이 침잠해 들어갈 수 있는 편안한 자세를 찾으려고 몸을 이리저리 뒤척이는 게야. 그러다 갑자기, 아득히 먼 데서 나오는 듯하면서도 뚜렷하게 울리는 메리엣의 목소리가 들려왔다. 무슨 뜻인지 알 수 없는 단순한 웅얼거림에 불과했으나, 귀를 기울여보니 두 가지 강렬한 욕구가 서로 맞서 심하게 갈등하는 가운데 흘러나오는 소리 같았다. 기수의 사나운 채찍질 아래 두 마리 말이 양쪽 다리가 묶인 채 서로 다른 방향으로 향하며 내는 소리. 격렬한 고통으로 몸부림치면서도 완강하게 버티는 고집 센 영혼의 소리. 하지만 그 소리가 너무나 희미해 그는 두 귀를 바짝 곤두세워야 했다.

어떻게 해야 할까? 위로 올라가 메리엣을 깨워야 할까? 만일 이미 깨어 있다면, 그가 뭐라고 하든 무작정 곁에 누워 함께 있어주는 게 좋지 않을까? 아직은 가만 내버려두는 편이 나을까? 아니, 깃발을 휘날리고 나팔을 불면서 금단의 영역으로 진군해 들어가 항복을 요구해야 할까? 어쨌든 그에겐 고민할 시간적 여유가 있었다. 메리엣의 괴로움이 아직 극단에 이른 것 같지는 않았으니 말이다. 마크 수사는 내면의 촛불을 휘황하게 밝히고 절절한 탄원의 연기를 피워 올리며 메리엣을 위해 소리 없이 기도했다.

그의 머리 위 어둠 속에서, 왕겨와 밀짚에 내려앉은 마른 먼지를 피워내며 발 하나가 살그머니 움직이는 것 같았다. 한밤의 생쥐처럼 조심스러운 움직임이었다. 이어 조용하고도 느릿한 발소리가 들리기 시작했다. 어둠에 눈이 익은 마크가 판자 틈으로 부드럽게 새어 드는 별빛에 의지해 위를 올려다봤을 때 다락의 어둠은 소리 없이 흔들리고 있었다. 곧 크게 입을 벌린 어둠의 덫에서 무언가 희미한 물체가 살그머니 모습을 드러내더니 사다리 꼭대기 단을 디뎠다. 맨발이었다…… 이어 또 다른 맨발이 그 아래 단을 디뎠고, 사다리에 기대 선 이의 내면으로부터 여전히 잠 속에 깊이 잠긴 목소리가 흘러나오기 시작했다. 희미하지만 뚜렷이 식별할 수 있는 소리였다. "아니, 더는 고통받을 수 없어!"

메리엣은 도움의 손길을 찾아 아래로 내려오고 있었다. 마크 수사는 안도의 한숨을 내쉬고는 부드럽게 말했다. "메리엣! 나 여기 있어요!" 아주 나직한 목소리였지만 그것으로 메리엣을 깨우기에는 충분했다.

다음 단을 향해 내려오던 발이 멈칫하더니 허공을 잘못 디뎠다. 순간 놀란 새의 울음 같은 가녀린 탄성이 울리더니, 곧 그의 몸이 떨어져 내리며 공포와 당혹감이 뒤섞인 생생한 외침이 터져 나왔다. 메리엣의 몸이 사다리 옆으로 떨어지는 순간 마크 수사가 정신없이 두 팔을 앞으로 뻗었지만, 그의 팔에는 메리엣의 몸의 반만 걸리고 나머지 반은 둔중한 소리와 함께 헛간 바닥으로 추락했다. 마크는 무게를 이기지 못해 비틀거리면서도 팔에 걸린 부분을 필사적으로 붙잡은 채 살그머니 바닥에 내려놓은 뒤 맥없이 늘어진 메리엣의 사지를 더듬어보았다. 정적과 어둠 속에 그의 헐떡이는 숨소리가 들렸다.

마크는 허리를 숙여 메리엣의 코와 가슴에 귀를 대고 부드러운 뺨을 어루만졌다. 이어 덥수룩한 갈색 머리칼을 더듬는 순간, 그는 따뜻하고 끈적한 피의 감촉에 놀라 얼른 손을 거두었다. "메리엣!" 그가 메리엣의 귀에다 대고 나직하게 소리쳤다. 메리엣은 정신을 잃은 채였다.

마크는 도움을 청하기 위해 숙소로 달려갔다. 다급한 상황이었으나 구호소의 모든 사람들을 놀라게 할 수는 없어, 문 가까이에서 잠든 이들 중에서도 가장 건강하고 힘 좋은 두 사람만 살그머니 깨워 데리고 나왔다. 그들은 등롱을 들고 가 여전히 의식을 잃은 채 헛간 바닥에 쓰러져 있는 메리엣을 살펴보았다. 마크가 몸 일부를 붙잡은 덕에 추락의 충격을 조금이나마 완화시키기는 했지만, 머리가 사다리 아랫부분의 날카로운 모서리에 부딪친 모양이었다. 오른쪽 관자놀이께의 피부가 대각선으로 길게 찢어져 거기서 나온 피가 머리칼을 흠뻑 적시고 있었다. 오른쪽 다리가 뒤틀린 채로 먼저 떨어진 뒤 그 위에 무거운 체중이 얹혔으니, 그쪽 또한 큰 충격을 입었을 터였다.

"내 탓이야, 내 탓이라고!" 마크는 뼈가 부러진 데가 없는지 알아보느라 메리엣의 늘어진 몸을 더듬거리며 수없이 자책했다. "내가 놀라게 해서 깨어난 거야. 아, 이 사람이 잠든 줄도 모르고…… 자진해서 나한테 내려오는 줄만 알았지……."

메리엣은 그들의 손길에 몸을 내맡긴 채 죽은 듯 늘어져 있었다. 뼈는 부러지지 않은 듯했지만 삐거나 접질린 자리가 있을지 몰랐고, 머리의 상처에서도 계속 많은 피가 흘러나왔다. 가급적 몸을 건드리지 않는 게 좋을 듯해 그들은 다락에서 메리엣의 침구를 내려 그가 쓰러져 있는 곳 바로 옆에 잘 깔았다. 숙소와는 좀 떨어진 호젓한 곳이니 환자가 요양하면서 지내기에는 괜찮으리라. 이제 메리엣의 머리에 묻은 피를 조심스레 닦아내고 상처를 붕대로 감은 뒤 몸을 살그머니 들어 짚자리에 눕히고는 여러 장의 담요를 덮어주었다. 많은 피를 흘리고 또 충격을 받은 탓인지 몸이 아주 싸늘했으나, 그 소란이 일어나는 내내 메리엣은 마치 모든 고통이 완전히 사라지기라도 한 양 다소 창백하면서도 더없이 평화롭고 초연한 얼굴로 누워 있었다. 이처럼 편안한 메리엣의 얼굴을 보기는 처음이었다.

"이제 가서 주무세요." 마크는 걱정 어린 얼굴로 서 있는 사람들에게 말했다. "더 이상 우리가 할 수 있는 일은 없어요. 제가 이 사람 곁을 지키겠습니다. 필요하면 두 분을 부르죠."

그는 등롱의 심지를 다듬어 불꽃을 잘 피운 뒤 짚자리 곁에 앉아 밤을 꼬박 새웠다. 메리엣은 새벽녘까지 꼼짝하지 않았다. 얼굴에는 여전히 핏기 하나 없었지만, 실신 상태에서 혼곤한 잠 속으로 옮겨 가고부터는 전보다 호흡이 훨씬 고르고 편안해진 것 같았다. 아침기도 시간이 지난 뒤, 그의 입술과 눈꺼풀이 움찔거리기 시작했다. 아직 그것들을 활짝 열 만한 기운은 없는 듯했다.

마크는 메리엣의 얼굴을 닦고 물과 포도주로 입술을 촉촉하게 적셔주었다.

"가만히 누워 있어요." 그가 한 손으로 메리엣의 뺨을 감싸 쥔 채 말했다. "나 마크예요. 내가 여기 있으니 아무 걱정 말아요. 나랑 같이 있으면 안전해요." 왜 이런 말이 나왔을까? 마크는 생각했다. 내가 뭐라고…… 모든 것을 약속하는 무한한 축복의 말을 할 자격이 나한테 있나? 하지만 그 말은 저절로 흘러나왔다.

미지의 힘과 싸우던 그의 무거운 눈꺼풀이 마침내 힘겹게 열리며 절망 어린 초록빛 눈동자가 드러났다. 메리엣은 온몸을 한 차례 부르르 떨고는 마른 입술을 움직여 가녀린 목소리로 말했다. "난 가야 해요. 사람들에게 말해야 해…… 날 좀 일으켜줘요!"

그는 일어나려 했지만 마크가 가슴을 살짝 누르자 다시 힘없이 무너졌다. 그의 몸은 여전히 떨리고 있었다.

"가야 해요! 제발 나 좀 도와줘요!"

"어디에도 갈 필요 없어요." 마크는 메리엣에게 얼굴을 바싹 갖다 대고서 입을 열었다. "누구한테 전할 말이 있거든 그대로 누운 채 얘기만 해요. 내가 분명히 전해줄 테니까. 당신은 저 위에서 떨어졌어요. 지금은 가만히 누워 쉬어야 해요."

"마크…… 마크, 당신이에요?" 메리엣이 담요 밖을 이리저리 더듬었다. 마크는 그 손을 붙잡아 꼭 쥐었다. "아, 당신이군요." 그가 한숨을 내쉬었다. "마크…… 붙잡혔다는 그 사람…… 성직자를 살해한 죄로 붙잡힌 사람 말이에요…… 아니, 내가 직접 얘기해야 해요…… 휴 베링어한테 가야겠어요."

"나한테 얘기해요." 마크는 되풀이해 말했다. "그러면 돼요. 당신이 원하는 그대로 전할게요. 당신은 그저 나한테 말한 뒤 가만히 쉬면 돼요. 휴 베링어한테 뭐라고 전하면 되죠?" 그러나 그는 어떤 얘기가 나올지 이미 알 것 같았다.

"그 불쌍한 사람을 풀어줘야 한다고 말해줘요…… 그자는 피터 클레멘스를 죽이지 않았어요. 내가 아는 사실을 전해줘요! 휴 베링어한테!" 메리엣은 간절함이 담긴 초록빛 눈으로 마크의 얼굴을 올려다보며 말을 이었다. "내가 끔찍한 죄를 고백했다고 말해줘요…… 피터 클레멘스를 죽인 사람은 나였다고요. 내가 애스플리에서 5킬로미터쯤 떨어진 숲에서 활로 그 사람을 쐈다고요. 물론 깊이 후회하고 있어요. 우리 아버지와 집안의 이름에 먹칠을 한 것에 대해서도요."

메리엣은 때늦은 충격에 혼미해진 정신으로 온몸을 떨며 눈물을 펑펑 쏟기 시작했다. 예기치 않게 터진 눈물에 그 자신도 놀란 듯했다. 이어 그는 마크의 손을 굳게 움켜잡아 비틀면서 말했다. "약속해줘요! 그렇게 전하겠다고. 제발, 부탁이에요……."

"약속해요. 다른 사람을 보내지 않고 내가 직접 가서 그대로 전하겠어요." 마크는 메리엣의 흐릿한 두 눈 앞으로 얼굴을 바짝 들이댄 채 다짐하듯 말했다. "하지만 성으로 떠나기 전에 당신과 나 모두를 위해 한 가지 일을 해줬으면 해요. 그러면 당신도 더 편안히 잠들 수 있을 거예요."

갑작스러운 제안에 메리엣의 두 눈이 동그래졌다. "그게 뭐죠?"

마크는 더없이 부드러우면서도 확고한 어조로 이야기를 시작했다. 하지만 그가 미처 말을 마치기도 전에, 메리엣이 마크에게 쥐인 제 손을 빼고는 돌아누우며 신음하듯 내뱉었다. "아니, 싫어요! 그렇게는 못 해요……."

마크는 재촉하듯 이야기를 이어갔으나 메리엣이 좀 더 거칠게 거부하자 말을 멈추고는 달래듯이 말했다. "알았어요! 걱정하지 말아요. 그래도 당신 얘기는 잘 전할 테니까. 그러니 이제 조용히 누워서 좀 자도록 해요."

메리엣은 그의 말을 믿었다. 저항하느라 뻣뻣해져 있던 몸이 금세 부드러워지고, 붕대로 감싼 머리가 다시 마크 쪽을 향했다. 앞이 잘 보이지 않는 데다 헛간 안이 어둠침침해 미간을 잔뜩 찌푸린 채였다. 마크 수사는 등롱의 불을 끄고 담요로 그의 몸을 단단히 여민 뒤 뺨에 입을 맞추고서 헛간을 나왔다.

*

마크 수사는 만나는 모든 이들과 인사를 나누며 수도원 앞길을 지나고 시내로 이어진 돌다리를 건너 세인트메리 교회 부근에 있는 휴 베링어의 집에 이르렀다. 휴는 이미 집을 나선 뒤였다. 마크는 낙심하거나 당황하지 않고 다시 성으로 걸음을 옮겼다. 성에는 휴 베렁어뿐 아니라 캐드펠도 있었으니, 마크로서는 뜻밖의 소득이었다. 캐드펠은 막 떠돌이 사내의 팔에 난 짓무른 상처를 치료해주고 나오던 참이었다. 환자가 오랫동안 한데서 잠을 자고 형편없이 굶주려온 탓에 치료하기에 좋은 상태는 아니었지만 환부의 염증은 어느 정도 진정되는 기미를 보이고 있었다. 이미 해럴드의 비쩍 마른 뼈에 조금씩 살이 붙기 시작했고, 움푹 들어간 양쪽 뺨도 젊은이다운 탄력을 되찾아가고 있었다. 견고한 돌벽으로 둘러싸인 곳이긴 하나 따뜻한 담요로 몸을 두른 채 편안히 잘 수 있는 데다 매일 세끼가 꼬박꼬박 나오니, 해럴드에게는 이곳이 천국이나 다름없었다.

높은 성벽으로 둘러싸여 한층 침침하고 장엄해 보이는 성에서 마크 수사의 자그마한 몸은 평소보다 더 왜소해 보였으나 엄숙하고 듬직한 태도는 여전했다. 휴는 예상치 못한 방문에 놀란 얼굴로 그를 맞아들인 뒤 경비병들의 대기실로 데리고 갔다. 대낮에도 햇빛이 들지 않아 늘 침침한 곳이지만, 지금은 벽난로를 지피고 횃불을 밝혀 따뜻하고 환했다.

"메리엣 형제가 나리께 전할 말이 있다고 해서 왔습니다." 마크 수사는 대뜸 본론으로 들어갔다. "그 사람이 직접 올 수 없는 형편이니 제가 그 사람 말을 그대로 전하겠습니다. 그 사람이 그렇게 해주기를 원했고, 저도 반드시 그러겠다 약속했거든요. 메리엣 형제는 나리께서 어떤 떠돌이를 피터 클레멘스 살해 혐의로 체포해 이 성안에 가둬뒀다는 소문을 어제야 들었습니다. 세인트자일스에 있는 다른 모든 사람들도 마찬가지고요. 간밤에 그 사람은 악몽에 시달렸어요. 잠든 상태로 일어나 걸어 다니다가 다락에서 떨어지는 바람에 지금은 머리를 다치고 몸 여기저기에 멍이 든 채로 누워 있습니다. 다행히 의식은 돌아왔고, 심한 부상을 입은 것 같지도 않습니다. 그래도 저로서는 몹시 걱정이 되니 캐드펠 수사님께서 그 사람의 상태를 직접 봐주시면 좋을 것 같습니다."

"당연히 그래야지!" 캐드펠은 놀라 소리쳤다. "그런데 그 아이가 뭘 어째? 잠든 채 걸어 다니다가 떨어졌다고 했나? 전에는 발작 상태에서도 침대를 벗어난 적이 없었다네. 그리고 보통 그런 사람들은 깨어 있는 상태에서는 감히 엄두도 내지 못할 곳까지 아주 능숙하게 다니곤 하는데."

"제가 아래쪽에서 말을 걸지만 않았어도 아마 떨어지지는 않았을 겁니다." 마크는 안타까운 마음에 두 손을 꼭 쥐고서 말을 이었다. "전 그 친구가 완전히 깨어 있는 줄 알았습니다. 제게 위로나 도움을 청하러 오는가 싶었죠. 그런데 제가 이름을 부르자마자 그만 발을 헛디뎌 비명을 지르면서 떨어진 겁니다. 이제는 제정신으로 돌아온 상태고요. 그가 잠든 상태에서 무슨 일을 하려 했는지, 어디로 가려 했는지 저는 잘 알고 있습니다. 제게 부탁한 바로 그 일을 하려던 거죠. 하지만 이제 본인은 거동할 수 없는 상태라, 이렇게 제가 대신 왔습니다."

"그 친구를 안전하게 두고 온 건가?" 캐드펠은 근심스럽게 묻고는 이내 후회했다. 마크 수사가 어련히 알아서 잘 조치했을 텐데.

"다른 두 사람에게 잘 지켜보라고 얘기해놓았습니다. 어차피 그는 편히 잠들어 있을 테지만요. 이젠 제가 그의 부담을 대신 짊어지고 이리로 왔으니까요." 마크 수사는 허리를 꼿꼿이 편 채 성직자답게 겸허하면서도 담담한 자세로 말했다. "메리엣 형제는 살인죄로 체포된 그 사람을 풀어줘야 한다고 했습니다. 피터 클레멘스를 살해한 사람은 바로 자기라면서요. 애스플리에서 5킬로미터쯤 떨어진 숲에서 그를 활로 쐈다더군요. 그런 짓을 저지르고 아버지와 집안의 이름에 먹칠한 것에 대해 깊이 후회하고 있다고도 했습니다."

마크는 두 눈을 크게 뜬 채 그들을 응시했고, 두 사람은 한 걸음 물러나 생각에 잠긴 얼굴로 그를 마주 보았다. 일이 이렇게 간단하게 끝나다니! 격정적이고 성급한 아들이 사람을 죽이자 기개 있고 위엄 있는, 그리고 가문의 명예를 지키는 데 급급한 아버지가 그에게 선택권을 주었다. 집안 전체를 세상 사람들의 손가락질 아래 놓이게 할 것인지, 아니면 수도원에 들어가 평생 속죄할 것인지. 이에 아들은 집안에 먹칠을 한 채 수치스럽게 살아가느니 평생 속죄의 고행을 감내하기로 마음먹은 것이다. 있을 수 있는 일이다! 이로써 모든 의문이 풀린 셈이다.

"하지만……" 마크 수사는 대천사처럼 숭고하고 의연하게, 동시에 아이처럼 솔직하고 천진하게 말을 맺었다. "그 말은 진실이 아닙니다."

*

"당신이 한 이야기에 대해 왈가왈부할 생각은 없소." 휴는 한 동안 깊은 생각에 잠겨 있다가 부드럽게 입을 열었다. "그저 딱 한 가지만 묻고 싶군. 방금 그 말은 오로지 메리엣에 대한 믿음에 서 나온 말이오, 아니면 어떤 증거에 의한 확신이오? 그의 말이 거짓이라 생각하는 이유가 뭐지?"

"저는 그가 어떤 사람인지 잘 압니다." 마크는 단호하게 말했 다. "하지만 그 친구에 대한 제 믿음을 최대한 잊고 생각해보았 죠. 만일 제가 그 사람은 숲속에 숨어 활로 남의 등을 겨눌 사람 이 아니라고, 차라리 정정당당하게 당사자 앞에 나서서 일대일로 겨루자고 요청할 사람이라고 말한다면, 그건 그저 제 믿음을 주 장하는 말에 불과할 겁니다. 게다가 비천한 환경에서 나고 자란 제가 저 고귀한 사람들 사이에서 일어나는 일에 대해 어찌 자신 있게 말할 수 있겠습니까? 그래서 저는 그를 시험해보았습니다. 고백을 들은 뒤, 그 자신의 영혼을 편안케 하기 위해 고해신부를 불러 죄상을 털어놓고 죄 사함을 받는 게 어떠냐고 제안했죠. 그 러자 그 친구는 거부하더군요." 마크는 그들을 바라보며 싱긋 웃 었다. "심지어 생각만 해도 싫은 듯 진저리를 내면서 돌아누웠습 니다. 제가 다시금 다그치자 몹시 짜증을 냈고요. 자신이 타당하

234

다고 여기는 어떤 명분을 지키기 위해 그 친구가 저나 나리께, 혹은 전하의 법 앞에서 거짓말을 할 수는 있습니다. 하지만 고해신부한테는 그러지 못할 겁니다. 더욱이 고해신부를 통해 하느님한테는 거짓말을 하는 건 절대 있을 수 없는 일이죠."

10

"현재로서는 그 청년이 사실을 털어놓지 않을 것 같군." 한동안 묵묵히 생각에 잠겨 있던 휴가 마침내 입을 열었다. "일단은 그대로 내버려두는 게 좋겠소. 머리를 다쳤으니 한동안은 누워서 꼼짝 않겠지. 게다가 우리가 자기 말을 그대로 믿는다고 생각한다면 더더욱 아무 말도 하지 않을 테고. 그 사람을 잘 돌봐주시오, 마크. 모든 일이 자기 마음먹은 대로 되었다고 생각하게 가만 내버려둡시다. 이곳에 갇힌 사람은 재판에 회부되지 않을 거고, 어떤 피해도 받지 않을 테니 안심해도 좋다고 전하시오. 하지만 우리가 무고한 이를 가둬놓고 있다는 사실을 다른 이들에게 발설해서는 안 되오. 메리엣을 제외한 다른 사람들은 절대 알지 못하게 해야 하오. 이곳 시민들이 생각할 때 우리는 살인범을 가둬놓고 있는 거요."

설령 선의에서 나온 것이라 해도, 하나의 속임수는 필연코 또 다른 속임수를 낳는 법이다. 마크는 진리를 추구하는 순례의 길에서 속임수가 차지할 자리는 없다고 생각했지만 하느님이 당신의 목적을 실현하기 위해 인간들로서는 생각하기 어려운 온갖 신비로운 장치들을 사용하신다는 점은 인정했으며, 때로는 거짓말 속에도 진실이 깃들어 있음을 잘 아는 터였다. 그는 메리엇으로 하여금 휴 베링어가 그 고백을 사실로 받아들였고, 따라서 고통은 끝났다고 믿게 만들 작정이었다. 이제 메리엇은 두려움도 희망도 없이, 그리고 악몽도 없이 잘 수 있을 것이다. 자진해서 희생의 길에 들어선 이에게 필연적으로 따라붙기 마련인 일말의 씁쓸함이 없진 않겠으나, 결국 모든 일이 자기 뜻대로 되었다는 흡족한 마음으로 숙면을 취하고, 현상계에 모습을 드러내지 않는 보다 더 나은 세계를 향해 다시금 발돋움하리라.

"다른 사람은 알지 못하게끔 조심에 조심을 다하겠습니다." 마크는 말했다. "또한 나리께서 필요로 하실 땐 언제든 그 사람을 대령하도록 할 것을 그 사람을 대신해 약속드립니다."

"좋소! 그럼 이제 환자한테 돌아가보시오. 캐드펠 수사님과 나는 잠시 후에 뒤따라갈 테니."

마크가 개운한 표정으로 성을 떠난 뒤, 휴와 캐드펠 수사는 한동안 생각에 잠겨 서로의 눈을 응시했다.

"어떻게 생각하세요?" 마침내 휴가 물었다.

"메리엣의 얘기는 아주 그럴싸해." 캐드펠은 말했다. "그 고백의 많은 부분이 사실일 듯하네. 물론 마크와 마찬가지로 나 역시 그 아이가 살인을 했다고는 믿지 않지만. 그래도 나머지 이야기는…… 나뭇단을 쌓아놓고 불을 붙이게 한 그자는 아랫사람들을 제 뜻대로 움직이고 비밀을 지키게 할 만한 힘과 권위를 가진 인물일 거야. 다른 이들을 부리는 데 익숙하고, 그들의 두려움과 존경을 받는 사람. 죽은 이의 물건을 훔치지 않고, 아랫사람에게도 그런 일을 허용하지 않을 사람…… 레오릭 애스플리가 바로 그런 사람이지. 만일 아들이 자기 집 손님으로 찾아왔던 사람을 살해했다고 믿었다면 그는 바로 그렇게 행동했을 걸세. 원래는 용서라는 걸 모르는 사람인데, 그런 식으로 아들을 보호했다면 이는 가문의 명예를 지키려는 마음에서였을 거야. 아마 아들에게서 평생토록 속죄한다는 약속을 받아냈겠지."

캐드펠은 비를 맞으며 수도원 정문 앞에 서 있던 아버지와 아들의 모습을 떠올렸다. 아버지는 아들에게 가혹하고 냉정하고 적대적으로 대했을 뿐 아니라 혈족 사이에 으레 있을 법한 입맞춤조차 없이 떠나버렸고, 아들은 고분고분하고 예의 바르게 행동했으나 이는 그의 천성에 맞지 않는 것이라 이내 반항과 체념의 자세로 돌아섰다. 아들은 어떻게든 수습 기간을 줄여 하루빨리 수도원에 갇히고 싶어 안달을 내며, 꿈속에서는 스스로를 해방하기 위해 악마처럼 싸우고 있었다. 메리엣의 고백은 현실과 제대로 부합하는 듯했다. 하지만 마크는 메리엣이 거짓말을 했다고 절대적으로 확신하고 있었다.

"메리엣이 고백한 내용에는 의심할 점이 거의 없습니다." 휴는 고개를 가로저으면서 말했다. "그 사람은 줄곧 성직자가 되는 것이 자신의 소원이라고 얘기했죠. 교수대 외에 달리 선택할 길이 없는 상황이었다면 충분히 그럴 만합니다. 그 살인 사건은 피살자가 애스플리가를 떠난 직후에 일어났어요. 그는 일을 저지른 뒤 말을 북쪽으로 멀리 떨어진 곳으로 끌고 가 놔주었고, 그래서 우리는 범행 장소와 한참 떨어진 곳에서 시신을 찾아다닐 수밖에 없었습니다. 하지만 그는 자기가 구호소 사람들을 시신이 있는 곳으로 데려가고 있다는 사실을 몰랐죠. 그로 인해 아버지가 공들여 무마해둔 일이 발각되리라는 것도요. 그 점에 대해서는 저도 마크의 말에 동의합니다. 더하여…… 마크의 또 다른 주장에도 마음이 기우는 것이 사실이고요. 하지만 메리엣이 피터 클레멘스를 죽이지 않았다면, 어째서 그는 거짓으로 죄를 시인한 걸까요? 그것도 자진해서 말입니다!"

"가능한 대답은 하나뿐이야." 캐드펠이 말했다. "누군가를 보호하기 위해서겠지."

"메리엣이 진짜 살인자를 알고 있다고 생각하시는군요."

"아니면 자기가 살인자를 안다고 믿거나. 그 집 사람들은 서로에게 자신을 감추고 있어. 그것도 몇 겹의 베일로 말이야. 레오릭 애스플리가 아들을 강제로 수도원에 들여보냈다면, 그건 아들이 살인죄를 저질렀다고 확신했기 때문일 걸세. 그리고 메리엣이 자신의 온 영혼이 거부하는 삶에 스스로를 내던지고 이제는 수치스러운 죽음까지 감수하려는 것으로 미루어, 그 젊은이 역시 자기가 사랑하는 누군가가 그런 죄를 저질렀다고 확신하는 게 분명해. 자, 생각해보게. 만일 레오릭이 엄청난 착각을 한 거라면, 메리엣 역시 같은 실수를 저질렀을 수도 있지 않겠나?"

"그런 점에서는 우리 모두가 마찬가지 아닐까요?" 휴는 한숨을 쉰 뒤 말을 이었다. "우선 잠을 자며 걸어 다닌다는 그 환자부터 만나보죠. 혹시 압니까? 그가 고집스레 주장을 고수하고 이야기의 앞뒤를 맞추느라 계속 거짓말을 해야 할 형편이라면, 그 와중에 우리에게 큰 도움이 될 무언가를 무심코 입 밖에 흘릴지. 그 친구는 불쌍한 떠돌이가 자기를 대신해, 혹은 자기에게 소중한 누군가를 대신해 고통을 당하게 될 줄 미처 예상하지 못했습니다. 그 점은 분명해요. 해럴드가 우리 기대보다 훨씬 더 일찍 그의 입을 연 셈입니다."

*

그들이 세인트자일스에 도착했을 때 메리엣은 잠들어 있었다. 캐드펠은 헛간의 짚자리 곁에 선 채, 이제 악마의 손아귀에서 벗어나 이상하리만치 평화롭고 아이처럼 해맑아 보이는 그의 얼굴을 물끄러미 내려다보았다. 메리엣의 숨결은 깊고 편안했다. 내내 괴로움에 시달리다가 죄상을 고백하고 마침내 개운한 마음으로 모든 일이 바로잡히리라 확신한 죄인의 모습이 그와 같지 않을까? 하지만 그는 사제에게 고해하기를 극구 거부했고, 바로 그래서 마크는 그의 고백이 거짓임을 확신하고 있었다.

"그냥 자게 내버려두시오." 마크가 마지못해 메리엣을 깨우려 하자 휴가 얼른 그를 만류했다. "우린 기다릴 수 있으니까."

한 시간쯤 지났을까? 메리엣이 몸을 뒤척이더니 눈을 떴다. 휴는 우선 환자의 상태를 살피고 먹을 것과 마실 것부터 주게 했다. 그런 다음 메리엣의 동의를 구하고서야 그의 곁에 앉아 이야기를 들었다. 심문이 시작되기에 앞서 캐드펠이 메리엣의 전신을 자세히 살펴보았다. 다른 상처들은 그리 심각하지 않았으나, 사다리에서 떨어지면서 삐끗한 한쪽 발목은 당분간 쓰기 어려울 듯했다. 게다가 머리에 심한 충격을 받은 탓에 정신이 혼몽한 상태였다. 예전 일들을 선명히 기억하더라도 최근 며칠 사이 있었던 일들은 흐릿할 수 있었다. 다행히 관자놀이에 길게 난 찢어진 상처의 출혈은 진작에 멎었고, 상처도 곧 아물 것 같았다.

헛간의 침침한 빛 속에서 메리엣은 크게 열린 강렬한 초록빛 눈동자로 휴를 올려다보았다. 그는 낮으면서도 단호한 목소리로 마크 수사에게 했던 이야기를 천천히 되풀이하며 세세한 전후 사정까지 아주 성의 있게, 그리고 더없이 정연하게 이어나갔다. 주의 깊게 듣고 있던 캐드펠은 메리엣의 이야기가 아주 그럴듯하다는 점을 인정하지 않을 수 없어 적잖이 당황했다. 휴 역시 같은 생각인 듯했다.

"그러니까, 그 사람이 자네 아버님과 함께 말을 타고 떠나는 광경을 지켜보다가 활을 갖고 나섰다는 얘기군." 휴가 담담한 어조로 천천히 물었다. "그땐 말을 탔나, 아니면 도보로 나갔나?"

"말을 탔습니다." 메리엇은 미리 준비한 듯 주저 없이 대답했다. 만일 걸어서 갔다면 재빨리 손님을 앞질러 가 미리 대기할 수 있었겠는가. 캐드펠은 이소다가 했던 이야기를 떠올렸다. 메리엇이 아버지 일행과 함께 나가지는 않았지만 그날 오후 늦게 돌아올 땐 그들과 함께였다고 했지. 하지만 그가 말을 탔는지 걸어서 왔는지에 대해서는 얘기하지 않았어. 이는 나중에 확인해야 할 문제였다.

"처음부터 그를 살해할 생각이었나?" 휴는 부드럽게 질문을 이어갔다. "아니면 충동적으로 벌인 일인가? 도대체 무엇 때문에 피터 클레멘스에게 앙심을 품은 거지? 그 사람을 죽이고 싶었다면, 분명 그럴 만한 이유가 있었을 텐데."

"그자가 제 형의 약혼자에게 알랑거리며 추파를 던졌으니까요." 메리엇은 말했다. "게다가 자신이 우리보다 우월하다 믿고 얼마나 거만하게 굴었는지 모릅니다. 영지도 없고 대단한 가문 출신도 아니며 가진 거라고는 학식밖에 없는 주제에 후원자의 후광을 내세워 유서 깊은 우리 집안 사람들을 얕봤다고요. 그래서 제 형도 여간 불쾌해하지 않았죠……."

"하지만 자네 형은 복수하려 들지 않았어." 휴가 말했다.

"형은 로즈위타를 만나러 린드가로 갔으니까요…… 그 전날 밤에도 로즈위타를 집까지 바래다줬는데, 제 생각엔 아마 그때 두 사람이 다투었던 것 같아요. 형이 이튿날 아침 일찍 나갔거든요. 로즈위타랑 화해하려고 그랬겠죠. 형은 그 사람이 떠나는 것도 보지 못하고 저녁 늦게야 집에 돌아왔습니다. 모든 일이 끝나고 한참 지난 뒤에야……." 메리엣의 목소리는 내내 흔들림이 없었다.

캐드펠이 알고 있는 이소다의 증언과도 다르지 않았다. 나이절은 모든 일이 끝난 뒤에 돌아왔다. 그리고 메리엣은 이틀 내내 모습을 드러내지 않다가, 수도원에 들어갈 결심을 굳힌 다음에야 이소다 앞에 나타나 자신이 결심한 바를 밝혔다. 자기가 뭘 하고 있는지 잘 알고 있으며, 자기가 원하는 게 바로 그 일이라고 말이다.

"말을 타고 나설 때 이미 그 사람을 살해할 의도를 품고 있었나?" 휴가 다시 물었다.

메리엣은 처음으로 머뭇거리다가 곧 입을 열었다. "그땐 아무 생각도 없었습니다. 그저 혼자 그리로 갔는데…… 어쨌든 속은 부글부글 끓고 있었죠."

"그를 앞지르려면 몹시 서둘러야 했을 텐데." 휴는 다그치듯 말했다. "그리고 자네 말마따나 그 사람을 추월해 미리 대기하고 있었다면 아마 다른 길을 택했을 거고."

메리엣은 짚자리에 꼿꼿하게 누운 채 잔뜩 긴장한 눈빛으로 휴를 응시했다. "특별히 어떤 일을 벌이겠다는 생각 없이 그냥 서둘렀습니다. 그러다 무성한 숲속에 몸을 숨기고 있자니 그 사람이 느긋하게 말을 몰아 제 쪽으로 다가오는 게 보이더군요. 그때 제가 활을 쏘았고, 그 사람은 말에서 떨어졌습니다……." 붕대로 감싼 창백한 이마에 진땀이 불끈 솟아났다. 메리엣은 눈을 감았다.

"이쯤 해두지!" 캐드펠이 휴의 어깨 너머로 조용히 말했다. "그만하면 충분하네."

"아뇨." 메리엣이 강하게 말했다. "끝까지 얘기하게 해주세요. 제가 가서 들여다봤을 때 그 사람은 이미 죽어 있었습니다. 그리고…… 제 아버지가 현장에서 저를 붙잡았습니다. 아버지가 데리고 나온 사냥개들이 제 냄새를 맡고 아버지를 그곳으로 인도한 거죠. 아버지는 저를 위해, 그리고 가문의 명예를 위해 제 범행을 은폐했습니다. 그러느라 법에 어긋나는 일을 저지르셨을 수도 있겠지만, 결국 모든 잘못은 제게 있습니다. 제가 원인을 제공했으니까요. 하지만 아버지가 제 죄를 그냥 묵과하고 넘어가신 건 아니에요. 저더러 세속을 떠나 수도원에 들어가겠다고 약속하라 하시더군요. 그런 다음 그분이 뭘 어떻게 하셨는지에 대해서는 아무도 제게 얘기해주지 않았습니다. 저는 제 죄를 씻어내고자 하는 마음에 자진해서 수도원에 들어왔습니다. 심지어 한줄기 희망까지 품고서요. 그리고 노력했습니다…… 하지만 일어난 일들은 모두 다 제 탓이니, 이젠 죗값을 치르고 싶습니다."

메리엣은 자신이 저지른 짓을 떠올리며 무거운 한숨을 내쉬었다. 휴 역시 한숨을 내쉬며 자리에서 일어설 것처럼 몸을 움직이다가 지나가듯 무심하게 물었다. "아버지가 살해 현장에서 자네를 본 게 몇 시경이었나, 메리엇?"

"오후 3시쯤이었을 겁니다." 메리엣 역시 무심히 대답했고, 그로써 함정에 빠졌다.

"피터 클레멘스는 아침기도 직후에 집을 떠났다고 했는데." 휴는 은근한 어조로 말을 이었다. "그렇다면 말을 타고 불과 5킬로미터쯤 가는 데 엄청난 시간이 걸린 셈이군."

긴장이 풀려 반쯤 감겨 있던 메리엣의 두 눈이 번쩍 뜨였다. 그는 놀라고 당황한 와중에도 목소리와 표정을 통제하려고 안간힘을 쓰며 단호한 어조로 대꾸했다. "제가 얘기를 얼른 마무리 지으려는 마음에 다른 내용을 건너뛰었네요. 그 사람을 죽인 건 오전 중반께였습니다. 그러곤 두려운 마음에 현장에서 달아나 숲속을 정신없이 방황하다가, 결국 다시 그 자리로 돌아왔죠. 시신을 길에서 끌어내 깊은 숲속에 숨겨둬야겠다고 생각했거든요. 아무도 그걸 발견하지 못하게 잠시 두었다가 밤에 몰래 와서 매장해버릴 작정이었어요. 무척 두려웠지만 결국은 그렇게 되돌아왔습니다. 저는 제가 한 짓을 후회하지 않아요." 메리엣의 목소리는 더없이 담담했고, 그 마지막 말 어딘가에는 일말의 진실이 깃들어 있는 듯했다. 하지만 그는 어떤 사람도 활로 쏘아 죽이지 않았다. 사과나무 밑에서 피 흘리며 쓰러져 있는 울스턴 수사를 보고 충격을 받아 우뚝 섰듯이, 애스플리에서 5킬로미터쯤 떨어진 곳

에서 그는 피 웅덩이 속에 쓰러진 누군가의 시신을 우연히 맞닥
뜨리고 놀라 걸음을 멈추었을 것이다. 그리고 그 시각은 오전 중
반께가 아니라, 아마 그의 아버지가 매와 사냥개들을 데리고 나
온 오후였으리라. 이제 캐드펠은 분명히 확신할 수 있었다.

"저는 후회하지 않습니다." 메리엣은 부드러운 목소리로 되풀
이했다. "어쨌든 아버지께 붙잡힌 건 잘된 일이에요. 이제 두 분
께 모조리 털어놓게 된 건 그보다 훨씬 다행스러운 일이고요."

"잘 알았네!" 휴는 자리에서 일어나 수수께끼 같은 표정으로
메리엣을 물끄러미 내려다보았다. "자네는 그저 마크 수사의 보
살핌을 받으면서 여기 꼭 붙어 있게. 캐드펠 수사님 말씀으로는
당분간 목발 없이는 아예 걸을 수 없다니, 어차피 도망치지도 못
할 거야."

"도망칠 일은 절대 없으리라고 약속드리고 싶지만 나리께서
과연 그 말을 믿어주실지 모르겠네요." 메리엣은 처량하게 중
얼거렸다. "하지만 마크는 믿어주겠죠. 저는 그저 마크 수사가
하라는 대로 하겠습니다. 붙잡혔다는 그 떠돌이는 풀어주실 거
죠?"

"그건 걱정 말게. 그자가 저지른 짓이라곤 그저 배를 채우기
위한 좀도둑질에 불과하니까. 그 정도 죄는 금세 잊힐 걸세. 자네
는 자네 일만 걱정하면 돼." 그러고서 휴는 진지한 얼굴로 그에
게 물었다. "사제를 불러 고해하는 게 어떻겠나?"

"나리와 교수형 집행인이 제 고해신부 역할을 하시게 될 겁니

다." 메리엣의 얼굴에는 회한과 고통에 찬 미소가 떠올라 있었다.

*

"한 입으로 거짓말과 참말을 번갈아 하는군요." 수도원 앞길을
되짚어 성으로 돌아가며 휴가 답답하다는 듯 말했다. "자기 아버
지에 대해 이야기한 내용은 거의 사실인 듯합니다. 그는 거기서
아버지에게 붙잡혀 처벌과 동시에 보호를 받게 된 겁니다. 진실
로 원했든 원치 않았든, 바로 그렇게 해서 수도원에 들어왔죠. 이
것이 그가 깨어 있을 때나 잠들었을 때 보인 모든 행동을 설명해
주긴 합니다만, 피터 클레멘스의 살인범이 정말로 누구인지에 대
한 의문에는 아무런 해답이 되지 못합니다. 메리엣이 살인을 하
지 않은 건 확실하니까요. 조금 전 제가 의표를 찌르기 전까지만
해도 그는 자신이 그런 실수를 하리라 꿈에도 생각하지 못했습니
다. 순간 엄청난 충격을 받았으리라는 사실을 고려하면 그런대로
실수를 얼버무리는 솜씨가 아주 탁월하더군요. 물론 너무 늦었지
만요. 이제 우리가 택할 수 있는 최선의 방도는 뭘까요? 메리엣
이 범행을 실토했다는 소문을 널리 퍼뜨려야 할까요? 만일 그가
정말로 다른 누군가를 위해 자신을 희생하고 있다면, 그 사람이
자진해서 우리에게 와 메리엣의 목에 걸린 올가미를 풀고 대신
자기 목을 들이밀지 않겠습니까?"

"그런 일은 없을걸." 캐드펠은 단호하게 말을 이었다. "제 안

위를 위해 메리엣이 지옥으로 들어가는 걸 그대로 방치한 사람이 이제 와서 굳이 그를 구하겠다고 나서겠는가? 내가 그 사람을 잘못 판단하고 있는지도 모르지만, 어쨌든 그런 일이 일어나리라 기대하기는 어려울 거야. 게다가 자네 또한 괜한 거짓말로 법을 훼손하게 될 뿐 아니라 그 젊은이에게 더 깊은 슬픔을 안겨주게 되겠지. 그건 안 돼. 아직 시간이 좀 있으니 일단 그 문제는 이대로 내버려두세나. 며칠 뒤에는 수도원에서 그 집 큰아들의 결혼식이 거행될 거고, 그때 레오릭 애스플리가 제 나름의 해답을 내놓을 수도 있어. 물론 그 사람은 메리엣이 죄를 저질렀다고 진심으로 믿고 있으니 진짜 살인범을 밝혀내는 데는 큰 도움이 되지 않을지도 모르지. 결혼식이 끝날 때까지는 그를 심문하지 말고 내게 상황을 맡겨주게, 휴. 그 부자에 관해 나 나름대로 생각하고 있는 게 있으니까."

"좋습니다." 휴가 대답했다. "그 사람 문제는 수사님이 알아서 처리해주세요. 어쨌든 레오릭 애스플리가 저지른 일은 법보다 교회와 더 깊은 관련이 있으니까요. 죽은 사제를 그 신분에 걸맞은 의식에 따라 기독교식으로 매장할 수 없게 만들지 않았습니까. 게다가 애스플리는 수도원의 후원자이기도 하니, 그를 심판하는 일은 온전히 수도원의 처분에 맡기겠습니다. 제가 원하는 건 살인자입니다. 보아하니 수사님이 그 늙은 폭군보다 메리엣에 대해 훨씬 잘 알고 계시는 것 같군요. 그 사람은 자신의 작은아들을 너무 모릅니다. 불과 몇 주밖에 함께 지내지 않은 이들이 아버지보다도 그를 훨씬 더 잘 알고 훨씬 더 깊은 믿음으로 대한다는 게 참…… 부디 수사님이 뜻하는 바가 성취되기를 빕니다." 그는 진지한 목소리로 말을 이었다. "곤혹스러운 문제가 또 있습니다. 그 일대에 사는 누군가, 애스플리가 사람이든 린드가 사람이든 포리엣가 사람이든 간에, 그자가 대체 무슨 이유로 피터 클레멘스를 죽였는지 저로서는 도무지 알 수가 없다는 거예요. 여자에게 추파를 던졌다고 활을 쏜다? 그건 말도 안 됩니다! 다음 날이면 그곳을 떠날 사람이잖아요. 그들 중 누구도 그 전에는 클레멘스를 만나본 적이 없고, 이후로도 다시는 볼 일이 없었을 겁니다. 게다가 그 형의 관심사는 그저 토라진 자기 약혼자와 다시 화해하는 일에만 쏠려 있었던 것 같고요. 그런 이유로 사람을 죽여요? 완전히 돌아버린 자가 아니고서야 그런 짓을 할 리가 없죠. 수사님은 린드가의 여자가 주위의 모든 남자들에게 눈웃음을 흘린다고 말씀하셨습니다만, 이제껏 그런 일 때문에 죽은 사람은 아무도 없잖습니까. 분명 다른 이유가 있을 겁니다. 문제는, 그게 뭔지 도무지 감을 잡을 수가 없다는 거죠."

캐드펠 역시 같은 문제로 골머리를 앓고 있었다. 한 여자를 둘러싸고 벌어진 저녁의 가벼운 소동, 그것도 모욕이라기보다는 찬사에 가까운 추파로 인해 생긴 이 일은 그때껏 평화롭기만 했던 집안에서 잠시 일었다 가라앉은 작은 파문에 불과했다. 누구도 그런 사소한 일로 살인을 벌이지 않는다. 게다가 피터 클레멘스에게 이 일로 시비를 걸었다는 사람도 없었다. 친척이라고는 하지만 애스플리 집안 사람들은 그를 약간 아는 정도에 불과하고 이웃들에겐 아예 남이었으니, 만일 이자가 다소 거슬렸더라도 그저 하룻밤 묵어가는 손님이라 여기며 참다가 이튿날 아침 미소로써 배웅한 뒤 안도의 한숨을 내쉬고 말았으리라. 마음에 안 드는 짓을 했다는 이유로 길목에 숨어 있다가 활을 쏘아 죽인다니, 대체 누가 그런 짓을 하겠는가?

하지만 그 사람 자신이 아니라면 대체 다른 무엇이 그를 죽음으로 몰아갔을까? 그가 맡은 임무일까? 그는 적어도 이소다가 있는 자리에서는 자신의 일에 대해 이야기하지 않았다. 설혹 이야기했다 치더라도, 거기 있는 사람들이 굳이 그를 막아야 할 이유가 있을까? 그의 임무는 북쪽의 두 대영주로 하여금 헨리 주교의 중재안을 지지하게 하기 위한 외교적인 예방禮訪이었다. 이후 엘뤼아르 참사회원이 그 사명을 성공리에 완수한 뒤 협정을 공고히 하기 위해 왕과 함께 다시 그곳을 찾았고, 지금쯤은 아주 흡족한 기분으로 왕을 모시고 남쪽으로 내려오는 중일 것이다. 그 과정에 문제 될 것이라곤 전혀 없었다. 물론 높은 지위에 있는 중요한 인물들은 각자 제 나름의 복안을 품고 어제의 친구에게 오늘 갑자기 등을 돌리기도 하지만, 어쨌든 당장은 왕과 두 영주의 사이가 좋으니 조용한 크리스마스를 보낼 수 있을 것이었다.

다시 피터 클레멘스에게로 돌아가보자면, 그를 과연 악인이라할 수 있을까? 그는 그저 친척 집에서 하룻밤 묵으며 제 지위를 뽐내고 잘난 척하다가 이튿날 다시 떠나간 손님에 불과했다.

개인적인 원한 같은 것이 있을 리 없다. 남은 가능성은 여행하는 과정에서 으레 따라붙기 마련인 통상적인 위험 요소들뿐이었다. 예컨대 근사하게 생긴 말이나 한 움큼의 보석, 아니면 고작 옷가지를 빼앗기 위해서라도 언제든 여행자를 말에서 끌어 내려 머리를 박살 낼 태세로 인적 드문 황량한 곳을 배회하는 좀도둑과 강도들. 하지만 살인자가 피터 클레멘스의 물건에는 일절 손대지 않았으니 이러한 가능성은 진작에 제외된 터였다. 범인은 은제 버클도, 보석이 박힌 십자가도 그대로 내버려두었다. 그의 죽음에서 값비싼 물건이나 장신구를 얻은 사람은 아무도 없었다. 심지어 살인자는 말조차 늪지대로 데려가 고스란히 놔주었다. 마구에 손을 대지 않은 것은 물론이었다.

"그 말에 대한 의문도 아직 풀리지 않았죠." 마치 캐드펠의 생각을 읽기라도 한 양, 휴가 다시 입을 열었다.

"그렇지." 캐드펠이 대답했다. "그 말을 수도원에 데려온 날 밤 메리엣은 잠을 자면서 녀석의 이름을 소리쳐 불렀어. 자네도 그 얘기를 들었겠지? 바르바리, 바르바리 하고 외치면서 휘파람을 불었다는 얘기 말일세. 견습 수사들은 악마가 메리엣에게 휘파람을 분 거라고 수군댔지. 클레멘스가 죽은 날 그 말이 숲속에 그대로 남아 있었는지, 아니면 레오릭이 나중에 사람들을 보내 녀석을 찾아냈는지 궁금하군. 내 생각엔 아마 말이 제 발로 메리엣에게 오지 않았을까 싶어. 메리엣은 시신을 발견하고 이내 그 말을 떠올렸을 걸세. 그래서 녀석의 이름을 부르며 다녔을 테고."

"그렇다면 사냥개들이 메리엇의 냄새를 맡기 전에 그 목소리부터 먼저 들었을 공산이 크군요. 그 바람에 아버지도 개들을 따라 아들에게 왔고요."

"휴, 그동안 줄곧 생각해봤네. 자네가 실수를 잡아 추궁해 들어갔을 때 그 젊은이는 아주 의연한 자세로 대처했어. 하지만 아마 자기가 하는 말이 의미하는 바를 온전히 깨닫지는 못했을 거야. 자, 메리엇이 우연히 그 숲속에 쓰러져 있는 시체를 발견했다면, 누가 살인을 저질렀는지 알 수 없었겠지. 그 순간 생각할 수 있는 거라곤 클레멘스가 말을 타고 떠난 지 얼마 안 되어 화살을 맞았다는 정도뿐이었을 거야. 그러나 만일 다른 사람이, 예컨대 메리엇과 아주 가까운 누군가 시체를 내려다보며 곤혹스러운 표정으로 서 있거나 시체를 숨기기 위해 어디론가 끌고 가는 광경을 목격했다면? 그 사람 역시 사건이 일어나고 여섯 시간이 지난 뒤에야 현장에 와 있었던 셈이지. 결국 메리엇이 진짜 살인범이라 알고 있는 사람도 사실은 진범이 아닐 가능성이 높다는 얘기야!"

*

왕을 설득하여 성공적으로 북쪽 지방 예방을 마친 엘뤼아르 참사회원은 해마다 런던에서 크리스마스를 보내는 왕과 함께 남쪽으로 멀리 이동했다가, 피터 클레멘스에 관한 소식을 듣고자 다시 서쪽으로 향했다. 12월 18일, 그는 아주 의기양양한 기분으로 슈루즈베리에 입성했다. 라눌프와 윌리엄은 왕을 아주 정중히 맞이하여 변함없는 충성을 맹세했으며, 왕은 이에 대한 보답으로 체스터 백작과 링컨 백작이라는 공식 칭호와 아울러 여러 영지들을 하사했다. 링컨 성은 여전히 왕의 지배하에 두고 잘 무장된 수비대를 배치해놓았으나, 새로 링컨 백작이 된 윌리엄은 링컨시와 해당 주를 자유로이 드나들 수 있는 권한을 부여받았다. 그 일에 더하여 12월치고는 유난히 따뜻한 날씨 덕에 링컨 전역은 벌써부터 축제 분위기에 젖어 있었으니, 올해만큼은 북동 지방 사람들도 모든 걱정을 잊고 제대로 명절을 즐길 터였다.

휴도 수도원으로 와 엘뤼아르 참사회원과 인사를 나누고 여러 가지 소식을 교환했지만, 엘뤼아르가 가져온 희소식에 비하면 그가 내놓은 정보와 물건들은 썩 보기 좋은 것들이 아니었다. 재와 흙을 말끔히 씻어냈으나 이미 불에 타 변색되어버린 피터 클레멘스의 보석들과 마구들. 그의 유골은 납으로 테두리를 두른 관 속에 들어가 수도원의 시체 안치소에 보관되어 있었다. 아직 관을 봉하지는 않아서, 엘뤼아르 참사회원이 그 뚜껑을 열게 한 뒤 유골을 들여다보았다. 그는 우울한 얼굴로, 그러나 움찔하는 기색 없이 자세히 살펴보았다.

"뚜껑을 덮어도 좋소." 그는 그렇게 말한 뒤 돌아섰다. 유골만 봐서는 시신의 주인이 누군지 식별할 수 없었지만 십자가와 반지의 경우에는 얘기가 달랐다.

"친숙한 물건이군. 그 사람이 몸에 걸고 다니는 걸 자주 봤거든." 엘뤼아르가 십자가를 들여다보며 중얼거렸다. 은으로 된 부분은 이미 변색되었으나 거기 박힌 보석들은 제 빛깔을 내며 번쩍이고 있었다. 엘뤼아르는 무겁게 말을 이었다. "클레멘스의 물건이 틀림없소. 주교님께는 슬픈 소식이 되겠군. 듣자니, 이 참혹한 짓을 저지른 자를 잡아 가둬두고 있다던데?"

"어떤 사람 하나를 잡아들인 건 사실입니다." 휴는 말했다. "그 사람이 범인이라는 소문이 퍼져 있는 것도 사실이고요. 그러나 그 사람은 살인죄를 저지르지 않았습니다. 그자가 저지른 죄라고는 굶주림을 이기지 못해 여기저기서 벌인 사소한 좀도둑질에 불과하죠. 일단 그를 계속 붙잡아놓고 있습니다만, 저는 그가 살인범이 아니라고 확신합니다." 이어 휴는 그동안 조사해온 내용을 자세히 이야기했으나 메리엇의 고백에 대해서는 일절 언급하지 않았다. "여기서 이삼일 정도 더 묵었다 가신다면 보다 확실한 내용을 알게 되실 겁니다."

이런 약속을 하다니 나도 참 바보 같군, 휴는 생각했다. 하지만 정말로 그렇게 될 것 같다는 강한 예감이 들었고, 또 이미 내뱉은 말을 주워 담을 수도 없는 노릇이었다. 곧 캐드펠이 레오릭 애스플리와 만나 무언가 이야기를 나눌 것이고, 또 피터 클레멘스를 마지막으로 보았던 이들도 전부 모여들 예정이라 지금 이곳에는 마치 폭풍전야처럼 고요하면서도 팽팽한 긴장이 어려 있었다. 만일 예상했던 폭풍이 불어닥치지 않는다면, 휴는 결혼식이 끝나자마자 레오릭 애스플리를 불러 그가 알고 있는 모든 사실을 털어놓게 할 작정이었다. 클레멘스가 불과 5킬로미터밖에 가지 않은 상태에서 죽음을 맞았다는 사실, 또 제대로 규명되지 않은 여섯 시간의 공백 같은 아주 사소한 문제들을 중심으로 조사를 벌이리라.

"이제 와서 어떻게 한다 해도 죽은 사람을 살려낼 수는 없지." 엘뤼아르는 우울하게 말했다. "하지만 정의를 위해서라도 기필코 그 살해범에게 응분의 대가를 치르게 해야 하오. 나는 반드시 그렇게 되리라 믿소."

"그럼 며칠 묵었다 가시겠습니까? 전하와 합류하기 위해 서둘러 떠나지 않으셔도 되나요?"

"나는 웨스트민스터가 아니라 윈체스터로 갈 예정이오. 주교님께 이 비통한 사건에 관해 보다 상세한 소식을 전해드릴 수만 있다면 며칠 더 지체한들 무슨 상관이 있겠소. 게다가 나도 몸이 예전 같지 않으니 며칠 쉬는 게 좋겠지. 그나저나, 그대의 상관인 행정 장관은 아직 돌아오기 힘들 것 같더구먼. 당분간은 그대 혼자서 이 주의 업무를 떠맡아야 할 거요. 전하께서 크리스마스가 지날 때까지 그분을 곁에 붙잡아놓고 싶어 하시거든. 그분은 전하와 함께 런던으로 곧장 가셨소."

휴에게는 반가운 소식이었다. 이 일을 자신의 손으로 끝맺고 싶은 마음이 크기도 했고, 성질 급한 행정 장관과 함께 사건을 조사할 경우에는 좋은 결과를 얻기가 힘들 것이기 때문이었다. "이번 방문의 결과가 꽤나 좋았던 모양입니다." 휴는 말했다. "일이 잘 풀렸나 보죠?"

"여행할 만한 가치가 있었지." 엘뤼아르는 흡족한 표정으로 말을 이었다. "이제 전하께서도 북쪽 지방에 대해서는 마음을 놓으실 수 있을 거요. 라눌프와 윌리엄이 체스터와 링컨 사이의 모든 땅을 확고히 장악했으니, 누구도 감히 그들에게 도전할 수 없겠지. 링컨 성의 수비를 맡은 성주 역시 두 백작 부부와 아주 가까운 사이고. 주교님께 더없이 은혜로운 소식을 전할 수 있게 되었으니, 이번 여행의 의미가 참으로 크오."

*

이튿날 애스플리가와 린드가 사람들, 포리엇 영지의 상속인까지, 롱숲 가장자리에 살고 있는 이들은 저마다 시골 귀족다운 품위 있는 옷을 걸쳐 입고 수도원 접객소에 도착해, 평소 행상인들과 순례자들이 사용하는 접객소의 넓은 홀과 방들을 꽉꽉 채웠다. 엘뤼아르 참사회원은 멀찌감치 서서 이곳의 분위기와는 어울리지 않는 화사한 차림의 손님들을 부드러운 눈길로 바라보았고, 견습 수사들과 소년들 역시 색다른 구경거리를 만난 것이 그저 즐거워 호기심 어린 눈길로 모두를 지켜보았다. 로버트 부수도원장은 수도원을 후원하는 귀족들이 모일 때면 늘 그러듯 감탄과

칭송이 절로 나올 만큼 자비롭고 권위 있는 모습을 보이기 위해 최대한 애쓰면서 넓은 마당과 안마당을 오락가락했다. 제롬 수사 역시 엄숙한 표정으로 견습 수사들과 평수사들 사이에서 평소보다 한층 바쁘게 움직였다. 마구간 앞마당은 말과 사람들로 온통 북새통을 이루었고, 마구간 안의 모든 칸은 말들로 꽉 들어차 있었다. 손님들과 친족 관계인 수사들은 수도원장의 허락하에 응접실에서 그들을 만나 시간을 보낼 수 있었다. 춥고 건조하긴 하지만 밝은 햇살이 저녁때까지 내내 내리비치는 덕에, 수도원을 가득 채운 흥분과 들뜬 분위기는 한층 고조되었다.

캐드펠은 폴 수사와 함께 안마당 구석에서 서서 저마다 가장 좋은 옷을 걸친 손님들과 화려한 결혼식 의상을 실은 짐말들이 수도원 안으로 들어오는 광경을 지켜보았다. 제일 먼저 도착한 건 린드가 사람들이었다. 울프릭 린드는 뚱뚱한 몸에 살집이 부대 자루처럼 힘없이 처진 중년 사내로, 온화하면서도 둔감하고 맥없어 보이는 인상을 풍겼다. 그의 아내는 대체 어떻게 생긴 사람이었을까? 캐드펠은 궁금증을 억누를 수 없었다. 그렇게 잘생긴 자식들을 낳은 걸 보면 모르긴 몰라도 여간 아름답지 않았으리라. 그의 딸은 크림빛의 탐스러운 여성용 승용마를 타고 왔다. 모든 시선이 자신에게 쏟아지고 있음을 의식한 듯 살포시 웃으며 짐짓 조신하게 눈길을 내리깔고 있었으나, 그런 모습이 오히려 보는 이들의 마음을 감질나게 했다. 질 좋은 푸른색 망토로 장밋빛이 감도는 갸름한 얼굴을 따뜻하게 감싼 그녀는 남들 앞에 제 아름다움을 인상적으로 부각시키는 법을 잘 알았으며, 이 순간 적어도 마흔 쌍이 넘는 순진무구한 남자들의 시선이 오직 자신만을 향하고 있다는 사실도 훤히 꿰고 있었다. 이 많은 사람들이 삶의 환희를 억제당하고 있으니 참 이상하기도 하지, 그녀는 생각했다. 그동안 온갖 연령층의 여자들이 불평이나 호소나 요청을 품고, 혹은 선물로 바칠 물건들을 가지고 수도원 문을 끊임없이 들락거렸지만, 로즈위타처럼 수도원 사람들의 마음을 뒤흔들며 찬미라는 공물을 요구한 이는 단 한 사람도 없었다. 자신이 가진 매력의 힘을 잘 아는 그녀는 온통 얼이 빠진 채 눈을 휘둥그레 뜨고 있는 이들을 보며 더없이 흐뭇해했다. 오늘 밤 폴 수사가 돌보는 견습 수사들 중에는 묘한 꿈을 꾸는 젊은이들이 있으리라.

로즈위타의 아름다움에 가려 금세 눈에 띄지 않았지만, 그 바로 뒤에서는 이소다 포리엣이 커다랗고 활기찬 말을 타고 들어오는 중이었다. 오늘 이소다는 단정하게 치장하고 구두까지 갖춰 신은 모습이었다. 두건을 뒤로 젖힌 상태라 단풍잎처럼 밝은 적갈색 머리칼이 그물망 속에서 햇빛에 반짝이고 있었다. 교태 같은 건 부릴 필요 없다는 듯, 그녀는 자작나무처럼 유연한 등을 꼿꼿이 편 채 사내아이처럼 씩씩하게 말을 몰았다. 그 옆에서 나란히 말을 타고 들어온 청년이 한 손을 뻗어 그녀의 왼손을 살짝 건드렸다. 재닌의 아버지와 이소다의 후견인인 레오릭은 서로 이웃해 살고 있었으니, 각자 제 몫의 영지를 가진 그 두 젊은이를 짝지워줄 생각이었다. 아이 적부터 서로 잘 알고 지내온 데다 나이나 성격도 어울리는 이들보다 더 잘 맞는 한 쌍이 또 어디 있겠는가? 하지만 둘은 오누이처럼 서로를 아주 편하게만 여겼으며, 만나면 그저 수다를 떨고 입씨름을 벌이느라 여념이 없었다. 게다가 이소다에게는 다른 계획이 있었다.

재닌은 발랄하고 솔직 담백한 젊은이답게 여기서도 그저 즐거운 듯 주위를 돌아보며 연신 싱글거렸다. 자신들을 주시하는 모든 이들을 환한 얼굴로 훑어보던 그는 캐드펠 수사를 알아보고 금발 머리를 숙이며 애교 있게 웃어 보였다.

"저 청년이 형제님을 알아보는군요." 폴 수사가 그 모습을 보고 말했다.

"신부의 쌍둥이 형제지. 메리엣의 아버지와 이야기를 나누러 갔을 때 우연히 만났소. 두 집이 서로 이웃해 있더군."

"메리엣 형제가 몸이 좋지 않아 여기 참석하지 못한 게 참 안타깝네요." 폴 수사는 말을 이었다. "형과 형수를 축복해주고 싶을 텐데…… 아직 걸을 수 없는 상태인가요?"

이곳 사람들이 메리엣에 관해 알고 있는 거라곤, 그가 높은 곳에서 떨어져 다리를 접질리는 바람에 자리에 누워 있다는 정도에 불과했다.

"목발을 짚으면 걸을 수야 있지." 캐드펠이 대답했다. "하지만 가급적 안정을 취하는 게 좋을 것 같소. 하루나 이틀 뒤에는 한번 걸어보게 할 생각이오."

재닌이 몸을 날려 말 등에서 내려오더니 이소다가 탄 말의 등자를 잡아주었다. 이소다는 그의 한쪽 어깨를 짚고 깃털처럼 가볍게 내려섰다. 그들은 함께 웃음을 터뜨리고는 이미 한데 모여 있는 사람들에게로 다가갔다.

곧이어 애스플리가 사람들이 들어오기 시작했다. 캐드펠이 예상했던 대로 레오릭은 마치 성당의 기둥처럼 꼿꼿한 자세로 나타났다. 성마르고 편협하나 더없이 강직하며 책임감이 강한, 그리고 자신의 특권을 최대한으로 행사할 줄 아는 자. 하인들에게는 안심하고 모실 만한 반+신이나 다름없는 존재요, 자식들에게는 왕처럼 군림하는 사람. 그가 죽은 아내를 어떻게 대했을지, 또 그 아내가 작은아들을 어떻게 대했을지는 좀처럼 상상이 가지 않았다. 아버지 곁에 바싹 붙어 들어온 장남이 안장 위에서 새처럼 가볍게 뛰어내렸다. 덩치 크고 잘생긴 외모에 생기발랄한 나이절의 일거수일투족은 과연 그 조상들과 가문의 명예를 높여줄 만했으니, 그곳에 모여 있던 젊은 견습 수사들 모두가 그를 보며 하나같이 찬탄을 금치 못했다.

"참…… 쉽지 않았겠군요." 젊은이들의 마음을 잘 알며 눈에 드러나지 않는 그들의 고통에 민감한 폴 수사가 조용히 입을 열었다. "내내 저런 형 밑에서 자랐을 테니 말입니다."

"정말 힘들었겠지." 캐드펠도 안타까운 어조로 동의를 표했다.

이어서 그들의 친척들과 이웃들이 뒤따라왔다. 좁은 영역이지만 적어도 그 안에서는 절대적인 권력을 행사하여 스스로를 방어 능력을 갖춘, 자부심에 찬 소영주들과 그들의 아내들. 손님들이 모두 말에서 내려 접객소로 향하고 마부들이 말들과 짐을 실은 조랑말들을 끌고 가자 방금 전까지 울긋불긋한 빛깔과 생기발랄한 분위기로 넘치던 넓은 마당은 어느새 휑해졌고, 저녁기도 시간이 다가올 즈음에는 다시 평소처럼 착 가라앉은 안정된 분위기로 돌아와 있었다.

*

캐드펠 수사는 저녁 식사를 마친 뒤 페트러스 수사가 부탁한 마른 약초들을 가지러 작업장으로 향했다. 다음 날 애스플리가 사람들과 린드가 사람들이 엘뤼아르 참사회원과 더불어 원장이 베푸는 점심 식사에 참석할 예정이라, 수도원장 공관의 전속 요리사로 일하는 페트러스 수사는 그 자리에 내놓을 음식들을 준비하느라 정신이 없었다. 그날 밤 다시 서리가 내리기 시작했지만 대기는 상쾌했고 하늘에는 별빛이 총총했다. 그런 투명한 어둠 속에서는 더없이 작은 소리도 종소리처럼 크게 울려 퍼지는 법, 캐드펠은 산울타리 사이로 난 단단한 흙길을 밟으며 자신을 뒤따라오는 나직한 발소리를 똑똑히 들을 수 있었다. 체구가 작고 걸음이 가벼운 누군가 멀찌감치 떨어져 시종 같은 간격을 유지한 채 걷고 있었다. 귀를 쫑긋 세워보니 아마도 혼자인 것 같았다. 캐드펠이 오두막 문을 열고 안으로 들어서자, 뒤따라오던 사람은 걸음을 멈추고 그가 부싯돌로 불을 켜 작은 등잔불을 밝힐 때까지 기다렸다. 이윽고 검은 망토로 몸을 감싼 그 사람이 열린 문으로 들어왔다. 목을 살짝 덮은 머리칼, 싸늘한 바깥 공기에 노출되어 빨갛게 달아오른 양 볼, 등잔 불빛을 받아 별처럼 반짝이는 두 눈. 캐드펠은 그가 누구인지 금세 알아보았다.

"어서 들어오게, 이소다." 그는 천장 들보에 매달린 약초 다발들을 만지며 온화한 목소리로 말했다. "그러잖아도 자네와 얘기할 기회를 어떻게 잡나 했는데, 스스로 알아서 찾아올 줄은 미처 몰랐구먼."

"오래는 못 있어요." 이소다가 안으로 들어와 문을 닫았다. "성당에 촛불을 밝히고 아버지의 영혼을 위해 기도하러 다녀오겠다고 했거든요."

"저런, 그럼 기도는 생략하겠다는 얘긴가?" 캐드펠은 빙긋이 웃고서 말을 이었다. "자, 이리 와서 잠시라도 편히 앉아 하고 싶은 얘기를 해보게."

"남들이 볼 수 있도록 촛불을 밝혀놓긴 했죠." 이소다는 벽에 기대놓은 벤치에 앉아 입을 열었다. "하지만 제 아버지는 워낙 훌륭한 분이시라 굳이 제가 기도하지 않아도 주님께서 그분 영혼을 잘 보살펴주실 거예요. 자, 수사님, 어서요. 메리엇에게 어떤 일이 일어났는지 알고 싶어요."

"그 친구가 높은 데서 떨어져 아직 걸을 수 없다는 얘기는 들었나?"

"폴 수사님이 말씀해주셨어요. 크게 다친 건 아니라던데, 그런

가요? 정말 곧 회복될까요?"

"그래. 떨어지면서 머리가 좀 찢어지긴 했지만 상처는 이미 아물기 시작했지. 접질린 다리는 더 오래 쉬어야 낫겠지만 곧 전처럼 걸을 수 있을 걸세. 지금은 마크라는 충실하고 찬찬한 친구가 잘 보살펴주고 있어. 메리엣의 아버지는 아들이 다쳤다는 소식을 듣고 어떤 반응을 보이던가?"

"그런 소식을 들어서 가슴이 아프다고 하셨죠. 냉담한 말투에 얼굴도 여전히 무뚝뚝해서 아무도 그 말을 믿지 않지만, 속으로는 정말로 가슴 아파하고 계실 거예요."

"아들을 만나고 싶어 하지는 않고?"

"절대 그럴 분이 아니죠!" 남자들의 완고함에는 아주 질렸다는 듯 그녀의 얼굴에 경멸의 기색이 떠올랐다. "아들을 주님께 바쳤으니 이젠 주님이 그를 지켜줘야 한다고 생각할걸요. 아마 아들 근처에는 얼씬도 않을 거예요. 하지만 저는 달라요. 그래서 여기 왔고요. 수사님, 제발 저를 그 사람 있는 데로 데려가주세요."

캐드펠은 한동안 진지한 표정으로 이소다를 내려다보았다. 그러곤 곧 그 곁에 앉아 일어난 모든 일을, 자신이 아는 것은 물론 추측하고 있는 내용까지 전부 이야기하기 시작했다. 이소다는 영리하고 용감하고 단호한 사람이었다. 자신이 뭘 원하는지 잘 알며, 그것을 위해 싸울 각오도 되어 있었다. 메리엣의 자백에 대해 듣는 동안 그녀는 속으로 무언가를 열심히 생각하면서 입술을 잘

근잘근 깨물었고, 이 사실을 아는 사람은 캐드펠 자신과 마크와 행정 장관의 보좌관을 빼고는 그녀가 유일하다는 점을 강조했을 땐 인정을 받아 기쁜 듯 뿌듯한 표정이 되었으며, 그들 모두가 그의 자백을 믿지 않는다고 말했을 땐 안도의 한숨을 내쉬었다.

"그 사람은 정말 바보라니까요!" 이소다는 단호하게 말했다. "수사님이 그 속을 이토록 훤히 꿰뚫어 보시니 정말 다행이에요. 그런데 그 바보 같은 아버지는 그가 정말 죄를 저질렀다고 믿는단 말이에요? 하긴, 그분은 아들에 대해 전혀 모르니 그럴 만도 하죠. 평생 아들에게 가까이 다가간 적도 없고 그를 높이 평가한 적도 없거든요. 하지만 아주 공정한 성격이라, 아무 이유 없이 누군가를 부당하게 대할 분은 아니에요. 분명 그렇게 믿을 만한 어떤 이유가 있겠죠. 메리엇은 아마 그렇게 오해할 만한 확실한 원인을 제공했을 거고요. 그러곤 남들이 그렇게 믿도록 가만 내버려두고 있는 게 분명해요. 원래부터 자신이 속속들이 나쁜 인간으로 태어났다는 믿음을 갖고 있는 사람이라…… 그래도 그렇지, 그 아버지와 아들이 얼마나 자부심 강하고 완고하고 외로운 이들인지 이처럼 선명하게 깨닫기는 처음이네요. 정말이지 모든 짐을 혼자서 떠안고 갈 사람들이라니까요. 친척이나 친구들, 아랫사람들을 포함한 모두가 일절 관여하지 못하게 하고서 말이에요. 저는 그 두 바보의 머리통을 한꺼번에 두드려 부술 수 있어요. 하지만 그래봐야 무슨 소용이 있겠어요? 두 사람이 참회가 아닌 다른 말은 꺼내지도 못하게 할 만큼 명쾌한 해답이 없다면 말예요."

"그런 해답이 있을 걸세." 캐드펠은 말했다. "그리고 만일 자네가 두 사람의 정신을 번쩍 들게 해준다면 그 젊은이가 삭발할 일은 없을 거라 내 분명히 약속하지. 그래, 내일 그 아버지나 아들에게 데려다줄 테니 꼭 좀 손을 봐주게. 하지만 그건 점심 식사 이후가 될 거야. 그 전에 내가 레오릭을 작은아들한테로 끌고 갈 작정이거든. 그가 아들을 만나고 싶어 하든 말든 상관없어. 그러니 내일 그쪽 집안 사람들의 일정을 아는 대로 얘기해주겠나? 결혼식까지는 아직 하루의 여유가 있으니 말이야."

"모두 대미사에 참석할 예정이에요." 이소다는 기대감으로 눈을 빛내며 말을 이었다. "그런 다음 우리 여자들은 식사에 어울리는 옷과 장신구들을 고르겠죠. 결혼식 날 입을 옷도 살펴보며 손을 보고요. 나이절은 수도원장님과의 식사 때까지 여자들 방에 들어오지 못하게 되어 있으니 아마 재닌이랑 둘이 시내로 나갈 거예요. 그러면 레오릭 아저씨는 대미사 이후 혼자 남겠죠. 그때 아저씨를 낚아채면 되겠네요. 수사님한테 시간이 난다면 말이에요."

"그때를 전후해서 잘 지켜보도록 하지. 그리고 수도원장님과의 식사가 끝난 뒤 자네가 잠시 틈을 내면 그때 메리엣한테 데려다주겠네."

떠날 시간이 되자 이소다는 만족스러운 마음으로 자리에서 일어나, 자신의 운세와 신의 은총을 확신하며 씩씩하게 그곳을 떠났다. 캐드펠도 이미 다음 날 정오에 내놓을 걸작을 구상하느라 여념이 없을 페트러스 수사에게 약초를 건네주기 위해 작업장을 나섰다.

*

12월 20일 오전 대미사 이후 여자들은 수도원장과의 식사 자리에 입고 갈 옷을 고르기 위해 각자 방으로 돌아갔다. 레오릭의 큰아들과 그의 절친한 친구는 걸어서 시내로 나갔고, 그 밖의 하객들은 모처럼 슈루즈베리에 들른 김에 시내에 있는 친지들을 만나거나, 영지에서 쓸 물품들을 구입하거나, 다음 날 결혼식장에 입고 갈 옷에 걸맞은 장신구들을 손보느라 사방으로 흩어졌다. 레오릭은 쌀쌀한 대기를 헤치고 수도원의 정원과 양어장과 채소밭을 따라 양쪽으로 비단 레이스처럼 아름다운 서리를 두른 메올 시내까지 성큼성큼 걸어가는가 싶더니 이내 어디론가 종적을 감춰버렸다. 그가 혼자서 시간을 보내고 싶어 하는 듯해 캐드펠은 얼마간 기다려보기로 했지만, 어느 순간 자취를 놓쳐버리자 당황하여 이리저리 돌아다닌 끝에 시체 안치소에서 겨우 그를 찾아냈다. 거기에는 화려한 천으로 덮인 채 헨리 주교의 처분을 기다리고 있는 클레멘스의 관이 안치되어 있었다. 여러 개의 가지가 달린 촛대에 꽂힌 두 자루의 질 좋은 초가 관의 머리께에서 불을 밝히는 가운데, 발치의 돌바닥에 무릎을 꿇고 앉은 레오릭 애스플리의 모습이 보였다. 그는 관대棺臺를 뚫어지게 바라보며 입술만 달싹여 소리 없이 기도하고 있었다. 틀림없이 그럴 만한 이유가 있는 것이리라. 물론 그 두 자루의 초는 그저 사망한 먼 친척에게 바치는 정중한 제물에 불과할지도 몰랐다. 하지만 그 침울하고 구슬퍼 보이는 얼굴, 그에게 아직 자백도 속죄도 하지 않은 어떤 죄가 있음을 드러내는 그 얼굴은 어떤가. 죽은 이를 매장해주기는커녕 함부로 훼손했다는 크나큰 죄가 그를 바로 이곳으로 이끈 것이었다.

캐드펠은 소리 없이 물러나 그가 나오기를 기다렸다. 이윽고 다시 밝은 햇살이 넘치는 곳으로 나온 레오릭은 연신 눈을 깜박이다가 작고 다부진 체구에 그을린 얼굴을 한 수사 하나가 마치 경고를 건네기 위해 느닷없이 나타난 천사처럼 자신의 앞길을 가로막고 서 있음을 깨달았다.

"급한 용무가 있으니 나와 같이 가주셔야겠습니다." 그 천사가 불길한 목소리로 입을 열었다. "꼭 가셔야 합니다. 당신 아드님이 몹시 아파요."

그 말이 날카로운 창처럼 느닷없이 레오릭을 찌르고 들어왔다. 큰아들이 친구와 함께 나간 것이 30분 전이었다. 갑자기 쓰러지든 좀도둑의 칼에 찔리든, 세상에 차고 넘치는 수많은 재앙을 당하기에 충분한 시간 아닌가. 레오릭은 공포에 사로잡혀 고개를 번쩍 쳐들고 숨을 몰아쉬었다. "내 아들이 말입니까……?"

그제서야 그는 눈앞에 있는 이 천사가 누구인지 알아보았다.

수도원장의 심부름으로 애스플리에 들렀던 사람…….

"당신에게는 아들이 둘 있지요." 캐드펠은 상대의 오만한 두 눈에 어른거리는 의혹과 적대감을 감지하고는 그가 미처 입을 떼기 전에 얼른 말을 이었다. "지금이야말로 그 사실을 상기해야 할 때입니다. 설마 그중 하나가 누구의 위로도 받지 못한 채 불행하게 죽어가도록 내버려둘 생각은 아니겠지요?"

11

　레오릭은 캐드펠과 함께 갔다. 조바심치며, 의심에 차서, 짜증을 내며 성큼성큼 걸었다. 그러나 걸음을 멈추지는 않았다. 이런저런 질문을 던지다가, 캐드펠이 "내키지 않으면 그냥 돌아가서 주님께 아드님의 안위를 맡기지 그러십니까!"라고 퉁명스레 쏘아붙이자 이를 앙다문 채 내처 걸었다.

　세인트자일스로 이어진 풀밭 언덕 앞에 이르자 레오릭이 잠시 발길을 멈추었다. 저 구호소의 수많은 병원균이 두려워서가 아니라, 아들이 일하는 곳을 잠시 둘러보기 위해서였다. 캐드펠은 메리엇의 짚자리가 깔려 있는 헛간으로 그를 데려갔다. 메리엇은 짚자리에 앉아, 구호소를 돌아다닐 때 쓰는 튼튼한 목발에 머리를 기대고 있었다. 아침기도 이후 구호소에서 일을 도우려 했으나 마크 수사가 점심 식사 시간 전까지는 헛간에서 쉬고 있으라 며 쫓아버린 터였다. 헛간 안이 워낙 침침한 탓에 처음에 그는 두 사람을 알아보지 못하고 자신이 헛것을 본 것이려니 여겼다. 석 달 전 말없이 고분고분하게 레오릭을 따라 수도원에 들어왔던 그 아이는 이제 그때보다 몇 살쯤 더 나이 들어 보였다.

비스듬히 들이치는 빛과 함께 헛간 안으로 들어선 아버지는 우 두커니 서서 아들을 내려다보았다. 그의 두 눈에는 당혹감과 슬 픔이 깃들어 있었으나, 한편으로는 아들이 죽어가기는커녕 그저 제 운명과 화해한 사람처럼 체념 어린 표정으로 조용히 목발에 기대 앉아 있는 모습을 보자 속아서 이곳까지 끌려왔다는 생각에 화가 난 듯 분노의 기색도 엿보였다.

"들어가요." 캐드펠이 레오릭의 등 뒤에서 말했다. "들어가서 아드님하고 이야기하세요."

순간 레오릭은 망설였다. 이대로 들어가야 할까? 아니면 그를 속여 거기까지 끌고 온 저 수사를 밀쳐버리고 길을 되짚어 돌아 가는 게 좋을까? 그는 고개를 돌려 사나운 표정으로 캐드펠을 쏘 아보았다. 그때, 문가의 기척과 캐드펠의 낮은 목소리를 알아챈 메리엣이 놀란 얼굴로 고개를 들었다. 제 아버지를 본 그의 얼굴 은 놀라움과 고통, 그리고 꺼림칙한 애정 따위가 한꺼번에 교차 하며 더없이 이상한 모습으로 뒤틀렸다. 메리엣은 서둘러 일어서 려다 균형을 잃은 채 비틀거렸고, 그 바람에 목발을 놓쳤다. 목발 이 요란한 소리를 내면서 바닥에 쓰러지자 메리엣은 얼른 그걸 집어 들려 했으나 몸이 말을 듣지 않았다.

레오릭은 참지 못하고 급히 세 걸음쯤 걸어 들어가 아들의 어깨를 거칠게 눌러 짚자리에 주저앉히고는 목발을 집었다. 안타까운 마음보다는 아들의 서투른 움직임으로 인한 짜증에서 나온 행동이었다. "그대로 앉아 있어!" 그는 퉁명스럽게 말했다. "괜히 애쓸 것 없다. 높은 데서 떨어져 제대로 걸을 수도 없다면서."

"크게 다치지는 않았어요." 메리엣이 아버지를 지그시 올려다보며 말했다. "곧 걸을 수 있을 거예요. 여기까지 와주시다니 정말 감사드려요. 오실 거라 기대하지 않았는데…… 잠깐 앉으시겠어요?"

레오릭은 몹시 불안하고 초조한 기색으로 헛간을 둘러보더니 이내 다시 아들 쪽으로 시선을 돌렸다. "이건 네가 선택한 삶이야. 들자니 이 생활에 적응하는 데 어려움을 겪는다고 하더구나. 사람이 일단 쟁기를 댔으면 그 고랑 일은 알아서 끝내야지. 내가 다시 널 받아들일 거라 기대하지는 말아라." 더없이 싸늘한 목소리였으나 그의 얼굴은 심하게 일그러져 있었다.

"제 고랑은 그리 길지 않으니 곧 끝장을 볼 수 있을 겁니다." 메리엣이 날카롭게 대꾸했다. "사람들이 다른 얘긴 않던가요? 제가 저지른 일을 이미 자백했으니 아버지도 더 이상 저를 비호하실 필요 없어요."

"자백을 했다고?" 레오릭은 당황하여 큼직한 손으로 두 눈을 쓸고는 메리엣을 바라보았다. 그의 몸이 부르르 떨렸다. 더없이 침착한 아들의 태도가 열정에 가득 찬 모습보다 훨씬 더 그를 혼란스럽게 만드는 듯했다.

"아버지가 그렇게 고생하고 애쓰신 일을 허사로 만들어 죄송해요. 하지만 법을 집행하는 이들이 엄청난 실수를 저지르고 있기에 저로서는 어쩔 수 없었어요. 여기저기서 먹을 것을 구하며 떠돌아다니는 불쌍한 사람을 붙잡아 범인으로 지목했거든요. 소문 못 들으셨나요? 어쨌든 그 사람만큼은 구할 수 있으니 다행이죠. 휴 베링어가 약속했어요. 그 사람에겐 아무 해도 돌아가지 않을 거라고 말예요. 제가 그 사람을 파멸의 구렁텅이로 떨어뜨리는 건 바라지 않으실 테죠? 적어도 이런 행동을 한 것에 대해서는 저를 축복해주셔야 해요."

레오릭은 한동안 멍하니 서 있었다. 내면의 악마와 격렬한 싸움이라도 벌이듯 온몸을 떨면서 꼼짝하지 않다가, 이내 짚자리에 털썩 주저앉고는 아들의 손을 움켜쥐었다. 그의 얼굴은 여전히 대리석처럼 딱딱했고, 아들의 손을 잡는 몸짓은 흡사 손찌검이라도 하는 듯 보였다. 마침내 그의 입에서 흘러나오기 시작한 목소리 또한 여전히 가혹하고 싸늘하기만 했다. 캐드펠은 조용히 이들 곁에서 물러나 헛간 밖으로 나간 뒤 문을 닫았다. 그는 문에서 그리 멀리 떨어지지 않은 곳에 자리를 잡고 앉았다. 안에서 흘러나오는 대화 내용을 충분히 알아들을 수는 없지만 누가 이야기를 하고 있는지 정도는 식별할 수 있었다. 이따금 격렬한 분노에 휩싸여 사납게 으르렁거리는 아버지의 목소리가, 또 맑으면서도 완강하고 퉁명스러운 아들의 목소리가 들려왔다. 굳이 그들 사이에 끼어들 필요는 없을 것 같았다. 저 정도의 언쟁은 큰 문젯거리가 아니었다. 오히려 그런 식의 말다툼도 벌이지 않은 채 서로를 외면해온 것이 문제라면 문제였으리라.

앞으로는 저 사람의 얼음처럼 싸늘하고 무심한 태도에 넘어가지 말아야겠군, 캐드펠은 생각했다.

잠시 후, 그는 때가 되었다 판단하고는 다시 헛간으로 들어갔다. 수도원장과의 식사 자리에 앞서 레오릭을 붙들고 물어볼 것이 많았다. 그가 들어서자 목소리를 높여 빠르게 주고받던 부자의 언쟁이 곧장 끊기더니, 조용하면서도 다소 어색한 대화가 이어졌다.

"형과 로즈위타한테 전해주세요. 제가 늘 두 사람의 행복을 기원하고 있다고요. 두 사람의 결혼식을 보러 가고 싶지만 지금으로서는 힘들 것 같다는 말도요."

"여기서 너는 편안하게 지내는 거냐? 몸과 영혼 모두?" 레오릭이 어색하게 물었다.

메리엣의 지친 얼굴에 미소가 감돌았다. 희미하면서도 부드럽고 따뜻한 미소였다. "집에 있는 것처럼 편안해요. 이곳에 있는 형제와도 원만히 지내고요. 그건 누구보다 캐드펠 수사님이 잘 아실 거예요."

오늘 작별의 순간은 전과 사뭇 달랐다. 이는 캐드펠이 몹시 궁금하게 여기던 것이기도 했다. 레오릭은 문을 향해 다가가다가 이내 다시 돌아섰다. 그러곤 잠시 자신의 완강한 자존심과 치열한 갈등을 벌이는가 싶더니, 이윽고 다소 서투르면서도 번개같이 빠르게 허리를 숙여 메리엇의 왼쪽 뺨에 입을 맞추었다. 흡사 주먹질과도 같은 동작이었다. 그는 두 뺨을 붉힌 채 얼른 돌아서서 성큼성큼 걸었다.

뻣뻣한 자세로 말없이 걷던 그는 어깨와 허리를 문설주에 부딪치고도 충격을 의식하지 못했다. 온 정신이 오로지 자신의 내면을 향하고 있던 탓이었다.

"기다려요!" 캐드펠이 소리쳤다. "나랑 이곳 예배당에 좀 들릅시다. 하고 싶은 말이 있거든 거기서 뭐든 털어놔요. 나도 그럴 테니까. 자, 어서, 아직은 시간이 좀 있어요."

야트막한 탑 아래 좁은 통로 하나만 나 있는 구호소의 작은 예배당은 침침하고 싸늘했으며 아주 조용했다. 레오릭은 고요하면서도 격렬한 분노에 휩싸여 정맥이 불끈 솟아오를 정도로 힘껏 두 주먹을 움켜쥔 채 캐드펠 쪽으로 돌아섰다. "자, 이제 만족합니까? 수사님은 거짓말로 나를 여기까지 데려왔어요! 내 아들이 죽을병에 걸린 것처럼 굴면서 말입니다!"

"그건 사실입니다." 캐드펠은 조용히 대꾸했다. "그 아이가 자신의 죽음을 얼마나 가까이 느끼는지 직접 얘기해보고도 모르겠습니까? 하긴, 그건 당신도, 또 우리 모두 마찬가지지. 다들 어머니 배 속에서부터 죽음이라는 병을 안고 나오잖습니까. 태어난 날부터 내내 죽음을 향해 나아가는 셈이에요. 중요한 건, 어떤 식으로 그 시간을 보내느냐 하는 겁니다. 당신도 그 아이의 말을 들었죠. 그는 자기가 피터 클레멘스를 살해했다고 자백했습니다. 그런데 왜 그 소문이 퍼지지 않았을까요? 그건 나와 마크 수사, 그리고 휴 베링어를 빼면 그 사실을 아는 사람이 없기 때문이죠. 메리엣은 사법 당국에서 자기를 중범으로 감시하고 있으며, 그 헛간이 곧 감옥이라 생각하고 있어요. 지금 당신에게 분명히 얘기하는데, 그건 사실이 아닙니다, 애스플리. 그의 자백을 들은 우리 셋 가운데 그 말을 믿는 사람은 아무도 없어요. 다들 그 아이가 거짓말을 하고 있다고 마음 깊이 확신하지요. 그 아이의 아버지인 당신이 그 얘기를 들은 네 번째 사람이자 그가 죄인이라 믿는 유일한 사람입니다."

레오릭은 격렬하게 고개를 흔들었다. "나도 그게 사실이 아니기를 바라지만 현실이 말해주고 있어요. 왜 그 아이가 거짓말을 하고 있다고 주장하는 겁니까? 그렇게 믿을 만한, 그리고 내 확신을 뒷받침하는 증거보다 확실한 다른 근거라도 있는 겁니까?"

"이제 내가 그 근거 하나를 제시할 테니 당신도 당신이 믿는 바를 뒷받침하는 증거를 제시해봐요." 캐드펠은 말했다. "메리엣은 어느 떠돌이가 그 살인 사건의 범인으로 붙잡혔다는 소식을 듣자마자 제 목숨을 걸고 사직 당국에 자백했습니다. 하지만 그러고서도 사제에게 고해하기를 거부하고 있죠. 자신이 짓지도 않은 죄를 주님 앞에 참회할 수는 없으니까요. 바로 그래서 나는 그 아이에게 죄가 없다고 믿는 겁니다. 이제는 당신 얘기를 좀 들어

275

봅시다. 왜 그 아이가 죄인이라 생각하는 겁니까?"

레오릭은 연신 그 회색 머리를 흔들며 고통스러운 거부의 몸짓을 되풀이했다. "나도 그 말이 옳고 내 말이 틀리기를 간절히 바랍니다. 하지만 이 눈으로 직접 보고 이 귀로 직접 들었어요. 그걸 어떻게 잊겠습니까? 무고한 떠돌이의 목숨이 걸려 있는 판국이니, 나도 솔직하게 털어놓지요. 메리엣이 당당하게 죄를 고백한 마당에 더 이상 숨길 이유도 없고……." 그는 체념한 듯 말을 이었다. "그 손님은 아무 일 없이 우리 집을 떠났습니다. 여느 날과 다름없이 평온한 날이었죠. 그를 배웅한 뒤 나는 운동 삼아 매와 사냥개들을 데리고 집을 나섰습니다. 영지의 사제와 사냥개를 돌보는 일꾼, 그리고 마부도 함께 나섰어요. 다들 정직한 사람들이지요. 그들 역시 내 말이 사실이라 증언해줄 겁니다. 어쨌든, 우리 집에서 북쪽으로 5킬로미터가량 떨어진 곳에 넓은 띠처럼 펼쳐진 무성한 숲이 있는데, 사냥개들이 그곳에서 들려오는 메리엣의 목소리를 포착했어요. 나한테는 그저 먼 데서 들려오는 희미한 소리에 불과했지만요. 우리는 사냥개를 따라 그리로 가까이 다가갔고, 곧 그게 메리엣의 음성이라는 걸 알았습니다. 메리엣은 휘파람 소리를 내며 바르바리, 그러니까 클레멘스가 타고 간 말의 이름을 부르고 있었죠. 사냥개들이 처음에 포착한 건 아마 그 휘파람 소리였을 겁니다. 아무튼 우리가 거기 이르렀을 땐 메리엣이 이미 그 말을 찾아 고삐를 나무에 잡아맨 뒤였습니다. 그 아이가 말을 잘 다룬다는 얘기는 수사님도 들으셨겠죠. 아이는…… 두 팔로 죽은 사람을 붙잡아 길옆의 숲속으로 끌고 가고 있더군요. 그때 피터의 가슴에는 화살이 꽂힌 채였고, 메리엣의 어깨에는 활이 걸려 있었어요. 더 무슨 말이 필요하겠습니까? 그 아이는 자기 죄를 부인하지도 않았어요. 내가 집으로 데려가 골방에 가둬놓고 오랫동안 곰곰이 생각한 끝에 그 수치스럽고 끔찍한 방안을 생각해낼 때까지, 그저 모든 지시에 순종할 뿐 변명이나 부인은커녕 아예 한 마디도 꺼내지 않았다고요. 나는 중죄를 숨기고 목숨을 살려주는 대가로 그 애에게 몇 가지 조건을 제시했습니다. 녀석도 순순히 받아들이더군요. 그렇게 제 목숨을 구하고 또 우리 가문의 명예를 지키기 위해 수도원에 들어가기로 한 거죠. 물론 제가 제안하기는 했지만, 이는 어디까지나 그 아이의 선택이었습니다."

"예, 그의 선택이죠." 캐드펠이 말했다. "이소다에게도 그렇게 말했다더군요. 자신의 뜻에 따라, 스스로 원해서 수도원에 들어간다고요. 나중에 우리에게도 그런 얘기를 했고요. 누가 강제했다는 얘기는 한 번도 꺼낸 적이 없습니다. 자, 계속 말씀하시죠. 당신이 했던 일에 대해 듣고 싶습니다."

"나도 그 아이한테 약속한 대로 했습니다. 먼저 그 말을 클레멘스가 밟았음 직한 길로 북쪽 멀리 데려가 이탄 늪지대에 풀어놨죠. 사람들이 클레멘스가 그곳 어딘가에 빠졌으리라 생각하도록 말입니다. 그런 다음 시신과 그의 소지품을 숯장이의 가마터에 있던 나뭇단에 올렸습니다. 그 위에 새로 나무를 쌓아 우리 사제의 주재하에 경건하게 장례 의식을 거행한 뒤 불을 붙였죠. 내 양심에 어긋나는 짓이었지만, 어쨌든 그렇게 했습니다. 그 잘못에 대해서는 내가 책임을 질 거예요. 어떤 처벌이든 달게 받겠습니다."

"아드님은 살인죄는 물론 그 사건을 은폐하기 위해 당신이 저지른 모든 잘못까지 혼자서 뒤집어쓰려고 했습니다." 캐드펠은 준엄하게 말했다. "하지만 고해신부에게 거짓말을 하고 싶어 하지는 않지요. 그건 진실을 은폐하는 것만큼이나 치명적인 죄니까요."

"하지만 왜죠?" 레오릭은 사납게 물었다. "그 애한테 변명거리가 있다면, 왜 나한테 아무 말도 하지 않고 모든 걸 순순히 받아들인 겁니까? 대체 무슨 이유로?"

"그 진실이 당신으로서는 도저히 받아들이기 어려운 것이고, 또 본인 자신에게도 견디기 어려운 것이라 그랬을 겁니다. 결국 사랑 때문이죠. 사실 저로서는 여태껏 그 아이가 제대로 사랑을 받은 적이나 있는지 의문이에요. 그러나 사랑에 가장 굶주린 사람들이 가장 넉넉한 사랑을 베풀곤 하는 법입니다."

레오릭의 얼굴이 분노와 고통으로 일그러졌다. "그 아이는 늘 말썽만 피우고 엇나가기만 했습니다. 그럼에도 나는 그 아이를 사랑했어요."

"엇나가는 것도 관심을 끌기 위한 하나의 방법입니다." 캐드펠은 딱하다는 듯 말을 이었다. "착하고 고분고분하게 굴어봤자 알아주질 않으니 말이죠. 하지만 그 문제는 일단 접어둡시다. 당신은 명확한 증거를 원한다고 했죠? 당신이 메리엇을 발견한 그 장소는 집에서 5킬로미터도 채 떨어지지 않은 곳입니다. 말을 타고 천천히 가더라도 40분이면 도착하겠지요. 당신 일행이 그곳에 이른 시각은 오후가 아니었습니까? 그렇다면 클레멘스는 그곳에 몇 시간 동안이나 죽은 채로 방치되어 있던 걸까요? 그리고 메리엇은 그때 갑자기 휘파람을 불어 말을 찾고, 그 현장에서 시체를 감추려 시도했고요? 설혹 그가 겁에 질려 숲속을 정신없이 방황하다가 돌아왔다 칩시다. 그렇다 해도 달아나기 전에 우선 말부터 처리하려 들지 않았을까요? 채찍질을 해서 어디로든 정신없이 달려가게 했든지, 아니면 본인이 직접 몰아 멀리 데려갔든지 말입니다. 하지만 그는 피터 클레멘스가 죽은 지 몇 시간이나 지난 뒤에야 현장에 나타나 말을 불러 나무에다 붙잡아 매고 시신을 감추었어요. 대체 뭘 하고 있다가 그제야 그 난리를 피운 걸까요? 그에 대해서는 생각해보지 않았습니까?"

"생각해봤죠." 이제 레오릭은 두 눈을 크게 뜨고 캐드펠의 얼굴을 뚫어지게 응시하면서 천천히 입을 열었다. "수사님이 조금 전에 말씀하신 내용, 그게 제 추측이었습니다. 자기가 어떤 짓을 저질렀는지 깨닫고는 겁에 질려 달아나 숲속을 헤매다가 뒤늦게야 시체를 감추려고 되돌아왔다고요."

"메리엇이 지금 주장하는 바도 그렇습니다. 하지만 그 이야기를 하면서 더없이 고통스러워하더군요."

"그럼 어떻게 된 걸까요?" 레오릭은 은근한 기대와 당혹감이 뒤섞인 마음으로, 도저히 믿을 수 없다는 듯 몸을 떨며 속삭여 물었다. "그 아이는 대체 무엇 때문에 자진해서 그런 끔찍한 죄를 뒤집어쓴 겁니까? 아비인 나와 본인 자신에게 엄청난 고통을 안겨주면서까지 말이에요."

"아마 당신에게 더 큰 고통을 안겨줄까 봐 두려워서 그랬을 겁니다. 그리고 누군가에 대한 사랑 때문에요. 메리엣의 가슴속에는 정말이지 크나큰 사랑이 자리 잡고 있습니다." 캐드펠은 엄숙하게 말을 이었다. "하지만 당신은 그 아이가 제 사랑의 많은 부분을 당신에게 쏟도록 허락하지 않았죠. 그래서 그는 다른 사람에게로 마음을 돌렸습니다. 그의 사랑을 과소평가할지언정 거부하지는 않는 누군가에게 말이죠. 당신에게 아들이 둘 있다는 사실을 다시금 상기시켜야 할 필요가 있을까요?"

"아니, 아니에요!" 레오릭은 숨죽인 소리로 사납게 으르렁거렸다. 격렬한 분노에 휩싸이자 캐드펠의 묵직하고 단단한 몸보다 머리 하나쯤 더 큰 그의 키가 한층 거대해 보였다. "더 이상 아무 말 말아요! 모두 추정에 불과하잖습니까! 도무지 불가능한 일이에요!"

"당신의 상속자이자 사랑스러운 큰아들이 저질렀다면 도저히 믿지 못할 이야기를, 작은아들의 경우에는 보자마자 즉각 믿었단 말입니까? 인간이라면 누구나 잘못을 저지를 수 있어요. 이 세상에 불가능한 일이란 없습니다."

"하지만 그 아이가 진땀을 흘리며 죽은 사람을 다른 곳으로 옮기는 모습을 이 두 눈으로 똑똑히 봤다고 하지 않았습니까! 만일 그 아이가 우연히 시체를 발견했다면 굳이 그걸 감추려 들 이유가 없어요. 그걸 내버려두고 우리한테 와서 그 사실을 알렸을 겁니다."

"만일 자기가 사랑하는 어떤 사람, 예컨대 형이나 친구가 현장에서 시체를 옮기려는 걸 우연히 목격했다면 얘기가 달라지지요. 당신이 당신 눈으로 본 것을 믿는다면, 메리엣이라고 자기 눈으로 본 것을 믿지 않을 이유가 없지 않겠습니까. 그 아이가 저지른 짓을 은폐하기 위해 당신이 자신의 영혼을 파멸의 위험에 빠뜨렸듯이, 그 아이 역시 다른 사람을 위해 같은 일을 할 수 있어요. 당신은 메리엣에게 상당한 대가를 치르는 조건으로 그 사건을 묻어주겠다 약속했지요. 메리엣에게는 강요나 마찬가지였을 겁니다. 당신이 메리엣을 보호하겠다고 한 일은 사실 다른 사람을 보호하기 위한 일이었어요. 하지만 메리엣은 불평하지 않았죠. 그 아이는 자진해서 대가를 치렀습니다. 자기가 사랑하는 사람을 자유롭게 해주려는 마음에 당신이 제시한 조건들을 잠자코 받아들였을 뿐 아니라 자진해서, 기꺼이 그렇게 하려고 애를 썼어요. 자, 당신이 아는 이들 가운데 그 아이가 자기 형만큼 사랑하는 사람이 또 있습니까?"

"말도 안 되는 소리!" 레오릭은 반쯤 죽어가는 사람처럼 힘겹게 숨을 몰아쉬었다. "나이절은 그날 하루 종일 린드가 사람들이랑 있었어요. 로즈위타와 재닌이 그 사실을 증언해줄 겁니다. 로즈위타와 말다툼을 벌인 뒤 화해하려고 아침 일찍 그 집에 갔다가 저녁 늦게야 돌아왔다고요. 그 아이는 그날 일어난 일에 대해 아무것도 몰랐습니다. 그래서 소식을 들었을 때 몹시 놀랐죠."

"린드가에서 숲속 현장까지는 아주 가깝습니다." 캐드펠은 가차 없이 말을 이었다. "자, 만일 메리엣이 클레멘스의 시신을 옮기려 애쓰는 나이절을 발견했다면? 그래서 제 형에게 얼른 다른 사람들이 있는 곳으로 가 하루 종일 거기 붙어 있으라고, 이 일은 자기가 알아서 처리하겠다고 했다면? 만일 사실이 그렇다면 어쩌시겠습니까?"

"지금…… 진심으로 그렇게 생각하는 겁니까?" 레오릭은 갈라진 목소리로 속삭이듯 물었다. "나이절이 그 사람을 살해했다고? 따뜻하게 대해줘야 할 자기 친척을 상대로, 천성에도 맞지 않는 그런 흉악한 범죄를 저질렀다고?"

"아뇨, 당신이 메리엣을 발견한 것과 마찬가지로 메리엣이 나이절을 발견했을 수도 있다고 얘기하는 겁니다. 당신이 메리엣을 보자마자 그가 범인이라 믿었다면, 메리엣 역시 나이절을 보자마자 그렇게 믿지 않았을까요? 어쩌면 형이 억울하게 살인죄를 뒤집어쓸지도 모른다는 생각에 두려워했을지도 모르지만요. 아무튼 이 점을 명심하셔야 합니다. 당신이 실수를 할 수 있다면 메리엣도 그럴 수 있다는 거예요. 사실 그 여섯 시간의 공백 때문에 나도 여전히 혼란에 빠져 있습니다. 그 비는 시간을 대체 어떻게 설명해야 좋을지 모르겠군요."

"정말로 제가 착오를 일으켜 엉뚱한 상상을 한 걸까요?" 레오릭은 놀라움에 몸을 떨고 있었다. "그렇다면 애초에 곧장 휴 베링어에게 가서 모든 걸 그 사람의 판단에 맡겨야 좋았을까요? 아, 어떻게 해야 이 일을 바로잡을 수 있을지……."

"당장은 그저 라둘푸스 수도원장님이 베푸는 식사 자리에 가서 주빈답게 행동하시면 됩니다. 그리고 내일은 애초에 계획했던 대로 아드님을 결혼시키고요. 아직은 어둠 속을 더듬고 있는 형편이라, 사건을 해결할 만한 어떤 실마리가 잡힐 때까지 그저 기다릴 수밖에 없습니다. 방금 말씀드린 것들에 대해 잘 생각해보되, 다른 사람들에게는 일절 발설하지 마십시오. 지금은 안 됩니다. 모두들 평온한 분위기에서 결혼식을 치르게 하세요."

그럼에도 불구하고, 캐드펠은 내심 결혼식이 평온하게 끝나기는 힘들 것이라 확신하고 있었다.

*

이소다가 허브밭의 작업장으로 찾아왔다. 그녀를 보자 캐드펠은 그때까지의 시름을 모두 잊고 활짝 웃었다. 소박하지만 수도원장 일행과의 만찬 자리에 어울릴 법한 맵시 있는 차림으로 들어온 이소다도 환하게 밝아지는 캐드펠의 얼굴을 보고는 개구쟁이처럼 씩 웃어 보이며 두건을 젖히고 망토를 활짝 열어젖혔다.

"어때요, 괜찮아 보여요?"

너무 짧아 땋을 수 없는 그녀의 곱슬머리는 메리엣이 숙사의 침대에 감춰뒀던 것과 똑같이 생긴 자수 리본 머리띠로 단정하게 정리되어 있었다. 소매가 길고 목이 높은 엷은 장밋빛 모직 상의에 엉덩이 아래로 부드러운 주름들이 물결치듯 흘러내리는 진푸른색 튜닉을 보니, 철없는 소녀보다는 성숙한 여인으로서 다른 어른들과 함께 식사를 즐기기에 적당한 것으로 고르느라 꽤나 신경을 쓴 모양이었다. 늘 허리를 꼿꼿이 편 채 자신감 넘치는 자세를 유지하는 아이가 그런 품위 있는 옷차림을 하고 나서자 영락없는 영주처럼 위엄 있어 보였고, 오두막으로 들어오는 태도 역시 군주처럼 당당하기 그지없었다. 장신구는 딱 하나뿐이었지만, 잘 연마된 묵직한 천연석으로 만들어진 그 목걸이도 머리띠의 화사한 리본과 멋지게 어우러져 뭇사람들의 시선을 끌 만했다.

"잘 어울리는군." 캐드펠은 말했다. "어린 시절부터 알고 지내온 말괄량이 소녀의 모습을 기대한 젊은 총각이라면 아주 놀라서 눈이 휘둥그레지겠는데. 자, 어떤가? 메리엣을 만날 마음의 준비는 됐나? 메리엣은 자네가 오리라 전혀 예상하지 못하고 있을 텐데."

"걱정 마세요!" 이소다는 머리칼이 흔들릴 정도로 힘차게 고개를 끄덕였다. "수사님이 말씀해주신 것들에 관해 많이 생각해봤어요. 전 메리엣을 잘 아니까, 수사님이나 그 사람이나 걱정할 건 전혀 없어요. 제가 다 알아서 할게요!"

"출발하기 전에, 그동안 내가 알아낸 것들부터 좀 들어보게."
그는 이소다 곁에 앉아 이야기를 시작했다. 이소다는 진지하면서
도 흔들림 없이 평온한 표정으로 귀를 기울였다.

"그런데 캐드펠 수사님, 모든 게 다 수사님의 말씀대로라면 메
리엣이 형의 결혼식을 보러 와선 안 될 이유가 없지 않나요? 물
론 지금 다들 그 사람의 고백을 믿지 않고 있다는 건 알리지 말아
야겠죠. 그랬다간 자기가 숨겨주려고 하는 그 누군가 때문에 그
의 마음이 무척 괴로워질 테니까요. 하지만 이제 수사님도 그가
어떤 사람인지 잘 아시잖아요. 도망치지 않겠다고 서약한 이상,
메리엣은 절대 그 약속을 어기지 않을 거예요. 게다가 워낙 고지
식하기도 해서 남의 말을 의심하는 법이 없죠. 만일 휴 베링어가
형의 결혼식에 참석해도 좋다고 허락한다면 메리엣은 다른 생각
없이 그저 고맙게 받아들일 거예요."

"아직 그렇게 먼 길을 걷기는 힘든 상태야." 캐드펠은 이소다
의 이야기에 마음이 동하면서도 그렇게 대답했다.

"걸을 필요는 없어요." 이소다가 얼른 말을 받았다. "제가 말
과 마부 한 사람을 보내주면 되잖아요. 마크 수사가 함께 와도 되
고요. 어때요? 아침 일찍 도착해서 망토로 얼굴을 가린 채 결혼
식 광경을 잘 지켜볼 수 있는 은밀한 곳에 자리 잡고 앉아 있는
거죠." 그러더니 그녀는 단호하게 이야기를 이어갔다. "지금 그
집안에…… 뭔가 어두운 그림자 같은 게 드리워 있어요. 제가 그
런 걸 모를 만큼 바보는 아니라고요. 앞으로 어떤 일이 일어나든

저는 메리엣이 밝은 빛 속으로 걸어 나왔으면 해요. 그 사람이 원래 있어야 할 곳으로 말이죠. 다른 누군가가 비참한 처지로 떨어질 수 있겠지만, 메리엣에겐 아무 죄가 없으니 저로서는 진범이 드러나기를 바랄 뿐이에요."

"나도 마찬가지야!" 캐드펠도 진심으로 그녀에게 동의했다.

"수사님께서 휴 베링어 님에게 물어봐주세요. 제가 사람을 보내 메리엣을 데려와도 되겠느냐고요. 잘은 모르겠지만…… 그 사람은 거기 참석할 권리가 있고, 또 반드시 그래야 할 것 같아요."

"그래, 내가 휴에게 얘기해보지. 자, 일단은 날이 더 어두워지기 전에 세인트자일스에 가보세."

그들은 수도원 앞길을 나란히 걷다가 마시장의 빛바랜 세모꼴 풀밭 앞에서 오른쪽으로 꺾어 점점이 흩어진 집들과 초록색 들판 사이를 지나 구호소로 향했다. 나뭇잎을 모조리 떨군 앙상한 숲이 싸늘하게 얼어붙은 하늘을 배경으로 거무스레한 레이스처럼 떠올라 있었다.

"저곳이 바로 나병 환자들의 피난처라는 거죠?" 구호소의 울타리로 이어진 완만한 경사로를 오르며 이소다가 물었다. "많은 이들이 나서서 그들을 돌봐주고 치료해준다니, 정말 대단해요!"

"몇몇 환자들을 고쳐주기도 했지." 캐드펠은 말했다. "그들을 돌보다가 한 사람이 죽기도 했는데, 그 뒤에도 여기서 일하겠다고 나서는 자원자들이 부족했던 적은 한 번도 없어. 메리엣의 육신과 영혼의 상처도 이곳에서 많이 아물고 있는 것 같더군. 다 마크 수사 덕분이지."

"그 마크 수사라는 분이 시작한 일을 제가 마무리 지을 거예요." 이소다는 얼굴을 환히 밝히며 즐겁게 말을 이었다. "그런 다음엔 그분께 보답도 할 거고요. 아, 이제 다 왔네요. 어디로 가야 하죠?"

캐드펠은 그녀를 곧장 헛간으로 데리고 갔으나 그 안은 텅 비어 있었다. 아직 저녁 식사 때까지 조금 남아 있긴 해도 밖에서 무슨 일을 하기에는 이미 어두워진 터였다. 이런 시각에 메리엣은 어딜 갔는지, 바닥에 깔린 짚자리에는 칙칙한 담요만 가지런히 놓여 있었다.

"이게 그 사람 침대인가요?" 이소다가 생각에 잠긴 표정으로 짚자리를 내려다보면서 물었다.

"그래. 메리엣은 자기가 악몽에 시달려 다른 사람들을 놀라게 할까 봐 저 다락에서 자다가 이 밑으로 떨어졌지. 마크 말로는, 잠든 상태에서 휴 베링어한테 가려고 했다더군. 자백을 하고 엉뚱하게 잡힌 사람을 풀어달라 부탁하려고 말이야. 여기서 잠깐 기다려주겠나? 내가 가서 그 친구를 찾아 이리로 보내겠네."

메리엣은 홀에 딸린 곁방에 있었다. 마크 수사의 작은 책상 앞에 앉아 가죽 조각을 들고 손가락을 기민하게 놀리며 기도서의 표지를 수선하는 중이었다. 캐드펠이 들어가 손님이 헛간에서 기다리고 있다고 전하자 그의 표정에 갑자기 동요가 일었다. 그사이 캐드펠과는 꽤 친숙해져 그와 함께 있는 건 별로 개의치 않았으나, 다른 사람들을 대할 땐 자신이 무슨 전염병 환자라도 되는 양 몹시 꺼리고 불편해하던 터였다.

"만나지 않았으면 좋겠는데요." 메리엇은 캐드펠에 대한 감사의 마음과 외부 사람을 만나야 한다는 괴로움 사이에서 망설이다 입을 열었다. "누굴 만나서 좋을 게 뭐 있겠어요? 무슨 할 말이 있다고…… 그동안 여기서 조용히 지낼 수 있어서 참 좋았는데……." 그는 영 내키지 않는 듯 입술을 잘근잘근 깨물다가 마침내 체념한 듯 물었다. "누군데요?"

"자네가 불편해하지 않아도 될 사람이야." 캐드펠은 나이절을 떠올리며 대답했다. 만일 나이절이 형으로서 모른 척할 수 없어 찾아온다면 메리엇으로서는 여간 부담스럽지 않으리라. 물론 나이절은 오지 않았다. 결혼을 앞둔 남자에게는 항시 다른 모든 일들을 밀쳐둘 만한 그럴싸한 명분이 있기 마련이다. 하지만 적어도 그는 동생의 안부 정도는 물었어야 했다. "이소다가 찾아왔네."

이소다가 왔다니! 메리엇은 안도의 한숨을 내쉬었다. "이소다가요? 정말 고마운 일이네요. 그런데…… 이소다도 알고 있나요? 제가 죄상을 고백한 중죄인이라는 것 말입니다. 그 애가 지금 아무것도 모르고 실수를 하는 건 아닌지……."

"다 알고 있네. 하지만 그 일에 대해서는 얘기할 필요 없어. 이소다도 그런 말은 꺼내지 않을 거고. 그 친구는 자네에 대한 변함

없는 애정을 가지고 있네. 내게 자네를 만나게 해달라고 조르더군. 몇 분만 얘기하고 갈 테니 큰 부담이 되지는 않을 거야. 자네는 많은 얘기를 할 것 없이 그 친구가 말하는 걸 듣기만 하게."

여전히 썩 내키지는 않았으나, 아이 적부터 가깝게 지내온 친구의 관심과 동정 정도는 그럭저럭 견뎌낼 수 있을 터였다. 메리엣은 큰 동요 없이 캐드펠과 함께 헛간으로 향했다. 구호소의 걸인들 틈에 섞여 있는 아이들은 참으로 단순하여 무엇도 요구하는 것 없이 그를 있는 그대로 받아들였고, 그래서 그 또한 그들을 대하기가 편했다. 그래, 이소다가 보여주는 누이로서의 관심과 애정 또한 같은 방식으로 대할 수 있으리라.

이소다는 짚자리 곁에 놓인 상자 속에서 부싯돌과 부싯깃을 꺼내 조그만 등잔에 불을 붙인 뒤 주위에 널린 밀짚과 조금 떨어져 있는 넓적한 돌 위에 안전하게 올려두었다. 부드러운 빛이 그녀가 앉아 있는 짚자리의 발치께를 비추며 양 어깨에 살짝 걸친 수수하면서도 우아한 망토와 화사한 머리띠를, 더하여 두 무릎에 엇갈리게 놓은 그녀의 두 손을 한층 돋보이게 해주었다. 메리엣이 들어서자 그녀는 흡사 수태고지[23]를 다소 세속적으로 묘사한 그림 속 성모마리아의 사려 깊고 성숙한 미소를 머금은 채 그를 올려다보았다. 자신이 수태했음을 진작부터 알고 있었던 듯한 그미소. 아마 마리아에게 수태고지 같은 건 불필요한 일이었을 것이다.

순간 메리엣은 놀라 걸음을 멈춘 채, 고요하면서도 기대에 찬 태도로 자신의 짚자리에 앉아 있는 성숙한 여성을 내려다보았다. 몇 달 사이 사람이 이토록 달라질 수 있을까? 그는 나직하면서도 무뚝뚝하게 "여기 올 필요는 없었는데"라고 얘기할 생각이었지만, 정작 이소다를 보니 도무지 그런 말이 나오지 않았다. 자신만만한 태도로 시공간을 확고히 장악한 채 앉아 있는 그녀 앞에서 메리엣은 문득 두려움을 느꼈다. 지금 저 아이의 눈에 나는 어떻게 보일까? 불과 얼마 전까지만 해도 한 마을에서 함께 철없이 뛰어놀던 젊은이와는 조금도 닮지 않은, 비쩍 마른 몸에 다리를 절름거리는 비참한 죄인으로 보이지 않을까? 하지만 이소다는 자리에서 일어나 그에게 다가가더니 두 손으로 그의 머리를 붙잡고 다정하게 입을 맞추었다.

"그동안 몰라볼 정도로 성숙해졌잖아? 멋있어. 머리를 다친 건 안된 일이지만." 그녀가 한 손으로 메리엣의 상처 부위를 더듬으면서 말을 이었다. "하지만 이건 금방 나을 거고 흉터도 남지 않을 거야. 누군지 몰라도 잘 싸매줬네. 자, 나한테 입 맞춰주지 않을 작정이야? 아직은 수사도 아니니 그 정도는 괜찮잖아."

차분하고 냉정하게 그녀의 뺨에 가 닿은 그의 입술이 한순간 갑작스러운 열정으로 부르르 떨렸다. 이소다를 성숙한 여인으로 여겨서가 아니라, 어떤 의문이나 비난도 품지 않은 채 그저 사심 없이 두 팔을 벌리고 다가온 따뜻하고 다정한 사람 앞에서 느끼는 감동 때문이었다. 그는 몰라보게 달라진 친구에 대한 열정과 수줍음 사이에서 오락가락하는 마음으로 서투르게 그녀를 끌어

안고는 자기도 모르게 몸을 떨었다.

"아직 다리가 성치 않으니 얼른 앉아." 이소다가 염려하듯 말했다. "오래 있지는 않을 테니 걱정하지 말고. 하지만 일부러 다시 시간을 내어 찾아오지 않는 한 이렇게 가까이 앉아 얘기할 기회를 얻기가 힘들겠지? 자, 어서 이곳에 대해 얘기해봐." 그녀가 메리엣을 자기 곁의 짚자리로 끌어당기면서 말을 이었다. "아이들도 있더라. 와글와글 떠드는 소리가 들리던데. 아주 어린 친구들 같았어."

메리엣은 마술에 걸린 양 넋 나간 표정으로 더듬거리며 마크 수사에 대해 이야기하기 시작했다. 왜소하고 연약해 보이지만 불굴의 의지를 지닌 사람이라고, 온몸에 주님의 은총이 깃든 좋은 친구라고. 자신의 새로운 친구에 관해, 또 불운하기는 하나 좋은 사람들의 보살핌을 받게 된 병자들과 떠돌이들에 관해 이야기하는 건 그리 어렵지 않았다. 하지만 그 자신과 그녀에 관해서는 한마디도 꺼낼 수 없었다. 두 사람은 그저 나란히 앉아 서로를 향해 마음을 연 채 시련의 한 계절이 빚어놓은 상대의 변화를 끊임없이 살피며 음미할 뿐이었다. 메리엣은 자신이 중죄를 자백하여 이제 더없이 짧은 생애를 앞두고 있다는 사실을 잊었다. 갑자기 몰라보게 아름다워진 이소다가 애스플리의 두 배쯤 되는 영지의 상속인이라는 사실도 잊었다. 그들은 짧은 시간이나마 온갖 세상사를 잊은 채 그렇게 앉아 있었다. 캐드펠은 흡족한 기분으로 헛간을 살며시 빠져나와 마크 수사를 만나러 갔다. 이소다는 시간의 흐름을 면밀히 감지할 것이다. 그를 놀라게 하고, 그의 마음을 따뜻하게 해주고, 그저 절망뿐인 상황에서도 확고한 소망을 불러 일으켜준 다음, 늦지 않게 자리를 털고 일어나리라.

이윽고 헤어질 시간이 되었다. 메리엣은 그녀의 손을 잡고 헛 간에서 걸어 나왔다. 두 사람 발그레하고 환한 얼굴로, 애초의 두 려움 같은 건 깨끗이 잊은 채, 예전처럼 장난스럽게 입씨름을 벌 이고 있었다. 메리엣이 허리를 숙여 뺨을 내밀자 이소다는 다정 하게 입을 맞추고는 자신의 뺨을 내밀었다. 언제나 그랬듯 구제 불능의 고집쟁이라며 불평을 늘어놓았지만, 그녀는 메리엣의 마 음을 흡족하게 해주고 본인 역시 한층 자신감을 굳힌 채 그곳을 떠났다.

드문드문 흩어진 인가가 보이기 시작하는 수도원 앞길 초입에 들어섰을 때, 이소다가 입을 열었다. "메리엣한테 내일 아침 적 당한 시간에 말과 마부를 보내주겠다고 약속했어요."

"나도 마크에게 말해두었네. 하지만 메리엣은 망토로 얼굴을 가리고 남들의 눈에 띄지 않도록 조용히 오는 게 좋을 거야. 정확 한 이유는 나도 모르겠는데, 왠지 그가 반드시 그 자리에 오되 자 기 아버지나 형은 모르게 해야 한다는 생각이 드는군."

"지나치게 마음을 졸이시는 거 아녜요?" 이소다는 메리엣을 만나 마음이 들뜬 듯 활달하게 말을 이었다. "어쨌든, 전에도 말 씀드렸다시피 그 사람은 내 거예요. 다른 누구도 그 사람을 차지 하지 못한다고요. 피터 클레멘스의 살해범은 반드시 붙잡힐 테니 걱정 마세요!"

"자네 하는 행동을 보면 꼭 하느님의 손길을 보는 듯해 두렵구먼." 캐드펠은 깊은 숨을 몰아쉬었다. "언제고 엄청난 벼락이라도 떨어뜨릴 것 같아."

*

저녁 식사를 마친 뒤, 두 여자는 함께 사용하는 아담한 방의 따뜻하고 부드러운 빛 속에서 한 침대에 걸터앉은 채 내일의 일에 대해 각자 깊은 생각에 잠겼다. 둘 다 궁리할 게 너무 많아 도무지 잠이 오지 않았다. 시중을 드는 로즈위타의 하녀는 아무 물정 모르는 시골 여자라 그런지 결혼식 때 쓸 보석이나 장신구, 향수를 고르는 일에 전혀 도움이 되지 않아 한 시간 전에 잠자리로 보낸 터였다. 내일 로즈위타의 머리를 매만져주고, 옷을 입는 걸 거들어주고, 접객소에서 성당까지 데려갔다가 다시 데려오고, 성당 문 앞에서 신부의 어깨에서 외투를 벗겼다가 예식이 끝난 뒤 신랑과 함께 성당을 나설 때 쌀쌀한 12월의 날씨에 대비해 다시 외투를 걸쳐주는 일 따위는 이소다가 도맡아 할 예정이었다.

로즈위타는 침대에 신부 옷을 펼쳐놓은 채 그 모든 주름과 소매의 매무새를 세심하게 살펴보고는 보디스[24]로 금빛 코르셋을 좀 더 바싹 조이면 어떨지 궁리하고 있었다.

이소다는 로즈위타가 달콤한 꿈에 젖어 늘어놓는 얘기와 질문에 건성으로 대꾸하면서 방 안을 오락가락했다. 한쪽 벽에는 그들의 소지품들이 꽉꽉 들어찬, 가죽으로 덮인 나무 상자들이 쌓여 있었고, 침대와 선반과 나무 상자들 위에는 상자에서 나온 온갖 자질구레한 물건들이 즐비하게 널려 있었다. 이소다는 옷장 위 가물거리는 등잔 곁에 놓인 로즈위타의 작은 보석함에 손을 집어넣어, 자신에겐 별 흥미가 없는 보석들을 아무렇게나 꺼내보았다.

"넌 그 거들의 금빛 실이랑 어울리는 노란 보석들을 착용하는 게 어때?" 로즈위타가 물었다.

이소다는 호박빛 돌들을 등불에 비춰보다가 손가락 사이로 부드럽게 떨어뜨렸다. "그래, 잘 어울리겠네. 근데 다른 것들도 좀 보고 싶어. 난 아직 반도 못 봤잖아." 장신구들 틈에서 다채로운 빛을 발하는 에나멜 장식이 얼핏 눈에 띄자, 그녀는 호기심이 동해 손을 더듬어 맨 밑바닥에서 둥그런 고리 모양에 핀이 달린 큼직한 구식 브로치 하나를 끄집어냈다. 에나멜로 덮인 가장자리를 금실로 정교하게 마무리한 넓고 판판한 브로치였다. 구불구불하게 구부러진 장식들은 얼핏 작은 동물이나 휘감긴 이파리처럼 보였으나, 더 자세히 들여다보니 뒤엉킨 두 마리의 뱀이었다. 은으로 된 핀, 에나멜 꽃이 새겨진 다이아몬드 형태의 핀 꼭지. 그녀는 브로치를 손에 쥐어보았다. 고리 모양의 장식이 그녀의 손바닥을 꽉 채울 만큼 컸고, 핀은 그녀의 새끼손가락 끝에 닿을 만큼 길었다. 남성용 외투의 두꺼운 주름을 단단히 고정하기 위해 만들어진, 군주가 쓸 법한 귀한 물건이었다. 이소다는 더 자세히 들여다보며 "이런 건 처음 보네……"라고 중얼거리다가 중간에 말을 멈췄다. 갑작스러운 침묵에 로즈위타가 무심코 고개를 들고 쳐다보더니, 벌떡 일어나 브로치를 낚아채 얼른 다른 장신구들 속 깊숙이 집어넣었다.

"이건 안 돼!" 로즈위타는 이맛살을 구기면서 말했다. "너무 무거워. 너무 구식이고. 노란 목걸이랑 은제 머리빗만 있으면 되니까 이건 그냥 놔두자." 그러면서 로즈위타는 보석함 뚜껑을 단단히 닫아버리고는 신부 옷을 펼쳐놓은 침대로 이소다를 잡아끌었다. "여기, 수놓은 자리 실밥이 몇 군데 풀린 거 보이지? 네가 좀 마무리해주지 않을래? 나보다 바느질 솜씨가 낫잖아."

이소다는 보석함 쪽으로 고개를 돌리고 싶은 욕구를 지그시 억누른 채 아무렇지도 않은 얼굴로 자리에 앉아 로즈위타가 부탁한 일을 차분히 해나갔다. 곧 마지막 기도 시간이 다가오자, 그녀는 바느질을 끝내고 옷을 옆으로 밀어둔 뒤 기도하러 가야겠다고 말했다. 이미 옷을 벗어놓은 로즈위타는 별다른 대꾸 없이 잠자리에 들었다.

*

마지막 기도가 끝난 뒤 캐드펠 수사는 작업장에 잠시 들를 생각으로 남쪽 현관을 통해 성당을 나섰다. 작업장 화로의 불이 잘

꺼졌는지, 모든 게 안전하게 마무리됐는지, 문이 잘 닫혔는지 확인해야 했다. 날씨가 몹시 춥긴 하지만 별들이 총총해 그는 등불 없이 익숙한 길을 따라 느긋하게 걸음을 옮겼다. 그러나 넓은 마당으로 이어지는 아치 통로에 채 이르기도 전에, 갑자기 누군가 그의 소매를 급하게 잡아당기며 헐떡이는 목소리로 속삭였다. "캐드펠 수사님, 드릴 말씀이 있어요!"

"이소다! 왜 그러지? 무슨 일이야?" 그는 이소다를 회랑 한쪽에 움푹 파인 필사실들 중 한 곳으로 데려갔다. 이 시간이면 아무도 그곳에 오지 않을 것이고, 혹시 누가 지나간다 해도 두 사람은 가장 후미진 구석에 들어가 있으니 눈에 띄지 않을 터였다. 망토의 짙은 빛깔을 배경으로 하얗게 떠오른 이소다의 갸름한 얼굴은 잔뜩 긴장해 있었다.

"정말로 일이 일어났어요! 수사님이 그러셨죠? 제가 벼락을 떨어뜨릴 것 같다고요. 정말 제가 뭔가를 발견했다고요!" 이소다는 캐드펠의 귀 가까이 입을 대고 낮은 목소리로 빠르게 말을 이었다. "로즈위타의 보석함 속에…… 맨 밑바닥에 숨겨져 있었어요. 둥그런 고리 모양의 큼직한 브로치, 아주 오래되고 훌륭한 거예요. 금과 은과 에나멜로 된 거. 노르만 사람들이 들어오기 훨씬 전에 만들어진 물건이 틀림없어요. 긴 핀이 달렸고, 제 손바닥만큼이나 커요. 로즈위타는 제가 그걸 들고 있는 걸 보더니 얼른 달려들어 그걸 다시 함 속에 넣어버렸어요. 너무 무겁고 구식이라 달 만한 물건이 못 된다면서 말예요. 전 그냥 모른 척 넘어갔죠.

제가 알고 있는 사실은 일절 입 밖에 내지 않았어요. 보아하니 로즈위타는 그게 뭔지, 어떤 과정을 거쳐 자기 손에 들어온 건지 모르는 것 같았어요. 하지만 그걸 차고 다니거나 남에게 보여주면 안 된다는 경고는 들었겠죠. 그렇지 않고서야 왜 그렇게 황급히 감췄겠어요? 물론 그냥 그 물건이 싫어서일 수도 있지만…… 그래도 전 확실히 알 것 같거든요. 그게 뭔지, 어디서 나온 건지 말예요. 수사님도 들으면 수긍하실 거예요……." 이소다는 캐드펠에게 몸을 바싹 기댄 채 연신 가쁜 숨을 몰아쉬었다. 그녀의 따뜻하고 부드러운 숨결이 캐드펠의 뺨을 간질였다. "로즈위타는 못 봤는지 몰라도, 저는 분명 그걸 본 적이 있어요. 그 사람의 외투를 받아 방으로 갖고 들어간 사람이 바로 저였거든요. 프레몬트는 그 사람의 안장주머니를 챙기고 저는 외투를 맡았죠…… 외투 칼라에 바로 그 브로치가 꽂혀 있었어요!"

"누구? 누구의 외투 말인가?" 캐드펠은 자신의 소매를 붙잡은 작은 손을 감싸 쥐며 물었다. "그 브로치가 피터 클레멘스 것이라는 건가?"

"예, 맹세할 수 있어요."

"그 사람의 외투에 달려 있던 것과 같은 것이라 확신하나?"

"그럼요. 제가 그걸 들고 방으로 들어갔다니까요. 브로치를 어루만지면서 감탄하기까지 했다고요."

"그런 물건이 두 개일 수는 없지." 캐드펠은 깊은 숨을 몰아쉬었다. "그렇게 희귀한 물건이라면 똑같은 모양으로 두 개나 만들지 않았을 거야."

"설혹 똑같은 게 있다 쳐도 그 두 개가 한꺼번에 같은 지역에서 돌아다니겠어요? 게다가 군주나 제후를 위해 만들어진 물건들은 절대로 다시 만들어지는 법이 없어요. 우리 할아버지도 그런 브로치를 갖고 계셨거든요. 물론 그렇게 크고 훌륭한 물건은 아니었지만요. 할아버지는 그게 오래전에 아일랜드에서 건너온 거라고 하셨어요. 아무튼, 저는 그 브로치의 색깔과 그 이상한 모양의 짐승을 선명하게 기억하고 있었어요. 제가 본 게 바로 그거라고요. 로즈위타가 그걸 갖고 있고요!" 순간 이소다는 새로운 생각이 떠올라 열에 들뜬 목소리로 말을 이었다. "엘뤼아르 참사회원이 아직 이곳에 있죠? 피터 클레멘스의 십자가와 반지를 알아보셨으니 그것도 틀림없이 알아보실 거예요. 그분이 증언해주면 돼요. 만일 뜻대로 되지 않는다면 제가 증언할 수 있고요. 그래요, 제가 할 거예요! 내일…… 내일 어떻게 하면 되죠? 아, 휴베링어 님이 이 자리에 있으면 좋을 텐데. 시간이 너무 촉박해요. 당장은 우리가 모든 걸 계획할 수밖에 없어요. 그러니 제가 어떻게 하면 좋을지 말씀해주세요."

"자, 일단 이것부터 말해보게." 캐드펠은 그녀의 두 손에 자기 손을 얹은 채 천천히 말했다. "그 브로치는 아무 흠 없이 깨끗하던가? 금속 부분이나 에나멜에 얼룩이나 변색된 자국 같은 건 없었고? 변색된 부분을 닦아낸 듯한 흔적은?"

"없어요!" 이소다는 잠시 생각에 잠겼다가 자신 있게 대답했

다. 그제야 캐드펠의 질문에 담긴 의미를 이해한 터였다. "아,
그 생각은 못 했네요! 그래요, 브로치는 애초에 만들어진 모습
그대로 찬란하고 완벽했어요. 그건 불탄 재 속에서 나온 게 아니
에요."

12

결혼식 날 아침은 맑고 화창했지만 몹시 추웠다. 아침기도에
참석하러 가느라 마당을 가로지르는 이소다의 뺨에 너무 작아 제
대로 보이지도 않는 눈가루 한두 송이가 따끔따끔하게 와 닿았
다. 하지만 하늘이 맑고 높은 게 눈이 더 쏟아질 것 같지는 않았
다. 이소다는 열심히, 그러면서도 아주 당당한 자세로 기도를 드
렸다. 마치 하늘을 향해 간청한다기보다는 요구라도 하는 듯했
다. 이윽고 그녀는 마구간 마당으로 나가 자신의 마부에게 말을
끌고 가 메리엇과 마크를 결혼식에 늦지 않게 데려오라고 일렀
다. 그런 뒤 로즈위타의 방으로 가 옷 입는 것을 거들어주고, 머
리를 잘 땋아 은색 빗으로 높이 틀어 올려 금빛 망으로 감싸주고,
목에다 노란 목걸이를 채워주고, 마지막으로 그녀 주위를 한 바

퀴 돌면서 옷매무새를 가다듬었다. 레오릭은 여자들만의 공간을 피하려고 그랬는지, 아니면 서로 다른 길을 걷는 두 아들의 운명을 떠올리며 울적한 생각에 빠져 있느라 그랬는지, 성당의 자기 자리로 나아갈 순간이 될 때까지 일절 모습을 보이지 않았다. 반면 울프릭 린드는 연신 딸의 주위를 맴돌며 그 아름다움에 거듭 거듭 찬탄을 보냈다. 여성의 체취가 물씬 풍기는 이 방의 분위기가 전혀 거북하지 않은 모양이었다. 이소다는 아주 정중한 태도로 그를 대했다. 둔하지만 친절한 사람. 영지에서 수익을 올리는 일에는 무척 유능하고 소작인들과 농노들을 대하는 태도도 꽤나 합리적이지만, 그는 눈치가 빠르지 못해 늘 자기 자식들과 이웃들의 사정을 가장 늦게 알아차리곤 했다.

이 순간 다른 방에서는 재넌과 나이절도 비슷한 일에 몰두하고 있을 터였다. 이 승리이자 희생의 의식에 앞서 신랑을 위풍당당하게 꾸미는 작업 말이다.

울프릭이 감탄사를 연발하며 흡족한 기분으로 자신의 딸과 이야기를 나누는 사이, 이소다는 옷장으로 물러나 살그머니 손을 뻗어 보석함 밑바닥에서 피터 클레멘스의 것이었던 둥그런 브로치를 꺼낸 뒤 얼른 자신의 넓은 소매 안쪽에 넣었다.

*

젊은 마부 에드러드는 일찌감치 세인트자일스에 도착했다. 다른 손님들이 성당에 모이기 전에 메리엣과 마크를 데려가야 했다. 메리엣은 형의 결혼식을 보고 싶은 마음이 간절했으나, 중죄를 저질러 가문의 명예에 먹칠을 한 자신이 거기 갔다가 괜히 남들의 눈에 띄기라도 하면 어쩌나 싶은 생각에 몹시 두렵기도 했다. 이소다가 마부를 보내겠다고 약속하면서 휴 베링어도 그를 믿고 있다고, 자신의 관대한 조치를 이용해 그가 다른 데로 도망치는 일은 절대 없으리라 생각한다고 얘기했을 때도 메리엣은 내키지 않아 하며 그렇게 대답했다. 그렇게 남들의 시선을 꺼리는 메리엣의 태도가 이소다에게는 차라리 반가웠다. 계획을 성공시키기 위해서라도 메리엇이 다른 이들에게 정체를 드러내서는 안 되었기 때문이다. 누구라도 메리엣을 알아보기는커녕 유심히 쳐다보지도 못하게 해야 했다. 에드러드가 일찌감치 그를 말에 태워 성당에 데려다주면, 메리엣은 다른 하객들이 들어오기 전에 성가대석의 침침한 한구석, 모든 사람들을 볼 수 있되 다른 사람들의 눈에는 잘 띄지 않는 후미진 자리에 안전하게 자리 잡을 수 있으리라. 식이 끝난 뒤에도 신랑 신부가 성당을 떠나고 다른 하객들이 그들 뒤를 따라 나가면 아무도 모르게 온화한 간수와 함께 자신의 감옥으로 되돌아갈 수 있을 것이다. 마크는 친구이자 경우에 따라서는 메리엣을 부축해줄 도우미가 되어줄 터였고, 무엇보다 하나의 증인으로 필요한 존재이기도 했다. 물론 그 자신은 이러한 사실에 대해 전혀 모르고 있었지만 말이다.

"포리엣 마님의 명을 받고 왔습니다." 에드러드는 명랑하게 말했다. "도련님이 원하실 땐 언제든 돌아갈 수 있도록 대기하라 하셨으니, 수도원에 도착하면 말들은 문지기실 앞에다 매어놓을 생각이에요. 그런데…… 혹시 두 분이 성당에 들어가 계시는 동안 제가 한 시간쯤 다른 곳에 다녀와도 될까요? 수도원 바로 앞에 제 누님 집이 있거든요. 누님과 매형이 사는 조그만 집이죠." 사실 누이 집 옆 오두막에 그가 좋아하는 여인이 살고 있었지만 굳이 그런 말을 입 밖에 낼 필요는 없었다.

메리엣은 흥분과 긴장을 느끼며 수도사의 두건을 깊숙이 눌러 쓴 채 헛간에서 나왔다. 여전히 다리가 성치 않았으나, 이제 그는 하루가 저물 무렵 몹시 피곤할 때가 아니면 더 이상 목발을 사용하지 않았다. 마크가 곁에 바싹 따라붙어, 검은 두건 덕에 한층 돋보이는 그의 반듯한 이마와 날카로운 콧날, 여윈 옆얼굴을 유심히 바라보고 있었다.

"이렇게 불쑥 찾아가도 괜찮을까요?" 메리엣이 기운 없이 입을 열었다. "형은 내 안부도 묻지 않았는데." 그 말에 깃든 불평의 기색이 부끄러운지 그는 얼른 고개를 돌렸다.

"반드시 가야죠." 마크는 단호하게 말했다. "그 숙녀분이 당신을 설득하기 위해 몸소 여기까지 찾아왔고, 당신도 꼭 가겠다 약속했잖아요. 아직은 발이 성치 않으니 마부의 도움을 받아서 말에 오르도록 해요."

메리엣을 부축해 안장에 올린 뒤, 에드러드는 거세한 키 큰 수말을 자랑스럽게 올려다보면서 말했다. "이 말은 우리 아가씨가 주로 타고 다니시는 말이에요. 그리고 여기 다른 녀석, 이 튼튼하고 작은 암말이 이놈을 아주 좋아하죠. 한데 이 암말은 아무나 잘 태우려 들지를 않아요."

그제야 메리엣은 마크에게 미안한 생각이 들었다. 저 까다로운 짐승의 등에 억지로 타야 한다니, 자신 때문에 마크 수사가 이래저래 괴로운 일을 당하는 건 아닐까? 그는 피로를 모르는 이 조그만 수사에 대해 아는 게 거의 없었다. 이 친구는 과거에 어떤 일을 겪었을까? 어쩌다 수사복을 입게 되었을까? 수도원 사람들 중에는 갓난아이 때부터 여기서 지내온 이들도 있다던데…… 그러나 걱정과 달리 마크 수사는 서슴없이 등자에 발을 넣더니 별 어려움 없이 안장에 자신의 가벼운 몸을 실었다.

"난 농장에서 자랐거든요." 마크가 메리엣의 놀란 얼굴을 마주 보며 말했다. "아이 적부터 말들을 다뤄야 했죠. 당신이 탄 그런 순종은 아니었지만요." 마크는 넓은 들판에 내려앉은 까마귀들에게 돌을 던지느라 한 손에 자루를 움켜쥔 채 오랜 시간 끄떡끄떡 졸면서 이랑을 따라 걸어 다니던 기억을 떠올렸다. "어쨌든 아주 일찍부터 말을 다뤄온 셈이에요."

그리하여 베네딕토회 수사복을 걸친 채 말에 오른 두 수사는 젊은 마부와 함께 수도원 앞길로 나섰다. 아직 이른 아침인데도 길에는 사람들이 가득했다. 가축들에 풀을 먹이러 나가는 남편들, 물건을 사러 나온 아내들, 뒤늦게 짐을 지고 나선 행상인들, 이리저리 내달리며 장난치는 아이들……. 모두들 해가 짧은 이

계절에 모처럼 맞이하는 화창한 아침 시간을 활용하느라 바쁘게 움직이고 있었다. 두 사람은 마주치는 모든 사람들의 인사에 일일이 답례하면서 앞으로 나아갔다.

두 사람은 수도원 문지기실 앞에 내려 말들을 에드러드에게 맡겼다. 마크가 팔을 잡아 안으로 이끌지 않았더라면, 메리엇은 불과 얼마 전까지만 해도 자신의 의지로든 혹은 아버지의 뜻이었든 그토록 들어가기를 갈구했던 이곳 입구에서 몸만 떨며 좀처럼 결단을 내리지 못했을 것이다. 수도원 사람들은 다들 자기 일에 바빠 이리저리 오갈 뿐 남들의 동정에는 신경 쓰지 않았다. 두 사람은 그들 사이를 뚫고 넓은 마당을 지나 어둠침침하고 싸늘한 성당 안으로 들어섰다. 설령 몇몇 이들이 그 모습을 눈여겨봤다 해도, 이 추운 아침에 부지런히 걸음을 옮기는 두 수사에 대해 딱히 의심스러운 생각을 품지는 않았으리라.

에드러드는 휘파람을 불면서 말들을 붙잡아 매고는, 제 누이와 그 옆집에 사는 여인을 만나러 밖으로 나섰다.

*

휴 베링어 또한 메리엇과 마크처럼 아침 일찍부터 수도원에 나타났다. 그가 데려온 부하 둘은 인파로 복작거리는 넓은 마당을 한가롭게 어슬렁거렸다. 마당에는 수도원에서 일하는 하인들과 소년들, 견습 수사들, 접객소에 묵고 있는 여행객들에 더하여 수도원 앞 동네에 사는 호기심 많은 구경꾼들까지 잔뜩 모여 있었다. 휴는 다른 이들의 눈에 띄지 않으면서도 모든 사람들을 자세히 관찰할 수 있는 문지기실 안쪽 대기실에 자리 잡고 있었다. 이제 피터 클레멘스의 죽음과 연관된 모든 이들이 수중에 들어온 셈이었다. 만일 결혼식이 끝날 때까지 별다른 성과를 얻지 못할 경우에는 레오릭과 나이절을 불러다 알고 있는 사실들을 모조리 실토하게 할 작정이었다.

라둘푸스 수도원장은 수도원의 주요 후원자를 예우하는 의미에서 직접 그 결혼식을 주재하기로 결정했으며, 이는 그의 손님인 엘뤼아르 참사회원 역시 예식에 참석하리라는 것을 의미했다. 성례는 교구 제단이 아니라 본당의 주제단에서 거행될 것이며 성가대의 수사들도 모두 참석할 예정이었다. 그 때문에 휴는 캐드펠과 만나 잠시라도 얘기를 나눌 기회를 얻을 수가 없었다. 유감스러운 일이나, 이제 두 사람은 서로를 너무나 잘 알고 있으니 사전 조율을 하지 않고도 눈치껏 적절히 협조해가며 행동할 수 있을 터였다.

이미 사람들이 느긋하게 모여들기 시작해, 가장 좋은 옷을 입은 하객들이 두셋씩 짝을 지어 접객소에서 성당으로 마당을 가로질러 갔다. 작은 마을에서 거행되는 행사이긴 해도, 유서 깊은 집안 사람들이 모인 자리라는 점에서는 궁정에서의 그것과 하등 다를 바가 없었다. 잠시 후 로즈위타 린드는 색슨인들과 노르만인들이 뒤섞인 수많은 증인들에 둘러싸여 결혼식장으로 이동할 것이었다. 윌리엄 공이 왕좌에 오르자마자 슈루즈베리시는 로저 백작에게 하사되었으나 이 주위에 있는 많은 영지들은 여전히 색슨 영주들의 소유였고, 뒤늦게 와서 자리 잡은 노르만 영주들 또한 유서 깊은 색슨 가문 출신의 아내를 얻음으로써 소작인들의 충성심과 더불어 자신의 지반을 굳건히 다질 수 있었다.

구경꾼들 사이에서 웅성임이 이는가 싶더니, 다들 지나가는 하객들을 자세히 살피느라 목을 길게 뺀 채 이리저리 움직이기 시작했다. 레오릭 애스플리가 먼저 모습을 보였고, 뒤이어 그의 장남이자 아주 멋지게 생긴 젊은이인 나이절이 제 모습을 가장 돋보이게 할 만한 근사한 옷차림으로 군중들 사이를 가로질렀다. 재닌 린드는 곧 자유를 잃을 한 젊은이의 들러리답게 환한 미소를 머금은 채 활달한 걸음으로 신랑을 따라가고 있었다. 두 젊은이는 성당 문 앞에 이르자 걸음을 멈추고 섰다. 이제 모든 하객들이 자리를 잡고 앉아야 할 시간이었다.

곧 로즈위타가 접객소에서 모습을 드러냈다. 겨울날 아침에 입기에는 다소 얇은 듯한 신부복 위에 질 좋은 푸른색 망토로 어깨를 감싼 채였다. 흐뭇한 미소를 머금고 선 울프릭의 통통한 팔에 의지하여 돌계단을 내려서는 그녀를 지켜보면서, 휴는 과연 아름다운 여인이라 생각했다. 문득 캐드펠의 이야기가 떠올랐다. 아무 매력도 없는 나이 든 수사들까지 예외 없이 모든 남자들의 시선을 끌고자 하는 유혹을 좀처럼 이겨내지 못하는 여인이라 했지. 이제 그녀는 평생 처음 보는 엄청난 관중들 앞에서, 자신의 아름다움에 감탄하여 숨을 죽인 채 양옆으로 죽 늘어선 사람들 사이를 천천히 지나가기 시작했다. 로즈위타의 끝없는 욕심. 이는 꿀을 지나치게 탐하는 아이의 것만큼이나 순진하고 어리석은 욕구였으니, 바보 같은 여자나 그녀를 부러워하리라.

그 찬연한 빛에 가려진 채, 이소다 포리엣은 더없이 차분한 태도로 금박 입힌 기도서를 들고 신부를 뒤따라가 성당 문 앞에 섰다. 울프릭이 자신의 팔에 얹힌 딸의 손을 잡아 나이절의 손으로 옮겨주었다. 신랑과 신부가 나란히 성당 입구에 서자 이소다는 로즈위타의 어깨를 감싼 망토를 들어 잘 개킨 뒤 팔에다 걸치고는 침침한 본당 안으로 들어갔다.

교구 제단인 '성 십자가' 제단이 아니라 '성 베드로 성 바오로'의 높은 제단에서, 나이절 애스플리와 로즈위타 린드는 남편과 아내가 되었다.

*

나이절은 문지기실 바로 곁에 있는 성당의 거대한 서쪽 문으로 의기양양하게 걸어 나왔다. 남편으로서 로즈위타의 손을 잡은 그는 사랑하는 여인을 차지했다는 자부심에 들뜬 나머지 거의 넋이 나간 상태였으니, 싸늘한 정오의 햇살 속으로 걸어 나갈 때 이소다가 망토를 펼쳐 로즈위타의 어깨를 덮어주는 것도 의식하지 못하는 듯했다. 아예 이소다가 곁에 서 있다는 사실조차 알고 있을

지 의문이었다. 신랑과 신부 뒤로, 자랑스러운 두 아버지와 만족스러운 하객들이 물밀듯이 몰려나왔다. 레오릭의 얼굴이 자리에 어울리지 않게 다소 음울해 보이긴 했지만, 그런 점에 신경을 쓰는 사람은 아무도 없었다. 그는 원래 근엄한 사람이니까.

로즈위타 역시 자신의 왼쪽 어깨에 장신구의 가벼운 무게가 추가되었다는 사실을 의식하지 못한 채, 오로지 자신의 모습에 놀라고 감탄하는 군중만 바라보고 있었다. 수도원 앞에는 동네 주민들에 더하여 볼일이 있어 잠시 들른 이들까지 가세해 구경꾼들이 구름처럼 몰려들어 있었다. 아직은 아니야, 이소다는 신랑과 신부를 조심스레 뒤따라가며 생각했다. 그 브로치를 알아볼 만한 이들은 저 뒤에서 따라오는 데다 나이절 역시 넋이 나간 상태라 여기서는 별다른 반응이 나오지 않을 터였다. 일행이 문지기실 앞에서 방향을 틀어 다시 수도원 경내로 돌아올 때에야 비로소 그것을 알아보는 이들이 나오리라. 만일 엘뤼아르 참사회원이 그걸 보지 못한다면 그 자신이 직접 큰 소리로 외칠 생각이었다.

로즈위타는 서두르지 않고 서쪽 문 앞 계단을 내려간 뒤 모든 사내들이 마음껏 자신의 모습을 음미할 수 있게끔 느긋하면서도 당당한 걸음으로 자갈 깔린 빈터를 가로질러 수도원의 넓은 마당에 들어섰다. 그녀에겐 더없이 행복하고 은혜로운 순간이었다. 그사이 라둘푸스 수도원장과 엘뤼아르 참사회원은 성당의 익랑과 안마당을 거쳐 넓은 마당으로 나와서는 접객소의 계단 곁에 선 채 자비로운 표정으로 그들을 지켜보았고, 성가대 수사들도 뒤따라와 군중들 가장자리에 서서 초연하면서도 호기심 어린 눈을 빛내고 있었다.

캐드펠 수사는 수도원장과 참사회원이 서 있는 곳 근처의 아치 통로 기둥으로 조심스럽게 다가갔다. 그리로 다가오는 신랑 신부가 잘 보이는 자리였다. 남성용으로 만들어진 게 분명한 그 큼직한 브로치는 로즈위타가 걸친 진푸른색 망토 위에서 한층 두드러져 보였다. 한순간, 수도원장의 귀에 대고 무어라 속삭이던 엘뤼아르 참사회원이 말을 뚝 그쳤다. 얼굴에 어려 있던 인자한 미소마저 순식간에 지워버린 채, 그는 자신의 눈을 의심하듯 이맛살을 잔뜩 찌푸리고는 신랑 신부를 유심히 살펴보았다.

"그런데 저건…… 저건…… 어떻게 이런 일이……." 마침내 그의 입에서 나직한 웅얼거림이 튀어나왔다.

이제 신랑과 신부는 좀 더 가까이 다가와 교회의 고위 성직자들에게 경의를 표하기 시작했다. 이소다, 레오릭, 울프릭을 비롯한 모든 하객들이 그들 뒤에 있었다. 문지기실이 자리한 아치 통로에 서 있던 캐드펠은 재닌의 금발과 빛나는 푸른 눈동자를 지켜보았다. 그는 오다 말고 수도원 앞 동네 사람들 틈에 섞여 있던 누군가와 무슨 말을 주고받은 뒤 미소를 머금은 채 나는 듯 가벼운 발걸음으로 접객소를 향해 다가오고 있었다.

나이절이 아내의 손을 잡고 막 접객소 돌계단의 첫 단을 디디려는 순간, 엘뤼아르 참사회원이 앞으로 나아가 한 손을 들며 두 사람 사이에 섰다. 엘뤼아르의 시선을 좇던 로즈위타는 그제야 자신의 양 어깨를 덮고 있는 망토의 칼라를 내려다보았다. 번쩍이는 에나멜과 물결 같은 이파리들이 휘감고 있는 전설적인 짐승의 황금빛 윤곽이 눈에 들어왔다.

"이걸 자세히 좀 봐도 되겠소?" 엘뤼아르가 묻고는 브로치의 도드라진 금줄과 은으로 된 핀을 만져보았다. 로즈위타는 다소 놀란 표정으로 말없이 서 있을 뿐, 두려움이나 방어의 기색은 내비치지 않았다. "아름답고 희귀한 물건이구먼. 이걸 어디서 얻었소?" 엘뤼아르가 미심쩍은 눈길로 로즈위타를 바라보며 물었다.

조금 전 문지기실에서 나온 휴는 군중들 뒤편에 선 채 그들의 말에 귀를 기울였다. 멀찌감치 떨어진 안마당 한구석에서는 다른 두 명의 수사가 이를 지켜보고 있었다. 메리엣과 마크 수사였다. 그들은 서쪽 문을 돌아 나온 하객들과 무슨 이유에서인지 갑자기 넓은 마당에 멈춰 선 군중 틈에 끼어 들어갈 수도 나갈 수도 없는 상태로 그늘 속에 몸을 숨기고 있었다. 메리엣은 아무것도 모른 채 잔뜩 긴장해서는, 그저 어서 빨리 자신의 감옥이자 피난처로 돌아갈 수 있기만을 바랄 뿐이었다.

로즈위타가 입술을 핥더니 희미한 미소를 머금고서 입을 열었다. "친척이 선물로 준 거예요."

"이상하기도 하지!" 엘뤼아르는 심각한 낯으로 수도원장을 바라보았다. "수도원장님, 저는 이 브로치를 잘 알고 있습니다. 너무나 잘 알고말고요. 이건 윈체스터 주교님의 물건입니다. 주교님께서 피터 클레멘스에게 하사하셨죠. 지금 이 수도원의 시체 안치소에 누워 있는, 주교님이 총애하시던 사제에게 말입니다."

캐드펠 수사는 이미 한 가지 주목할 만한 사실을 포착해냈다. 참사회원이 예의 장신구에 관심을 기울이는 순간부터 줄곧 나이절의 얼굴을 주시해온 터였다. 그 브로치를 바라보는 그의 얼굴에는 한동안 아무런 표정의 변화가 없었다. 그저 미간을 약간 찌푸리고 입술에 희미한 미소를 머금은 채 영문을 모르겠다는 듯 엘뤼아르 참사회원과 로즈위타를 번갈아 바라볼 뿐이었다. 그러다 엘뤼아르가 피터 클레멘스라는 이름을 입에 올린 순간 갑자기 그 물건이 그에게 엄청난 의미를, 무언가 두렵고 섬뜩한 의미를 지니게 된 모양이었다. 그는 잠시 무슨 말을 꺼낼 듯 잔뜩 긴장된 창백한 낯으로 참사회원을 쳐다보았으나 정작 입을 열지는 않았다. 적당한 말을 찾아내지 못했거나, 아니면 말하지 않는 편이 낫겠다고 생각한 것 같았다. 이제 라둘푸스 수도원장과 휴 베링어도 그들 곁으로 다가섰다.

"이 물건이 피터 클레멘스의 것이라고요?" 휴가 물었다. "확실합니까?"

"확실해요. 당신이 보여주었던 소지품들, 그의 유해와 함께 불탄 자리에서 나온 십자가와 반지와 단검만큼이나 분명히 알아볼 수 있소. 주교님께서 선물하신 물건이라 그 사람은 이 브로치에 아주 특별한 애착을 가졌지. 그가 마지막 여행을 할 때 이것을 착용했는지는 확실히 모르겠지만, 워낙 좋아했던 것이라 평소에도 늘 달고 다녔소."

"저도 한 말씀 드리겠습니다." 이때 이소다가 로즈위타의 어깨 너머에서 침착하게 입을 열었다. "그분이 애스플리에 오셨을 때 이걸 달고 계시는 걸 확실히 보았습니다. 제가 문 앞에서 그분의 망토를 받아 방으로 가져갔거든요. 그 망토에 이 브로치가 달려 있었어요. 이튿날 아침 길을 떠나려는 그분께 다시 망토를 건네 드렸을 때도 마찬가지였고요. 그날 아침에는 날이 따뜻하고 화창해서, 그분은 몸에 걸치는 대신 안장 앞에다 망토를 얹어놓고 떠나셨지요."

십자가와 반지는 시신과 함께 불 속으로 들어갔다. 시간이 워낙 촉박해서인지, 아니면 어떤 미신적인 두려움이 작용한 탓인지, 살인자는 사제의 신분을 드러내는 물건들은 모두 그대로 남겨두었지만 쉽게 손에 닿는 자리에 달린 그 훌륭한 장신구만은 주저하지 않고 떼어낸 것이다.

"대충 보아도 이 물건에 손상의 흔적 같은 건 전혀 없는 듯하군요." 휴가 날카롭게 말했다. "실례가 되지 않는다면 떼어내서 자세히 좀 들여다봐도 될까요?"

캐드펠은 안도했다. 잘됐군, 어떤 식으로 힌트를 줘야 할지 고민했는데, 괜히 마음을 졸였어. 이제 저 친구가 모든 걸 알아서 하겠지.

휴가 그 커다란 브로치를 떼어내는 동안에도 로즈위타는 그저 하얗게 질린 얼굴로 멍하니 바라볼 뿐 아무런 움직임이 없었다. 그녀 또한 이 문제와 관련해 완전히 결백한 처지는 아닐 것이다.

그 물건이 누구의 것인지, 어떤 과정을 거쳐 자신에게 왔는지는 확실히 모를지언정, 그게 위험한 물건이며 당분간은 누구에게도 보여줘서는 안 된다는 사실을 분명히 알고 있었으니 말이다. 맙소사, 결혼식을 올린 뒤 나이절의 북쪽 영지로 간 다음에야 그걸 꺼내볼 생각이었는데. 거기서야 누가 그 물건을 알아보겠는가?

"역시 그렇군요. 불에 닿은 흔적이 전혀 없습니다." 휴는 그렇게 말하며 확인해보라는 듯 엘뤼아르 참사회원에게 건넸다. "그분이 소지하고 있던 다른 모든 물건들은 유해와 함께 불에 탔습니다. 이 물건 하나만 빼고요. 그분의 유해가 나뭇단이 없히기 전에 누군가 이걸 떼어낸 겁니다. 살아 있는 그분을 마지막으로 본 사람이자 죽어 있는 그분을 처음 본 단 한 사람, 그가 망토에서 이것을 훔쳐낼 수 있었겠죠. 그자가 살인자입니다." 휴는 창백하다 못해 얼음처럼 반투명한 낯빛으로 공포에 질려 자신을 응시하는 로즈위타 쪽으로 고개를 돌렸다. "누가 이걸 당신에게 줬소?"

로즈위타는 재빨리 주위를 둘러보더니 마음을 굳히려는 듯 크게 심호흡을 했다. 마침내 또렷하고 분명한 목소리가 그녀의 입술 사이로 새어 나왔다. "메리엣이 줬어요!"

*

그 순간 캐드펠은 한 가지 사실을 깨닫고 소스라쳤다. 아직 휴에게 밝히지 않은 사실들이 있었다! 만일 지금 가만히 손 놓고 앉아 다른 누군가가 로즈위타의 대담한 선언을 정당하게 반박해주기만을 기다렸다가는 그동안의 노력이 모두 허사가 될 것이었다. 메리엣이 수도원에 들어온 동기와 그가 수도원 안에서 벌인 온갖 소동들을 생각해보건대, 이곳에 모인 사람들로서는 방금 로즈위타가 내뱉은 그 엄청난 거짓말을 믿지 않을 이유가 없을 테니까. 게다가, 모든 이들이 놀라고 주위가 물을 끼얹은 듯 조용해지자 이제 로즈위타는 용기를 얻어 보다 대담하게 나오기 시작했다. "메리엣은 늘 강아지처럼 저를 졸졸 따라다녔어요. 저는 그가 주는 선물이 그리 달갑지 않았지만, 그래도 친절하게 대해주고 싶은 마음에 어쩔 수 없이 받았죠. 그걸 어디서 얻었는지 제가 어떻게 알았겠어요?"

"언제였지?" 캐드펠이 권위 있는 목소리로 우렁차게 물었다. "그가 자네에게 언제 그 선물을 줬나?"

"언제냐고요?" 로즈위타는 그 질문이 어디서 나왔는지 몰라 급히 주위를 둘러보더니, 제 주장을 확고히 하려는 듯 단호하게 말을 이었다. "피터 클레멘스가 애스플리를 떠난 다음 날 오후에요. 그러니까 그분이 살해된 다음 날이죠. 메리엣은 린드 영지의 목장에 있는 저를 찾아와 그걸 받아달라고 애원했어요…… 저는 그 사람의 마음을 다치게 하고 싶지 않아서……."

캐드펠은 그늘진 곳에서 나와 좀 더 가까이 다가온 메리엣의 형체를 곁눈으로 포착했다. 마크가 근심스러운 표정으로 따라 나왔으나 메리엣을 저지하려 들지는 않았다. 그러나 다음 순간, 모든 사람들의 시선이 레오릭 애스플리에게 쏠렸다. 후리후리하고 당당한 몸집을 지닌 그가 뚜벅뚜벅 걸어 나와 아들과 새 며느리를 덮칠 듯 그 앞에 선 것이다.

"애야, 네가 지금 무슨 말을 하고 있는지 잘 생각해봐라!" 레오릭은 외쳤다. "그거 거짓말 아니냐? 내가 알기에 그 말은 진실일 수가 없어." 이어 그는 휙 돌아서서 서글프고 우울한 눈빛으로 수도원장과 참사회원, 행정 보좌관을 차례로 훑어보았다. "여러분, 이 아이가 말한 건 거짓입니다. 이제 전 이 사건에서 제가 맡은 역할을 털어놓고, 그에 대한 처벌을 달게 받겠습니다. 자, 제가 아는 바는 이렇습니다. 사건이 있던 날 제가 메리엣을 집으로 데려왔습니다. 그리고 제 손님이자 친척의 시신을 집으로 옮겨 왔지요. 메리엣이 살인범이라 믿을 만한 이유가 있었기에, 전 아이를 골방 안에다 가두고 줄곧 자물쇠를 채워뒀습니다. 그 문제를 어떻게 처리할까 심사숙고하다가 메리엣에게 제 나름의 조건을 제시하고 그 아이가 그걸 받아들일 때까지 내내 말입니다. 따라서 메리엣은 피터 클레멘스가 죽은 날 늦은 오후부터 다음 날 하루 종일, 그리고 셋째 날 정오까지 우리 집 골방에 갇혀 있었던 셈입니다. 로즈위타를 찾아갈 수도, 그 물건을 로즈위타한테 췄을 수도 없지요. 이제 모두 밝혀졌듯이, 그 아이는 우리 집의 손님이자 친척에게 손가락 하나 까딱하지 않았습니다! 주여, 그렇게 믿은 저를 용서하소서!"

"거짓말이 아니에요!" 로즈위타는 한순간이나마 제 손에 들어왔던 신뢰를 회복하려 안간힘을 썼다. "제가 잠깐 착각을 해서…… 그래요, 날짜를 착각했어요! 메리엣이 온 건 셋째 날이었어요."

메리엣은 아주 느린 걸음으로 그들에게 더 가까이 다가왔다. 두건이 드리운 그늘 속 깊은 곳에 자리 잡은 그의 두 눈이 경악과 고통으로 인해 둥그레진 채 자신의 아버지와 사랑하는 형을, 그리고 미친 듯이 자신의 마음을 후벼대는 첫사랑의 얼굴을 차례차례 응시했다. 이리저리 애처롭게 배회하던 로즈위타의 시선이 그 눈과 마주친 순간, 그녀는 마치 지저귀며 날아가다 화살을 맞고 추락하는 종다리처럼 입을 꽉 다물고는 절망스레 흐느끼며 나이절의 가슴으로 쓰러졌다.

메리엣은 그렇게 잠시 꼼짝 않고 서 있다가 갑자기 휙 몸을 돌려 다리를 절뚝이며, 한 발 한 발 옮길 때마다 더러운 먼지를 털어내듯 빠르게 걸음을 옮겼다.

"누가 이걸 당신에게 줬소?" 휴가 재차 날카롭고 무자비하게 파고들었다.

군중은 이제 더 가까이 다가와 모든 광경을 주의 깊게 지켜보고 한 마디 한 마디 귀담아들으며 그들 사이에 오가는 논리의 흐름을 면밀히 쫓아갔다. 100여 쌍의 눈이 서서히 나이절에게로 쏠리기 시작했다. 그는 진실을 알고 있으리라. 로즈위타도 그럴 것이고.

"아니, 아녜요!" 로즈위타는 돌아서서 두 팔로 남편을 격렬하

게 끌어안았다. "이이가…… 나이절이 아니에요! 그 브로치를
준 사람은 제 오빠였어요!"

*

이제 모든 이들이 금발과 푸른 눈을 지닌 명랑한 젊은이를 찾
아 넓은 마당을 두리번거리기 시작했다. 휴의 부하들이 인파를
헤치고 급히 정문 밖으로 뛰어나갔지만 허사였다. 재닌 린드는
엘뤼아르 참사회원이 로즈위타의 어깨에서 그 밝은 에나멜 브로
치를 발견한 순간 이미 조용히 움직여 남몰래 종적을 감춰버린
뒤였다. 문지기실 앞에 묶어둔 이소다의 두 마리 말 중에서 메리
엇이 타고 온 종마도 사라져 있었다. 문지기로서는 천연덕스러운
얼굴로 느긋하게 걸어 나와 서두름 없이 말 등에 올라타는 젊은
이를 전혀 의심하지 못했으리라. 한 젊은 신사가 15분 전쯤 정문
으로 나와서 말의 고삐를 풀어 올라타더니 시내 반대편으로 유유
히 사라졌다고 치안관들에게 알린 사람은 수도원 앞 동네에 사는
눈 밝은 소년이었다. 관찰력이 예민한 그 아이는 말 탄 신사가 처
음에는 천천히 가다가 마시장 터 모퉁이에 이르러 갑자기 속력을
내더라고 전했다.

휴는 마구간으로 달려갔다. 얼른 사람을 보내 더 많은 인원을
부르고, 치안관들과 함께 말에 올라 도망자—재닌처럼 활달하고
유능한 악당에게 이러한 표현이 적절할지는 모르겠지만—를 추

적해야 했다. 넓은 마당의 혼란상은 굳이 통제하지 않아도 내버려두면 저절로 가라앉을 터였다.

"그런데 재닌은 왜 그를 죽였을까요?" 휴가 말안장의 뱃대끈을 잡아당기며, 곁에서 같은 일을 하고 있는 캐드펠 수사에게 호소하듯 물었다. "그럴 이유가 없을 텐데 말입니다. 녀석은 그날 밤 애스플리가에 있지도 않았잖습니까. 얼굴도 모르는 사람을 기다리고 있다가 죽이다니, 대체 어떻게 된 거죠?"

"누군가 인상착의를 설명해줬겠지. 게다가 그 사람이 출발할 시간과 여행 경로까지 알고 있었다면 어려울 게 없었을 거야." 하지만 그 밖의 다른 사실에 대해서는 캐드펠도 역시 전혀 가늠할 수가 없었다.

재닌은 사라졌다. 사태의 흐름을 살피다가 더없이 적당한 순간 법망을 피해 점잖게 탈출해버린 것이다. 도주로써 자신이 그 일의 범인임을 자백한 셈이었으나, 범행을 저지른 이유나 동기는 여전히 밝혀지지 않은 채 남아 있었다.

"그 사람이 문제가 아니었을 걸세." 말에 올라 휴를 따라 정문 쪽을 향해 달리며 캐드펠이 말을 이었다. "그래, 그가 아니라 그의 임무 때문이었겠지. 그게 아니면 뭐겠나? 다만 그 선의의 임무를 방해하려 들 이유가 무엇이었는지 모르겠단 말이지…… 왜? 무슨 이유로? 피터 클레멘스가 임무를 완수하면 자신에게 어떤 피해가 돌아온다고?"

넓은 마당에 뿔뿔이 흩어진 하객들은 이제 어찌해야 할지 몰라

우왕좌왕했다. 사건에 연루된 가족들과 그들의 가장 가까운 친지들은 접객소 안으로 피신해 있었다. 거기서라면 구경꾼들한테서 벗어나 마음을 가라앉히며 해결 방안을 의논할 수 있으리라. 다른 하객들은 서로 수군대느라 바빴고, 그중 일부는 집으로 돌아가는 게 상책이라 생각해 조용히 수도원을 빠져나갔다. 구경하러 온 주민들은 예상 밖의 사건에 들떠 자기들끼리 이런저런 정보를 나누고 부풀려가며 줄곧 정문 쪽을 주시했다.

휴가 부하들을 소집해 막 추격에 나서려는 순간, 미친 듯이 내달리는 말발굽 소리가 담장을 따라 요란하게 울려 퍼지는가 싶더니, 곧 온몸이 땀으로 흠뻑 젖고 기진맥진한 기수 한 사람이 입에 허연 거품을 문 말을 몰아 자갈이 깔린 아치 통로로 달려 들어왔다. 고삐를 어찌나 세게 당겼는지 말발굽이 얼어붙은 포석 위로 주르르 미끄러지다가 겨우 멎었고, 기수는 말에서 내린다기보다 부축하려는 휴의 두 팔에 그대로 떨어지다시피 했다. 라둘푸스 수도원장과 로버트 부수도원장을 비롯하여 넓은 마당에 남아 있던 모든 이들은 뭔가 불길한 일이 일어났으리라는 예감에 그의 주위로 급히 몰려들었다.

"프레스코트 행정 장관님이나……" 전령은 여전히 몸을 가누지 못한 채 비틀거리면서 헐떡이는 소리로 입을 열었다. "그분을 대리하는 분을 뵈어야…… 링컨 주교님으로부터 급한 전갈을 가지고 왔습니다. 급히 서둘러주십사 간청하는……."

"내가 이 주의 행정 보좌관이니 자세히 얘기를 해보게!" 휴가 말했다. "주교님이 우리한테 급히 전하실 말씀이라는 게 뭔가?"

"이 주의 모든 기사들을 소집하셔야 합니다." 전령이 간신히 버티고 선 채 말을 이었다. "북동 지방에서 반란이 일어났습니다. 전하께서 링컨을 떠나시고 이틀 뒤, 체스터의 라눌프와 루마르의 윌리엄이 몰래 진군해와 무력으로 성을 탈취했어요. 링컨 시민들이 끔찍한 폭정으로부터 구해달라며 전하께 호소하고 있습니다. 이에 주교님께서 엄중한 감시망을 뚫고 전하께 소식을 알릴 전령들을 몰래 내보내셨고요. 지금도 저 같은 전령 여럿이 말을 타고 모든 길로 달려가고 있을 겁니다. 오늘 해질 무렵이면 런던으로도 소식이 들어가겠죠."

"어떻게 그런 일이!" 엘뤼아르 참사회원이 소리쳤다. "불과 일주일 전만 해도 전하께서 그곳에 계셨고, 신의를 지키겠다는 그자들의 서약을 받아내셨는데! 그자들이 북쪽 지방을 가로지르는 튼튼한 요새망을 구축하겠다고 약속하지 않았소!"

"약속이야 했죠." 전령은 여전히 숨을 헐떡이며 말했다. "스티븐 전하나 모드 황후를 위해서가 아니라, 북쪽 지방에 자리 잡은 자기네의 흉악한 왕국을 위해서 말입니다. 보아하니 오래전부터 이런 음모를 꾸며온 듯합니다. 이미 9월에 은밀히 자기 영토의 모든 성주들을 체스터에 불러들여 모임을 가졌고, 그때 훨씬 더 남쪽에 있는 이쪽 지방 사람들에게까지 손을 뻗쳐 수비대를 조직했더군요. 자기들 목적을 달성하기 위해 사방에서 젊은이들을 휘하로 끌어들였고요……."

바로 그렇게 된 것이다! 9월이면 피터 클레멘스가 헨리 주교의 명을 받아 체스터로 가기로 계획한 시점이었다. 반란을 꿈꾸는 무리들이 무장을 하고 모여 음모를 꾸미는 곳에 클레멘스가 등장하면 일에 엄청난 차질이 생길 테니, 그가 무사히 오도록 내버려 둘 수 없었으리라. 게다가 그들은 이미 거기서 훨씬 남쪽에 있는 이쪽 지방 사람들까지 포섭해둔 터였고!

"그 두 젊은이가 그자들과 내통한 거야." 캐드펠이 휴의 팔을 잡았다. "오늘 결혼한 신랑 신부는 내일 북쪽으로 떠날 예정이었네. 링컨주 경계에 자리 잡은 영지로 말일세. 그곳 영지는 린드가 아니라 애스플리 집안의 소유지. 당장 나이절을 붙잡도록 하게. 이미 너무 늦은 시점이 아니어야 할 텐데!"

휴 또한 모든 것을 파악한 참이었다. 그는 얼른 말의 고삐를 놓고 부하들에게 따라오라고 손짓한 뒤 접객소로 달려갔다. 캐드펠이 그를 따라 접객소로 들어갔을 때 휴 일행은 막 연회장에 들어서는 중이었다. 하객들은 흥도 식욕도 나지 않아 식탁의 음식에는 손도 대지 않은 채 맥없이 앉아서, 마치 연회장이 아니라 장례식의 경야 자리에 모인 양 무거운 이야기를 주고받고 있었다. 신부는 절망감을 이기지 못해 뚱뚱한 보모의 품에 안겨 흐느껴 울었고, 그 곁에서 서너 명의 다른 여자들이 혀를 차며 그녀를 위로하고 있었다. 신랑의 모습은 어디에도 보이지 않았다.

"그 친구도 내뺐군!" 캐드펠의 입에서 탄식이 새어 나왔다. "우리가 마구간 마당에 있는 사이 아내마저 내버려두고 도망친 거야. 그때 말고는 기회가 없었겠지. 링컨 주교가 하루만 늦게 전령을 보냈으면 정말 큰일이 날 뻔했군……!"

이어 문지기실 앞에 묶여 있던 또 한 마리의 말에 생각이 미쳐 얼른 달려 나갔지만, 이미 그 말도 사라져버린 뒤였다. 나이절은 기회가 오기 무섭게 제 공모자를 따라 루마르의 윌리엄이 약속한 땅과 직위와 지휘권을 향해 도망쳐버린 것이다. 용감하고 호전적이며 제 잇속에 더없이 밝은 유능한 젊은이들로서는 슈롭셔의 롱 숲 가장자리에 자리 잡은 아담한 영지보다 저 북쪽에서 훨씬 더 풍요로운 미래를 개척할 수 있겠다 생각했으리라.

13

새롭고 충격적인 소문이 온 마을을 휩쓸기 시작했다. 수도원 앞 동네에 사는 이들 중에서도 유난히 예민한 귀와 날카로운 눈을 가진 사람들은 자기들이 보고 들은 모든 것들을 머릿속에 잘 담아 사방으로 퍼뜨렸다. 북쪽 지방의 체스터 백작과 링컨 백작이 왕국을 세우려는 목적으로 오랫동안 계획해온 반란을 일으켰고, 진작부터 그 음모에 가담하고 있던 처남과 매부는 만반의 준비를 갖춘 채 유유히 북쪽 지방으로 떠나려다가 갑작스레 음모가 들통나는 바람에 황급히 달아났으며, 링컨 주교는 스티븐 왕과 그리 가까운 사이가 아니지만 체스터와 루마르의 지배자들을 워낙 못마땅하게 여겨온 터라 몰래 전령을 보내 구조를 요청했다는 이야기였다.

그리하여 이제 모두가 수도원 사람들과 휴 베링어의 부하들을 열심히 관찰하고 있었다. 휴 베링어는 치안관들에게 반역자 추적을 맡긴 채 자신은 스티븐 왕의 군대에 합류할 준비를 시작했다. 먼저 그 주에 있는 모든 기사들을 소집하고 쓸 만한 말들을 징발한 뒤, 병장기들이 제대로 정비되어 있는지 확인하기 위해 급히 성으로 돌아갔다. 주교의 전령은 수도원에서 쉬게 하고 다른 기수들을 파견해 주의 남쪽에 있는 여러 성들에도 소식을 알리기로 했다. 뜻밖의 사건으로 망연자실한 신랑 신부의 가족과 친지, 그리고 버림받은 신부는 접객소에 틀어박혀 일절 모습을 보이지 않았다.

아직 오후 2시도 안 된 시각이었다! 12월 21일, 모든 사건이 엄청나게 빠른 속도로 정신없이 밀어닥치고 있었다. 어둠이 내리기 전에 또 다른 사건이 터지지 않을지 누가 장담할 수 있겠는가?

라둘푸스 수도원장은 수도원의 규율을 지킬 것을 거듭 강조했고, 이에 따라 수사들은 늦게나마 질서 있게 식당으로 이동했다. 살인과 반역과 추적, 엄청난 사건들이 연이어 일어났지만, 그렇다고 수도원의 일과를 소홀히 할 수는 없었다. 게다가 이러한 격변과 위기를 무사히 이겨내기 위해서는 잠시나마 한숨을 돌리고 조용히 생각할 시간을 가져야 할 터였다. 상처를 받은 이들에게도 마음을 추스를 여유가 필요했다. 먼저 도망친 자는 아무도 눈치채지 못하는 사이 여유 있게 내빼버렸고, 나중에 도망친 자 또

한 정신없는 상황에서 재빨리 그곳을 탈출했지만 이제 추적자들이 그들의 뒤를 쫓고 있었다. 그들이 어느 길을 택할지는 뻔했다. 애스플리의 영지가 뉴어크 남쪽에 있으니 틀림없이 스태퍼드를 통과해야 할 터였다. 아마 그곳 좀 못 미친 황야 어딘가에 이를 즈음 어둠이 내릴 테고, 그러면 도망자들은 마을로 들어가 밤을 보내는 게 안전하리라 판단할 것이다. 추적자들은 바로 그곳에서 두 사람을 따라잡아 슈루즈베리로 데려올 작정이었다.

식당 문을 나선 캐드펠은 여느 때와 다름없이 자신의 일터로 걸음을 옮겼다. 그가 신비를 빚어내곤 하는 허브밭 작업장에서는 베네딕토회 수사복을 입은 두 젊은이가 벽에 붙여놓은 벤치에 나란히 앉아 말없이 그를 기다리고 있었다. 화로에 남은 아주 작은 불씨가 그들의 얼굴에 희미한 붉은빛을 드리웠다. 메리엣은 몹시 지친 듯 두건 벗은 머리를 오두막 벽에 기대고 있었는데, 안색이 무척 어두워 보였다. 마크가 곁에 앉아 뼈저린 분노와 슬픔, 고통에 짓눌린 그의 마음을 보듬고 추슬러준 덕에, 이제 그는 아무 생각도 감정도 없이 변화된 세상에서 천천히 새로 태어날 준비를 하는 참이었다. 마크는 여느 때처럼 온화한 얼굴로 간청하듯 캐드펠을 바라보았다. 자신도 이곳에 함께 있을 권리를 주장하는 표정 같기도 했다. 그는 무슨 일이 있어도 메리엣의 곁을 떠나지 않을 것이었다.

"자네들이 이곳에 와 있으리라 생각했지." 캐드펠은 그렇게 말한 뒤 조그만 풀무를 집어 들어 화롯불을 빨갛게 돋우었다. 아직은 실내가 그리 따뜻하지 않았다. 그는 문을 닫고 빗장을 걸어 문 사이 빈틈으로 새어 들어올지 모를 바람을 차단했다. "아직 아무 것도 먹지 못했을 텐데." 그가 문 곁의 선반을 더듬으며 말을 이 었다. "자, 여기 귀리로 만든 케이크랑 사과 몇 알이 있네. 치즈 도 한 조각 있고. 조금 먹어두면 기운이 날 거야. 아, 포도주도 도 움이 될 걸세."

저 젊은이가 지금 얼마나 허기질까! 이제 막 열아홉이 된 건강 한 청년이 아침나절 이후 아무것도 먹지 못했으니 말이다. 메리 엣은 내키지 않는 듯 마지못해 손을 뻗었으나, 막상 음식이 목으 로 넘어가자 이내 식욕을 되찾고 열심히 먹어댔다. 이내 생기가 되살아나고 두 눈이 빛을 발하기 시작했다. 움푹 팬 양 뺨의 그늘 도 환한 화롯불에 지워진 것 같았다. 포도주가 들어가자 피가 다 시 그의 전신을 활발하게 타고 돌며 몸을 덥혔다.

메리엣은 형과 아버지, 잃어버린 사랑에 대해서는 한 마디도 꺼내지 않았다. 아직은 너무 일렀다. 그들 중 한 사람은 그를 살 인범으로 오인했고, 다른 한 사람은 그를 살인범으로 몰았다. 그리고 나머지 한 사람은 어땠는가. 메리엣의 누명을 벗겨주려 는 노력 같은 건 전혀 없이, 그저 그가 줄곧 헌신적이며 어리석 은 자기희생의 삶을 살도록 방치해두지 않았는가. 메리엣은 아 직 온 마음을 뒤흔드는 혹독한 괴로움 속에 허덕이고 있었다. 그 러나 다행히도 이제 약간의 음식이 그를 소생시켰으니, 굶주린 학생처럼 허겁지겁 먹어대는 그를 보며 캐드펠은 안도의 한숨을 내쉬었다.

*

　레오릭 애스플리는 피터 클레멘스의 유해를 모셔둔 시체 안치소에서 고해를 하기로 마음먹었다. 그는 라둘푸스 수도원장에게 고해사제가 되어달라고 간청한 뒤 돌바닥에 무릎을 꿇고 앉아 자신이 아는 모든 사실을 털어놓았다. 작은아들이 시체를 남들의 눈에 띄지 않는 곳으로 끌고 가는 끔찍한 장면을 목격했다고, 메리엣은 침묵으로 죄를 시인했으며 자신은 아들을 차마 죽음의 구덩이에 밀어 넣을 수도, 그렇다고 자유롭게 세상을 활보하게 할 수도 없어 고심했다고.

　"그래서 아들한테 얘기했습니다. 영혼의 파멸을 무릅쓰고라도 내 손으로 시신을 처리하겠다, 그렇게 네 목숨을 구할 테니 너는 세속을 떠나 영원히 속죄하는 길을 택하라고요. 아들은 그 말에 동의하고 제 몫의 형벌을 받아들였습니다. 형에 대한 사랑 때문이었죠. 저는 이제야 그걸 알게 됐습니다. 아니, 메리엣이 그런 운명을 받아들인 건, 형을 위해서만이 아니라 저를 위해서이기도 했어요. 전 나이절을 전적으로 신뢰했던 반면 그 아이에겐 신뢰라는 걸 거의 보여주지 않았습니다. 그래서 그 아이는 나이절을 잃을 경우 제가 앞으로의 삶에 대한 희망을 놓아버리겠지만 자기를 잃을 경우에는 말짱하게 잘 살아가리라 생각한 겁니다. 예,

그렇게 생각했을 법하죠…… 하지만 정말로 큰아이를 잃은 지금, 저는 살 수 있고 또 살 것입니다. 제가 메리엣에게 저지른 죄는 비단 그 아이가 살인을 저질렀다 믿고 수도원으로 쫓아낸 것에만 그치지 않습니다. 저는 메리엣이 태어난 순간부터 지금까지 줄곧 그 아이를 멸시해왔어요.

더하여 제가 신부님과 이 수도원에 저지른 죄상도 역시 고백하고 참회고자 합니다. 저는 소명도 지니지 않은 아이를 수도원에 강제로 들여보냄으로써 그 아이와 수도원에 큰 누를 끼쳤습니다. 제가 진 모든 빚에서 놓여나고 싶으니 이 점도 반드시 기억해주시기 바랍니다.

또 우리 집에 온 손님이자 친척인 피터 클레멘스에게 저지른 죄상에 대해서도 고백하고 참회합니다. 저는 그 사람을 기독교인답게 매장해주지 않았습니다. 단지 집안의 명예를 지켜야 한다는 이유로요. 이제 저는 주님의 손이 학대받아온 제 작은아들을 통해 제가 저지른 악행을 드러내주신 것을 큰 다행으로 여깁니다. 이 모든 죄상에 대한 속죄로서 신부님이 어떤 고행을 가하든 달게 받을 것이며, 더하여 제 목숨이 다하는 날까지 그의 영혼을 위한 미사를 올릴 수 있도록 기부하겠습니다……."

그는 강직하고 당당한 자세로 자신의 모든 죄상을 소상히 고백했으며, 라둘푸스 수도원장은 엄숙하게 경청한 뒤 그 죄에 걸맞은 적절한 속죄행을 명하고 모든 죄를 사해주었다.

이제 레오릭은 조용히 일어났다. 겸허함과 두려움이라는 익숙지 않은 감정으로, 그는 밖으로 나가 이제까지 버려두었던 자신의 아들을 찾아 나섰다.

*

3년 묵은 포도주의 기운으로 몸이 따뜻해지고 배신의 쓰라린 기억도 차츰 몽롱해지면서 메리엣이 마지못해 삶과 화해하기 시작했을 때, 작업장의 잠긴 문을 두드리는 소리가 들려왔다. 캐드펠이 문을 열자 이소다가 화롯불이 발하는 부드러운 빛 속으로 들어섰다. 분홍빛과 붉은빛과 상앗빛으로 이루어진, 결혼식 때 입었던 화사하면서도 어른스러워 보이는 옷차림 그대로에 머리는 은빛 띠로 잘 여민 모습이었다. 그 뒤에는 그녀보다 훨씬 더 큰 누군가의 실루엣이 겨울 황혼 녘을 배경으로 떠올라 있었다.

"여기 모여 있을 줄 알았어." 화롯불을 받아 황금빛으로 물든 얼굴에 차분한 미소를 머금고서 이소다가 입을 열었다. "자, 누굴 모셔 왔는지 봐, 메리엣. 아버님이 당신을 찾아 사방으로 돌아다니고 계시더라. 당신한테 대화를 좀 청하고 싶으시대."

뒤에 서 있던 이의 얼굴을 알아본 순간 메리엣의 얼굴이 딱딱하게 굳었다. "뭘 청하실 분이 아닌데." 적개심과 괴로움이 한데 뒤엉킨 착잡한 어조였다. "집에서는 한 번도 없었던 일이야."

"그렇다면, 좋아." 이소다는 당황하는 기색 없이 말을 이었다. "자, 아버님의 명령이야. 당신은 아버지가 이곳에 들어오시도록 허락해야 해. 아니, 그분을 대신해서 내가 명령하겠어. 공손하게 명령을 따르는 게 좋을 거야." 이소다는 옆으로 비켜서며 캐드펠 수사와 마크에게 눈을 살짝 찡긋해 보였다. 곧 레오릭이 오두막에 들어섰다. 그의 키가 워낙 큰 탓에 들보에 매달려 있던 마른 약초 다발들이 이리저리 흔들렸다.

메리엣은 엉거주춤 벤치에서 일어나 마치 적을 대하듯 격식을 갖추어 뻣뻣하게 인사를 건넸다. 그러나 정작 그의 입에서 흘러나온 목소리는 더없이 평온하고 조용했다. "어서 오세요. 여기 앉으시겠어요?"

캐드펠과 마크는 이소다와 함께 밖으로 나와 저물녘의 싸늘한 공기 속으로 들어섰다. 뒤에서 아주 작고 겸손하기까지 한 레오릭의 목소리가 들려왔다. "내 입맞춤을 거부하지는 않겠지?"

숨 막히는 침묵이 잠시 이어지더니 이윽고 메리엣의 갈라진 목소리가 흘러나왔다. "아버지……."

캐드펠은 문을 닫았다.

*

그 시각, 스태퍼드 남서쪽의 높고 험난한 히스 황야에서는 나이절 애스플리가 덤불처럼 무성한 풀밭을 헤치며 빽빽한 잡목림을 향해 급히 말을 몰고 있었다. 친구이자 이웃이자 공범인 재닌 린드를 거의 따라잡은 참이었다. 말이 울퉁불퉁한 땅에서 발을 헛디뎌 쓰러진 뒤로 뒷다리 하나를 몹시 저는 터라, 재닌 린드는 연신 욕을 퍼부으며 진땀을 흘리고 있었다. 혼자서 모험을 벌이며 불안에 떨던 나이절은 재닌을 보자 크게 안도하여 그를 소리쳐 부른 뒤 말에서 내려 그에게 다가갔다. 이소다의 말은 금방이라도 쓰러질 듯 위태롭게 비틀거리고 있었다.

"왔어?" 재닌이 소리쳤다. "자네도 도망쳐 나왔군! 아, 이 망할 놈의 짐승! 다리도 다치고, 나를 내동댕이쳤어." 그는 친구의 팔을 움켜쥐었다. "참, 로즈위타는 어떻게 됐지? 그 애 혼자 심문을 당하게 내버려두고 온 거야? 맙소사, 그 애는 미치고 말 거야!"

"아니, 로즈위타에겐 아무 일 없을 거야. 자리를 잡는 대로 곧 사람을 보내 데려와야지…… 그나저나, 자네 지금 나한테 큰소리 치는 거야?" 나이절은 화난 얼굴로 재닌을 노려보며 발끈해서 말을 이었다. "진창에 빠져 어쩔 줄 모르는 우리 둘을 내버려두고 일찌감치 혼자 도망친 주제에! 애초에 우리를 이 수렁에 빠뜨린 사람이 누군데? 내가 자네더러 그 사람을 죽이라고 했어? 그냥 심부름꾼을 먼저 보내서 의심 살 만한 것들만 신속히 감춰두라고 전하랬잖아. 나는 사람을 보낼 수 없는 처지였으니까. 그자가 우리 집에 묵고 있으니 표 나지 않게 누굴 보낼 수가 있어야지…… 그런데…… 자네가 그 사람을 죽여버릴 줄이야……."

"내가 배짱 좋게 만사를 확실히 해둔 거지." 재닌은 입술을 비틀며 경멸 어린 투로 말을 내뱉었다. "자넨 겁을 집어먹어 우물

쭈물하고만 있었잖아. 사람을 보냈다 해도 한참 늦었을 거야. 결국 내가 일을 확실히 마무리 지은 셈이지."

"아, 그렇게 확실해서 그자를 사람들 다니는 길에 내버려둔 건가?"

"얘기를 듣자마자 그리로 달려가다니, 그런 바보 같은 짓이 어디 있어!" 재닌은 나이절의 심약하고 신경질적인 태도를 노골적으로 비웃었다. "그대로 내버려뒀다면 그게 누구 짓인지 누가 알았겠냐고! 자네가 지레 겁을 집어먹고 달려가 시체를 숨기려 드는 바람에 천치 같은 자네 동생까지 그 일에 말려들고, 결국엔 자네 아버지까지 딸려 왔잖아! 맙소사, 자네같이 심약한 사람한테 그런 중요한 얘기를 털어놓은 내가 잘못이지!"

"애초에 자네의 그 번드르르한 말에 넘어간 내가 잘못이거나!" 나이절은 한심스럽다는 듯 말을 이었다. "이제 우리는 오도 가도 못 할 처지에 빠졌어. 보다시피 이 짐승은 더 이상 한 발짝도 못 걷는다고! 스태퍼드까지 아직 2킬로미터나 남았는데 벌써 날이 어두워지니……."

재닌은 화가 나서 발을 굴렀다. "젠장! 먼저 출발했는데 이놈의 짐승이 여기서 쓰러지다니! 이제 자네 혼자 가서 두 사람 몫의 상을 독차지하겠군. 첫 번째 위기를 맞을 때부터 어찌할 바를 몰라 전전긍긍하던 인간이! 아, 정말 재수 없는 날이야!"

"목소리 좀 낮춰!" 나이절은 그에게서 등을 돌려 절름발이가 된 말의 옆구리를 어루만졌다. "차라리 자네를 못 봤으면 좋았을 걸 하필 이 고개에서 만나가지고…… 하지만 이대로 가버리지는 않을 테니 안심해. 자네 혼자 뒤처지게 하느니 차라리 함께 되돌 아가고 말지. 그자들은 어디쯤 왔으려나…… 어쨌든 스태퍼드까지 함께 가도록 애써보자고. 이 말은 나중에 데려갈 수 있도록 나무에 매어두고 내 말을 번갈아 타면―"

그 순간 뒤에서 단검이 날아들어 그의 갈빗대 사이를 파고들었다. 나이절은 제자리에 털썩 주저앉아 몸을 오그렸다. 통증은 없었다. 그저 전신에서 기력이 쭉 빠져나가는 것을 느끼며, 그는 풀밭에 조용히 늘어졌다. 상처 부위에서 피가 쏟아져 나와 옆구리를 뜨뜻하게 적시고 풀밭을 새빨갛게 물들이기 시작했다. 몸을 일으키려 해봤지만 손가락 하나 까딱할 수 없었다.

재닌은 잠시 냉정한 눈길로 나이절을 내려다보았다. 치명상을 입히지는 못했으나 출혈이 멈추지 않으니 아마 30분 뒤에는 목숨을 잃게 될 것이었다. 그거면 됐지, 재닌은 꼼짝 없이 쓰러져 있는 나이절의 몸을 아무렇게나 걷어차며 생각했다. 이어 단검을 풀밭에 문질러 닦은 다음 나이절이 타고 온 말에 올라, 뒤 한 번 돌아보지 않고 스태퍼드를 향해 천천히 나아가기 시작했다.

*

10분 뒤, 빠른 속도로 달려온 휴의 부하들이 반죽음이 된 젊은 이와 다친 말을 발견했다. 그들 중 둘은 그대로 말을 달려 재닌을 쫓고 남은 두 사람은 사람과 말을 구하기로 했다. 이들은 나이절의 상처를 싸매고 이소다의 말을 근처에 있는 인가에 맡긴 뒤, 백지장같이 하얗게 질린 채 의식을 잃고 늘어진, 그러나 아직 살아 있는 나이절을 슈루즈베리로 데려갔다.

*

"……그 사람, 루마르의 윌리엄이 우리를 출세시켜주고 성과 성주의 직위를 주겠다 약속했어요. 여름에 재닌이랑 제 영지를 보러 갔을 때, 재닌이 설득해서 그를 만났거든요." 나이절은 이튿날 해 질 녘에야 의식을 되찾았다. 차라리 깨어나지 말았으면 좋겠다는 마음도 없지 않았으나, 그는 곧 띄엄띄엄 모든 사실을 자백하기 시작했다. 많은 이들이 그의 침대를 둘러싸고 있었다. 레오릭은 꼿꼿하게 선 채 서글픈 눈길로 자신의 상속인을 내려다보았고, 로즈위타는 너무 많이 울어 퉁퉁 부은 눈으로 그의 오른쪽에 무릎을 꿇고 앉아 있었다. 캐드펠 수사와 진료소 책임자인 에드먼드 수사는 환자가 너무 성급하게 많은 힘을 쏟다가 기진하지는 않을까 염려되어 멀찌감치 떨어진 곳에서 주의 깊게 지켜보았다. 그리고 왼편에는, 스스로 원하지도 않았고 잘 어울리지도 않았던 검은 수사복을 벗어버리고 일반인의 상의와 바지로 갈아입은 메리엣이 서 있었다. 그는 처음 수도원에 왔을 때보다도 훨씬 키가 자라고 여위고 나이 들어 보였다. 의식을 되찾고 주위를 두리번거리던 나이절의 시야에 맨 처음 잡힌 것이 바로 자기 아버지 못지않게 초연하고 엄격한 메리엣의 시선이었다. 그 시선 너머 내면에서는 어떤 생각이 맴돌고 있을지, 나이절로서는 전혀 짐작할 수가 없었다.

"그때부터였어요. 그 사람 부하 노릇을 한 게…… 우리는 언제쯤 링컨에서 반란을 일으킬 예정인지 알고 있었어요. 결혼식이 끝나자마자 북쪽으로 갈 작정이었죠. 재닌도 함께요…… 하지만 로즈위타는 아무것도 몰랐어요! 그리고 이제는 계획도 전부 실패로 돌아갔죠. 반란 소식이 너무 빨리 날아와서……."

"그 사람이 죽던 날 얘기를 해보게." 레오릭의 곁에 서 있던 휴가 말했다.

"아…… 클레멘스 말이죠. 그날 저녁 식사 자리에서 그분이 자기 임무에 대해 털어놨어요. 그때 체스터에는 이미 북쪽 지방의 모든 성주들과 지휘관들이 모여 있었죠! 저는 로즈위타를 집에 데려다준 뒤 재닌에게 클레멘스의 임무가 뭔지 알려주면서 사람 하나를 말에 태워 미리 앞질러 보내라고 했어요. 밤새 달려가 그들에게 경고해주라고요. 재닌은 그러겠다고 했고요…… 그러고서 이튿날 아침 일찍 그 집에 갔는데 재닌이 집에 없더라고요. 한참을 나타나지 않다가 정오가 지난 다음에야 돌아왔죠. 제가 일은 잘됐는지 묻자 그는 모든 게 다 해결됐다고 했어요! 피터 클레멘스는 죽어서 숲속에 쓰러져 있으니 체스터의 모임은 아주 안전할 거라고 말예요. 제가 두려움에 떨자 비웃으면서 그 사람은 그대로 내버려두면 된다고, 사방에 강도들이 득실거리는 판에 그게 누구 소행인지 눈치챌 사람이 있겠냐고 하더군요. 하지만 저는 겁이 나 견딜 수가 없었어요. 그래서 그를 찾아내 밤이 올 때까지 숨겨놓으려고 숲으로 갔죠……."

"그런데 메리엣이 우연히 현장에 나타나 자네를 봤군." 휴가 조용히 말했다.

"그 사람을 옮기기 전에 화살대를 칼로 잘라냈는데, 그때 제 두 손에 피가 묻었어요. 나중에 온 메리엣이 그걸 보고 어떻게 생각했을지는 뻔하죠. 내가 저지른 짓이 아니라고 맹세했지만 동생은 믿지 않았어요. 저더러 얼른 가서 피를 씻어버리고 하루 종일 로즈위타랑 있으라고 재촉하더군요. 나머지 일은 자기가 처리하겠다면서요. 아버지를 위해서라도 그래야 한다고, 아버지는 형을 더없이 소중하게 여기니 그 사실을 알면 말할 수 없이 괴로워하실 거라고…… 그래서 전 그 애가 하라는 대로 했어요! 아마 메리엣은 제가 질투 때문에 살인을 했다고 생각했겠죠…… 제가, 아니 우리가 뭘 감추려 했는지는 짐작도 못 했을 겁니다. 어쨌든 전 그렇게 그곳을 떠났고, 메리엣은 자기가 저지르지도 않은 죄를 뒤집어쓰고 말았어요……."

나이절의 두 눈에는 눈물이 가득 고여 있었다. 그 순간, 위로를 찾아 주위를 더듬거리는 그의 손을 잡고서 무릎을 꿇은 이는 다름 아닌 메리엣이었다. 추호도 흐트러짐이 없는 엄격한 얼굴, 어느 때보다도 제 아버지와 비슷해 보이는 그 얼굴로 그는 형의 손을 잡아 꼭 쥐었다.

"밤늦게야 집에 돌아가 그 얘기를 들었어요…… 도무지……
사실을 털어놓을 수가 없더라고요…… 그러다 메리엣이 수도원
에 들어가겠다 서약하고 골방에서 풀려났을 때 동생에게 갔어
요." 나이절은 기운 없는 목소리로 변명하듯 말을 이었다. "진실
을 밝히겠다고 했는데…… 메리엣이 거절했어요. 저더러 더 이
상 관여하지 말라고, 자기는 이미 결심이 섰다고, 기꺼이 수도원
으로 갈 테니 제발 그냥 가만있으라고요……."

"사실입니다." 메리엣이 입을 열었다. "제가 형을 설득했어요.
그러잖아도 꼬인 일을 더 고약하게 만들 이유가 어디 있느냐고
요."

"하지만 메리엣은 반역에 대해 전혀 모르고 있었어요……."
동생의 손을 잡고 있던 그의 손에 힘이 들어갔다. 이어 온몸의 기
력이 떨어지면서 나이절은 고통의 피난처로, 의식불명 상태로 빠
져들기 시작했다. "이제 저는 우리 가문의 이름에 먹칠을 한 죄
를 참회합니다…… 무엇보다도 메리엣에게 저지른 죄를…… 다
시 살아난다면 그 대가를 치를 텐데……."

*

"그는 살아날 걸세." 침대 곁의 음울한 분위기에서 벗어나 넓
은 마당의 싸늘한 공기 속으로 나온 캐드펠은 은빛 안개 속에서

338

크게 심호흡을 하며 말했다. "스티븐 왕이 북쪽으로 진군할 때까지 회복한다면 무기를 들고 군대 소집에 응함으로써 이 빚을 갚겠지. 재닌은 분명 나이절을 죽일 작정이었을 텐데, 다행히 단검이 약간 빗나가서 치명상을 입히진 못했어. 잘 치료받고 푹 쉬면서 피를 보충하면 나이절은 다시 원상으로 돌아올 걸세. 그때 가서 본인이 충성을 바쳐야 할 사람을 위해 일하면 되겠지. 자네가 이번 반역 건으로 그를 처벌해야 한다고 생각하지만 않는다면 말이야."

"이 미친 시대에 무엇이 반역이고 무엇이 충성인지 어떻게 판단할 수 있을까요?" 휴는 침울하게 말했다. "두 군주가 전쟁을 벌이고, 그 조류에 편승해 체스터에서는 소군주들이 날뛰고, 헨리 주교 같은 인물조차 여기 붙었다 저기 붙었다 하는 판에 말입니다. 일단은 편히 쉬며 회복하라고 내버려둬야죠. 나이절은 마지못해 반역자들 편에 붙은 송사리에 불과해요. 살인을 할 만한 인간도 못 되고요. 그럴 뱃심이 없는 사람입니다."

그들 뒤에서 로즈위타가 한기를 막기 위해 망토로 몸을 감싼 채 진료소에서 나와 접객소를 향해 종종걸음 쳤다. 큰 망신과 굴욕과 고통을 겪고도 아름다워 보이고자 하는 의지만은 여전했으나, 적어도 이 두 남자 앞에서만은 고개를 돌리고 모른 척 지나칠 수밖에 없었다.

"진정한 아름다움은 아름다운 행동에서 나오는 법인데……." 캐드펠은 그녀의 뒷모습을 바라보며 침울하게 말했다. "어쨌든 잘 어울리는 한 쌍이긴 해. 자기네끼리 서로 상처를 보듬고 뒷일을 잘 마무리 지을 수 있을 걸세."

*

그날 저녁기도가 끝난 뒤 레오릭 애스플리는 라둘푸스 수도원장을 찾아갔다.

"신부님께 부탁드리고 싶은 것들이 있어서 이렇게 또 찾아뵈었습니다. 먼저 세인트자일스의 구호소에서 일하는 젊은 수사 말씀인데…… 그가 그동안 메리엣의 참된 형제가 되어주었더군요. 피를 나눈 형제 이상으로요. 아들 녀석에게 듣자니 마크 수사는 진심으로 사제가 되기를 원하고 있으며, 능히 사제가 될 만한 사람이기도 합니다. 그가 목표를 이루기 위해 학문을 연마해야 한다면, 제가 그에 필요한 학자금을 대고 싶습니다. 원장님께서 필요한 액수를 알려만 주십시오. 그래도 그 사람에게 진 빚은 다 갚지 못하겠지만, 일단은 이것부터 시작하지요."

"마크 수사가 뭘 원하는지는 나도 잘 알고 있소." 수도원장은 말했다. "그 사람이 보다 발전하는 모습을 보고 싶은 건 나 역시 마찬가지니, 기꺼이 제안을 받아들이겠소."

"고맙습니다. 그리고 두 번째로 부탁드리고 싶은 건, 제 아들들에 관한 문제입니다. 이곳의 한 수사님께서 상기시켜주신 덕에 저는 제게 두 아들이 있다는 사실을 새삼 깨달았습니다. 큰아들 나이절은 이제 정식 상속인이 사라져버린 영주의 딸과 결혼했으니, 자신의 죗값을 제대로 치른 뒤에는 아내를 통해 그 땅을 상속받을 수 있을 겁니다. 따라서 저는 애스플리의 영지를 둘째 아들인 메리엇에게 물려주려 합니다. 그 뜻을 문서화하고자 하니, 신부님께서 증인이 되어주시길 부탁드립니다."

"좋소." 라둘푸스는 빙그레 웃으면서 말했다. "그 젊은이와 기쁘게 작별하고 또 그와 전혀 어울리지 않는 이 수도원 경내 밖에서 새로운 방식으로 그를 만나기 위해서라도, 기꺼이 그렇게 해야겠지."

*

그날 밤 마지막 기도 시간이 되기 전, 캐드펠 수사는 작업장으로 가서 언제나처럼 모든 게 다 제대로 되어 있는지 살펴보았다. 화롯불이 적당히 잦아들었는지, 혹시 꺼져 있지는 않은지, 사용하지 않는 모든 용기들이 잘 정리되었는지, 최근 발효를 시작한 포도주들은 제대로 끓어오르고 있는지, 단지의 뚜껑이며 플라스크의 마개가 잘 닫혀 있는지…… 몸은 피곤했으나 마음은 평온했으며, 그를 둘러싼 세상도 이틀 전보다 더 혼란스럽지는 않았다. 적어도 저 죄 없는 젊은이만큼은 적지 않은 대가를 치른 끝에 무사히 놓여났으니 말이다. 따뜻하고 다정한 그의 형, 잘생긴 얼굴에 체격도 좋고 품행 방정한 젊은이요 메리엇보다 훨씬 많은 장점들을 타고난, 그럼에도 그 영혼은 동생보다 훨씬 심약한 형에 대한 숭배의 감정은 이제 사라지고 없었다. 하지만 연민과 동정 어린 애정이 그 자리를 차지했으니, 형제 사이의 우애는 전과 다름이 없었다. 메리엣은 마지막까지 나이절의 병실을 지키고 있었는데, 묘하게도 레오릭은 둘째 아들이 제 형의 곁에만 꼭 붙어 있는 모습을 보며 질투심에 마음이 심란한 듯했다. 다른 문제를 해결하기에 앞서, 그 세 사람은 각자의 감정과 서로와의 관계를 재정비해야 할 것이었다.

캐드펠은 빨갛게 타오르는 화롯불만을 벗 삼아 어두운 오두막에 홀로 앉아 가만히 한숨을 내쉬었다. 마지막 기도까지는 아직 15분쯤 남아 있었다. 휴는 왕의 편에 서서 싸울 병사들을 소집하는 일에 열중하다가 늦게야 집으로 돌아갔다. 곧 크리스마스가 올 테고, 그날이 지나면 뻔뻔스러운 반역자들 때문에 몹시 격분한 스티븐 왕은 곧장 병사들을 불러 모아 응징에 나서리라. 하지만 왕은 천성적으로 관대한 성품을 타고난, 온화하고 품위 있으면서도 게으른 사람이기도 했다. 마음 깊은 곳의 분노와 적개심은 젊은 시절에 이미 사그라든 터였으니, 그는 누구든 진심으로 증오할 수가 없었다.

한편 지금쯤 북쪽 어딘가에서는 재닌 린드가 가벼운 마음으로 싱글싱글 웃고 휘파람을 불어대며 제 목표를 향해 나아가고 있을 것이다. 자신이 살해한 사람의 시체와 오랜 친구, 더하여 세상에서 가장 가까운 사이였으나 이제는 찢어진 장갑처럼 머릿속에서 지워버린 누이를 뒤로하고. 스티븐과 함께 링컨으로 진군하면 휴는 과녁 너머 재닌 린드를 찾아내리라. 가벼운 마음으로 무거운 죄를 저지른 그 젊은이는 이승에서고 저승에서고 그 대가를 치러야 했다. 아마 이승에서 치르는 편이 나을 거라고, 캐드펠은 씁쓸한 마음으로 생각했다.

도망친 농노 해럴드는 뭇사람들의 변덕스러운 마음에서 잊히자마자 풀려나 정직한 노동에 종사하게 될 것이다. 슈루즈베리의 서쪽 다리 근처에서 일하는 어느 편자공이 그를 받아주겠다고 약속한 터였다. 슈루즈베리는 왕의 칙허장에 의해 특권이 부여된 자유도시이니, 그렇게 1년하고 하루만 더 일하면 그는 자유민이 되리라.

캐드펠은 오두막 판자벽에 머리를 기대고 두 다리를 엇갈려 쭉 뻗은 채 자기도 모르게 잠시 선잠에 빠졌다. 이윽고 싸늘한 바람을 느끼며 눈을 떠보니 앞에 서로 손을 잡고 나란히 서서 싱긋 웃고 있는 두 사람이 보였다. 순간적으로 철부지 소년과 소녀의 모습이 어른거리는 듯했으나, 이내 소년은 이내 의젓한 청년으로, 소녀는 어릴 적부터 이미 그 싹이 보였던 굳건한 여성으로 변해 있었다. 실내를 밝히는 빛이라 해봐야 다 꺼져가는 화로의 희미한 불씨뿐인데도 이들의 얼굴은 더없이 환하게 빛났다.

"저흰 내일 아침 일찍 집으로 돌아갈 거예요." 이소다가 소꿉친구의 손을 놓고 앞으로 다가서더니 깊은 고랑이 패고 적갈색으로 그을린 캐드펠의 뺨에 입을 맞추었다. "제대로 작별 인사를 드릴 틈이 없을 것 같아 이렇게 먼저 찾아왔어요. 하지만 영지는 여기서 멀지 않으니 언제고 수사님을 다시 뵐 수 있겠죠. 로즈위타는 수도원에 더 머물다가 나이절의 몸이 나으면 함께 돌아가기로 했어요."

둥그스름하니 부드러우면서도 강인한 이소다의 얼굴에 신비로운 빛이, 탐스러운 머릿결에는 진홍빛의 어지러운 무늬가 어른거렸다. 불타는 가슴이 결여된 로즈위타에게서는 찾아볼 수 없는 강렬한 아름다움이었다.

"저희가 수사님을 얼마나 사랑하는지 모르실 거예요!" 대담한 기질의 소유자답게 이소다가 메리엇과 자신의 마음을 거리낌 없이 표현했다. "수사님도, 마크 수사님도요!" 그녀는 졸음에 겨운 캐드펠의 얼굴을 잠시 두 손으로 감싸 쥐더니 이내 뒤로 물러나 메리엇에게 차례를 넘겼다.

싸늘한 바깥바람을 맞다가 들어온 탓에 메리엇의 양 뺨은 불그레했고, 다행히 아직 삭발하지 않은 풍성한 검은 머리는 이마 위로 축 늘어져 있었다. 왜인지 캐드펠의 머릿속에는 그를 처음 보았던 그때, 비 오는 날 말에서 뛰어내려 아버지의 등자를 잡아주던 그 고집스럽고도 예의 바른 모습이 떠올랐다. 그래, 그땐 서로 너무나 닮은 두 사람이 한 사람의 죽음을 둘러싸고 심한 갈등 속에 있었지. 그러나 이제 촉촉히 젖은 머리칼 밑으로 드러난 그 얼굴에는 그날보다 훨씬 차분하고 성숙한 기색이, 더하여 체념의 표정이 깃들어 있었다. 형을 위해, 그 상처받은 육신과 가난한 영

344

혼을 위해 묵묵히 희생을 받아들인 동생의 얼굴이었다.

"이렇게 우리도 자네를 잃은 셈이군." 캐드펠은 말했다. "자네가 온전히 자신의 뜻으로 여기 들어왔더라면 참 좋았을 텐데. 가끔 사람 속을 뒤집어놓는 인간을 그토록 쉽게 처리하는 모습은 처음 봤거든. 이제 제롬 수사는 달변을 늘어놓다가도 한 번씩 자기 목을 만져봐야 할 거야."

메리엣은 낯을 붉히면서 싱긋 웃었다. "그러잖아도 아주 정중하고 겸허한 자세로 제롬 수사님께 용서를 구했습니다. 수사님도 그 광경을 보셨다면 흡족해하시며 잘했다고 칭찬하셨을 거예요. 그분 역시 제가 잘되기를 바란다고, 앞으로도 계속 저를 위해 기도하겠다고 하셨어요."

"그 사람이 정말 그랬단 말인가!" 자신의 육체에 대한 위해는 용서할지언정 권위에 대한 모욕만큼은 도무지 용서할 줄 모르는 제롬 수사가 모처럼 훌륭한 모습을 보인 모양이었다. 아니, 어쩌면 그저 귀신 들린 견습 수사가 이곳을 떠나는 게 그저 기쁘고 반가워 제 나름의 방식으로 하느님께 감사를 표한 것은 아닐까?

"제가 너무 철없고 어리석었어요." 뻔뻔스럽게도 그에게 살인과 절도의 누명을 뒤집어씌운 한 여인의 기념품으로 서글픈 마음을 달래곤 하던 과거의 자신을 안아주듯 메리엣은 부드럽게 말을 이었다. "제가 몇 번인가 수사님을 '형제님brother'이라 불렀던 것 기억하세요? 그 호칭에 익숙해지려고 얼마나 애를 썼는지 몰라요. 하지만 내내 제 마음속을 맴돌던 호칭, 제가 정말 입 밖에 내고 싶었던 호칭은 따로 있었어요. 아마 언젠가는 마크 수사를 '신부님father'이라 부를 때가 오겠죠. 물론 저는 그를 언제나 형제로 생각할 테지만요…… 수사님은 알고 계셨을 거예요. 사실 그동안 제게 진정으로 필요했던 건 '아버지father'라 부를 만한 사람이었어요. 이제 딱 한 번만 수사님을 그렇게 불러봐도 될지……."

"내 아들아." 캐드펠은 벅찬 마음으로 일어나 메리엣을 끌어안고는 여전히 한기가 가시지 않아 싸늘한 그의 뺨에 입을 맞추었다. "너는 내 자식이야. 언제든 날 찾아와도 좋아. 물론 난 웨일스인이며 이는 내가 죽을 때까지 바뀌지 않을 테지만, 그래도 괜찮겠지?"

메리엣 또한 매우 엄숙하고도 열정적으로 그에게 입을 맞추었다. 차가운 입술이 캐드펠의 뺨에 닿는 순간 뜨거운 열기를 발했다. 그러나 메리엣에겐 아직 할 말이 남아 있었다. 그는 캐드펠의 손을 잡고서 다시 입을 열었다.

"제 형이 여기 있는 동안 제게 그러셨듯 형을 따뜻하게 대해주셨으면 해요. 지금 형에게 가장 필요한 건 수사님의 다정한 마음과 손길이니까요. 아마 제게 주신 것보다도 훨씬 더 큰 관심이 필요할 거예요."

캐드펠은 다소 놀란 마음에 그림자 속으로 한발 물러났다. 순간 이소다의 나직한 웃음과 체념 어린 한숨 소리가 들린 것 같았다. 그러나 메리엣은 그의 움직임도, 그녀의 소리도 전혀 눈치채지 못한 모양이었다.

"맙소사." 그 고집스러운 헌신에 캐드펠은 고개를 절레절레 흔들며, 그러나 더없이 흡족한 어조로 대답했다. "자네가 멍청이인지, 아니면 성자인지, 도무지 모르겠군. 그리고 솔직히 말하자면, 지금 나는 멍청이도 성자도 참아줄 수가 없어. 하지만 그렇게 해서 자네 마음이 편안해진다면, 좋아, 나이절을 잘 보살펴주지. 내가 할 수 있는 한 최선을 다하겠네. 자, 이소다, 이제 저 친구 좀 데리고 나가게. 나는 화롯불을 끄고 작업장 문을 닫아야 하니까. 우물쭈물하다가는 마지막 기도에 늦겠구먼!"

1 슈루즈베리 성 베드로 성 바오로 수도원 the Shrewsbury abbey of Saint
Peter and Saint Paul

잉글랜드 슈롭셔주에 위치한 수도원으로, 원래 성 베드로에게 헌정된
작은 목조 교회였으나 11세기 후반 성 베드로와 성 바오로 두 사도에
게 헌정한 석조 건물로 개축되었다.

2 라둘푸스 수도원장 Abbot Radulfus(?~1148)

헤리버트 원장의 뒤를 이어 1138년부터 1148년까지 슈루즈베리 수도
원장을 지냈다.

3 로버트 페넌트 부수도원장 Prior Robert Pennant(?~1168)

12세기 전반에 슈루즈베리 수도원의 부수도원장을 지냈고, 1148년부
터 1168년까지 슈루즈베리 수도원장을 지냈다. 귀더린으로의 순례를
담은 『성 위니프리드의 생애』를 남겼다.

4 랜프랭크 대주교 Archbishop Lanfranc(1005?~1089)

중세 이탈리아 출신의 영국 신학자이자 성직자로, 잉글랜드 정복 후
캔터베리 대주교에 임명되었다. 성당을 재건하고 성공회의 재조직, 수
도원의 규범 확립 등을 위하여 힘썼으며, 윌리엄 2세의 불안한 왕위
계승을 성공시켜 당시 영국 사회에 광범위한 영향력을 끼친 인물로 꼽

힌다.

5　성 미카엘 축제 Michaelmas

성서에 등장하는 대천사 중 하나인 미카엘을 기념하는 축일. 영국을
비롯한 서방 교회에서는 9월 29일, 동방 교회에서는 11월 8일로 정해
지킨다.

6　웨스트민스터 사원 Westminster Abbey(잉글랜드, 런던)

템스강 북쪽에 위치한 건축물. 수백 년에 걸쳐 영국 정치의 본산으로
여겨졌으며 현재에도 영국 의회장으로 사용되고 있다. 제2차 세계대
전 당시 폭격당했으나 자일스 길버트 스콧에 의해 복구되었다.

7　스티븐 왕 King Stephen(1092 또는 1096~1154)

정복왕 윌리엄 1세의 외손자이며 잉글랜드 노르만 왕조의 네 번째 국
왕. 외숙부이자 잉글랜드 왕인 헨리 1세가 살아 있을 때 헨리 1세의 딸
인 모드 황후의 왕위 계승을 돕겠다고 서약했으나 1135년에 헨리 1세
가 죽자 약속을 깨고 잉글랜드 군주의 자리를 차지했다.

8　모드 황후 Empress Maud(1102~1167)

마틸다(Matilda of England)라고도 불린다. 정복왕 윌리엄의 아들인
헨리 1세의 딸로, 신성로마제국 황제 하인리히 5세와 결혼했다가 그
가 죽은 뒤 앙주 백작 조프루아 5세와 재혼해 헨리 2세를 낳았다.

9　세인트메리 교회 Saint Mary's Church

970년 에드거 왕에 의해 만들어진 교회. '노르만의 정복' 이후 왕실의
종교 변화에 따라 우여곡절을 거치며 여러 차례 파괴와 복구를 겪었
다. 빅토리아 시대에 전면 재건축되었으며, 현재 슈루즈베리에서 가장
큰 규모의 교회로 알려져 있다.

10   헨리 주교 Henry of Blois(1096?~1171)

윈체스터의 주교. 정복왕 윌리엄의 딸 아델라와 블루아 공 스티븐 사이에서 태어난 넷째 아들로, 스티븐 왕의 막냇동생이다. 삼촌인 헨리 1세와 로마 교황의 힘을 등에 업고 막강한 권력을 누렸다. 형 스티븐을 왕위에 올리는 데 커다란 공헌을 했으며 이후에도 왕정 체제 수호를 위해 혼신의 힘을 쏟았다.

11   노르망디 시어볼드 백작 Count Theobald of Normandy 또는 Theobald the Great(1090~1152)

윌리엄 1세의 외손자이자 스티븐 왕과 헨리 주교의 형제이다. 스티븐 왕과의 왕권 경쟁을 피해 프랑스에서 삶을 보냈다.

12   라눌프 백작 Earl Ranulf(1099~1153)

1129년에 체스터 백작의 작위를 4대째 이어받아 잉글랜드의 3분의 1에 달하는 지역을 다스렸다.

13   팔라틴 palatine

자기 영토 안에서 왕권에 상당하는 권한을 행사하는 영주를 일컫는다.

14   글로스터의 로버트 백작 Earl Robert of Gloucester(1090~1147)

헨리 1세의 서자이자 모드 황후의 이복형제로, 1135년 스티븐 왕이 왕위를 찬탈한 이후 모드 황후의 편에서 싸웠다.

15   루마르의 윌리엄 백작 William de Roumare, Earl of Lincoln(1096~1160)

링컨셔주의 주도 링컨의 백작. 라눌프의 이복형제로 헨리 1세에게 충성했다. 내전 초반에는 스티븐 왕을 지지했으나 이후 라눌프와 함께 모드 황후 편으로 돌아섰다.

16 로저 백작 Earl Roger 또는 Roger of Salisbury
솔즈베리 주교. 헨리 1세를 왕자 시절부터 보좌해 후에 막강한 권력을
누렸다. 헨리 1세 사망 후 모드 황후를 후계자로 인정했다가 다시 스
티븐 왕의 편에 섰다.

17 에설레드 왕 Ethelred the Unready(966?~1016)
잉글랜드의 왕. 에드거 왕의 아들로 이복형제인 에드워드의 뒤를 이어
왕위에 올랐다.

18 노르망디 공 로베르 2세 Robert II, Duke of Normandy(1051~1134)
윌리엄 1세의 장남. 1067년 윌리엄이 자리를 비웠을 때 어머니와 함
께 섭정을 하기도 했으나 결국 왕위는 물려받지 못했다. 형제들과의
불화와 전쟁을 겪다가 1134년 감금 상태에서 사망했다.

19 헤리버트 수도원장 Abbot Heribert(?~1140)
1127년 고드프리드 수도원장의 갑작스러운 사망 이후 1138년까지 슈
루즈베리 수도원장을 지냈다.

20 젠틀맨gentleman
귀족은 아니나 가문의 문장紋章을 달 수 있는 잉글랜드의 상류계급 사
람을 의미한다.

21 세인트자일스 Saint Giles
슈롭셔의 교회이자 구호소. 설립 시기는 12세기경으로 추정된다.
1857년까지 슈루즈베리 수도원의 사제가 파견되어 이곳의 일을 도맡
았다.

22 스카풀라 scapular

수사들이 어깨에 걸쳐 입는 겉옷을 일컫는다.

23 수태고지 Annunciation

천사 가브리엘이 성모마리아에게 예수 수태를 알린 일을 뜻한다.

24 보디스 Bodice

여성의 허리에 꼭 맞도록 가슴에서 허리까지 조여 입는 웃옷이다.

캐드펠 수사 시리즈 08
귀신 들린 아이

초판 1쇄 발행. 1999년 5월 14일
개정판 1쇄 발행. 2024년 10월 30일

지은이. 엘리스 피터스
옮긴이. 김훈
펴낸이. 김정순
편집. 홍상희 허영수
마케팅. 이보민 양혜림 손아영

펴낸곳. (주)북하우스 퍼블리셔스
출판등록. 1997년 9월 23일 제406-2003-055호
주소. 04043 서울시 마포구 양화로 12길 16-9(서교동 북앤빌딩)
전자우편. editor@bookhouse.co.kr
홈페이지. www.bookhouse.co.kr
전화번호. 02-3144-3123
팩스. 02-3144-3121

ISBN. 979-11-6405-278-3 04840

옮긴이. 김훈
전문 번역가. 고려대학교 사학과를 졸업하고 1981년 동아일보 신춘문예에 희곡 부문에
「빈방」으로 당선된 뒤 극작 활동과 번역 작업을 병행했다. 현재 부여에서 번역 작업을
하면서 지속 가능한 자연 생태 농업에 관심을 갖고 파트타임 농부로 일하고 있다.
옮긴 책으로『아메리카 인디언의 가르침』『패디 클라크 하하하』『희박한 공기 속으로』
『매디슨 카운티의 추억』『피아니스트』『바람이 너를 지나가게 하라』
『세상 끝 천 개의 얼굴』『성난 물소 놓아주기』『그런 깨달음은 없다』『모든 것의 목격자』
『켄 윌버, 진실 없는 진실의 시대』『늘 깨어나는 지금』외 100여 권이 있다.